U0127715

广视角·全方位·多品种

权威·前沿·原创

服务外包蓝皮书

**BLUE BOOK**
OF SERVICE OUTSOURCING

# 中国服务外包发展报告
# （2010~2011）

ANNUAL REPORT ON CHINA'S SERVICE OUTSOURCING
DEVELOPMENT (2010-2011)

## ——中国服务外包竞争力评价

*Evaluation on the Competitive Strength*
*of China's Service Outsourcing*

主 编／王 力 刘春生 黄育华

社会科学文献出版社
SOCIAL SCIENCES ACADEMIC PRESS (CHINA)

# 法 律 声 明

　　"皮书系列"（含蓝皮书、绿皮书、黄皮书）为社会科学文献出版社按年份出版的品牌图书。社会科学文献出版社拥有该系列图书的专有出版权和网络传播权，其 LOGO（▮）与"经济蓝皮书"、"社会蓝皮书"等皮书名称已在中华人民共和国工商行政管理总局商标局登记注册，社会科学文献出版社合法拥有其商标专用权，任何复制、模仿或以其他方式侵害（▮）和"经济蓝皮书"、"社会蓝皮书"等皮书名称商标专有权及其外观设计的行为均属于侵权行为，社会科学文献出版社将采取法律手段追究其法律责任，维护合法权益。

　　欢迎社会各界人士对侵犯社会科学文献出版社上述权利的违法行为进行举报。电话：010－59367121。

社会科学文献出版社

法律顾问：北京市大成律师事务所

# 服务外包蓝皮书编委会

# 主要编撰者简介

**王 力** 经济学博士，毕业于中国社会科学院研究生院，北京大学金融研究中心博士后，中国博士后特华科研工作站执行站长。主要学术著作：《兼并与收购》（2000）、《WTO体制下中国银行业操作实务全书》（2001）、《中国创业板市场运行制度研究》（2003）、《国际金融中心研究》（2004）、《中小企业板市场发展研究》（2005）、《中国区域金融中心研究》（2007）和《国有商业银行股份制改造跟踪研究》（2007）等10多部著作。在国家核心期刊发表《文化价值模式下的国有商业银行公司治理研究》和《对国有商业银行股份制改造的跟踪与评价》等学术论文100余篇。

主持和参与完成研究课题：国家社会科学基金课题"国有商业银行股份制改造跟踪研究"，编号：05BJY101（课题主持人）；北京市软科学课题"首都金融后台与服务外包体系建设研究"，编号：Z000608100007104（课题主持人）；国家重点课题"中国金融风险与经济安全研究"（课题执笔人之一）；国家重点课题"后金融危机时期我国金融安全若干问题研究"（课题主持人）；中国社会科学院重大课题"金融混业经营和多层次资本市场体系研究"（课题组成员）；中国社会科学院重大课题"中国保险行业资金运用研究"（课题执笔人之一）；北京市重点课题"'十一五'期间北京金融资源优化配置研究"，编号：产业－32（课题主持人）等。

**刘春生** 经济学博士，中央财经大学副教授，中国博士后特华科研工作站博士后。主要研究领域：全球生产网络、国际分工、服务贸易与服务外包。出版专著《全球生产网络的构建与中国的战略选择》、译著《开启财富之门》等，在各类核心期刊发表论文20余篇，参与教育部、科技部等各类课题若干项。

**黄育华** 法学博士，毕业于中国社会科学院研究生院，金融学博士后，现就职于中国社会科学院城市发展与环境所城市经济研究室。主要研究领域：金融理论、城市经济、风险管理。完成学术著作：《香港创业板市场研究》、《国际金融中心研究》、《兼并与收购》、《中国金融论丛》、《中国金融风险管理》和《中国保险前沿问题研究》等多部。在《中国金融时报》等国家核心期刊发表《中国金融中心建设若干问题研究》和《中国城市基础设施资产证券化研究》等学术论文 50 余篇。

主持和参与研究课题："北京金融业发展战略研究"（2003）、"中国城市发展报告——城市投融资体制改革与创新"（2007）、"中国城市发展报告——中国开发区建设与发展"（2009）、"城市经济学"（2010）、"北京市消费金融问题研究"（2010）、国家社会科学基金课题"国有商业银行股份制改造跟踪研究"（编号：05BJY101）和北京市软科学课题"首都金融后台与服务外包体系建设研究"（编号：Z000608100007104）。

# 摘　要

　　随着经济全球化和信息技术的飞速发展，全球产业正在经历从制造业向服务业转型，服务外包作为国际产业升级的新态势，已经成为世界各国摆脱金融危机影响、实现经济增长和提升产业竞争力的主要引擎。中国是全球经济增长最快的国家之一，目前，已成为世界第二大经济体。与此同时，中国也面临着由世界制造中心向全球服务中心的转变，而加快服务外包产业发展，则有助于推动我国产业实现这种转型升级。2010~2011年度，服务外包蓝皮书《中国服务外包发展报告》，将中国服务外包竞争力评价作为研究主题，分别从理论研究、案例研究、比较研究和实证研究等循序渐进展开，结构体系包括研究框架、总体报告、区域报告、城市报告和专项报告等主要内容。

　　本卷皮书《中国服务外包发展报告》，在研究框架中，提出了中国服务外包竞争力影响因素，重点分析了服务外包的相关概念、业务分类和指标体系等相关内容；在总体报告中，研究了全球服务外包发展情况和对中国服务外包发展作出了综合评价，重点对中国服务外包的总量、结构、监管、面临风险和发展趋势等进行了深入研究；在区域报告中，作出了中国服务外包区域竞争力评价，重点对全国五大区域31个省（自治区、直辖市）进行了综合评价；在城市报告中，对中国服务外包基地城市竞争力进行了综合评价，重点对21个国家级外包基地城市竞争力进行了评价，对服务外包基地潜力城市进行了遴选研究；在专项报告中，分别对中国服务外包业务分类竞争力进行了评价和对中印服务外包竞争力进行了比较研究，最后研究提出关于提升中国服务外包竞争力的战略对策。

# Abstract

As the economy globalization and the information technology growing into a new stage, the international industrial transfer is expanding from manufacturing industry to service. Being the new pattern of industrial transfer, service outsourcing has already become the major engine of the global economy growth and the promote of national competitiveness. As one of the countries with the most rapid economy growth, China is experiencing the transition from the global manufacturing center to the service center, an industrial transformation which can be propelled forward by the development of service outsourcing. The annual report of this year will focus on the general development of China service outsourcing industry and the formation of the national service outsourcing competitiveness through theoretical study, case study, contrast study and the theme study. After the brief introduction to the related concepts of service outsourcing and the global service outsourcing industry, the report will firstly take an overall review on China's annual development of service outsourcing industry of year 2010. The review includes the volume, structure, supervising sector and other aspects of China annual service outsourcing industry, and forecasts the development tendency and the risk in the future. Then comes the main study frame sector of the report. After listing the influential elements of service outsourcing industrial competitiveness, the report gives the regions analysis of the five geographic regions by the study of the 31 major developing PARMs and the 21 China Service Outsourcing Model Cities, among which three are chosen to be the China Service Outsourcing Cities with the most potential in the next decade. The classified analysis of the development and future tendency of China's BPO & IPO is also provided in this report. In the theme sector, the report compares China service outsourcing industrial competitiveness and the influential factors with those in India, and then gives valuable experience learned from the international contrast study. Based on all those multi-dimensional analysis above, the report gives strategic suggestions at government, enterprise and the related industry level for the further development and promotion of China service outsourcing industrial competitiveness.

# 序　言

　　随着科技进步和经济全球化的日益深化，服务外包作为一种新兴产业业态正逐渐成为世界各国转变经济结构和提升产业层级的重要途径。发展服务外包，不仅可以加快我国产业结构调整和升级，而且还可以加快我国工业经济向服务经济转型和升级，推动增长方式由粗放型向集约型发展。大力发展服务外包产业，尤其是鼓励我国企业发展离岸外包业务，对于我国改变外贸出口结构和服务贸易发展模式具有十分重要的战略意义。我国企业承接服务外包业务，不仅有助于引进发包国的先进经验和技术，而且还能有助于推动企业的科技进步和管理创新，从而加快提升自身的核心竞争力。

　　众所周知，与服务外包产业发展较成熟的国家相比，我国的服务外包产业发展水平仍处于起步阶段，但从"十一五"以来，在国家相关部委和各级地方政府的鼓励支持下，我国服务外包产业得到了较快的发展。2006 年，我国开始实施服务外包"千百十"工程，并选择在发展服务外包基础比较好的城市设立"服务外包基地城市和示范园区"。截至 2009 年，共批准北京、上海和大连等 20个城市为中国服务外包示范城市，享受包括税收和人才引进等一系列特殊优惠政策。提升我国服务外包竞争力，要正确分析当前国际服务贸易发展最新趋势，正确认识我国当前服务外包业的发展现状、优势与劣势，找出我国服务外包发展中存在的突出问题，有针对性地研究制定具体对策，从而加快推进我国服务外包产业的健康发展。

　　进入"十二五"开局之年，是中国经济社会发展重要的战略机遇期和矛盾的凸显期。机遇在于如何抓住国际产业转移规律，为我国在全球产业结构调整中争取主动抢占先机；挑战在于如何应对全球金融危机带来的负面影响和正确处理各种社会矛盾。综上分析，在"十二五"期间，我国要进一步贯彻落实科

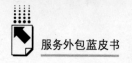

学发展观，以加快经济发展方式转变为主线，全面提升经济发展质量和努力改善民生，这就要求我们必须把经济结构的战略性调整作为转变经济发展方式的主攻方向。为此，将服务外包作为现代服务业的先导产业优先发展，对于加快我国经济结构战略性调整，实现发展方式转型升级，必将发挥积极的推动作用。

王力

2011 年 5 月

# 目 录

## ⅠB Ⅰ　研究框架

## ⅠB Ⅱ　总体报告

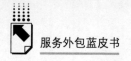

皮书数据库阅读**使用指南**

# CONTENTS

## BⅠ   Research Frame

## BⅡ   General Report

# B Ⅲ   Regional Research

# B Ⅳ   Main Cities Report

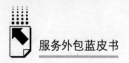

# B V   Theme Report

# 研 究 框 架
## Research Frame

# 第一章
# 服务外包竞争力影响因素分析

## 一 服务外包相关概念界定

随着全球产业结构的调整，服务外包迅速发展起来，目前，已成为发达国家和新兴市场国家关注的热点。中国服务外包业在全球服务外包中所占比重和规模都很小，但发展速度后来居上，发展潜力巨大。在国际金融危机的大背景下，我国经济面临发展方式转变和产业结构调整的双重任务。因此，加快推动服务外包产业的发展，无疑是推动新一轮经济发展的重要切入点。

外包（Outsourcing），在英文是"Outside Resource Using"的缩写，其直译为"外部寻源"，是指企业在充分发展自身核心竞争力的基础上，整合、利用外部最优秀的专业化资源，从而达到降低成本、提高生产效率、增加资金运用效率和增强企业对环境应变能力的一种业务运作方式。

外包是在专业化分工日益细致的前提下企业纵向一体化的一种战略选择，这种选择在不扩大企业规模的前提下拓宽了企业的边界。它使企业既可以通过分享

市场获得外部资源，克服市场交易的不确定性，又可以避免企业由于过于庞大导致的效率低下。因此，它是一种企业内部组织和外部市场资源的有效整合，从而使企业降低交易费用的有效经营途径。

20 世纪 90 年代以来，信息和通信技术的突飞猛进使知识与信息数字化、标准化和实物化，从根本上改变了原先许多服务的不可储存性和不可运输性特征。于是，在制造业外包之后，出现了服务外包。服务外包是指，企业将价值链中原本由自身提供的具有基础性的、共性的、非核心的 IT 业务和基于 IT 的业务流程剥离出来后，外包给企业外部专业服务供应商来完成的经济活动。服务外包中涉及的服务性工作（包括业务和业务流程）可以通过计算机操作完成，并采用现代通信手段进行交付。服务外包使企业通过重组价值链、优化资源配置，降低了成本并增强了企业核心竞争力。

服务外包经历了从境内服务外包到近岸服务外包，再到离岸服务外包的发展。境内服务外包中外包业务转移方和承接方来自同一个国家，外包工作在境内完成；近岸服务外包中转移方和承包方来自于邻近国家，邻近国家很可能会讲同样的语言、在文化背景方面比较类似，例如我国大连作为承包方，承接日本、韩国企业的外包业务就属于近岸外包；离岸服务外包中转移方和服务承接方来自不同国家，外包工作跨境完成。

服务外包主要是以廉价劳动力为载体，通过承包企业非核心项目来提供服务，使企业降低成本、提高效率并增强自身竞争力的一种服务业。基于此，我国服务外包的发展将对我国经济产生积极影响。一方面，服务外包对劳动力的需求可以缓解我国就业压力，创造更多的工作岗位；另一方面，作为服务贸易，服务外包的发展可以促进我国服务贸易的出口水平，改善我国出口结构，使我国的服务贸易与商品贸易协调发展。因此，发展我国服务外包对于增强我国企业竞争力与促进我国经济发展具有重要意义。

## （一）服务外包可以增强企业自身的竞争力

服务外包的产生是企业专业化分工深化的结果，企业通过将产业链中的非核心环节承包给外部专业人员，不仅可以降低成本，而且在提高效率的基础上也保证了产品质量。因此，通过服务外包企业可以充分发挥自身优势，专注于发展自身的核心竞争能力。如此一来，企业间的竞争力就会得到有效提升，整个行业发展也会因此而得到促进。此外，由于当前国际竞争已由传统的价格竞争转变为非价格竞争，服务外包的出现使得专业化分工深化，服务外包企业会利用现代化的技术、设备和服务模式来为客户提供优质的高端服务，使得生产具有高附加值劳动投入的产品的企业可以通过利用服务外包来提升自己的非价格竞争优势，优化自身的产业链与产品结构。

### （二）服务外包有助于转变经济发展方式

依靠信息技术与现代管理理念等要素来实现知识密集型与技术密集型的服务模式是服务外包的主要特点，服务外包商会将自己的服务产品融入企业的产业链中，使得人力资本、知识资本这类资本密集型的生产资料会与企业的产品完全融合，逐渐渗入传统产业中。服务外包商的专业化分工无疑加强了产业中曾经不被重视的生产环节，使得产品更趋于向资本密集型与技术密集型转变，进而提升了产品的附加值。这种赋予企业新的生产内涵的经营策略无形中扩大了市场空间，带领企业向知识化、高附加值化以及现代化技术的方向发展，进而促进产业向集约型经济增长方式发展，逐渐脱离粗放型经济增长方式。目前，我国的经济增长方式仍未完全摆脱粗放型增长，高投入、高能耗和低效益仍是拉动经济增长的主要特点。而改变这种状况的关键就在于改善我国产业竞争优势，从单纯依靠价格竞争转变为依靠多因素的非价格竞争。因此，发展服务外包是实现这种转变的有效途径之一。

## 二　服务外包业务分类界定

### （一）信息技术外包

信息技术外包（ITO）是指企业向外部寻求并获得包括全部或部分信息技术类的服务。主要包括系统开发服务、系统操作服务和系统管理服务。ITO可以包括产品支持与专业服务的组合，用于向客户提供IT基础设施，或企业应用服务，或同时提供这两方面的服务，从而确保客户在业务方面取得成功（见表1–1）。

表1-1　信息技术外包分类及其业务范围

| ITO | 业务外包范围 |
| --- | --- |
| 系统开发服务 | IT 应用系统的开发:集成电路产品设计以及相关技术支持服务等;提供电子商务平台,为电子贸易服务提供信息平台等;为软件和集成电路的开发运用提供测试平台<br>软件开发设计:用于金融、政府、教育、制造业、零售、服务、能源、物流和交通、媒体、电信、公共事业和医疗卫生等行业,为用户的运营/生产/供应链/客户关系/人力资源和财务管理、计算机辅助设计/工程等业务进行软件开发,定制软件开发,嵌入式软件、套装软件开发,系统软件开发,软件测试等<br>其他系统开发服务等 |
| 系统操作服务 | 银行数据、信用卡数据、各类保险数据、税务数据、法律数据的处理以及整合。目前数据中心是全球信息技术外包中最大的细分市场,占80%左右 |
| 系统管理服务 | 主要是指企业将其应用系统的设计、升级、维护等活动进行外包,例如企业将其所投资的大型 PRP 系统的日常维护外包给第三方。从目前的情况来看,在全球所有的信息技术外包的业务范围中,系统应用管理服务显示了最强的增长势头,主要是因为对应用系统支持需求的增长以及电子商务基础架构的增长 |

## （二）业务流程外包

业务流程外包（BPO）是"把一个或多个 IT 密集型业务流程委托给一家外部提供商,让其拥有管理和控制选定的流程,以上这些业务是基于已定义好和可测量的方法来执行的"。外包给 ESP 的业务流程包括物流、采购、人力资源、财务会计、客户关系管理或其他管理或面向消费者的业务功能等（见表1-2）。

表1-2　业务流程外包分类及其业务范围

| BPO | 业务外包范围 |
| --- | --- |
| 企业内部管理服务 | 属于支持性功能,是指没有直接与商品或服务的制造联系起来的功能,为客户企业提供后台管理、人力资源管理、财务、审计与税务管理、金融支付服务、医疗数据及其他内部管理业务的数据分析、数据挖掘、数据管理、数据使用的服务;承接客户专业数据处理、分析和整合服务 |
| 企业业务运作服务 | 为客户企业提供技术研发服务、销售及批发服务、产品售后服务(售后电话指导、维修服务)以及其他业务流程环节的服务等。还包括为企业经营、销售、产品售后服务提供的应用客户分析、数据库管理等服务 |
| 供应链管理服务 | 把一家机构与供应链联系在一起,从而导致直接生产制造一种商品或服务这方面的所有功能,如运输、仓储、仓库、库存整体方案服务等 |

## （三）知识流程外包

知识流程外包（KPO）是指将公司内部具体的知识管理业务承包给外部专门的服务提供商。KPO 将外包产业推向了更高层次，更多地寻求先进的分析与技术技能，以及果断的判断。KPO 更加集中在高度复杂的流程。这些流程需要有广泛教育背景和丰富工作经验的专家完成。工作的执行要求专家们对某一特殊领域、技术、行业或专业具有精准、高级的知识。知识流程外包包括：专业策划服务、知识产权服务、专业培训服务、政策法规调研等。其他服务项目有：知识产权研究，股票、金融和保险研究，数据研究、整合和管理，分析学（数据分析学/分析分析学）和数据挖掘服务，人力资源方面的研究和数据服务，业务和市场研究（包括竞争情报），工程和设计服务，设计、动画制作和模拟服务，辅助律师的内容和服务，医学内容和服务，远程教育和出版，医药和生物技术，研发（IT 和非 IT 领域），网络管理，决策支持系统（DSS）等（见表 1-3）。

表 1-3　知识流程外包分类及其业务范围

| KPO | 业务外包范围 |
| --- | --- |
| 研究类服务 | 商业研究/商务智能(分类市场研究,市场规模,竞争策划,商业计划起草,创新鉴定等)<br>市场研究(电话调查,网上调查,客户满意度研究,品牌研究,消费者倾向研究,消费者调查等)<br>股票、金融及保险研究 |
| 分析类服务 | 数据分析,财务分析,风险分析及数据挖掘等服务<br>数据管理(数据录入,数据采集,数据清洗,数据集成及管理)<br>市场进入<br>建立—经营—移交<br>咨询服务<br>采购投标分析<br>行业及公司研究<br>跨文化<br>语言服务<br>本地化<br>供应商谈判 |
| 其他类服务 | SPO——销售流程外包<br>LPO——法律流程外包<br>工程及设计服务<br>设计,动画,模拟化服务<br>人力资源研究及支持<br>决策支持系统(DSS) |

## 三 服务外包竞争力影响因素界定

随着全球服务外包业的兴起以及国际学术界对产业生产力研究的日益深入，一国或地区的服务外包竞争力越来越成为体现该国或地区服务外包优势和国际地位的衡量标准。那么，合理分析哪些因素构成一国服务外包业发展及其服务外包业竞争力的重要内容，从而对我国服务外包产业竞争力进行科学评价，及时提出推进我国服务外包产业发展的战略对策，就成为中国服务外包产业能否抓住机遇实现产业快速发展的关键。

波特国家竞争优势理论，从竞争力来源的角度对产业竞争力进行了系统的阐释。波特认为，一国的竞争力由四个基本因素和两个辅助因素决定。这四个基本因素为：生产要素，需求条件，相关产业的支持和企业战略、组织结构和竞争；两个辅助因素为：机会和政府。而应该说明的是，此处的机会是指能够影响国家竞争力的可变因素，例如突然高涨的国内或世界需求，外国政府政策的突然改变或某种新技术的产生及其对某种旧技术的替代等。这些机会可能会重新分配竞争力的格局，将会使有竞争力的企业失去原有的竞争力，而如果原本相对落后的公司能够抓住机遇，就能显著提升自身竞争力。但因为不可变因素对竞争力的影响不是决定性的，而同时机遇又难以预测，相同的机遇给不同的公司带来的结果也根据不同的公司对机会的把握程度也各不相同，因此，对此因素的研究相对缺乏依据，无论从过程还是结果都难予以科学的推演。因而我们在本研究中忽略此因素，根据波特理论中的其他五个影响行业竞争力的因素对服务外包行业竞争力进行分析。

### （一）生产要素

波特认为，生产要素分为基本要素和高级要素。基本要素是指一国先天拥有或不用花费太大代价就能得到的要素，包括自然资源、地理位置和非熟练劳动力等；高级要素是指通过长期投资或培育才能创造出来的要素，包括高等教育人才、科学技术以及知识资源等。随着国际贸易的发展以及基本要素的普遍可供性，一个国家基本要素的重要性正在下降，而高级要素则发挥着越来越重要的作用。

在服务外包行业当中，一地区的区位优势、人口素质和语言为该地区的服务外包业的发展奠定了坚实的基础。

**1. 地理环境和区位优势**

首先，良好的地理环境和区位优势能够为该地区服务外包业的发展提供良好的前提条件。从世界各国服务外包业的发展历史中我们可以看到，优越的地理环境禀赋是一国或一地区发展服务外包业的基础。在早期服务外包业刚刚兴起之时，软件服务外包还只是处于整个 IT 产业的最低端，只需要接包国承担一些简单的软件编程与系统维护工作，因而对接包国劳动力的专业素质水平要求并不是很高，反而需要一些便于沟通又易于管理的廉价劳动力。这样，印度就以其优越的地理环境顺理成章地迈出了服务外包业发展的第一步。作为世界上第二大发展中国家，印度有着低廉的劳动力价格，而同时由于历史原因，作为原英国殖民地，印度的劳动力人口有着良好的语言优势。以英语作为官方语言，印度人能够流利地用英语交流并且流畅地完成专业化任务，这使欧美国家的发包公司在交流和沟通上不会遇到任何阻碍，使得任务从下达、传递到接受不存在任何因语言沟通而产生的误解和问题。而这又大大减少了从任务传达到接受之间的成本，使得印度对欧美国家的公司有着巨大的吸引力。

从 20 世纪 80 年代开始，大量的欧美公司为了降低成本，增加公司国际竞争力，同时又试图通过技术外包来解决本国劳动力不足的问题，将大量的软件编程、系统维护等低端 IT 服务外包给印度公司。印度正是利用这一契机，抓住机遇，大力发展本国的服务外包业，成为如今世界第一大服务外包国，培养出一批以 TATA 为首的规模大、专业化程度高、在国际上具有很强号召力和国际竞争力的大型服务外包企业，同时该国的班加罗尔市也获得了印度硅谷的称号。

**2. 人力资源和语言**

与传统服务业类似，服务外包业对人力资源的需求占其生产要素需求的很大一部分，因此，一国或一地区人力资源禀赋对该国或该地区服务外包业发展起着决定性的作用。对人力资源的需求分为两部分，一是在数量上的需求，二是在质量上的需求。产业的发展不仅需要有足够的劳动力来维持足够的生产力，同时这些劳动力也要满足产业发展的要求。具体到服务外包业，产业的发展需要具有相当专业水平、熟练外语应用水平和交流能力的高科技技术人员和服务人员。这一要求为很多国家提供了天然的发展条件，同时也为另一些国家提供了内生的发展

障碍。

随着 ITO 的成熟和 BPO 的发展，墨西哥和东欧一些国家在服务外包业上的优越环境禀赋就逐渐显现出来。墨西哥与美国为邻，发包成本相对其他国家更低，对美国公司的吸引力巨大。而东欧国家则是通过巨大的劳动力优势赢得了广大欧美公司的青睐。以波兰为例，波兰拥有 3819 万人口，其中 25 岁以下人群占总人口的 35%，未来几年将有 1400 万的年轻人群进入劳动力市场，劳动力整体受教育程度较高。与西欧国家相比，波兰的劳动力价格低廉，雇用一个熟练技工的价格远低于法国和德国相应的价格水平。同时，卓越的语言优势也使东欧国家有着其他国家无可比拟的劳动力优势。据资料显示，一个在正常环境长大的东欧国家劳动力，平均会说三种到四种语言，其中包括本国母语、英语以及另外一种或多种欧洲国家语言。这种天然的语言禀赋为东欧国家服务外包业的发展提供了坚实的基础，同时也吸引了大量欧美发包公司。目前，以爱沙尼亚、拉脱维亚、立陶宛、波兰和匈牙利为主的东欧国家已经在呼叫中心市场上占据了主导地位。另外，东欧国家对西方文化的敏感度和亲和度也提升了项目运作的效率，降低了成本，提高了东欧国家在服务外包业中的国际竞争力。

欧洲市场上最大的接包国，有着"凯尔特之虎"称号的爱尔兰，也因其语言优势而获得了巨大的竞争优势。爱尔兰以英语为官方语言，语言障碍较少，这是欧美跨国公司转移外包较为看重的条件。欧盟市场有 20 多种语言的实际需求，爱尔兰可以吸引欧盟区其他国家双语和多语技术人才，将美国软件公司的产品欧版化，即翻译成不同语言的软件产品。这样爱尔兰就成为美国公司进入欧盟市场的门户。由此可见，天然的语言禀赋能为一国带来巨大的服务外包竞争力的提升。

另一方面，人力资源禀赋同时也会为一些国家和地区发展服务外包业造成天然的阻碍。作为世界第一发展中大国，中国有着其他国家无法比拟的低廉生产力价格和巨大的劳动力数量。2009 年，全国普通高校在校生总人数 2285.15 万人。此外我国专业从业人员人数众多，全国银行业员工总数扩张迅速，而 IT 人才培养速度也远远超过发达国家及同类竞争对手水平。以 IT 人才中需求量最大的软件工程师为例，我国每年培养的软件工程师就达 160 万人，是印度的 4.6 倍、英国的 109 倍。然而，中国缺乏大量以英语为母语的专业技术人才和具有国际视野、经验丰富的高级项目经理人才。服务外包对于语言的要求很高，语言习惯还会影响一个人的思维方式、逻辑推理能力等。英语是跨国公司选择外包合作伙伴时除成本之外的第二大因素，缺乏精通英语的专业人才是中国企业进军欧美外包市场的重要障碍，同时也大大制约了中国服务外包行业的竞争力的提升。

## （二）需求条件

需求条件包括国内需求和国际需求。波特认为，国内需求是产业发展的直接动力，刺激企业的技术改进和创新；国际需求对产业的竞争优势也会形成巨大的推动作用，如果产品的国际需求较大，就会促进本国参与国际竞争，产生规模经济。在理论研究中，波特着意强调了国内需求的不可替代性，认为无论国际需求如何大，也不能弥补萎缩的国内需求，没有高涨的国内需求，该国的产业很难有竞争优势。但我们认为，国际需求与国内需求是互补的关系，广阔的国际需求是可以弥补国内需求不足的。特别是随着离岸外包在全球服务外包中的地位日益增强，这种以国内需求为主导的竞争力分析模式甚至会被颠覆，而变为以国外需求为主导的分析模式。据统计，2007 年全球 ITO 离岸外包总量达到 25476 亿美元，而到 2008 年，这个数量增加到 30963 亿美元，到 2010 年，服务外包的总价值达到 6000 多亿美元。越来越庞大的离岸外包市场，逐渐占据全球外包市场的主导地位，因此高涨的国外需求对于一国或地区服务外包行业竞争力有着更大的提升作用。

### 1. 国内需求

不可否认，一国的国内需求是该国或地区外包行业发展的推动力。一国或地区国内市场的需求从需求的性质、需求的大小与成长速度及从国内市场需求转换为国际市场的能力等四个方面，对该国或地区服务外包行业竞争力的形成产生了影响。从市场需求的性质来看，如果一国市场的需求性质具有以下特色就会增加本国产业的国际竞争力：细分市场需求的结构、内行和挑剔的客户、领先其他国家的预示性需求。细分的需求市场能够提高生产的专业化分工，使发包方的选择和承接方的生产更具有针对性，从而提升该国或地区服务外包行业的竞争力。内行和挑剔的客户能够更好地监督和指导发包方的生产，提高接包质量，提升效率，从而提升产业竞争力。而领先其他国家的预示性需求能够提前预测未来全球需求，使国内企业先一步进行相关方向的研发与生产，使国内接包商率先进入市场，能够有充裕的时间进行相关服务的开发与优化，从而当真正全球需求到来

时，能够领先占领全球市场，拥有与其他国家企业相比更强的竞争力。

需求的大小与成长速度有强化竞争力的效果，这表现在以下几个方面：第一，较大的本国市场规模会刺激企业进行大规模投资，改进技术和提高生产效率，这将有利于提高具有规模经济和学习效应明显的产业竞争优势。若一国或地区有广大的国内发包市场，则会催生大规模的国内接包市场来满足发包商的需求，这样会提高国内市场的活跃程度和竞争性，促使国内接包商改善技术，强化创新，从而提升软件开发等服务的效率。而同时大规模的国内发包市场，也可以提升接包企业的规模经济，从而进一步提升国内接包企业在国际市场中的竞争力。

第二，本国市场的需求增长得越快，企业可能的机会就越多，市场空间越大，越会刺激企业采用新技术和增加投资。很明显，一国国内的发包量越大，接包企业的机会就越多，从而使得国内的服务外包市场的市场空间就越大，这一方面会促使新的接包企业的出现，同时也会督促已有接包企业扩大投资规模，通过创新和规模经济来抢占市场，从而进一步提升企业竞争力。

第三，本国市场的先发需求将使得本国企业获得先发优势，如制订产业标准等游戏规则。若一国的发包量巨大，从而能够影响全球服务外包市场格局时，该国就会有一定的定价权，能够有实力制订有利于本国企业发展的行业准则，从而进一步提升本国服务外包行业的竞争力。

第四，本国市场的提前饱和将迫使企业进行创新与产业升级。若一国国内服务外包市场已达到饱和，为了需求出路，国内的接包企业只能选择"走出去"的战略到国外寻找发包商，而国际市场的竞争强度更大，迫使企业通过创新与产业升级来提升自身在国际市场中的竞争力。

国内市场需求转换为国际市场需求的能力越强，就越有助于本国企业的产品进入外国市场。

**2. 国际需求**

随着离岸外包在全球服务外包中的地位日益增强，以国内需求为主导的竞争力分析模式不再适应全球服务外包业发展的格局，而适应将分析变为以国外需求为主导的模式。据统计，2008 年，全球离岸服务外包数量增加到 30963 亿美元，越来越庞大的离岸外包市场，逐渐占据全球外包市场的主导地位，因此广阔的国外需求对于一国或地区服务外包行业的提升有着更大的提升力。在这方面最好的例子就是印度。据统计，作为世界服务外包行业最发达的国家之一，印度目前已占有全球服务外包市场总额的46%和全球软件外包市场总额的65%，其中90%以上的接包业务来自欧美国家，印度对美国离岸外包业务更是处于垄断地位。财富500强企业中有1/5在印度设立了研发中心，有220家从印度获得软件支持。广阔的离岸市场是印度服务外包发展的前提条件，如果没有欧美公司巨大的发包量，仅仅靠本国极其有限的市场，印度的服务外包产业是很难达到现在这种世界领先水平的。而同为全球最重要的服务外包承接地之一，爱尔兰是欧洲市场上最主要的接包国。目前在欧洲市场上，43%的计算机、60%的配套软件都是在爱尔兰生产的。由此，爱尔兰赢得了"凯尔特虎"、"欧洲软件之都"、"新的硅谷"、"软件王国"等美誉。如果没有欧洲市场的巨大需求，爱尔兰服务外包企业的国际竞争力将大大降低。

## （三）产业支撑

钻石理论认为，一国的某一产业要想在国际上获得持久的竞争优势，就必须具有有竞争力的相关产业。一个产业的上下游产业以及相关产业的密集高速发展，有助于实现产业内高度分工协作，提高产业效率。同时由于周边产业资源丰富，可以使该产业有足够的力量进行技术开发。密集的产业分布，有利于降低产业内的交易费用，降低生产成本。巨大的产量可以形成外部规模经济效应，形成专业化的中心市场。因此相关产业的专业化发展有利于该产业的竞争力形成。

具体到服务外包行业，与其联系最为密切的上游产业为一国的服务业。从多年的实证发展经验可以看到，成熟的服务业是一国服务外包业高速发展的必备条件。据统计，目前作为服务外包业发展最为迅猛的三个国家和地区——印度、墨西哥和东欧各国，在经过一系列的改革和调整后，服务业在三大产业中所占的比重都上升到50%左右。服务业的大力发展，为服务外包提供了良好的发展基础。印度第三产业所占比重已经高达54%，占据了绝对优势的地位。而作为服务外包后起之秀的墨西哥也是由于第三产业在GDP中占有绝对优势而为服务外包的发展提供了沃土。墨西哥的服务业占GDP的68%，服务业的从业人数占全国人口的60%。这一数据和一些发达国家的服务业发展程度都很接近。墨西哥服务业的优势，使得该国外包所需的服务部门和服务结构非常成熟，从而墨西哥的服务外包对美洲国家极具吸引力，墨西哥也因此成为北美的外包中心。由此可见，

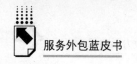
第三产业的发展为一国或地区服务外包业创造了良好环境和基础，为企业的科技创新提供了条件，在降低成本的同时提升了该国服务外包行业的竞争力。

相比之下，虽然我国产业结构日趋合理，第一产业比重下降，第二、三产业比重上升，但受长期中国产业结构状况影响，第三产业受到的重视仍然远远不足，在一定程度上阻碍了我国第三产业的发展与升级，使得我国第三产业占国内生产总值的比重较其他国家来说相对较低。第三产业得不到快速发展导致我国服务外包业的发展相对滞后，离岸外包的质量和数量与印度等服务外包业发展较快的国家相比都大打折扣，从而大大影响了我国服务外包行业竞争力的提升。

与此同时，作为服务外包业的重要相关产业之一，电子和软件服务业的发展也对服务外包业的发展起着举足轻重的作用。仍以印度为例，电子和软件服务业已是印度第三产业的主导，电子和软件服务业的产业结构在很大程度上影响着印度承接服务外包的产业方向。根据数据，印度的服务外包业的高速发展是与其电子软件服务业的发展相伴的。电子信息业的发展能够显著提升服务外包业的技术水平基础，这不仅可以提高要素使用效率，降低生产成本，同时也能够通过改善原有产品品质和开发新产品来形成产品的新优势，从而提升一国或地区服务外包的竞争力。

## （四）企业战略、组织结构和竞争

企业战略、组织结构和竞争包括公司建立、组织环境、公司规模、战略决策的特点以及国内竞争的性质。波特认为，企业的目标和战略会影响企业的发展，企业的组织结构会随产业和国情的变化而不同。而激烈而有效的国内竞争可以促进企业加快发明创造，提高产品质量，降低成本，加强国际竞争力。

企业是构成产业的个体，产业的发展以企业为基础，产业内企业素质的高低决定着产业竞争力的强弱。一般来说，如果一个产业内的大多数企业在规模、效率、人才等方面具备竞争优势，那么该产业在国际上的竞争力就比较强。因此，一个产业要想建立竞争优势，必须提高产业内企业的素质。企业战略、组织结构和竞争对一国或地区产业竞争力的影响又可以从两方面来判断：企业的成本和企业的能力。

### 1. 企业成本

企业的成本分析包括企业的员工成本、办公成本、管理费用和税收及补贴。

员工工资主要由工资、奖金和福利三部分组成。在外包的成本中，人力资源成本占外包成本的 70% ~ 80%。大部分发包企业发包的最初动因就是为降低成本，所以人力成本的高低在很大程度上影响着企业的接包情况。印度软件服务外包业最初的发展便是由于其廉价的劳动力价格能够大大降低软件的开发成本，从而吸引了大批欧美公司将其软件开发、系统维修等业务外包给印度的接包企业。经历了服务外包业长足的发展，印度的 IT 产业劳动力成本在逐渐增加，而目前中国的劳动力价格仍处在低位。随着经济的高速发展，中国主要沿海商务城市北京、上海、深圳、天津、大连等城市的员工工资、补贴、福利等员工成本表现出上升趋势。但中国还存在着一批人力资源充裕而员工成本相对较低的内地城市，如西安、武汉、成都等。这些城市通过成本优势来吸引越来越多的全球外包业务，并将会在一定时间内保持这一优势。

办公成本主要由两部分组成，一是办公用房的购买或租借成本，二是办公设备及办公材料的成本。对中国而言，办公成本既是影响接包企业成本的重要因素，也是外包企业在国内设立研发机构的重要参考数据。随着中国经济的不断增长，房地产市场在最近几年获得了长足发展，各地房价飞涨，由此带动了办公用房成本的上升。国内主要城市的甲级办公用房价格近几年一直保持较高增幅，这降低了中国服务外包提供商的竞争能力，很多企业开始关注二线城市，在二线城市如武汉、西安等地建立外包服务基地。从这方面看，这也意味着二、三线城市的服务外包的竞争力相对增强了。

企业管理费用主要包括为维持国际标准认证所产生的费用，以及为客户上门提供服务的有关费用。比如为了达到国际软件外包市场的进入门槛和具备相应的市场竞争能力，通过 CMM5 级认证已经成为软件外包提供商的必备的管理标准之一。以我国为例，目前国内一家软件企业通过 CMM5 级认证的整个认证过程中的咨询费用、培训费用要达到近千万元，每年年审费用也近百万元，这对于国内企业来说是一项很大的成本。目前商务部提出的"千百十"工程，对认证企业提供资金支持，降低了此项成本，从而提升了国内企业在成本控制方面的国际竞争力。

而从税收和补贴方面来看，如果一国政府对服务外包企业有相对优惠的税收优惠政策，则能够吸引更多的国外发包企业，从而提高该国服务外包企业在离岸外包市场中的竞争力。如果一国政府在税收政策方面没有制定具体针对性的优惠

政策，从而使该国与其他服务外包业发达的国家相比缺少了税收和补贴的优惠，无疑会降低该国在外包行业中的竞争力。

**2. 企业能力**

企业的能力分析包括企业对专业资源拥有程度、企业的规模和财务能力、企业的管理能力以及企业的客户服务能力。企业对专业资源拥有程度测度的是企业能够有多少可用的专业资源，包括人力资源、营销渠道等。一个企业能否拥有较高的语言水平、顺畅的客户沟通能力和合格的专业素质人才以及一个低成本、有效的业务营销渠道，是该企业在服务外包国际市场中能否形成竞争力的关键因素之一。通过建设面向国际知名大企业、面向行业应用、面向质量管理的技术支撑平台，能够提升该地区对专业资源的拥有能力。通过搭建中介服务平台，引进外包企业所需要的中介服务机构，如投资机构、会计师事务所、物业管理等，能够使企业加快形成具有行业特色、产业优势、规模效应和品牌形象的具有国际竞争力的龙头企业。

企业的规模和财务能力是一个企业在国际市场中形成竞争力的关键因素之一。规模大、有强大资金支持的企业一般在市场中的竞争力比规模小的企业要强得多。印度3个最大的软件公司的市值超过了中国软件百强企业的总和。以印度Infosys为例，目前已达到市值80亿美元，员工人数达几万人。显然，如此巨大的企业规模对该企业在国际市场中竞争力的形成有着不可忽视的作用。中国软件行业的一大主要劣势是多数软件公司因为规模太小而拿不到像样的外包合同。中国大多数软件企业仍普遍处在作坊式的经营阶段，尚未形成合理的规模，大多数企业技术储备及基金积累还很匮乏，无法跟上世界软件技术发展的潮流。

企业的财务能力也是衡量一国或地区服务外包竞争力的重要标准之一。良好的财务能力能使企业有效地降低成本，从而增加收益与利润。低成本、高收益和高利润对企业的发展和整个国内行业的壮大有着根本的推动。与印度相比，中国企业软件开发外包的收益相当低。以印度 Infosys 软件公司和中国软件开发外包的"三强"公司（华为、中兴和海尔）对比，印度公司的利润率接近中国企业利润率的6倍，而中国服务外包企业的利润率则只接近于零售企业、制造企业。这主要是由于缺乏核心技术，软件服务的价值没有体现出来。可见，较大的规模和强大的财务能力与利润率，是提升一国或地区服务外包企业在国际市场中竞争力的重要因素。

企业的管理能力和客户服务能力。CMM 是能力成熟度模型（Capability Maturity Modal for Software）的缩写，是由美国卡内基梅隆大学的软件工程研究所研制的一种评价软件承包能力并帮助其改善软件质量的方法。这一认证已越来越成为离岸外包市场的业界通用标准，欧美企业对 CMM 认证非常重视，一般对通过 CMM3 认证的企业才敢放心发包。一国或地区通过这一认证的发包企业越多，该国或地区在国际服务外包市场中的竞争力就越强。从客户服务能力角度来看，提供上门服务可以有效减少客户的交易成本，并且使发包国更容易扩大知名度，接揽业务。印度的软件出口收入有将近 50% 是来自上门服务，有几十万名 IT 专业技术人员从事上门服务工作。但中国提供上门服务的企业较少，且大多以办事处的形式出现，没有真正实现在东道国进行服务。这不仅使我国企业失去提高知名度的机会，同时降低了我国服务外包产业在国际市场上的竞争力。

## （五）政府作用

钻石模型认为，在国际竞争中，政府起到重要的辅助作用，它的基本职责是为企业发展提供良好的外部条件。政府可以通过制定各种政策措施来影响生产要素条件和买方的需求，也能以各种方式决定相关产业和支持产业的环境，影响企业的竞争战略、结构、竞争状况等。波特认为，由于政府的影响主要是通过对上述四种基本因素的影响实现的，所以它被列为辅助要素。但是，在服务外包行业中，政策的优惠对一国或地区吸引外国发包商的影响是巨大的，从而显著降低或提升该国或地区服务外包业的竞争力，因此，我们对钻石模型做少许修正，认为政府与其他四个影响因素是平行相关的。

在服务外包业中，政府的行为对产业竞争优势的形成起着巨大的推动作用。政府可以通过加强基础设施的建设，为产业发展提供良好的基础条件；可以通过制定优惠政策来吸引投资，制定教育政策来培养教育人才；可以通过完善法律法规，维护公平、合法竞争；可以健全各类市场，形成开放式的经营环境。在市场经济制度不够完善、市场主体不够成熟的发展中国家，政府对产业发展的作用更不容忽视。根据服务外包行业的特殊性，我们可以从以下四个方面对影响服务外包竞争力的政府因素进行分析：科技园区的建立、知识产权保护、税收优惠和人才的培养。

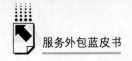 

### 1. 科技园区的建立

科技园区的建立为园区里的企业提供了非常宽松的贸易和投资环境，为服务外包作出了巨大贡献。近年来，各个服务外包发达国家政府投巨资，建立和加强软件产业发展的基础设施建设，为该国的服务外包发展创造投资环境。通过科技园区在税收、土地出让价格和用地规划等方面的特殊优惠，各国软件企业能够得到很大的发展，从而培养出一批知名服务外包企业。而同时，一些国家工业园区的当地政府承诺提供更充足的电力、便捷的高速公路等基础设施以及提供更为宽松的监管环境等来促进这些产业的发展。这大大降低了科技园区内服务外包企业的运营成本，从而提高建立科技园区国家服务外包业在国际市场上的竞争力。

### 2. 知识产权保护

由于服务外包牵涉发包企业内部的一些机密，对提供商所在国家的信息安全保障法规体系要求很高，因此知识产权保护在一国或地区服务外包发展的水平测评中占有不可忽视的地位。欧美软件发包商在选择承包商时，对于东道国商务和法律的国际规范有着很高的要求，特别是对知识产权保护的问题极为关注。较为完备的知识产权保护体系，能够减轻欧美国家发包企业对外包产品产权所属等敏感问题的担忧，从而吸引发包商选择该国或地区的接包企业。而目前中国对知识产权的保护虽已采取了多项措施，但仍旧收效甚微，尤其是在对欧美软件外包业务中，知识产权问题已经严重影响中国企业的发展。一些美国公司担心，中国企业的参与将可能导致核心技术的流失。这严重影响我国接包企业对于欧美公司的吸引力，大大降低我国企业在国际服务外包市场中的竞争力。

### 3. 税收政策优惠

宽松的税收政策能够为离岸服务外包提供宽松的政策环境，从而提升该国在国际市场中的竞争力。税率优惠和政府补贴能够对投资者的利益给予合理保护，吸引更多的服务外包企业投资落户。一般来说，税收优惠政策包括：对工厂、建筑和设备给予折旧补贴，不扣赋税；在本国的专利和开发的产品免征所得税；公司利润可以自由汇出等。这些吸引政策和鼓励措施在带来国外投资者的同时，也提升了该国服务外包的竞争力。

**4. 人才培养质量**

政府对服务外包人才的培养政策关系该国服务外包行业的发展，对该国服务外包行业的竞争力，特别是未来的竞争力有着重要影响。如果一国政府十分注重对人才的培养，那么未来该国定会逐渐形成一批高素质、专门从事服务外包的人才队伍。专业人才的增加能够提升行业内劳动力素质，同时，企业高水平的从业人员也能够对企业战略组织结构进行优化，从而提升该国或地区的服务外包行业竞争力。

# 总体报告

**General Report**

## B.2

## 第二章

## 全球服务外包发展态势综述

### 一 全球服务外包发展的基本特征

服务外包最早开始于20世纪60年代，凭借其有效降低成本、增强企业核心竞争力、优化资源配置等优势逐渐成为企业广泛采用的管理战略。在畅销书《世界是平的》中，作者弗里德曼将全球化分为三个阶段："全球化1.0"主要是国家间融合和全球化，始于1492年哥伦布发现"新大陆"之时；"全球化2.0"是公司之间的融合，从1800年一直到2000年；而在"全球化3.0"中，个人成为主角，服务外包是其主要特征和使"世界变平"的主要推动力。"全球化3.0"时代孕育了巨大的外包市场，从而创造了全新的商业模式。随着信息和网络技术的发展、发展中国家人力资源水平的提高以及国际贸易体制日益开放，越来越多的国家和企业加入到服务业外包的行列。

目前，全球服务外包市场规模不断扩大，2008年，全球服务外包市场规模为3000亿~5000亿美元，预计到2015年将突破1万亿美元。其中，美国、欧洲和日本的跨国公司和服务机构仍是国际服务外包的主要转移方,这三个地区的服务外包产业占全球服务外包总量的 95% 左右。同时,服务外包带来的巨大商业机会,吸引了更多的国家和地区,尤其是新兴经济体的踊跃参与,通过采取积极的扶持措施和政策,努力提升本国在全球服务外包产业链中的地位。例如,中国、印度、加拿大和巴西等国家和地区对发展软件外包高度重视,甚至将其提升到国家战略产业的高度,正努力成为全球服务外包交付中转中心。

## (一) 经济全球化和全球化配置资源趋势

服务外包体现着经济全球化的发展,经济全球化是当代世界经济的重要特征,也是世界经济发展的重要趋势。全球化通过国际商品贸易、跨国服务、国际资本流动和科学技术转移,在世界范围内形成了一个巨大的市场。可以看到经济全球化使资本、信息、技术等生产要素在全球范围内进行重新分配,各个国家、各个经济体在经济全球化这一进程中,形成一个相互融合、相互联系、相互竞争、相互制约的整体。从全球来看,随着全球化发展,经济结构日益升级深入,全球服务贸易一直保持快速增长。全世界产出的 1/3 需要通过贸易来实现其价值,世界各国、各经济体通过国际贸易相互联系起来,形成的这个巨大的市场正将越来越多的国家包罗进来,这种现代的国际性市场发展趋势,使传统的国内与国际市场的界限逐渐模糊,或者说传统意义上的一个国家的内部市场与外部市场逐步被世界市场所替代。

经济全球化不仅仅是经济活动的全球化,经济体之间的经济关系也在逐渐产生巨大的转变,现在市场上的产品,很难说清楚它们到底来自哪里,比如生产一架波音 747 飞机,需要分布在全世界各地的 30 多个国家的 25000 多家制造商共同合作才能完成。很多资本雄厚的企业在经济全球化的过程中,把握住服务外包这一策略机遇,不仅为企业创造了巨大的利润,也铸就了一个个驰名世界的著名公司。比如国际四大会计师事务所的德勤、毕马威、普华永道、安永,它们就是为来自不同行业的企业提供会计管理服务的著名企业,全球各地、各个国家都有它们的客户。由于会计师事务所专业于会计管理,无论是效率和水平,都要比一般的企业内部会计部门更胜一筹,因此追求低成本、高效率、高水平的客户更愿意将自己企业在会计管理方面的业务交由会计师事务所来完成。可以说四大会计师事务所是在世界市场中的四个国际型企业,很难说清它们真正的所属地。目前

的全球市场，生产商主要是追求利润的最大化，一般不会考虑这件商品到底属于哪个国家，因而尽量寻找生产成本最低的地区或国家生产，因此在全球市场总能找到资源更高效配置的途径。

由于每个国家经济发展程度不同、资源禀赋不同，随着经济全球化的发展，国际化分工越来越深入和细化，各国之间、各国企业之间的关系越来越紧密，这种社会分工的变化也使服务外包的模式发生着变化，比如一般的汽车公司在其他国家设立的生产轮胎的公司的产品有可能并不如专业生产轮胎的企业，于是利用当地的资源和人力，转而更直接地将生产交由更加专业的生产轮胎的企业来生产，驰名世界的米其林和普利司通两家轮胎专业制造商就为全世界许多汽车制造商提供轮胎。再比如，中国台湾著名的富士康公司是专业制造电子通信产品的零件的企业，几乎垄断了世界上各大手机品牌的零件制造业务。在这种趋势下，服务外包业务的发包企业和承包企业之间的关系变得更加紧密、更加密切。

与此同时，伴随全球服务外包产业的快速发展，也应注意防范相应的风险。首先，当企业面对全世界市场的竞争时，即使是资本力量雄厚的企业也难免显得势单力薄，许多公司采用服务外包策略后非但没有增长利润、扩大市场，反而因为投资策略失误，或者是承包商选择不当，受到拖累并造成损失。其次，由于将本来属于企业自身的业务外包给其他公司，就无法避免会有人员失业，对社会福利造成负面影响。最后，由于发包企业与承包企业之间、国家之间的依赖性随着经济全球化的发展，贸易活动的增加，服务外包合作的深度逐渐加强，导致某一经济体或者国家出现经济危机，会迅速影响相关企业出现危机，东南亚金融危机和美国次贷危机都是殃及全球的典型案例。

经济全球化对承包企业和国家同样也有负面影响，由于世界各国的发展程度差异很大，导致不同发展程度的国家所承包的业务也有区别，许多发展中国家所承包的业务都是污染大、附加值低的低端业务，这些业务若在原产地生产，不仅会花费大量的人工成本，还会花费大量的成本处理环境污染问题，因此发达国家将这些业务转移到发展中国家，使得污染和风险一同转移到承包国家。再者由于国家之间的生产力差距比较大，人力资源差距也比较大，致使许多产品和服务的质量出现不同国制造不同质量的问题，这也是目前困扰跨国企业的一大难题。但不可否认，经济全球化推动了全球服务外包的迅速发展，全球服务外包也进一步推动了企业全球化资源配置趋势。

## （二）国际分工深化和产业转移进程加快

各国在经济全球化的过程中都努力寻找自己的最佳位置，社会化分工超出国界在国际范围内进行，也要求各国依自身比较优势选择发展方向，而国际分工的进一步深化又要求各国在这一过程中寻找最佳定位。第二次世界大战后三次国际分工形成三次产业升级和产业转移，每一次产业战略转移过程就是一次国际利益再分配过程，抓住机会的国家在这三次产业转移中成为得益者，否则就被远远地抛在后面。

20世纪60年代在全球技术革命的推动下，一些发达国家积极发展资本密集和技术密集型产业，而将大批劳动密集型产业向发展中国家转移，亚洲"四小龙"成为这次转移的重点地区，这次转移使亚洲廉价劳力和资本结合起来，这些国家和地区广泛采用出口导向战略，劳动密集型产业迅速扩大，加速了经济发展，从而在20世纪80年代完成了工业化进程，成为发展中国家和地区经济快速发展的典范。

20世纪70年代，由于石油危机的冲击，使基础资源价格大幅上涨，发达国家再一次调整产业结构，把一部分高消耗、严重污染环境的重化工业部门向新兴工业国家和地区转移，形成第二次产业转移高潮。韩国、中国台湾地区、新加坡等又抓住时机发展了汽车、造船、钢铁、石化等重工业使经济再上台阶。而香港则利用区位优势突出发展金融、贸易、运输和加工业，迅速成为亚洲的金融中心、进出口中转站和国际运输中心。

第三次产业转移高潮出现在20世纪80年代以后，随着美国经济大调整的开始，发达国家经济由工业经济向知识经济过渡，发展重点在知识技术密集型领域和行业，不但将劳动密集型工业向外大量转移，就连资本密集型项目也开始向外转移，如电子、汽车、飞机制造等。这次转移不但行业类型多，而且转移的国际资本额十分巨大，大多数积极采取开放政策的国家都得到了很大的发展。伴随国际产业转移新趋势，各国之间的关系日趋紧密，这是全球服务外包快速发展的重要推动力量。

## （三）产业结构升级和服务型产业扩大

世界经济正在向服务型产业转型，第三产业所生产的价值与日俱增，许多国家的GDP中第三产业的贡献量巨大，跨国公司服务化趋势越来越明显，服务型跨国公司的实力不断增加，比如现在世界上一些规模大资本雄厚的商业银行、投

资银行，其分支机构遍及全世界，以及前文提到的四大会计师事务所也是这些服务型跨国企业的典型代表。正是由于需求的不断增长，促进了这些企业的迅速发展，也推动了全球服务外包的发展，全球服务外包的发展反过来也为这些企业开辟了更宽广的道路。比如普华永道会计师事务所，2008财年的收入比2007财年增长14.0%，主要国际客户包括美国电报电话公司、IBM、日本电报电话公司、强生公司、雪佛莱和诺基亚等各行业的优秀企业。

与此同时，制造型企业的生产方式也在发生巨大的变化，由于国际市场的竞争日益激烈，客户的选择多、要求高，因此制造企业不仅需要提高产品的质量，更需要提供相应的生产性服务，才能更多地吸引客户，如针对不同客户的要求生产有差别的产品，提供更完善的售后服务，可以说在传统的制造业中服务性质的业务大量增加，这些生产企业并非专业于这些服务，因而服务外包是这些企业主要选择的管理策略。20世纪以来，由于生产技术的革命，使得纺织工业的生产率大幅提高，直接导致全球的纺织产品过剩，由于美国的资源相对于其他国家较为昂贵，致使美国原产的纺织品价格高，而国外的产品最大的竞争优势就是价格，迫使美国纺织企业到国外寻找厂商合作生产，以此降低成本。20世纪90年代中后期，世界范围的现代服务型产业呈进一步扩大趋势。随着全球经济一体化不断加强，国际贸易障碍逐渐减少，使得服务外包产业开始向全世界各个国家延伸。

### （四）科技进步和生产方式不断演化

科学技术的发展是推动全球服务外包发展的重要因素，近百年来，人类在科学技术上的发展日新月异，可以说地球变得越来越小，原来看起来遥不可及的距离现在微不足道。这都要归功于人类社会通信技术的迅猛发展，距离的"缩短"使国际贸易环境不断开放，服务业全球化趋势日益明显。从电话、电视机到计算机，尤其是计算机和全球网络的发展，给人类的信息传输带来了质的飞跃，不仅在速度上大幅度提高，而且传输成本大幅降低，这些都极大地促进了全球服务外包的发展，使得各个企业可以更加自由地在全世界进行最佳的资源配置。在以前由于地理限制需要几个月来洽谈的业务，现在只需要几个小时的视频会议就能够解决问题，不仅方便快捷而且节约时间和成本，为服务外包的迅速发展提供了有利的基础条件。

在现在社会的生产生活中，无论是个人的生活还是企业的生产，都需要信息技术的支持，信息技术已经深入到人类社会的各个方面。而基于信息技术的服务业也快速发展，比如电子商务，就是基于信息技术兴起的商务活动，企业将自己的一些销售或者其他业务交与这些网站，由这些网站作为中介来寻找顾客，并完成支付的商业活动。这正是得益于信息技术可以跨越地理距离的障碍，而通信的发展恰好在服务外包兴起的时候适时地提供了一个非常合适的载体和基础，使得全球外包产业可以迅速地发展，不受地理环境的阻碍。正是由于通信技术在外包发展中的重要地位，使得其本身也成为一种外包的业务，而许多非致力于通信科技的企业没有足够的能力去保证自己在这方面的水平，因此把企业自身所要用到的通信系统、通信设备制造，甚至通信业务交由专业的通信技术公司，逐渐形成一种非常广泛的服务外包业务。

**1. 信息技术广泛应用**

生产方式的变迁与生产力的发展是分不开的，全球生产网络作为人类生产方式的表现与科学技术的进步息息相关。20世纪60年代以来，第三次科技革命兴起，微电子技术、通信信息技术、运输技术的迅速发展，一方面改变着人类的思想观念、思维方式、生活方式，另一方面创造出新的生产和交易方式，更直接地加快了信息流通，拉近了地区之间的联系，消除了地域隔阂，大大降低了国际交易成本，成为推动经济全球化的物质杠杆。

微处理器的开发使高功率、低成本的计算机得以发展，大大增加了个人和企业所能处理的信息量，微处理器也构成了电信技术新发展的基础。在过去的30年中，全球通信因卫星、光通纤维和无线技术以及现在的因特网和万维网的发展而发生了革命性的变革，这些技术依靠微处理器进行编码，在电子高速公路上流动的信息微处理器在功率增大的同时，其成本在继续下降，全球的通信成本也将大大降低，从而减少协调与控制全球组织的成本。

**2. 互联网加速普及**

1990年，因特网的使用者不到100万，到2000年，因特网的用户已超过3.3亿。因特网已经成为全球经济的支柱。1994年网上交易实际价值几乎为零，到1997年这一数字高达75亿美元，根据美国商务部的一份报告，到2003年仅美国这一数字就已可能达到3000亿美元。[①] 在国际经贸往来日趋紧密、规模越

---

① CNNIC：《中国互联网发展状况统计报告》。

来越大的情况下，以现代信息技术为依托的电子商务突破了传统商务在时间、地域上的限制，其业务范围涉及连锁管理、异地银行、网上订货、网上证券交易、网上保险等广泛领域。电子商务在提高商务效率、降低商务成本的同时，扩大了商家的经营范围，使企业在相当程度上成为无国界的国际性企业，也大大强化了人们头脑中"网络"的概念。

在信息经济的今天，多媒体技术的发展与因特网的发展，使得任何一家有能力进行全球扩张的企业的活动范围都可以达到世界的任何地方。信息技术在降低企业远距离控制成本的同时，也为信息、商品和要素的全球快速流动提供了技术上的支持。正是在这样的背景下，信息技术的发展为全球生产网络提供了最为坚实的物质基础。

### 3. 运输模式不断革命

自第二次世界大战以来，除了通信技术的发展外，运输技术也已发生了重大的创新，大大简化了从一种运输模式转换到另一种运输模式的装卸活动。商用喷气式客机的出现，使一地到另一地所需的时间大为减少，把地球缩小了。科学技术革命使生产得以迅速国际化，出现了更为广泛的国家之间横向分工和发达国家与发展中国家的垂直分工，实现了资源的合理配置，推动了国际经济交往，使得全球服务外包的浪潮风起云涌。

## （五）市场经济深化和生产组织跨国化发展

### 1. 市场经济不断深化

市场经济是推动全球生产网络形成的原动力，未来世界经济的秩序将以市场经济体系、规则和机制为基础。可以说，当今世界经济是在市场经济体系的规则框架下演变的。市场经济的力量直接地体现在市场的扩大上，市场已将一切纳入到交换体系，并最终形成一个统一的世界市场。两极世界格局解体之后，各国间互市贸易空前发展，极大地促进了世界经济的增长。1997 年召开的丹佛七国首脑会议发表的经济声明就指出："市场越来越多的全球化是世界经济增长的一个重要动力，它将给所有国家提供机会。"

建立在市场经济运行机制基础上的国际经济一体化规则正在逐步形成，随着WTO 的建立及与贸易有关的知识产权、投资、环境等纳入多边贸易体系，世界经济发生了质的变化，参与交易的并不仅限于有形商品，还有许多无形商品，尤其是生产要素也逐步纳入交换体系。同时，交易的规则制度也日趋完善，商品、服务、技术、资本、贸易等都有章可循，跟单信用证、联合运输、电子单证等也有法可依。不管是区域内的流通交易，还是多边贸易框架下的贸易交换都有制度保障，就连环境保护、绿色贸易也纳入制度化建设之中，所有这些都将有利于世界市场体系的健康发展。

如何发展市场经济？调整改革之风席卷全球，几乎所有的国家都程度不同地进行着市场化的改革。发达资本主义国家的市场化偏重于适应新科技革命之要求，调整产业结构，改组企业组织，继续深化完善市场制度。在以苏联和东欧为代表的社会主义国家中，长期以来排斥经济生活中的市场力量，而过分强调政府计划的力量。尽管通过计划经济体制使这些国家的经济从第二次世界大战后的废墟中迅速恢复起来，并取得了相当辉煌的成就，但从20世纪80年代末开始，长期忽略市场作用的弊端就显现出来，到了90年代，苏联和东欧社会主义国家通过"休克疗法"，在最短时间内实现了计划经济体制向市场经济体制的转变。大多数发展中国家的经济体制也经历了一个从国家干预体制向市场经济体制的转变过程，发展中国家的市场化着重于对高度民族保护主义政策和内向型进口替代工业战略的调整改革，以使其更加适应国际分工体系。如果说近年来的市场化是以国为界的市场化改革，那么将来的市场化将是超越国界，在全球程度上的市场经济整合。

**2. 跨国公司全球化战略**

商品与要素的价格在世界不同地区是不完全相等的，这种地区性差价的存在被人们称之为"区位优势"。区位优势为企业提供了进行全球性套利的空间，于是便有了对外投资、技术转让，以及企业生产过程的分解和全球配置。在这一活动中，跨国公司逐渐成为主角，这是因为跨国公司本身具有"所有权优势"和"内部化优势"。所有权优势使得跨国公司凭借其独有的知识产权、技术诀窍、管理战略以及资金实力，既可以利用发展中国家低成本的生产要素，将产品销售到价格更高的市场上进行商品套利，又可以将巨额剩余资本转向资本稀缺、投资回报率高的发展中国家进行资本套利；而内部化优势又使得跨国公司能够将生产和销售活动按照最有利的区位分布配置于世界各地，并将每一个分支机构及其所联系的企业在职能专门化的情况下组成一体化的网络，通过在世界各地的生产、销售以及R&D等活动来服务于母公司的发展战略。

目前，全球跨国公司已经达到6.5万多家，分支机构与子公司达85万家，资产总额达14万亿美元。2002年跨国公司的销售额为29万亿美元，数倍于当年世界进出口贸易总额，跨国公司在母国外的直接投资已经超过1万亿美元。跨国公司生产总值已经占世界生产总值的45%以上，跨国公司控制世界进出口贸易额的50%以上，控制世界技术转让的75%，掌握国际投资的90%，控制生产技术的90%，控制工业研究与开发的近90%。① 这样做的结果是，国际范围的分工与协作在实际上就变成了跨国公司内部的分工与协作，借助于这样的分工与协作机制，跨国公司不仅节省了利用市场的交易费用，而且也消除了市场壁垒对其套利过程的干扰。当跨国公司利用其"企业优势"和"内部化优势"而大举进行全球性套利活动的时候，其客观效应是推动全球服务外包浪潮的形成和发展。

### （六）企业内在降低成本和加强管理推动

#### 1. 企业节省费用和降低成本的需要

企业实行外包的最基本、最根本的原因就是为了降低成本。在经济全球化的今天，资源在全球得到比较有效的配置，跨国企业可以在全世界的范围内配置自己的资本，将生产和服务安排在成本较低的国家进行，将非核心业务或者非专业的业务承包出去，可以有效地提高工作效率，降低成本，提高利润。服务外包不仅可以降低成本，还可以优化企业规模，因为当企业规模扩大到一定程度时，就会出现规模报酬递减的结果，因此，盲目地扩大规模显然是不明智的选择，企业可以用外包的管理方式将规模控制在最佳的规模上。

另外，服务外包的优势还可以降低企业的风险，随着企业规模扩大、市场扩大、生产扩大、团队扩大，风险也随之增加，如果进行适当的业务外包，与合作企业形成风险共担的经营机制，就可以有效地降低风险。在服务外包人力成本方面，我国一线城市如北京、深圳、上海、广州，一个软件程序员的平均年薪不到美国类似程序员的1/4。像中国这样人力资源丰富的国家，人力的成本远低于像美国这样的发达国家，而且人力资本的成本是服务型企业的主要成本之一。除人力成本外，服务外包更加依赖于通信技术，所以随着通信技术的快速发展，使得通信成本越来越低，为服务外包发展提供了更加良好的基础。

---

① 联合国贸易发展会议：《世界投资报告2003》，中国财政经济出版社，2003。

### 2. 企业管理理念的不断发展

随着企业管理理念的不断发展，企业越来越重视提升自己的核心竞争能力。企业之间的实力差距，不仅仅体现在企业所从事的生产活动上，还体现在其他相关的企业经营活动上，这些别人无法复制的企业经营能力就是所谓的核心竞争力。核心竞争力是指组织中的积累性学时，特别是关于如何协调不同生产技能和有机结合多种技术流的能力。核心能力是技能和技术的集合。企业通过将非核心业务外包给第三方公司，不仅可以减少成本、提高效率，还可以节省大量的资金和人力资源用于提升企业的核心竞争力，使得企业的有限资源达到更有效的分配，因此，服务外包战略也是企业管理发展的趋势和方向。

## 二　全球服务外包发展的最新趋势

全球外包产业的发展推动各行业带来了巨大的变化，在服务外包行业发达的印度，仅在 2008 年，全球计算机用户电话服务中心领域就为印度提供了 200 多亿美元的收入和 110 万个工作岗位。服务外包不仅在宏观上对全球经济产生了广泛的影响，而且在微观层面对全球企业的生产模式、管理模式也产生了巨大的影响。

20 世纪 30 年代，福特汽车拥有一个巨大的生产基地，在那个基地中不仅生产汽车，也生产汽车身上的所有零件，甚至为了制造这些零件还要生产煤炭、橡胶、金属等材料。可以说，在那个年代福特汽车是百分之百的福特制造、美国制造，但是在当今社会经济，这种生产方式很明显的已经落后了，现在福特汽车在全世界的很多分支机构和合作厂商分管不同的业务，一辆汽车从原材料到成品再到销售，最终到消费者手中需要众多企业通力合作来完成。这就是服务外包发展的最新趋势。

### （一）全球服务外包市场规模将进一步扩大

综上所述，一件产品，一项服务，从发明到制造再到销售和售后服务，要经过很多环节，其中这些环节由于不同的产品和服务，以及客户的要求区别很大，企业想要全面把握很难。因此总需要更加专业化的第三方企业来辅助完成。20世纪 80 年代，我国改革开放之初，国外企业在刚刚进入中国市场的时候，许多企业为了尽快适应中国市场，将一些营销广告业务、市场调研业务承包给了中国国内的企业。这样不仅减少了企业进行市场研究和市场营销的大量成本，而且将这些业务交给了更加专业、更加了解国情的专业企业。显然，对于一个理性的企业，将这些业务归入自己的部门显然是不经济的。随着第三方服务业的蓬勃发展，服务外包产业发展迅速，如今已经成为不可逆转的大趋势。服务外包之所以能够快速发展，与国际经济转型密切相关，全世界的经济结构正在转向服务业，服务业创造的价值与日俱增，由于服务业利润巨大，各行业都在向服务业转型。根据资料，全球 500 强企业共涉及 50 多种行业，其中属于服务业范畴的就有 30 个。

随着世界经济一体化的进程加快，跨国公司逐渐成为世界市场上一股庞大的力量，跨国公司的业务不可避免地会使资本、人力等生产要素在全世界范围内流动，同时也会与世界各国的企业形成合作关系。总之，跨国公司的生产服务过程也是资源在全世界范围内重新配置的过程。在这个过程中，服务外包的发展规模也呈快速扩大的趋势。据统计，在 20 世纪 90 年代，全球的服务外包的总价值仅仅只有几百亿美元，到 2010 年，服务外包的总价值达到 6000 多亿美元。据中国电子信息产业发展研究院预测，在"十二五"期间，全球服务外包市场将保持 8% 的增长率。

随着科学技术更新加速，产品更新加快，服务外包的发展更加迅速而且更加深入，服务外包正在发生着巨大变化，从基础的外包业务转向高层次的高技术含量的业务外包，服务外包凭借其绝对的不可替代的巨大优势，正逐渐成为企业发展的核心战略之一。根据研究，全球金融危机以来，许多跨国企业不仅将一些低端的业务承包给外部，更是将一些高端技术业务承包给承包企业，以降低成本，分散风险。在外包市场分布方面，由于发达国家的人力成本增加，许多发展中国家服务外包发展势头强劲，并且越来越多的离岸外包替代了在岸外包。

## （二）全球服务外包模式将向多元化方向发展

正如前文所述，全球的服务外包产业正以前所未有的速度发展，这不仅是总量上的扩大，伴随着总量的扩大，产生了越来越多的新的外包领域。由于近些年来信息技术的飞速发展，以及全球网络的迅速普及，致使服务外包所应用的技术越来越前沿，越来越先进，知识密集型外包逐渐取代传统外包，成为新的发展趋势。与此同时，发包企业业务多元化，需求也趋于复杂化和个性化，这都导致对承包企业的要求越来越高，越来越专业。

与此相关联的提供服务的承包商也在不断地发展进步，如今服务提供的广度、深度都有长足的发展，发包商与承包商，一个有需求一个有供给，双方共同发展，相互影响，相互促进。在现在的服务外包市场中，服务供应商已不局限于仅仅提供一些简单的、离散的服务，他们现在可以提供一系列相关的服务，甚至可以将一些企业的一个整块的业务进行承包。在比较传统的印象中，服务外包一般是公司企业将自己的较低端的业务进行外包，如传统的信息录入服务；现在越来越多的企业将一些中端的，甚至是某些高端的业务转移给第三方企业，比如资产管理、金融风险管理、财务审计、客户管理这些技术含量高、产品附加值高的产品进行外包。

提供服务的承包商企业在不断进行发展整合，形成跨国公司，再加上原来的跨国公司就是服务外包的发包商，这使得提供服务的市场范围向全世界扩大，与原来企业一般选择在岸外包相比，现在的企业更倾向于离岸外包去追求更低的成本、更高的效率、更专业的服务，使得发包商承包商都成为全球性的企业，双方在全世界市场内相互交织，联系更加紧密。因为双方的共同发展，使得服务外包企业出现了需求方趋于联合外包，而提供方趋向合作承包的现象。这都是应对供给需要扩大，需求越来越广泛深入的影响。需求方也就是发包方在进行合作中，可以联合需求类似的企业，这样大大增强了在国际市场上的竞争力。如今的国际市场上竞争愈来愈激烈，单独的企业要想在自己所在的领域发展，都面临着许多同类企业的竞争，这时需要这些相互竞争的企业采取合作的策略即将类似的业务联合起来进行外包，来达到自己的最高利益。联合外包不仅是实力的加强，对外包业务的成本也可以有效降低，谈判成本、监督成本等交易成本都由于多个企业的参加而降低。同时由于联合外包使得需求量大量增加，从而扩大了整体的购买力，使得每一个发包企业在市场上的购买力和影响力随之增强，需求量的扩大也进一步有效地降低生产成本，整体联合外包的成本降低，使得每一个外包企业所分担的成本降低，可以有效地提高利润。

但是由于服务外包的发展原因以及过程，发展到现在虽然服务外包供给和需求方企业是相互作用的，但从其发展历程上看承包商是处于后发地位的，一般情况下是先有对某项业务的需求，供给服务应运而生。再者，现在由于对承包商的专业性、前沿性要求越来越高，使得在一些领域的承包商在进行的是一些高度专业、需要应用前沿科技方面的业务，这导致有些业务的服务趋向于类似于服务中心，这是因为一个专业化较强的企业会提供更加完善的服务，而由于技术劣势、人力劣势等因素，其他从事该服务的企业很难达到这个高度，使得越来越多的发包商成为这一个承包商的客户。然而这种现象的形成又与之前企业偏好规避风险的原则相违背，这其实从一个角度说明了，通过几十年的发展，现在服务外包的需求市场与供给市场存在着与一般经济市场同样的低效率的问题。

服务外包的供给方除了趋向联合承包，有些服务项目趋近于垄断承包外，供给市场越发竞争激烈，因为除了一些高科技、高度专业的服务外，还存在着很多中端低端的业务，致力于服务这些层面的企业数量巨大，形成了一个巨大的竞争市场，因此，企业都在发挥自己优势的前提下，联合外包就是其中一种有效的工作模式。此外，由于要素禀赋的区位性，使得某一国家或地区具有独特的禀赋优势，比如中国和东南亚的人力资源优势，拉美和欧洲的语言优势，印度的软件产业优势，瑞士和荷兰的银行业优势，太平洋地区的税收优势等，这些国家或地区发挥自身的优势，为客户提供差异化服务外包业务，也是一种有效的外包模式。

服务外包业务不断深化，服务外包的需求方供给方市场的竞争压力不断增加，全球服务外包的垂直市场越来越受到重视，之前一般的承包商所提供的服务与行业类别并无直接关系。比如会计审计业务并不区分针对何种企业，都是在进行类似的会计审计业务；IT服务也不分是何种企业，大部分都是进行数据管理、服务器维护业务。但是由于服务外包市场的竞争越来越激烈，导致越来越多的发包承包企业进行自我升级，比如会计师事务所加强对不同行业企业的专业性知识学习，针对不同的客户提供更加专业化的服务，IT服务公司也同样针对不同的行业企业使用不同的专业技术，使得它们所提供的服务更加符合不同客户的需求，这种由"一对多"的无差别服务转变成"一对一"的服务是对垂直市场的开拓，极大地拓展了服务外包的服务广度和深度。

再者，由于现在国际服务外包中离岸外包的比例很大，所以由于不同国家法律、文化的差异造成合作中的各种突发问题很难预测，导致合作进展缓慢不能达到预期目的的事件也屡有发生。而且国与国之间的关系又十分微妙，而国与国之间的关系会对两国之间企业的合作造成很大影响，再加上国家之间发生战争断交的可能性，还有不可预知的重大灾难等情况都会对服务外包形成较大的影响。除了风险之外，由于服务外包尤其是以离岸的形式进行的外包活动，对一个国家的就业会产生一定的影响，因此针对服务外包增加失业率的争论一直在持续，而且由于外包产业的逐渐发展，失业人群逐渐扩大——之前的情况是一般低端工作者失业增多，现在的情况是高学历岗位的失业率也在增加——这个问题目前还没有很好的解决方式。

### （三） 全球金融服务外包发展将会后来居上

随着服务外包产业发展，市场规模逐渐扩大，业务水平逐渐深化，并且向着技术密集型、知识密集型的方向发展，以先进科技和知识相融合的服务外包发展十分迅速，这其中以信息服务外包、业务流程外包和金融服务外包成为主导力量。根据研究，这三类外包并不能完全分开，因为这三类服务外包本身就是相互依存的关系，它们之间许多业务都是相互渗透的。比如业务流程外包和金融服务外包需要大量的信息技术作为载体，即信息技术服务，而信息技术外包本身又是业务流程外包，而金融服务外包又有很多是以信息技术服务为主要特征的。尽管如此，金融作为现代经济的核心，其金融服务外包产业发展将会后来居上。

金融服务外包，即"被监管者将部分在持续经营的基础上，把本应由自身从事的业务利用第三方（即可以使被监管公司的子公司或者是内部，也可以是外部公司）来完成"。在现代信息技术条件下，金融企业之所以将服务外包，首要原因也是降低成本，获得更高质量的服务，将更多的精力和资本用于自己的核心业务，来提高整体的企业竞争力。金融外包近年来发展十分迅速，而发展的趋势与特点在于：第一，金融业需要强大的通信技术和设施，导致金融服务外包业务如信息技术服务、票据支付和清算、金融资产管理等都和信息技术紧密结合。第二，金融服务外包也如业务流程外包一样，其外包服务的承包商大部分都向新兴的高速发展的发展中国家集中，比如加拿大、印度、爱尔兰、墨西哥、俄罗斯和菲律宾等，其主要原因仍然是这些国家的人力成本低，其他固定成本也相对低廉，使得发包的金融企业有效降低了这些非核心部门的成本。第三，银行业的外包在目前的金融服务外包中排名首位，其次是证券业，然后是保险业。主要原因是因为银行的业务较之证券公司和保险公司，业务种类更加繁多，地区跨度更大，很多银行在全球设有众多分支机构，使得其金融服务外包业务发展得更快，规模也更大。第四，金融服务外包与其他业务相比受全球金融危机的影响更加明显和直接，从东南亚金融危机，到美国次贷危机，虽然全球各经济领域都受到比较大的冲击，但是金融业受到的冲击都最大。第五，同 BPO 等外包业务类似，金融服务外包业务逐渐由后台业务向核心业务发展，从开始的客户呼叫中心、ATM 服务、数据储存等向业务流程、数据分析、客户管理等方面发展。总之，金融服务外包的发展趋势和 BPO 等服务外包业务的发展趋势是较为类似的，其行业特点也存在着自己的特点。

### （四）参与服务外包的国家将呈星火燎原之势

全球服务外包发展到今天，在服务业务方面呈现多元化的发展，参与服务外包的国家也呈现多元化的发展趋势。由于服务外包的参与国分为发包国和承包国，其参与目的也不相同，因此承包国和发包国的分布也不相同。发包国家主要分布在发达国家，而承包国主要集中在发展中国家。

全球服务外包的发包国集中在北美、西欧和日本等发达国家和地区，美国占比例最大，约为2/3，其他部分几乎全部来自欧洲和日本。而发展中国家占据大部分承包商市场，主要是印度、爱尔兰、中国、菲律宾等国家。其中美国和印度分别是发包和承包最大的客户，而且美国市场的服务外包几乎被印度垄断，这不仅为印度创造了巨额利润，还为印度创造了130多万个就业职位，对印度的经济发展和社会福利起到了非常积极的作用。另一个发包集中地是西欧，西欧的大部分企业在选择承包商时喜欢选择爱尔兰，或一些东欧国家如波兰等，爱尔兰是欧洲最大的服务外包承包国，其他的份额基本都被东欧国家占据。虽然与印度相比，这些国家在人力成本上并不占优势，但是地理优势和语言文化优势是印度和其他国家不能比的，因此，欧洲的主要发包国如英国、德国、法国等喜欢选择这些国家。现在越来越多的国家参与到服务外包市场中来，如北美的加拿大，发展中国家的越南、泰国、墨西哥、中国等。根据国际贸易组织的预测，10 年之后，中国很有可能取代印度成为承接高科技服务最多的国家，排在中国之后的是印度、美国和俄罗斯。

随着众多国家相继加入到服务外包的服务供给市场，相关研究机构把国际服务外包的供给国家分成了三个层次。第一层次即最好的承接国是爱尔兰、俄罗斯、菲律宾、印度；第二层次是中国、马来西亚、新西兰、墨西哥、澳大利亚、西班牙；而第三层次的国家有印度尼西亚、以色列、泰国、埃及、巴基斯坦、南非以及部分东欧国家。越来越多的国家加入到服务外包市场中来，使得服务外包无论是发包还是承包的竞争都日益激烈，各个国家都在凭借自己的禀赋优势，以及加强经济和科技的发展来提高自身的竞争力，以促进本国服务外包产业快速发展。由此可以预见，参与服务外包的国家将呈星火燎原之势。

# B.3

# 第三章

# 中国服务外包业发展述评

## 一 中国服务外包业发展总体概述

随着全球经济一体化的发展，国际外包市场范围不断扩大，服务外包业务不断拓宽，国际外包合作也日益加强，不但推动了 IT 和网络技术的不断创新，也有力地促进了服务外包产业的快速发展。服务外包产业的日益成熟与不断发展，主要有以下两方面的推动作用：一方面为企业在全球范围内优化生产组织结构和最优资源配置提供了可能；另一方面推动了全球各国市场进一步走向融合，市场主体之间的合作交流不断加深，进而推动全球服务外包产业不断发展。

服务外包产业作为现代高端服务业的重要组成部分，具有信息技术承载度高、附加值大、资源消耗低、环境污染少、吸纳就业能力强、国际化程度高等重要特点，在国际产业结构转移的经济大背景下，我国发展服务外包业将迎来新的历史机遇。因此，牢牢把握这一机遇，大力承接国际服务外包产业转移，不仅有利于我国转变外贸发展方式，扩大知识密集型产品出口，而且也有利于我国调整外商投资结构，提高外资利用质量和水平，促进产业结构优化升级，推动经济的健康和可持续发展。

### （一）中国服务外包业发展的历史背景

尽管我国承接国际服务外包起步较晚，但作为全球跨国公司海外研发活动的首选地，我国在市场规模、人才储备、生产成本、基础设施、配套能力、发展潜力等方面，都具有发展服务外包的诸多优势，有条件成为跨国公司服务外包的主要承接地。更重要的是，大力发展服务外包业也有利于改善我国贸易结构，转变发展方式，促进区域协调发展，拓宽就业渠道，实现"保增长、扩内需、调结构、促就业"的经济发展目标。目前，国外的大型企业纷纷在非核心业务方面选择采取服务外包的形式，我国也制定了一系列发展服务外包的鼓励政策，这都为我国加快服务外包业发展提供了千载难逢的机遇。

1964 年，美国推出了 9800 税号，鼓励劳动密集型制造业工序转移到国外，标志着制造业外包浪潮的兴起和产品内分工的出现。东亚"四小龙"利用这一契机，通过实施外向型经济发展战略，承接制造业外包转移，这是制造业外包的第一次浪潮。到 20 世纪 80 年代，亚洲"四小龙"已经成功地跨越工业化阶段，实现了部分劳动力密集型制造业和加工工业向境外的转移，促成了制造业外包的第二次浪潮。中国抓住了这次难得的历史机遇，通过改革开放战略，吸引外国投资，并利用丰富的劳动力资源，承接了来自各国的传统制造业转移。

中国承接的制造业外包项目，大多数是加工组装环节，1978 年，广东首先启动以来料加工形式开展的加工贸易，其基本形式是承接香港加工订单转包。之后，我国加工贸易获得了跨越式的发展，机电产品、电子产品外贸出口的 70%～90% 都是以加工贸易方式完成的。发展加工贸易，承接制造业外包，成了中国实现经济快速发展的主要动力。于是，以加工贸易为主要方式的中国式制造业外包承接模式，带给中国持续 30 年的经济高速增长，让国人重新看到了中华崛起的希望。然而，国外对中国经济崛起的态度可谓五味杂陈，既有羡慕，又有嫉妒，也不乏恐惧，关于中国是"世界工厂"的说法也常常见诸各类媒体，对中国现象的研究也成为国外学术探讨的热点。

随着中国经济的不断发展，这种承接国外制造业转移的模式越来越显露出它的局限性：加工贸易的原材料、零部件采购和产品销售"两头在外"，在国内的价值增值环节太短，附加价值太少，对环境的破坏大，对资源的消耗多，并且过多受控于外国企业，"依附性"特征明显，长期恐难以为继。广东外语外贸大学的周文贵教授据此认为：纵观近现代世界经济发展的历史，真正称得上是"世界工厂"的国家只有英国和美国，日本也仅仅是接近"世界工厂"。中国无论是从经济总量和总体科技实力上看，还是从制造业本身的素质和竞争力看，特别是从自主研发的核心技术来看，都远远落后于上述国家，充其量只能算是一个"世界车间"。

## （二）中国服务外包业发展的现实选择

基于上述国情，将中国定位为世界工业制成品的生产基地，承接制造业外包，无疑是明智的选择。尽管处于全球价值链的中低端，但制造业仍然是推动中

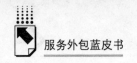
国经济增长的主要引擎。30 年来，中国制造业的增加值占 GDP 的比重维持在 50% 左右，提供了 50% 的财政收入，吸纳了近 50% 的就业人口，生产了 80% 以上的出口商品，创造了接近 3/4 的外汇收入。在未来一个比较长的时间内，中国经济的列车还要靠发展制造业来牵引。但是，也必须看到，随着"人口红利"的逐渐弱化，资源和环境的承载能力降低，过度地依赖于承接制造业的外包已不符合中国可持续发展的目标，也不符合中国作为建设现代化大国的战略定位。

正是在这种背景下，随着中国经济结构的调整、转型和升级，服务外包渐渐进入政策制定者的视野，商务部先后了发布《商务部信息产业部关于开展"中国服务外包基地城市"认定工作有关问题的通知》和《商务部关于实施服务外包"千百十工程"的通知》，努力推动服务外包业成为中国经济新的增长点。总之，丰富的人力资源、低廉的劳动价格、完善的基础设施、优惠的政策措施，是中国发展服务外包产业的巨大优势。服务外包不仅有利于转变经济发展方式，提升我国在国际分工中的地位，促进区域经济协调发展，而且也有利于我国实现经济、社会和环境的可持续发展。

## 二 中国服务外包业发展现状分析

中国迅速发展的软件和信息服务业为发展服务外包奠定了基础，软件离岸外包市场呈现高速增长态势，同时业务流程外包市场在未来也将保持快速增长，越来越多的外包企业开始进入知识流程外包等具有高附加值的服务外包业务中。中国凭借在宏观经济环境、基础设施、政策支持、劳动力成本等各方面的优势，近年来承接服务外包的综合竞争力大幅提升，已成为全球服务外包转移方首选的承接地之一。中国服务外包承接方所承接的离岸服务外包业务主要来自日本、韩国、美国、欧洲等地。其中，日本是中国承接离岸服务外包业务的最大转移方，欧美所占比重日趋增加。

### （一）中国服务外包业发展总体情况

根据商务部统计，2009 年，我国共签订服务外包合同 60247 份，同比增长 142.6%，协议金额 200.1 亿美元，同比增长 185.6%，执行金额 138.4 亿美元；在我国签订的服务外包合同中，离岸外包协议金额 147.7 亿美元，同比增长

153.9%，执行金额 100.9 亿美元；在外包业务中，信息技术外包（ITO）依然是我国承接服务外包的主要方式，合同协议金额 118.7 亿美元，占总额的 59.3%，执行金额 86.4 亿美元；发包国家和地区主要集中在美国、日本和中国香港，协议金额共 79.1 亿美元，占协议总额的 39.6%，执行金额为 57.7 亿美元，占执行总额的 28.9%。2009 年，商务部发布的《中国外包行业发展报告》数据还显示，中国离岸服务外包产业从 2008 年的 46.9 亿美元增长至 2009 年的 100.9 亿美元，2010 年将增长 40% 达到 140 亿美元。

据商务部统计，截至 2007 年，中国服务外包出口合同执行金额 20.94 亿美元，比 2005 年增长 118%。在金融危机的大背景下，中国承接服务外包仍保持了较快增长。截至 2008 年底，全国共有服务外包企业 1800 多家，就业人员 33 万多人，取得各类国际资质认证的服务外包企业 450 多家。2009 年以来，商务部共批准 21 个城市为"中国服务外包示范城市"。这些城市结合各自实际情况，出台了一批鼓励服务外包发展的政策措施，逐步发展成中国国际服务外包的主要承接地，21 个示范城市的各项主要统计指标已占全国总量的 75% 以上。

2010 年 1~6 月，全国新增服务外包企业 1548 家，新增从业人员 27.2 万人，其中新增大学毕业生（含大专）就业人员 18.3 万人，占 67.2%；经培训就业人员 10.7 万人，占 40.1%。全国服务外包企业承接服务外包合同执行金额 67.6 亿美元，同比增长 105.8%，其中国际离岸服务外包合同执行金额 49.7 亿美元，同比增长 94.3%。截至 2010 年 6 月，全国服务外包企业共 10498 家，从业人员 181.9 万人。其中：大学以上学历 134.8 万人，占 74.1%；经培训就业人员 73.6 万人，占 40.4%（见表 3-1）。

表 3-1　中国服务外包产业现状

| 时间 | 服务外包企业数（家） | 从业人员（万人） | 服务外包合同执行金额（亿美元） |
| --- | --- | --- | --- |
| 2007 | 1731 | 42.7 | 20.94 |
| 2008 | 3301 | 52.7 | 46.9 |
| 2009 | 8950 | 154.7 | 138.4 |
| 2010（1~6 月） | 10498 | 181.9 | 67.6 |

资料来源：商务部外资司。

在中国外包业务迅猛增长势头的带动下，我国与印度之间的差距正在逐步缩小。根据加拿大研究和咨询公司 XMG 调查数据，中国 2010 年外包业务预计将占

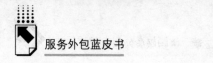

全球外包业务的 28.7%，达到 357.6 亿美元，虽然与印度所占 43.7% 的份额仍有差距，但差距正在缩小。2010 年，中国服务外包业务预计增长 30%，而印度预计增长 14%。

### （二）中国服务外包市场利弊因素分析

**1. 中国服务外包市场的有利因素**

（1）越来越多的跨国公司选择在中国发展，成为中国服务外包市场的主要推动力。随着中国经济的持续快速增长，投资环境的不断改善，以及政府关于大力发展服务外包业鼓励政策的陆续出台，大批跨国公司选择将业务链发展到中国，它们或是在中国成立分支机构，或是以与中国企业成立合资企业等形式，在为中国带来大量的就业岗位、推动产业结构调整与升级的同时，也形成了大量的市场需求，促进了服务外包市场的发展。

（2）服务外包市场不断走向成熟，越来越多的企业将会参与到服务外包行业之中。在供给方面，服务外包的市场规模正不断扩大，在 IT 等高新技术产业快速发展的带动下，为服务外包市场提供了强有力的技术支持。在从业人员中持有大学学历的人员的比例不断上升，表明我国服务外包从业人员的整体素质在不断提升。在需求方面，各个企业的竞争压力都在不断地上升，而服务外包可以为它们提供更为专业的技术支持和业务分担，在提高工作效率的同时节省了相关的成本。同时，由于财务和员工的灵活性，使公司的业务空间得到一定的扩展，服务外包在满足企业需求的同时，也使社会分工更为专业化，提高了整个行业的工作效率。

（3）在人力资源、投资环境因素方面，中国越来越重视人才教育与培养，投资环境正在逐步得到改善。截至 2010 年 6 月，全国服务外包企业共 10498 家，从业人员 181.9 万人。其中：大学以上学历 134.8 万人，占 74.1%；经培训就业人员 73.6 万人，占 40.4%。以上数据表明，我国服务外包的从业人员的整体素质是逐步提高的，这也是我国服务外包能够持续快速发展的有力保障。随着中国对外开放广度与深度的不断加大，在政策法规以及金融安排的支持引导下，我国的投资环境正在日益完善。

**2. 中国服务外包市场的不利因素**

（1）服务业发展的滞后与欠发达，限制了服务外包产业的发展。服务业是服务外包产业的重要发展基础，是一国服务外包产业发展规模和深度的决定因素。然而，就我国目前的产业结构来说，服务业较发达国家来说仍处于较低的水平，不但不利于我国产业结构的优化和升级，而且也对服务外包产业的发展形成一定的制约。

（2）市场发育处于服务外包的初级阶段，只是部分大型企业和外资企业选择外包，还没有形成完善的市场。有限的市场规模不利于服务外包参与主体之间的相互竞争，不能发挥完全竞争下的技术进步与创新的作用，不利于我国服务外包市场向高附加值的业务领域发展，也不利于外包行业的良性发展。

（3）基于我国传统的商业文化，服务外包的发展受到一定程度的限制。突破固有文化传统的束缚，将对我国服务外包行业的发展，尤其是对服务外包业务的需求方面作出重要贡献。这是迫切需要研究的课题。

（4）许多企业认为外包会使企业减少人员编制，降低管理的透明度，因而容易对外包产生抵触心理。此外，企业对外包服务提供商的服务质量没有信心，怀疑外包商能够帮助自己解决企业中存在的问题。

（5）缺乏有经验的服务外包人才和技术。对于处于发展初级阶段的我国服务外包业，人才就是保证产业健康发展的新鲜血液，缺少足够的人才储备将是我国服务外包业发展的关键问题。而外包技术则是推动我国服务外包行业升级、提高服务产品的附加值的更关键一环。

## （三）中国服务外包业发展现状评价

总体来看，中国服务外包业发展处于起步阶段，总体发展水平相对落后，多数企业承接的外包业务处于价值链的低端，服务外包市场也很不规范。但中国服务外包业发展速度较快，具备发展服务外包的诸多优势和有利条件，发展空间和市场潜力巨大。

### 1. 服务外包的市场规模尚比较弱小

我国的服务外包市场规模还较小，服务水平也相对较低。同样是发展中国家的印度，在服务外包方面要比我国早发展了几十年。与印度相比，我国服务外包企业在规模、管理能力、服务外包水平等方面普遍能力较低。仅以印度与中国的服务外包企业的规模来说，在印度，员工过万人的软件外包公司就超过20家，而我国最大的软件外包公司的员工人数也不过几千人。而欧美企业在寻求外包企

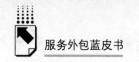

业时，由于项目往往需要整体外包，在对外包企业的选择上就要求企业规模相对较大，在这种情况下，中国外包企业就往往失去了争取外包的机会。

### 2. 服务外包企业的竞争实力亟待提高

首先，在人力资源上面，我们还是处于劣势。尽管我国每年有大量的大学生供给，但针对服务外包所需要的专业性人才我国还是很少。服务外包对语言的要求很高，需要服务外包人员能很好地与海外客户进行沟通与交流，这就要求求职人员具备很好的语言素质，尤其是口语能力。而在中国，语言教育通常注重听、读、写的训练，而很少培养学生的口语能力，因此，我国学生的口语水平相对较差。而且，服务外包要求求职人员具有较好的实际操作能力，我国所培养的大学生主要以理论教育为主，而实际操作锻炼相对而言还是很不够的，这也成为我国在人力资源上的一大弊病。

其次，就是我国对知识产权的保护力度不够。中国的盗版现象要比发达国家严重得多。海外发包商对我国知识产权的担忧，也严重阻碍着我国服务外包业的发展。据分析人士指出，印度和新加坡在服务外包上的成本虽然不是最低价的，但是其知识产权保护措施到位，服务外包人员综合素质很高以及整体商业环境都很稳定，这一系列的因素为其服务外包国际竞争力赢得了很高的筹码。

### 3. 政府已出台了一系列鼓励发展的政策

我国政府已经出台了一系列鼓励企业发展服务外包的优惠政策，包括在"十一五"期间启动的"千百十工程"。"千百十工程"是指在"十一五"期间，在全国建设 10 个具有一定国际竞争力的服务外包基地城市，推动 100 家世界著名的跨国公司将其服务外包业务转移到中国，培育 1000 家取得国际资质的大中型服务外包企业，为企业创造有利的外部条件，为企业全方位承接国际服务外包业务奠定基础，并不断提升服务价值，实现 2010 年服务外包出口额在 2005 年的基础上翻两番。而当前，中国已经确认的服务外包基地城市已经远远多于 10 个，可见我国已经初步形成了良好的商务投资环境。在政府的支持下，我国的服务外包业务发展迅速，已有相当一部分服务外包企业获得了 CMM5 等多项国际资质认证，国际服务外包业务也逐渐成为我国企业承接的项目，例如诺基亚公司就把手机日本本土客户服务外包给了我国的呼叫中心运营商。

### 4. 外包业务的市场空间潜力巨大

由于不同的国家在资源、文化等方面存在差异，不同的比较优势使得各国对外包服务领域的选择各不相同。相比于其他国家，我国在服务外包领域主要以承接嵌入式软硬件服务外包为主。在未来的几年，通过对中国的现状观测，我国仍将以 ITO 作为服务外包的主要承接项目，BPO 业务和 ITO 与 BPO 的捆绑业务为辅。中国在 ITO 业务方面的巨大潜力，将吸引国际上的更多发包企业将其非核心业务承包给中国。

在当前的国际市场中，已经开始有公司在离岸外包的承包国候选名单中考虑中国与爱尔兰作为接包国，但是从现在的国际市场来看，印度仍将在一段时间中作为服务外包的主要承接国。但是，中国在软件服务外包方面仍然有巨大的潜力在将来超越印度成为软件服务外包业务承接第一大国。主要表现在以下几方面。

第一，中国具有巨大的国内市场。抛开国际市场不谈，单就国内市场，就有相当一部分企业对服务外包具有相当强的需求，这种需求将有助于我国服务外包企业的迅速发展壮大，更为我国企业在国际市场中的竞争打下坚实的基础。

第二，我国在成本与劳动力方面具有明显优势。我国的成本低廉是国际市场中其他国家的企业所不能比拟的，这种成本优势是国际发包企业在选择接包方时主要考虑的因素之一，同时，我国在软件领域的专业人才也是极为丰富的，而且相比于其他国家的工资水平，我国的软件专业人才可以算是廉价劳动力。这种在成本与人才上的比较优势无疑会吸引国际企业的注意，有助于我国服务外包企业在国际市场中的发展。

第三，当前的国际软件服务外包需求已经超过了印度这种在此领域较为成熟的国家所能提供的服务能力，越来越多的企业选择将这种非核心业务外包出去，这就需要更多的 IT 专业人员的服务。尽管印度具有良好的软件服务外包水平，但是印度有限的人力资源是无法应对如此之大的国际市场的需求的，因此，这种供不应求的现状将促使我国这种具有良好的先天条件的软件服务外包国家的迅速发展，争取到更多的国际市场的客户。

第四，从发包企业的角度考虑，风险分散化是发包企业在国际市场中进行服务外包必须考虑的重要因素。因为如果发包企业将所有的外包项目都承包给一个国家，那么，这个企业就要承担很大的风险，这其中首要的就是国家风险。因此，选择将项目承包给不同国家的不同企业，将有助于风险的分散化。

**5. 拥有良好的外包市场发展环境**

我国自改革开放以来30多年的发展，使中国的经济得到了迅猛的发展，取得了举世瞩目的成就。近年来，中国的 GDP 一直处于稳步增长的态势，虽然遭受了金融危机的影响，我国的经济增长也没有受到严重的打击，在国家的财政政策与货币政策双管齐下的努力下，我国的经济得到了很快的复苏。良好的经济环境使得我国的国家形象得到了国际认可，也为我国的国际声誉赢得了肯定。这无疑为国际在华投资创造了优良的前提条件，提升我国服务外包在国际上的竞争力。而且，中国的政治、社会稳定和谐，尤其在中国成功举办 2008 年北京奥运会与 2010 年上海世博会之后，中国的综合水平已经得到了全世界的认可，稳定的政治经济环境为我国吸引国际投资者创造了条件。

### （四）中国服务外包业发展预测

2009 年，商务部部长助理王超于第四届中博会期间透露，我国服务外包产业力争实现到 2013 年新增 100 万高校毕业生的就业岗位，承接国际服务外包业务 300 亿美元的目标。毕马威最新研究报告称，到 2012 年，全球 IT 产业外包市场规模有望达到 1 万亿美元。而现阶段 IT 和 IT 类服务占中国出口额的比例仅为 3%，远低于印度的 26%。预计到 2015 年，中国 IT 产业外包市场规模可追平印度，市场规模达到 700 亿～900 亿美元；到 2011 年，IT 和金融服务外包市场规模将达 300 亿美元，在 2006 年的基础上翻近两番。

中国服务外包研究中心主任、《中国国际服务外包"十二五"发展规划》编写组组长朱晓明，在对规划提纲的编写过程和具体内容作介绍时提到，服务外包行业已经成为增加就业的重要渠道。"十二五"服务外包规划的目标是，2015 年中国国际服务外包产业从业人数达到 340 万人，2011～2015 年期间行业将新增 190 万人就业，其中，吸收大学毕业生 140 万人。

## 三 中国服务外包业务结构分析

根据前述国际通行的划分标准，服务外包主要是依据服务外包的业务内容进行分类的，此类划分将服务外包分为信息技术外包（ITO）、业务流程外包（BPO）与知识流程外包（KPO）。按照我国 2006 年颁布的《商务部、信息产业部关于开展"中国服务外包基地城市"认定工作有关问题通知》（商资函〔2006〕102 号）中，按接包性质，将服务外包划分为软件业、金融业、影视、创意设计、专业服务、商务及其他。本报告将就几个主要外包业务类别，即信息技术外包（ITO）、业务流程外包（BPO）、知识流程外包（KPO）和金融服务外包，进行深入具体的结构分析。

## （一）中国信息技术外包（ITO）

我国信息技术外包（ITO）相对于其他服务外包业务起步较早，但从国内信息技术外包发展阶段来说，国内信息技术外包目前还处于起步阶段。根据Gartner Group 公司的一份研究报告，虽然目前中国的 IT 项目经理经验还比较缺乏，基础的通信网络设施也很有限，但中国的服务外包业务已在 2010 年进入世界前三强。在此发展态势下，越来越多的中国企业开始发展信息技术外包，信息技术外包正在呈快速发展的趋势。

2010 年 6 月，工业和信息化部发布的《2010 中国软件与信息服务外包产业发展报告》显示，2009 年中国软件与信息服务外包产业保持了较好的发展态势，产业规模达 2033.8 亿元，增幅为 29.7%。从地区市场来看，国内外包业务发展更加迅猛，业务收入为 1749.6 亿元人民币，增长 31.2%，较国际业务收入增速高近 10 个百分点。报告指出，2009 年我国软件与信息服务外包企业规模逐步扩大，全球交付系统进一步完善，研发能力逐步增强，向高端转型明显，交付质量不断提高，企业服务能力全面提升。

### 1. IT 服务外包市场

2007 年，中国 IT 服务外包达 77 亿美元，增长 23.3%，份额最大的为系统集成、硬件产品支持与维护和软制定。根据 IDC 对中国 IT 服务市场的报告，2010 年中国国内 IT 服务市场达到 119.67 亿美元，比 2009 年增长 16.9%，2011年市场容量将达到 138.85 亿美元（见表 3 - 2）。

表 3 - 2 中国 IT 服务市场现状与预测

单位：百万美元，%

| 年 份 | 2006 | 2007 | 2008 | 2009 | 2010 | 2011 |
|---|---|---|---|---|---|---|
| IT 服务市场规模 | 6240 | 7411 | 8798 | 10240 | 11967 | 13885 |
| 增长率 | 21.9 | 18.8 | 18.7 | 16.4 | 16.9 | 16.0 |

资料来源：转引自中国国际投资促进会、中欧国际商学院、中国服务外包研究中心《中国服务外包发展报告 2007》，上海大学出版社，2007。

回顾中国的 IT 服务市场发展，经历了如下几个主要发展阶段：客户由最初不认可 IT 服务价值，到接受并愿意购买产品支持服务、系统集成服务，并最终过渡到购买第三方服务商提供的外包服务。中国国内的 IT 服务外包市场是由硬件产品支持服务发展起来的，逐步拓展到软件开发、支持服务和 IT 运营服务，当前正处于高速发展期。其中软件服务外包占有超过一半的比重，如果考虑承接的离岸服务外包业务，将达到 60% 左右。随着全球离岸外包逐步向中国转移，离岸 IT 服务外包所占比重从 2006 年的 18% 上升到 2010 年的 30% 左右。

IDC 亚太区总部在 2006 年发布的 IT 服务市场报告中认为，到 2010 年中国将取代澳大利亚成为亚太地区最大的 IT 服务外包市场，市场规模从 2005 年的 295.7 亿美元增长到 2010 年的 483.7 亿美元，年均复合增长率（CAGR）超过 10%（见图 3 – 1）。

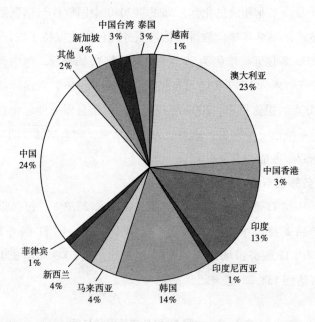

**图 3 – 1 亚太地区（不含日本）各国 IT 服务市场预测（2010 年）**

资料来源：IDC, 2006。

**2. 离岸软件外包市场**

作为企业提高工作效率、促进企业灵动发展的重要手段，应用软件的开发和利用已经被业界广泛认可，而将其外包能让软件开发工作更标准化、流程化，使企业更专注于提高自身产品的核心竞争力，促进市场开拓以提高市场占有率。把软件开发外包的工作放到离岸中心实施则能大幅降低人员开支，这也为离岸软件开发外包市场持续增长奠定了基础。虽然目前中国的软件外包市场仍以国内的软件市场需求为主，但随着越来越多的发达国家的软件公司将软件产品的开发、测试和维护等任务移植到中国，中国软件离岸外包市场将呈现高速增长的态势（见图3－2）。根据IDC报告，2007～2012年5年间中国软件离岸外包市场将保持35.3%的年均复合增长率（CAGR），届时中国软件离岸外包市场规模有望达到90亿美元（见图3－3）。Gartner认为，在2009～2013年间，中国的离岸IT外包业务的增长速度有望达到年均30%，而世界其他地区的发展速度同期仅为19%。

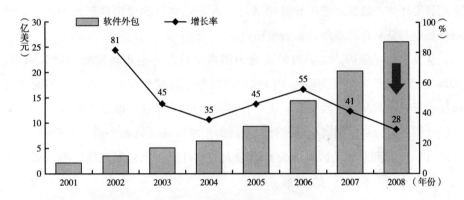

**图3－2 中国国内离岸软件外包市场规模**

资料来源：CCID。

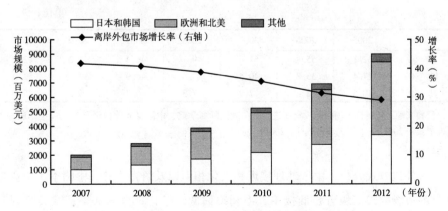

**图3－3 中国软件离岸外包市场规模（2007～2012年）**

资料来源：IDC，中国软件离岸外包市场2007～2012年预测与分析。

根据工业和信息化部统计数据显示，2010 年上半年我国累计实现软件业务收入 6048 亿元，同比增长 29.1%，增速比上年同期提高了 6.4 个百分点。上半年全国软件出口额为 103.3 亿美元，同比增长 22.7%，增速低于全行业水平 6.4 个百分点，比上年同期低 24.7 个百分点。其中软件外包服务出口 12.3 亿美元，同比增长 38.8%，增速低于上年同期 25.7 个百分点。

据中国软件和服务外包高峰论坛公布的数据显示：2008 年中国完成软件服务外包出口 15.9 亿美元，同比增长 54.3%，增速远远高于其他软件业务收入。中国软件行业协会理事长陈冲，就此现象作出了如下两种解释：一是金融危机加速了发达国家和先进地区软件与信息服务外包产业的转移进程，不少国际公司愿意把研发环节、数据处理环节设在具有"人才红利"的中国珠三角等地区；另一重要原因是来自珠三角内部的驱动力。

从发包地区分析，欧美市场成为中国离岸软件外包市场重要的增长引擎，2006 年，虽然日韩市场仍然为中国软件离岸外包贡献近 56% 的收入，但是欧美市场的贡献比例在一年间提升 8.4 个百分点。到 2009 年，欧美市场收入贡献率首超日韩，成为对中国离岸软件外包发展的重要市场（见表 3-3~表 3-5）。到 2011 年，欧洲和北美地区将成为我国最大的软件离岸外包发包地，将占据中国软件离岸外包市场的近一半份额。

表 3-3　中国离岸软件外包市场构成（2005~2011 年）

单位：%

| 年　份 | 2005 | 2006 | 2007 | 2008 | 2009 | 2010 | 2011 |
|---|---|---|---|---|---|---|---|
| 日　韩 | 62.1 | 55.8 | 51.6 | 49.1 | 46.4 | 44.2 | 42.2 |
| 欧　美 | 27.4 | 35.8 | 40.5 | 43.6 | 46.9 | 49.6 | 52.0 |
| 其　他 | 10.5 | 8.4 | 7.9 | 7.3 | 6.7 | 6.2 | 5.8 |

资料来源：转引自中国国际投资促进会、中欧国际商学院、中国服务外包研究中心《中国服务外包发展报告 2007》，上海大学出版社，2007。

从外包方式分析，由于地理接近和文化相似以及语言优势，中国本土企业多从日韩市场的二三级分包商接单，毛利率偏低，仅有 30%~40%；欧美跨国公司则往往在当地招聘技术人才进行软件研发，为总部服务，尽管规模小，但技术密集度较高，订单毛利往往在 50% 以上，大大高于对日韩外包。

**表 3 - 4　国际市场对中国离岸软件外包市场的贡献情况（2005～2011 年）**

单位：百万美元

| 年　份 | 2005 | 2006 | 2007 | 2008 | 2009 | 2010 | 2011 |
|---|---|---|---|---|---|---|---|
| 日　韩 | 578.9 | 772.5 | 1051.40 | 1414.80 | 1818.80 | 2319.60 | 2919.90 |
| 欧　美 | 256 | 495.7 | 825.1 | 1257.50 | 1839.00 | 2605.90 | 3593.80 |
| 其　他 | 97.9 | 116 | 159.6 | 208.8 | 266.2 | 324.9 | 401.1 |
| 合　计 | 932.8 | 1384.2 | 2036.10 | 2881.10 | 3924.00 | 5250.40 | 6914.80 |

资料来源：转引自中国国际投资促进会、中欧国际商学院、中国服务外包研究中心《中国服务外包发展报告 2007》，上海大学出版社，2007。

**表 3 - 5　中国各离岸软件外包市场增长率（2006～2011 年）**

单位：%

| 年　份 | 2006 | 2007 | 2008 | 2009 | 2010 | 2011 |
|---|---|---|---|---|---|---|
| 日　韩 | 33.4 | 36.1 | 34.6 | 28.6 | 27.5 | 25.8 |
| 欧　美 | 93.6 | 66.5 | 52.4 | 46.2 | 41.7 | 37.9 |
| 其　他 | 18.5 | 37.6 | 30.8 | 27.5 | 22.1 | 23.5 |
| 合　计 | 48.4 | 47.1 | 41.5 | 36.2 | 33.8 | 31.7 |

资料来源：转引自中国国际投资促进会、中欧国际商学院、中国服务外包研究中心《中国服务外包发展报告 2007》，上海大学出版社，2007。

随着发包商和服务商不断尝试多样化、多层次的合作，服务外包将由低端走向高端，中国软件外包服务产业整体市场将呈现"发包市场结构集中化"趋势，即来自欧美和日本的外包业务，在总体外包业务中所占的比例将继续提高。一方面，随着欧美发包企业更多地在中国寻找合作伙伴，以及中国企业进一步开拓欧美市场；另一方面，日本发包市场规模仍将稳步上升，但增长速度继续低于欧美发包市场。

**3. ITO 市场有利因素及面临的挑战**

（1）ITO 市场有利因素。包括以下方面：

①外资企业和合资企业是中国 IT 外包服务的主要用户。而中国巨大的市场和劳动成本优势使跨国企业不断增加在中国的投资，给 ITO 服务提供商带来了机会。

②目前 ITO 业务主要集中在制造企业，但政府部门、能源电力部门和教育部门对外包的需求正逐步增长。

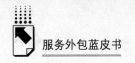

③企业面临着全球化竞争的压力，迫使它们需要通过巨大的成本节约来创造效益，不少企业已经开始意识到 ITO 可以成为新的利润增长点，利用自身的技术优势加入到 ITO 承包商的行列之中，来拓宽现有的业务范围。

（2）ITO 所面临的挑战。包括以下方面：

①市场目前规模比较小且不够成熟，真正理解外包业务和进行外包的企业不多。目前参与 ITO 的企业还以外资和合资企业为主，而数量上居绝对优势的中国众多中小企业还未积极地参与进来。

②应用系统的客户化，使企业很难将其 IT 信息系统进行外包，缺少统一的 IT 应用系统，使企业接受 ITO 业务带来了一定的阻碍。

③某些地区缺乏电信设施，对于呼叫中心和其他 ITO 的拓展形成障碍，基于 ITO 业务的特性，基础设施的不到位将使 ITO 服务很难展开。

## （二）中国业务流程外包（BPO）

在全球服务外包市场上，从市场结构来看，全球服务外包业务正逐渐从最基础的技术层面的外包业务转向高层次的业务流程外包（BPO）。从全球市场份额占有率来看，业务流程外包（BPO）占近60%。

20 世纪 90 年代，中国就已经开始了 BPO 业务，但与国际成熟市场相比，至今仍然处于初期发展阶段。在市场供给方面，大多数中国本土的服务商仅能提供较为低端的流程服务，如数据处理事务等，能够处理复杂业务或高端业务的企业仍然是凤毛麟角。导致这一市场供给现状的原因主要在于中国本土服务商依旧缺少 BPO 的相关项目经验及管理方法。在市场需求方面，由于中国服务商的能力同客户需求之间存在很大差距，导致部分企业对 BPO 服务持观望态度，尝试业务外包的企业仍以跨国企业为主。在行业分布方面，中国 BPO 市场主要集中在银行、保险、制造等有限的几个行业。在外包的职能方面，主要集中于客户关怀、人力资源和财务外包等有限的几个职能。其中客户关怀类外包已经发展成为较成熟的子市场，占国内 BPO 服务近50%的市场份额；而采购外包的市场份额最低，仅为0.6%左右，但根据 IDC 的预测，在未来5年其将以31.4%的年均复合增长率快速增长。

中国的业务流程外包（BPO）市场（包括人力资源、客户服务、财务会计、采购和培训），在过去的5年中呈现了持续的快速增长，并将继续保持这股快速增长的势头。随着企业计划外包的职能范围不断扩展，中国 BPO 内需市场需求将持续释放。根据《中国服务业发展报告 No.8》预测，2009 年全球业务流程外包市场总额为 5608 亿美元，2010 年达到 6167 亿美元，2011 年将达到 6772 亿美元，而且主要集中在后台业务和市场营销两大领域（见表 3－6）。

表 3－6　2006～2011 年全球业务流程外包（BPO）支出

单位：百万美元

| 年　份 | 2006 | 2007 | 2008 | 2009 | 2010 | 2011 |
|---|---|---|---|---|---|---|
| 人力资源 | 14204 | 16029 | 18425 | 21244 | 24045 | 27120 |
| 采购 | 717 | 886 | 1103 | 1364 | 1665 | 1953 |
| 金融及财务 | 17019 | 19326 | 22170 | 25726 | 29112 | 32707 |
| 售后服务 | 26193 | 29610 | 33159 | 36353 | 39432 | 42545 |
| 后台业务 | 200239 | 223007 | 249745 | 280838 | 315241 | 353025 |
| 市场营销 | 156997 | 166550 | 176270 | 186582 | 197258 | 208400 |
| 培训 | 5290 | 6348 | 7544 | 8722 | 9987 | 11409 |
| 合　计 | 420659 | 461756 | 508416 | 560829 | 616740 | 677159 |

资料来源：转引自裴长洪：《中国服务业发展报告 No.8》，《服务业：城市腾飞的新引擎》，社会科学文献出版社，2010。

**1. BPO 市场的有利因素**

（1）人力资源外包发展较快，目前国内的人力资源外包需求主要包括政府、外资企业管理员工记录以及当地社会保险机构的需求等。

（2）政府建立了一些国有企业从事 BPO（但现在这些国有企业面临来自私有企业的竞争，因为有时私有企业提供的价格对于发包商来说更具吸引力）。

（3）成本缩减的压力、BPO 服务提供商服务水平的提高以及企业注重核心竞争力的加强等都带动外包业务的发展。

（4）金融和财务流程外包业务发展很快，这是因为国内的金融和财务服务机构面临着来自国内的外资银行的竞争压力。

**2. BPO 市场的不利因素**

中国 BPO 市场面临的挑战主要来自于文化差异，中国企业一般不愿意放弃对内部业务流程的控制，使得市场扩张规模进展较慢。

中国 BPO 市场虽然有巨大的发展潜力与广阔的发展空间，但市场的培育仍需要经历时间的磨炼。在此过程中，服务提供商不仅要着眼于业务流程发展，帮

助客户持续优化业务组合和工作流程，还需要进一步加强自身的 IT 服务能力提升，从而为客户提供更值得信赖的"一站式"服务。

### （三）中国知识流程外包（KPO）

知识流程外包（Knowledge Process Outsourcing，KPO），指发包方通过与服务提供商缔结合约将知识密集的业务，或是超前研究与分析、技术与决策技能流程交给第三方来执行，服务提供商的中心任务是以业务专长而非流程专长为客户创造价值（见表 3 - 7）。知识流程外包是业务流程外包（BPO）的高智能延续，是 BPO 最高端的一个类别，相比一般的服务外包具有高附加值和高利润率的特点，是外包企业沿着价值链条向高端领域不断延伸，进而进入基于知识型的侧重流程创新、市场研发和业务分析为主的领域，将业务流程外包，甚至是整个外包产业推向更高层次的必然趋势。

表 3 - 7　KPO 与 BPO 所提供的服务实例

| 客户所属行业 | BPO 提供的服务 | KPO 提供的服务 | |
| --- | --- | --- | --- |
| 保险 | 呼叫中心、客户支持 | 索赔分析 | 核保、资产管理 |
| 咨询 | 后台支持 | 全球范围内的研究分析 | 整合性的报告 |
| 银行 | 结算、呼叫中心 | 财务分析 | 投资分析 |
| 医疗 | 呼叫中心、客户支持 | 专利设计 | 专利组合与分析 |
| 电信\零售等 | 呼叫中心、客户支持 | 数据分析 | 战略性研究 |

资料来源：Evalueserve, www. evalueserve. com。

相对于传统的 BPO，KPO 更倾向于支持和信息集成，包括一定程度的诊断、判断、决策和结论等。由于 KPO 的业务主要集中在高度复杂的业务流程领域，因此需要有较好教育背景和丰富工作经验的专家们来完成，其工作的执行要求专家们对某一特殊领域、技术、行业或专业具有精准、高级的知识。

KPO 的作用在于它能够使企业缩短从设计到市场的导入时间；有效管理关键硬件；提供有关市场、竞争情况、产品和服务的研究；提升组织在业务管理的有效性；帮助快速处理预想的业务场景。最后，不同于传统的 BPO 解决方案的通用和固定价格，优秀的高端流程解决方案提供客户定制服务和采取不同的价格。客户定制提升了 KPO 中的价值成分。

知识流程外包的内容主要包括：专业策划服务、知识产权服务、专业培训服务、政策法规调研等。具体服务项目有：知识产权研究，股票、金融和保险研究，数据研究、整合和管理，分析学（数据分析学/分析分析学）和数据挖掘服务，人力资源方面的研究和数据服务，业务和市场研究（包括竞争情报），工程和设计服务，设计、动画制作和模拟服务，辅助律师的内容和服务，医学内容和服务，远程教育和出版，医药和生物技术，研发（IT 和非 IT 领域），网络管理，决策支持系统（DSS）等。

目前，我国服务外包模式主要还是停留在以软件开发和数据处理的 ITO 和较为基础的 BPO 层面，而更高端的行业分析、投资分析等核心 KPO 业务内容则处于刚刚起步的阶段。中国服务外包企业 50 强的业务范围仍以软件外包、IT 服务、数据处理和呼叫中心为主，70% 的 50 强企业涉及软件外包业务，64% 的企业涉及 IT 服务，40% 的企业涉及数据处理业务，34% 的企业涉及呼叫中心业务（见表 3 - 8）。仅有少数企业能够提供附加值较高的研发、人力资源管理、财务、游戏动漫设计等业务外包，26% 的 50 强企业提供研发外包服务，16% 的企业提供人力资源外包业务，8% 的企业提供财务外包业务，而提供游戏动漫设计业务的 50 强企业仅为 2 家。

表 3 - 8　2009 年中国服务外包 50 强企业主要业务统计

| 业务内容 | 提供该业务的企业数统计 | 业务内容 | 提供该业务的企业数统计 |
| --- | --- | --- | --- |
| 软件外包 | 35 | 财务外包 | 4 |
| IT 外包 | 32 | 游戏动漫 | 2 |
| 数据处理 | 20 | 供应链管理 | 2 |
| 呼叫中心 | 17 | 餐饮服务 | 1 |
| 研发外包(含医药) | 13 | 测试外包 | 1 |
| 人力资源外包 | 8 | 设施管理服务 | 1 |

资料来源：ChinaSourcing, www. chnsourcing. com。

然而，应该注意到一些 ITO 行业的领先者，如软通动力、海辉软件，在不断巩固其现有 ITO 业务基础的同时，陆续实现了向 BPO 的拓展，并开始提供附加值更高的 KPO 和咨询类服务。2009 年 4 月底，我国成立了首只专注于 BPO 领域的基金 Huaiqiao Financial Service Outsourcing Fund，作为 BPO 的高端形式，KPO 企业无疑正在吸引越来越多的投资者的目光。表 3 - 9 总结了部分国内领先 ITO/BPO/KPO 公司的主要业务范围以及融资和上市情况。

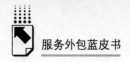

表 3 – 9　2009 年中国服务外包企业最佳实践 5 强排名、
业务范围和融资上市情况

| 排名 | 企业名称 | 业务范围 | 融资和上市情况 |
|------|----------|----------|----------------|
| 1 | 东软集团股份有限公司 | 软件外包、数据处理、呼叫中心、研发外包 | 已上市 |
| 2 | 浙大网新科技股份有限公司 | 软件外包、数据处理、呼叫中心 | 已上市 |
| 3 | 文思信息技术有限公司 | 软件外包、研发外包、业务流程外包 | 已上市 |
| 4 | 药明康德新药开发有限公司 | 医药研发外包 | 达成并购意向 |
| 5 | 海辉软件(国际)集团 | 软件外包、IT 服务、研发外包 | 未上市,完成两轮融资 |

资料来源：www. chnsourcing. com，清科数据库。

## （四）中国金融服务外包

20 世纪 90 年代以来，随着国际金融业前后台加快分离和后台分工不断细化，近年来金融服务外包发展势头迅猛，已从早期以"利用外部的技术和资源弥补自身业务所需资源的不足"为目的发展到"将核心业务以外的部门尽可能外包"的趋势，并表现出日益明显的向亚太地区转移和相对集聚的态势。

Financial Services Outsourcing（FSO）研究显示，2008 年，全球金融离岸外包市场规模以近 5 年 40% 的增速，增加到 1700 亿美元，其中在 43 起全球大额金融服务外包交易中，离岸外包交易的比例高达 63%。从行业分布情况看，银行业服务外包占据主导地位，占比高达 61%，证券业和保险业分别为 23% 和 16%。美国、英国、德国和法国是全球最重要的金融服务外包发包地，印度是金融服务外包的最大受益者，在金融离岸外包市场中，印度的市场占有率达 80%，并以 20% 的年增长率持续增长。在 2004 ~ 2009 年期间，美国金融业把 3560 亿美元的业务外包到境外，占该行业成本的 15%。2010 年，离岸业务市场产值达到 4000 亿美元，占整个行业总产值的 20%，成本耗费可减少 1500 亿美元以上。

中国的金融服务外包始于 20 世纪 90 年代的 IT 外包，与发达国家相比，由于受到政策限制、内部体制、金融信息安全、法律体制和信用系统等因素制约，中国金融服务外包的发包市场发展较为缓慢，与之相对应，国内承接金融外包的行业尚处于探索和起步阶段。随着金融市场开放和竞争的加剧，在一些非核心业务领域出现了金融服务在岸外包的市场机会。为降低运营成本、提升核心竞争力，不少银行逐步涉足形式多样的外包业务。

### 1. 银行业服务外包

随着中国银行业与国际接轨，部分国内银行开始效仿外资银行将部分业务外包出去的做法，外包业务主要集中在金融 IT 服务外包、银行卡外包、灾难备份和灾难恢复外包以及呼叫中心四个方面（见表 3 - 10）。2011 年市场规模达到 77 亿元以上。相对于倾向依赖自身的 IT 部门的大型中资银行，中等规模银行的 IT 系统维护外包服务需求最为迫切。银行卡外包是银行服务外包的一个重要领域。目前，中国的外包服务商已可以提供"全生命周期"银行卡业务的外包服务，从申办筹建、设计产品、市场营销到交易处理和客户服务，甚至包括客户数据分析和市场定位。

**表 3 - 10　国内部分银行服务外包项目**

| 金融机构 | 外包项目 | 外包商 |
|---|---|---|
| 国家开发银行 | IT 硬件和软件系统的维护<br>核心系统软件<br>网络<br>系统集成和开发 | 惠普公司（HP）<br>新加坡 SA 公司<br>中国电信和中国网通<br>神州数码 |
| 中国工商银行 | 开放平台维护，数据中心服务和咨询服务 | 神州数码 |
|  | 密押系统、主机安全加密系统、支付密码、呼叫中心、银证通、档案缩微、影像工作流及内容管理平台 | 信雅达公司 |
| 中国光大银行 | 核心业务和管理会计系统<br>信用卡外包 | 联想 IT 服务公司<br>美国第一咨讯公司 |
| 招商银行 | IP 网络视频会议系统<br>软件开发 | Unihub 公司<br>融博公司 |
| 中国银行 | 长城卡营销和部分附属性工作<br>信用卡服务呼叫中心 | 北京天马信达信息网络公司<br>优利（Unisys） |
| 深圳发展银行 | 为期 5 年的灾难备份外包服务 | 万国数据服务有限公司 |
| 中国银联数据服务有限公司 | 贷记卡发卡平台系统 | 优利（Unisys） |
| 广东发展银行 | 信用卡呼叫业务 | 中国电信广州分公司 |
| 上海银行 | 新一代业务系统集成和实施服务 | 惠普公司（HP） |
| 中国农业银行 | 国际汇款业务 | 西联公司 |
| 中信实业银行、广东发展银行 | 呼叫中心 | 金融联公司 |
| 兴业银行、民生银行等20多家银行 | 银行卡外包 | 银联数据公司 |

资料来源：江小涓：《服务全球化与服务外包：现状、趋势及理论分析》，人民出版社，2008，第 254 ~ 255 页。

尽管为银行提供银行卡外包服务的市场已逐渐形成，但我国银行卡市场的总体专业化程度仍然不高，银行卡外包业务还具有很大的发展空间。灾难备份和灾难恢复外包已经成为国际银行业的一种趋势，国外灾难备份采用外包形式的比例达到70%，但国内采用自建形式的比例高达91.7%。呼叫中心已经在银行业十分普及，我国国内的银行仍主要采取自建呼叫中心的方式。

中国银行业离岸接包市场起步于20世纪90年代中期，早期主要是以跨国银行附属机构和内设机构为主体。2002年以后，新增金融离岸接包机构在数量上进入了相对快速的发展阶段，全球主要的专业外包公司纷纷入驻中国，在数量上也逐渐超越了外资银行附属机构，占据了中国银行业离岸接包市场的主导地位。目前，中国银行业离岸接包市场主要由全球知名外包企业在华分支机构、外资银行承担离岸外包业务的附属机构或内设机构、承接离岸金融外包业务的中资公司等三类机构组成。

在机构人员规模方面，我国金融离岸接包机构的规模仍然有限，但已表现出明显的扩张势头；在承接的业务领域方面，IT外包、咨询、信用卡离岸外包等中高端领域的外包市场的服务提供主体主要为国际专业的外包公司，一些较为低端的IT外包业务和数据录入处理工作等基本不涉及核心流程，业务附加值较低的外包服务的提供商主要为中资接包，而外资银行附属或内设机构则侧重于为集团内部提供诸如客户服务、呼叫业务和单证处理、文件制作等外包业务。

与国际领先接包地相比，中国在承接金融离岸服务外包方面具有以下优势：①人力成本优势和租金优势等运营成本优势；②各类高等教育规模的不断扩大、数目众多的专业从业人员和不断加强的对高层次留学人才的引进力度的劳动力资源优势；③宏观经济的持续高速的增长以及银行业的快速发展的潜在及现实的金融外包市场需求优势；④服务外包企业自身实力的提升、规模的扩大、专业性加强的行业成熟度提升带来的区位优势；⑤高质量和大规模的交通、通信等现代基础设施和世界级的电信基础设施的商业环境优势；⑥与日韩地区在地理、文化和语言等方面存在高相似度的地缘优势，以及与欧美国家的时区优势；⑦不断完善的相关政策与法律法规的政策导向优势。

**2. 保险业服务外包**

目前，中国已经迈开了向全球金融保险外包服务中心前进的步伐，形成了独特的金融保险服务外包的企业结构和特点，预计到2015年，中国将可能成为全球金融保险服务业离岸外包中心。

（1）保险服务外包将成为金融外包潜力最大的领域。从外包的业务内容来看，中国保险服务外包企业以承接国内外保险机构信息技术外包为主、业务流程外包为辅；承接的外包业务层级较低，正逐步向高端业务迈进。20世纪90年代末以来，在国内金融保险竞争加剧和客户需求结构提升等多重因素推动下，国内金融保险机构信息技术需求急剧放大，信息化进程不断加快，数据集中与业务系统集中及其升级等迫在眉睫，这不仅体现在需求规模的扩大，更体现在对信息技术系统整合要求的提高。根据IDC的预测，2007～2011年中国金融保险外包内需市场会保持较高的增长速度，年均复合增长率达19.6%。咨询机构易观发布的《中国保险行业IT外包服务发展研究报告》显示，在2003年，中国IT外包市场42.6亿元人民币的市场规模中，保险IT外包市场占据13.4%，为5.7亿元人民币；2004年保险IT外包规模达到6.8亿元人民币，且在之后的4年中以年均26.5%的速度保持增长；未来5年，中国银行和保险业IT外包服务市场将以超过27%的年度复合增长率（CAGR）快速增长，到2011年其市场规模有望达到77亿元以上。

造成中国保险业务外包企业承接外包的业务层级较低的原因：一是受制于我国外包提供商整体水平较低、市场竞争力不强，使我国大多数服务外包企业缺乏直接从欧美发包商手中接单的能力。欧美发包商在软件等外包业务中一般是采取整体外包的方式，要求外包提供商分析需求并提出整体解决方案，对外包提供商的人员规模、专业技术水准等的要求较高，非常有助于提高我国保险IT服务外包市场的整体竞争力以及获利空间。二是受制于主要发包商的发包结构。在承接离岸保险服务外包方面，发包方大多来自日本和韩国，而他们是很少将高端项目外包出去的，即使是高端项目，也要以很低的价格层层分包。他们往往是将技术含量较低、人工需求较高的加工型业务提供给外包服务提供商。三是我国在岸保险服务外包市场的初级阶段决定了国内保险业的外包业务层级较为低端，保险业主要将打印、保单录入、呼叫中心培训和客户关系管理咨询等较为低端的业务外包出去。

（2）保险服务外包水平正在不断提升。从保险外包服务的市场主体来看，以跨国金融保险机构和大型服务外包公司在中国设立的金融保险外包机构或基地为主，较快地推进了我国金融保险外包发展的进程；本土金融保险外包服务提供商的整体市场竞争力较弱，金融保险服务外包水平正在逐步提升。同银行业服务外包相似，我国从事金融保险服务外包业务的企业主要为三种类型，且各自在承接的业务种类上有着明显的区分。一是跨国金融机构自建机构，承接本机构全球或特定区域服务支持业务以及中国企业外包业务；二是大型跨国服务外包企业在华设立的分支机构，承接中国企业外包或日韩等离岸外包业务；三是中国本土金融保险服务外包企业，承接国内外的服务外包业务。前两种类型的服务外包企业，不仅是我国金融保险服务外包市场的中坚力量，还是我国金融保险服务外包业发展的重要带领者和推动者，为我国金融保险服务外包市场的快速成长作出了积极贡献。

此外，跨国金融机构和大型服务外包公司在华设立的金融保险服务外包机构在谋求自身业务增长的同时，还与众多的本土外包提供商建立战略合作关系，有效地整合了我国外包产业链，扩大了本土外包供应商的经营规模，提升了我国外包服务的层次和水平。相比之下，我国本土的金融保险服务外包企业在营业规模和人员规模上都普遍较小，行业的集中度和利润率较低，在产业组织和管理方面不够成熟，专业资质普遍较低，仍然缺乏国际竞争力。与此同时，我们还应看到我国金融保险服务外包企业在近几年中取得的进步与发展。实力较强的本土外包提供商在"走出去"战略的实施下，通过在欧美等国家设立研发、市场营销和服务机构，从而更加贴近发包方市场，密切与发包方的关系，做到深入了解客户需求，量身定做解决方案，更好地开拓外包业务。部分本土外包提供商采取广泛的并购形式以在短时间内迅速扩大自身规模，提升国际市场竞争力水平。目前，我国部分制造业内的优秀企业也开设涉足于服务外包领域，如华为、联想等，有的甚至已经建构了全球范围布局的研发能力，极大地增强了我国承接国际服务外包的竞争实力和发展潜能。

## 四　中国服务外包业发展趋势分析

据中国电子信息产业发展研究院（CCID）报告预测，近几年，全球服务外包市场将保持7.6%的平均复合增长率，到2011年全球服务外包市场规模将突破5000亿美元。与此同时，离岸外包业务正以每年超过20%的速度增长，到2011年，全球离岸外包市场规模将达到850亿美元，大约占全球服务外包市场的17%。

纵观服务外包产业的快速发展，主要呈现出以下发展趋势。

## （一）中国服务外包规模占全球份额将缓慢上升，产业收入将大于市场规模，总体发展速度较快

从市场规模看，2006年，全球服务外包市场规模为9178亿美元，中国为104亿美元，仅占全球份额的1.13%。近几年，全球服务外包以7%左右的年均复合增长率持续增长，到2010年达到12056亿美元左右的规模，同期中国服务外包市场的增速远高于全球平均水平，将以19%的年均复合增长率强劲上涨，届时市场规模将接近208亿美元，占全球市场的份额将略有上升，达到1.73%左右（见表3-11）。

表3-11　2006年与2010年全球服务外包发展规模与中国市场规模、产业收入的比较

单位：亿美元，%

| | 2006年 | | 2010年 | | 年复合增长率 |
|---|---|---|---|---|---|
| | 金额 | 占全球比重 | 金额 | 占全球比重 | |
| 全球服务外包产业总值 | 9178 | 100 | 12056 | 100 | 7 |
| 中国市场规模 | 104 | 1.13 | 208 | 1.73 | 19 |
| 中国产业收入 | 118 | 1.29 | 262 | 2.17 | 22 |

资料来源：江小涓：《服务全球化与服务外包：现状、趋势及理论分析》，人民出版社，2008，第140页。

从外包产业收入看，2006年，中国服务外包产业收入达118亿美元，占全球的比重为1.29%。随着中国国内需求以及离岸需求的增加，未来几年将是服务外包产业收入的高速增长阶段，年均复合增长率高达22%，到2010年，中国服务外包产业收入达262亿美元，占全球比重将上升到2.17%左右。中国服务外包产业收入主要来自本土市场，由于中国在接包方面的竞争优势和发展潜力，来自离岸的外包收入将占一定比例，因而产业收入大于市场规模。

## （二）中国信息技术外包（ITO）的发展将更为成熟，业务流程外包（BPO）将成为带动中国服务外包产业崛起的主要力量

从业务类型看，由美国次贷危机引发的全球性金融危机为全球的经济发展带来了阴霾，全球的服务外包业也受到了一定的影响。然而，随着世界经济的逐渐好转，最困难的时期已经成为过去，全球服务外包产业经过短暂的增速放缓，也

将逐步恢复到快速增长通道。根据中国工信部《2008 年中国软件与信息服务外包产业发展白皮书》的数据显示，2009 年软件与信息技术外包产业增长放缓至 3.6%，但 2010 年增速将逐渐回升，预计 2011 年服务外包产业整体回归较快速增长通道，5 年内的年复合增长率将达到 6.8%。

从企业的发展模式以及技术角度来看，后金融时代的离岸软件外包服务将表现出如下的特征：

①离岸软件服务外包承包商将主动实现在产业链结构中的转型。随着国内应用软件开发平台厂商核心技术产品的逐步成熟，离岸的软件开发外包服务商应该最大限度地利用已有并成熟的技术产品（如中间件、测试软件等），整合产业链上下资源，把单纯编码的工作提升为重组整合商业流程，实现全产业链端到端的覆盖，来提升企业在市场中的竞争力。

②中国软件外包企业之间的并购合并将成为行业整合的热点。在新的经济背景下，中国软件外包业的传统优势正被一点点地削弱。例如，受人民币升值、新《劳动法》实施等影响，中国软件外包企业成本上升、利润下降的趋势已经出现。因此，对优势资源的有效整合、对产品结构的优化以及对品牌国际化战略的推动成为企业进一步发展的迫切需要。企业间的并购合并为继续保持软件服务外包企业的竞争力提供了一个良好的渠道，并购后的公司无论从业务发展方向还是海外拓展能力上都有大幅的提升。此外，类似举动也将极大提高中国离岸外包在国际上的总体竞争力。有关数据显示，仅 2009 年上半年我国软件服务行业就有多起较大规模的并购案例，并购案例数和金额分别同比增长 75% 和 160%。

根据 IDC 的预测，短期内中国离岸软件开发服务外包市场的发展将持续增长，2009 年整体市场容量达到 27.6 亿美元，同比增长率为 14.7%，预计到 2014 年整体市场容量将达到 75.9 亿美元，复合增长率将达到 22.4%（见图 3 - 4）。

在服务外包的两大业务分类中，ITO 是指承包国利用本国的人力资源优势承接发达国家非核心软件研发项目。由于发达国家发包的这些非核心软件项目基本上属于为现成系统提供升级服务程序等应用型软件，所以，ITO 外包业务往往技术含量低，业务结构单一，在软件产业链中处于低端，增长空间有限。因此，BPO 将是我国今后发展服务外包的主要方向。BPO 的服务范围涉及金融、保险、人力资源、财务管理等众多领域，技术含量高、附加值大。作为服务贸易模式之一（跨境交付），BPO 以现代网络技术和高层次人才为支撑，是现代高端服务业

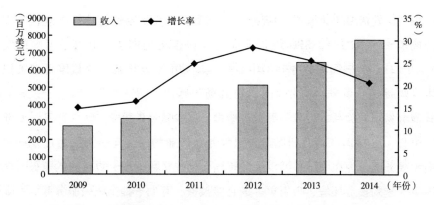

**图 3－4　中国离岸软件开发外包市场规模及预测（2009～2014 年）**

资料来源：IDC：《中国离岸软件开发外包市场 2010～2014 年预测与分析》。

的重要组成部分，信息技术承载度高、资源消耗低、环境污染少、知识含量高，有利于转变贸易增长方式，促进服务贸易增长。

根据联合国贸易会议估计，未来几年世界市场 BPO 业务将以每年 30% ～40% 的速度增长。IDC 在其发布的《中国业务流程外包（BPO）市场 2008～2012 年预测与分析》中指出，2007 年中国 BPO 市场以 23.5% 的年增长率稳健攀升，市场规模达到 10.6 亿美元，预计未来 5 年中国市场的增长势头依然强劲，将保持 22.6% 的年均复合增长率，并有望于 2012 年达到 29.3 亿美元的市场规模。截至 2005 年，世界最大的 1000 家公司中，仍有大约 70% 的企业尚未向低成本国家转移外包商务流程业务。这些都充分说明在我国 BPO 有广阔的发展机遇和潜力。

就目前的情况来看，中国的 BPO 市场虽仍处于初期发展阶段，但是连续几年的快速增长显示了强劲的爆发力。2009 年全球业务流程外包市场总额为 5608 亿美元，2010 年达到 6167 亿美元，2011 年将达到 6772 亿美元。同时，中国经济平稳快速增长的宏观环境、政府的相关政策支持以及不断完善升级的基础设施等，显示我国 BPO 市场发展的决心与潜力。同时，大力发展 BPO 业务，还将有力促进我国服务贸易的发展。

第一，BPO 的发展将有利于我国产业结构的提升。BPO 是一种现代服务贸易形式，不需要消耗自然资源，对生态环境几乎不会造成任何影响，是新一轮国际产业转移的重要内容。发展 BPO 有利于节省能源消耗，减少环境污染，发挥服务资源优势，提升产业结构，增加服务贸易出口收入，促进服务贸易的持续快速增长。

第二，发展 BPO 可以有效规避贸易壁垒，减少贸易摩擦。作为现代高端服务业的重要组成部分，BPO 也是人才与知识密集型产业，可以不出国门实现"智力出口"，突破国际劳务输出中自然人流动的贸易障碍，直接降低劳务出口成本。发展 BPO 业务，将出口的"主战场"延伸至第三产业，有助于改善我国与其他贸易国的关系，规避各种贸易壁垒，减少贸易摩擦。

第三，发展 BPO 将有利提高我国服务业产业的整体竞争力。通过发展出口导向型服务业，为在中国长期发展的跨国公司提供更便捷、更优质的服务，能够创造更优越的投资环境，吸引更多的直接投资，有助于提高我国服务业的产业竞争力。

此外，银行或机构的专属研究部门的后台中心和研究部门正在积极实现由 BPO 向 KPO 的升级；传统的大型 BPO 公司根据行业发展的新趋势，开始组建 KPO 的队伍与能力。同时，全球领先的专业 KPO 企业陆续进入中国市场并取得了较快的发展。

## （三）中国服务外包产业将在外包一线重点城市聚集的基础上，逐渐向二线城市转移

从区域分布看，服务外包产业具有高度产业集聚特征和显著的规模经济效应。目前，中国已初步形成了以服务外包重点城市为依托的区域分布格局。其中，北京为华北地区的主要服务外包城市，上海为华东地区的主要服务外包城市，广州和深圳为华南地区的主要服务外包城市，大连和沈阳为东北地区的主要服务外包城市，华中以长沙为主要服务外包城市，西南以成都为主要服务外包城市，西北以西安为主要服务外包城市。

受到一线中心城市人才短缺、成本上升因素的影响，中国服务外包产业出现了向二线城市转移的趋势。当前，北京、上海、深圳等一线城市，很难满足软件和信息服务外包产业在迅速成长期中产生的大量的人才需求，因而产生了人力成本上升的压力。而西安、长沙、成都、天津、武汉、济南等城市，具有满足外包需求的丰富的人力资源，同时还拥有优良的基础设施和富有竞争力的成本结构。① 推动服务

---

① 例如，软件服务外包行业的 80% 的成本来自于人力资源，而西安等二线城市的工资、房租等成本只有北京、上海等一线城市的 50% ~60%。

产业转移的核心要素之一便是成本的节约，因此部分外包服务将加速向第二梯队城市转移，设立新公司或建立分支机构，以满足人才缺口、降低用工成本。

### （四）中国金融服务外包的市场需求和供给将会不断扩大，金融服务外包将会得到快速发展

由于历史原因，我国金融机构摊子大、网点多且分散、效益低下，从核心业务到 IT 采购、人力资源管理、后勤保障等业务几乎全部由自己承担，将大量的人力、物力、财力耗费在一些非业务管理上；同时还承担了较多的社会功能，造成对市场变化的反应能力迟钝，创新动力不足，极大地制约了业务的发展。在此背景下，我国金融业外包市场发展十分缓慢，其根本原因除了技术水平制约外，更为重要的是政策限制、内部体制、金融机构自身的安全考虑等因素。

目前，我国相当多的金融机构均外包了部分金融服务，外包范围主要集中在 IT 外包和专业服务外包等领域。随着"入世"过渡期的结束，金融业的竞争将日益激烈，国内金融机构也将更加关注自己的核心业务。国有商业银行和国内保险公司近年将逐步上市，而成功融资之后必然会扩大对外包服务的需求。IT 行业、技术和管理咨询行业的迅速成长也会带动外包服务的增长；同时，金融外包行业伴随着行业的成熟会出现更多专业化的金融服务外包商。可以预见，中国金融服务外包的市场需求和供给均会不断扩大，金融服务外包将会得到快速发展。

根据中国金融业发展的实际情况和发展趋势，下列领域的金融服务外包业务将会出现快速发展：IT 外包，不良资产处置外包，人力资源管理外包（包括人员招聘、培训等），档案管理外包，内部审计外包（内部审计外包有利于降低审计成本，并增强审计独立性）及市场调研和业务研发外包等。

### （五）中国服务外包统计体系将进一步完善

与高速发展的服务外包形成鲜明对比的，是相关统计工作的进展缓慢。由于服务外包各类情况过于复杂，并不是一个相对独立的统计指标，在国际范围内也还未形成一个统一、公认的统计标准，而现有的国际服务贸易统计体系也难以全面覆盖或分离出离岸服务外包的统计信息。目前，可以收集到的关于离岸服务外包数据主要是来自于各个国际知名的咨询公司或调查机构，如 Gartner、IDC、IBM、Accenture、McKinsey 等。此外，联合国贸发会议、OECD 等国际组织也曾经发布过有关国际

服务外包的数据。然而，这些统计数据大多是通过抽样调查的方式获得的，受到了样本大小、数据来源等方面的诸多限制。各个机构的统计数据自然也存在较大程度的出入，且每个机构公布的数据都在准确性和完整性上存在不同程度的缺陷与不足。也正因为存在着这样或那样的缺陷，这些数据大多是用于预测、估计，粗略判断服务外包业发展趋势，却始终无法准确地展现服务外包的发展全貌。因此，对于服务外包，有必要以政府为主导创设新的统计体系，建立新的统计渠道。

我国商务部就服务外包的统计体系的建立，先后作出了许多有益的尝试。2006 年，在《关于实施服务外包"千百十工程"的通知》中，商务部明确提出："做好服务外包业务的统计工作，进一步完善现有服务贸易统计制度，将国际（离岸）服务外包业务纳入服务贸易统计，建立科学、全面、系统的服务外包全口径统计规范；商务部将加强与各级商务部门的合作，建立有限的数据采集渠道。"其后，在开展"中国服务外包基地城市"的认定中进行了初步的尝试，要求各基地城市按要求填写"基地城市已设立从事承接服务外包业务的企业一览表"，其中设置了企业名称、注册资本、设立时间、主要接包行业、主要接包业务、营业收入等指标，并将接包行业分为软件业、金融业、影视、创意设计、专业服务、商务及其他，将主要接包业（根据企业为发包方提供的主要服务类型）分为数据加工处理、软件分包、软件设计、编写、测试、后台服务、办公室支持、客户交易支持、设计、制作、人力资源管理、财务管理及其他。[①]

2007 年，商务部发布的《服务外包统计报表制度》是中国首个服务外包统计制度，首次建立了中国的服务外包统计体系。其主要内容有：

①统计管理部门。该统计是部门统计，由商务部负责。

②统计范围。主要定位于跨境服务外包，即中国企业承接国外发包的视为服务外包出口，中国企业向国外企业发包的视为服务外包进口。

③统计对象。包括国务院主管部门认定的服务外包基地城市、从事跨境服务外包的中国企业。

④统计渠道。采用属地申报的方式，服务外包企业向其注册地的区（县）级商务主管部门报表，服务外包基地城市向省级商务主管部门报表，所有报表均由地方商务主管部门向商务部逐级上报。

---

① 江小涓：《服务全球化与服务外包：现状、趋势及理论分析》，人民出版社，2008，第 472～473 页。

⑤报表内容。包括五张报表：服务外包企业基本信息表、服务外包合同协议情况登记表、服务外包合同执行情况登记表、服务外包基地城市人员培训情况明细表、服务外包基地城市企业认证情况明细表。后两张报表主要是为了让政府了解政策扶持的执行情况和效果。

《服务外包统计报表制度》的颁布，在建立和完善中国服务外包统计体系过程中具有开创性意义，但其仍然存在着许多缺陷与不足。首先，从统计的角度而言，其对统计项目的分类略显粗糙。其次，统计对象具有局限性，主要是限于由国务院主管部门认定的服务外包基地城市中从事跨境服务外包的中国企业以及主动申报的企业。最后，受统计对象的局限，统计数据的来源也具有较强的局限性，且统计渠道和制约手段均不健全。然而，不可否定的是，我国对建立科学完善的服务外包统计体系的努力不会改变，随着服务外包的不断发展，我国对服务外包统计的建立的探索也将继续。因此，统一的科学的统计系统的建立与完善必将成为我国服务外包发展的大势所趋。

## 五　中国服务外包发展面临风险分析

基于委托代理理论①，在服务外包发展的过程中，作为发包一方的企业主要面临着三大类别的风险：决策风险、信息不对称风险和管理风险（见表 3 - 12）。

表 3 - 12　服务外包的风险事件与风险因素

| 风险种类 | 风险事件 | 风险因素 |
| --- | --- | --- |
| 决策风险 | 外包企业的有限理性 | 接包商的机会主义、契约不完善、决策者知识能力有限 |
| | 外包交易的潜在"锁定"风险 | 资产专用性，少量可选的服务接包商，缺乏专业知识 |
| 信息不对称风险 | 逆选择风险 | 接包商技术力量不强、管理能力不济、资金不足 |
| | 道德风险 | 偷工减料、隐藏行动、隐藏知识、泄露机密信息 |
| 管理风险 | 企业灵活性的丧失 | 过度依赖外包接包商，企业专业人才的流失 |
| | 外包交易中的协调风险 | 外包契约不完善，外包绩效难以衡量，文化冲突 |

资料来源：周旭：《服务外包风险的识别与控制》，西安电子科技大学，2009 年。

---

① 委托代理理论认为，代理人拥有的信息比委托人多，并且这种信息不对称会逆向影响委托人有效地监控代理人是否适当地为委托人的利益服务。代理人出于自我寻利的动机，将会利用各种可能的机会，增加自己的财富，其中一些行为可能会损害所有者的利益。

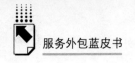

### （一）服务外包的决策风险

企业决策者决策是否将业务外包给接包商时，他必须考虑以下几个因素：①接包商是否具有很强的协调外包环节价值链的能力，能否科学预测并做出准确的判断；②接包商在承接外包业务时，能否将价值链的优化与企业的需求有机结合，即要求企业能够恰到好处地加以组织和利用。如果上述两种情况能够得到很好的满足，则企业的外包业务决策是成功的，并将获得服务外包过程中为企业带来的诸多好处、有效的组织结构以及可观的利润。然而，在企业的实际运营过程中，有许多不确定和不可预见的因素左右着决策者的判断，而决策的失误将为企业带来不可预期的后果。外包决策风险主要包括外包企业的有限理性、外包交易的"锁定"风险两个方面。

**1. 外包企业的有限理性风险**

外包企业的有限理性主要是指企业决策者的理性行为的客观有限性。造成这种有限性的原因首先在于决策者的理性判断是有限的，存在无法避免的局限性，企业管理层在进行外包决策时很难做到面面俱到。这种有限理性的程度主要取决于企业管理层的知识储备、实战能力以及个人的以往背景。其次，契约的不完善性。由于企业无法准确预见经营环境中各种不确定性，且很难搜集到所有的相关信息，因而无法达成一个十分完善的契约。而契约的不完善性既增加了外包的事后成本，也在客观上助长了接包商的机会主义行为。

**2. 外包交易的潜在"锁定"风险**

"锁定"效应，主要是指一旦企业与某服务外包接包商达成协议，建立了服务外包的委托合约，这种委托代理关系便相对固定，除非企业愿意支付高额的转移成本，否则很难摆脱与接包商的交易关系。"锁定"风险直接导致了业务外包谈判和决策成本的提高，甚至造成新的成本，如重新选择接包商的转移成本等。造成"锁定"的主要因素有以下三方面：

第一，资产专用性。当一项耐久性投资被用于支持某些特定的交易时，所投入的资产就具有专用性。当存在资产专用性的情况下，若发包方在合同未执行完毕的时候结束与服务接包商的委托代理关系，则只能收回部分的资金，甚至完全无法收回成为沉没成本，加之合同未完成，从而造成大量的资金和其他损失。因此，企业在与接包商建立服务外包关系的过程中专用性资产的投入越大，其面临的"锁定"风险也随之增加。即使外包合同圆满完成，若企业希望更换接包商，也将面临在重新选择新的接包商的决策过程中所产生的一切成本。

第二，可供选择的服务接包商的数量有限。有限数量的服务提供商使企业在选择服务外包的承接商、建立服务外包关系的过程中处于不利的谈判地位并只拥有有限议价能力。同时，可以替换的选择太少也使得外包企业对已选接包商的依赖加强。接包商相互之间缺乏足够的竞争不利于服务水平的提高，不利于促使接包商技术的更新与进步（尤其是在 IT 服务外包中），使选择外包的企业的服务外包成本增加。

第三，外包企业缺乏外包合同的专业知识。主要是指企业缺乏订立外包合同的相关专业知识，从而签订了一个缺乏适应性的长期合同，导致企业"锁定"于外包的长期合同中。例如，企业在选择将 IT 服务外包出去，从而达到优化内部结构、节约成本、获得技术优势、集中发展核心业务的同时，也逐渐形成了对 IT 服务接包商的依赖，事实上这种依赖从采取外包形式的那一刻起就已经形成。同时，外包合同的长期性，又使得这种依赖关系不断深化，僵死的条款、缺乏应急条款、缺乏谈判机制等都可能导致合同本身缺乏灵活性，这样的合同往往在情况发生变化时给企业造成不良后果。随着企业的不断壮大，其在业务的拓展上可能会受制于企业内部专业 IT 部门的缺位，使企业进一步的发展受到阻碍。

## （二）服务外包的信息不对称风险

外包的实质是企业和服务商之间的一种"委托—代理"关系，而从信息经济学的角度来看，"合同"是一个典型的信息不对称的模式。一般而言，由于委托方和代理方之间存在着信息不对称、信息扭曲问题，加之市场及宏观环境的不确定性，委托人往往比代理人处于一个更不利的位置，实施 IT 服务外包的企业（委托人）与外包服务商（代理人）之间的关系也是如此。服务外包中的信息不对称风险主要包括逆向选择风险与道德风险两个因素。

### 1. 逆向选择风险

由于信息不对称，服务商比企业更了解自己的资信、真实的技术实力、人员实力，并向企业提供不充分或不真实的信息。正是这种信息不对称的决策便导致了"逆向选择"，即企业误选了不适合自身实际情况的服务商。逆向选择将导致低质商品排斥优质商品，市场效率低下，资源浪费严重。服务外包中的逆向选择

主要表现为企业选择了存在技术力量不强、管理能力不济、资金不足、信誉不佳等全部或部分缺陷的接包商。导致逆向选择风险的产生主要是由以下三个风险引起的：

（1）接包商技术力量不强。接包商的技术实力是外包项目能否在约定的时期内高质量完成的关键，尤其是在对技术有很高要求和依赖的服务外包部门。接包商的技术力量不足和技术人员的素质缺乏将直接影响企业包出去的业务的完成质量，并可能直接影响企业的经营运转。此外，接包商对信息技术变化缺乏敏锐的洞察力，会使企业的信息化建设不能采用最先进或者说是最合适的信息技术，就难以保证外包项目的先进性。

（2）服务接包商管理能力不济。接包商对所承项目的资金、人员、进度、质量的管理的科学有效性将影响接包商执行合同的效率与质量。如果接包商管理能力不济，轻则影响外包项目的质量和进度，增加外包项目的成本；重则导致项目失败或接包商倒闭，给企业带来严重影响。

（3）接包商自身资金不足。服务接包商在执行合同过程中的诸多成本和费用，以及技术上的更新需要，要求接包商拥有坚实的资金后盾。尽管在合同开始执行前接包商能够从发包商处预先得到项目预付款，但如果接包商缺乏足够的资金作为后盾，就无法及时购买先进的信息技术和聘用有能力的信息技术开发人员，甚至无法保证项目的正常运作。

**2. 道德风险**

在委托人与代理人达成契约之后，由于委托人无法观察到代理人的某些行为，或者说委托人没有观察到代理人已经观察到的环境的变化，代理人可以在有契约保障的条件下采取不利于委托人的一些行动（即败德行为），进而损害委托人的利益而给委托人带来了风险，这种风险就称为道德风险。道德风险是契约实施阶段的机会主义行为，也是代理人的一种理性反应。在外包项目中，接包商可能出现偷工减料、放松管理、泄密信息、刻意破产等败德行为，这些行为会给企业带来极大的风险。此外，由于信息不对称的存在，企业无法及时了解外包服务商是否严格履行合同的承诺，无法像以控制自己职员行为的方式对外包商的行为进行控制。服务外包中的道德风险主要涉及偷工减料、隐藏行动、隐藏知识、泄露机密信息等风险因素。

（1）偷工减料。一方面包括信息技术外包项目中接包商在成本因素的驱动下，使用处于生命周期后期的硬件和软件技术，从而降低了信息技术外包项目的质量；另一方面，由于创造性劳动的劳动时间难以估计，为承包企业故意延长开发时间提供了可能。

（2）隐藏行动。这种隐藏行动导致了"败德行为"，即外包服务商降低服务水准、增加潜在费用。它暴露了发包商与接包商在订立契约关系之后发包商对接包商的管理缺位。首先，企业与服务接包商是两个独立的经济实体，没有任何的隶属关系，虽然企业可以在一定程度上影响外包商的人员调配、资金投入等决策，但仍不能完全保证企业对外包商的有效监管。其次，企业也不可能投入大量的人力和财力来对外包商进行监管，一方面这样会增加外包的成本，使外包失去原有的意义；另一方面企业不拥有实施有力监管的技术知识。倘若契约双方未就相关的权利和义务作出明晰的规定，接包商就有可能利用合同的漏洞以及对方监管的不力采取不利于发包企业的行动。

（3）泄密信息。即外包过程中存在的信息安全风险。企业将自己的信息管理项目或信息系统交由外部的接包商来开发或运行，接包商在信息技术项目开发过程中可能会涉及企业的需要保密的私有信息（如商业秘密、内部信息）。例如，在这个以信息为主导的时代，IT服务外包在企业经营中的作用和地位都在不断将强，不仅非核心业务，核心业务往往也离不开信息技术的支持，这就使服务提供商有了接触企业核心商业机密的机会。若在外包的过程中，企业不能对接包商采取有效的监控措施，那么将涉及企业核心机密的信息交由服务提供商进行处理，无疑会成为威胁企业内部信息安全的定时炸弹，并且一旦出现问题会对企业造成致命的打击，甚至严重威胁企业的持续经营问题。

信息安全已经成为服务外包转移方选择承接方的一个必要的标准，转移非常关注信息企业的整个流程中的机密性。信息的安全包括机密性、完整性、可用性三个属性。只有这三个属性都能满足业务的需求，信息的安全才算是有所保障的。

（4）刻意破产。指服务外包的承包企业在与发包商签订契约、取得项目实施的开发资金后，可能故意宣告公司破产，使发包企业在资金和项目进展上蒙受巨大的损失。

（5）隐藏知识。指承包企业利用信息的不对称性，在知识的运用和更新等方面对发包企业进行隐瞒，从而损害外包企业的利益。此外，接包商也可以利用

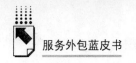

隐藏知识的优势将由于自身因素造成的外包过程中的失误归结于外包环境的不利影响，推卸自己应当承担的责任。

### （三）服务外包的管理风险

服务外包中的管理风险指服务外包过程中发包企业所面临的失控问题。当发包企业将外包项目交由接包商负责后对接包商执行合同、完成项目过程中的管理缺位，即发包企业丧失了对外包项目的管理职能，无法对外包内容进行直接的控制。管理风险是服务外包中首要的和最基本的风险，主要表现为以下几个方面。

**1. 发包企业的企业灵活性丧失**

由于发包企业往往对外包项目缺乏直接控制的权利，因此不能进行有效的管理工作，而造成外包项目在具体实施过程中的灵活性的丧失。一般而言，外包合同签订后即相对固定，然而随着时间的变迁、企业内部和外部环境的改变以及企业发展战略的完善更新，发包商的外包业务需求也可能会有相应的变化，此时由于固有合同的限制，企业则无法及时地对外包项目作出相关的调整，使企业在发展中丧失了部分自主性与灵活性。外包也可能会使企业受制于服务商，对外包的内容控制有限，难以对服务商的职能与安排进行控制，失去对信息系统的控制，失去对服务资源的控制。此外，造成企业自身灵活性丧失的原因还包括由于过度依赖外包接包商而导致的企业专业人才的流失。

**2. 外包交易中的协调风险**

协调风险是指服务外包的合同双方由于缺乏良好的沟通与协调而导致的外包合同执行过程中的不确定性。基于"委托—代理"关系的服务外包的双方，无论在日常的经营活动中还是法律地位上都是两个独立的经济实体，当契约将双方联系在一起共同完成一个项目的时候，就需要双方在共同利益的基础上进行有效的、明确的、完整的沟通，尤其是针对执行外包合同过程中的具体细节。由于双方在战略目标、管理理念、企业文化等方面存在着或多或少的差异与分歧，因此若双方缺乏有效的沟通则可能导致企业与外包团队间互不信任、相互推诿、相互指责，造成有效合作难以持续地进行，外包执行和实施成本的激增，甚至导致业务外包最终流产。

**3. 服务外包战略可能造成公司学习机会和核心竞争力培养机会的丧失**

这也是企业在决策是否采用服务外包形式时所面临的机会成本（或替代成

本）。当企业选择服务外包的实践只是为了在短期内控制成本及提升短期的竞争优势，则可能因此丧失了获得关键技能和构建未来核心竞争力的机会。把业务外包给接包商或许有利于保住发包商当前竞争优势甚至使其竞争优势有明显的提升，但却使发包商丧失了创新、改善发展结构和管理方法的动力，降低了发包商的创新能力和生存能力，缩小了企业进一步发展的空间。发包商对接包商的过度依赖而停止对自身竞争力的培养和提升，甚至可能导致企业竞争力的丧失，而当这些未培育和未提升的竞争力与发包商的核心竞争力密切相关时，发包商未来的发展就会受到巨大的威胁。

### （四）服务外包中的综合和阶段风险

对于服务外包中的风险，也可以从综合风险和阶段风险两个层面进行划分。综合风险，即贯穿整个外包过程的几大类风险，包括由于信息不对称导致的道德风险，内部学习与创新能力退化风险，企业灵活性价值丧失的风险以及新技术进步带来的风险；阶段性风险，指在外包各个阶段出现的、带有浓厚阶段色彩的风险。服务外包可以分为组织内评估、外包商选择、合同洽谈与制订及外包管理四个阶段，每个阶段中出现的特有风险（见图3－5）。

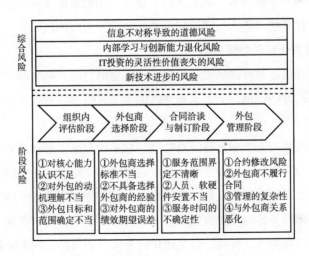

**图3－5　服务外包中的综合风险和阶段风险**

资料来源：刘继承：《企业信息系统与服务外包风险管理研究》，《实践研究》2005年第2期，第181页。

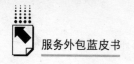

### （五）服务外包行业中的特殊风险

服务外包领域包括诸多具有行业特性的具体行业，因此不同的服务外包行业所面临的风险也具有一定的特殊性。下面将就一些典型的外包行业中的特殊风险进行简要的说明。

**1. IT服务外包中的成本风险**

在服务外包的实践中，选择IT服务外包可能不仅不会降低信息技术的成本，反而可能会降低企业的利润，而导致费用更高的原因通常是那些不可预测和未予说明的变更，这一现象即为IT服务外包中的高成本风险。

IT服务中的主要生产要素即为技术，不同于其他的生产要素，技术的更新速度是相当快的，随之而来的是技术成本随时间推移的持续下降。因此倘若是企业自身承担IT服务，这部分的成本在中长期看也是不断下降的，从而使企业获益于技术进步，这部分收益一方面来自成本的降低，另一方面来自新技术带来的工作效率的提高。然而，对于采用外包形式来获得IT服务的公司，技术的进步恰恰意味着成本的增加：一方面，外包合同价格的相对固定性与技术成本不断下降之间造成了不对称性；另一方面，服务接包商采取新技术或降低成本的主动性不强。服务费用并不随技术成本的降低而变化，相对来说就更昂贵，从而存在与企业想要分享信息技术进步、降低成本的初衷背道而驰的风险。

**2. 金融服务外包的外部风险**

金融服务外包中的外部风险，主要指由于金融行业所具有的全球化与自由化的特点所带来的经济体以外的国家和地区的金融风险事件的发生向本国和本地区的传播。

金融全球化是当今金融发展的总趋势，它是指全球活动和风险发生机制联系日益紧密的过程。它的具体表现之一是金融风险的全球化，使本国的金融行业的整体风险不仅仅受到本国家或地区的内在的宏观和微观的各种因素的综合影响，还受到来自外部经济体的风险发生的情况和程度的影响。由于金融活动和风险发生机制的联系日益紧密，所以，在全球化的今天，国与国之间金融脆弱以至金融危机的联系也愈加紧密。这表现为金融危机具有极强的传播效应。2007年，由于美国的次贷危机引发的全球性的金融与经济危机的影响范围之广、程度之深就很好地证明了这一点。因此，金融服务外包过程中，尤其是离岸外包活动中，要充分考虑外部风险对我国的服务承包商以及发包商的影响，将外部风险引入金融服务外包参与企业的风险预警机制中。

# 六　中国服务外包监管制度分析

## （一）服务外包的风险识别

风险的识别是有效的风险监管措施的制定与实施的第一个环节，能否正确地进行风险因素的识别关系能否制订出具有针对性与有效性的监管措施，防范风险事件发生或减少由于风险事件的发生而造成的损失。风险的识别过程是贯穿于外包现象的四个维度中的。外包现象的四个维度包括外包构成、外包行为、服务个性以及独立程度。外包构成指此项外包业务的类型及要素构成，如是 IT 基础设施、应用任务，还是业务流程等；外包行为指被外包给外包服务提供商的外包业务构成要素；服务个性是指外包服务提供商提供的服务的个性化程度，即是特定服务，还是适用于各类客户的标准化服务；独立程度是指发包方为了完成此项任务所采取的组织形式，是创造一个全新子公司或是合资公司还是直接外包给外部供应商。监管部门可以在这四个维度上分析外包业务的具体构成，并可以利用此过程来判断和界定外包过程中可能存在的风险类型和风险事件。

## （二）服务外包的风险监管原则

巴塞尔联合论坛针对金融服务外包发布了《金融服务外包》文件，并就金融服务外包过程中的风险监管问题提出了 9 条原则。在这些原则中尽管包括了一些针对金融服务外包的特殊性的具体原则，但更多的原则可以扩展到整个服务外包产业的风险监管问题上。

第一，发包方在发包业务时应制定一个对业务外包及其方式的恰当性进行评分的全面指导政策。决策部门等相关权力部门应从总体上对该政策指导下的经营行为负责。

第二，发包方应建立健全全面的风险管理方案来管理外包业务以及其和外包服务接包的关系。

第三，建立由书面合同规定的外包关系，在合同中明确有关外包的所有具体

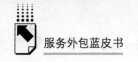

事宜，包括所有各方的权利、责任和预期目标。

第四，发包方应与服务提供商制定相关的应急预案，包括对突发事件处置方案的制订，以及定期检测业务等支持措施。

第五，发包方应采取恰当措施要求服务提供商在服务外包业务的具体实施过程中对发包方的相关信息予以保护，对其信息的泄露承担责任。

第六，对于有监管当局的特殊行业，如金融服务外包领域，监管当局应承担相应的监管措施并对旗下机构的风险监管提供支持与补充。

### （三）服务外包的风险监管措施

**1. 对外包可能带来的风险进行全面的考察与评估，包括对企业自身的审视及对接包商的评估**

在进行服务外包决策之前，应充分结合企业自身的综合情况决定企业是否需要或是允许采取服务外包业务，在多大程度上可以外包，从而将风险控制在可以承受的范围之内。当然，并不是每一个因素都处于同等重要的地位。首先，应对企业核心竞争力、优势和弱势、未来目标、风险、外包业务的限制因素等进行通盘考虑。这就要求企业以明确自身业务经营的核心产品和核心市场作为实现业务外包的前提和基础。例如，风险过大的服务外包业务容易导致企业对该外包业务的严重失控，此时就应果断地放弃将相关业务外包出去的设想，即使在成本管理的角度上该外包业务能够为企业带来显著的收益。

其次，站在成本控制的角度上来考察外包服务能为企业提供的有效的成本节约。一般情况下，对于刚刚涉及服务外包领域的企业，应先从非核心业务开始。一方面可以有效避免由于外包经验不足对企业造成严重的损失，另一方面将没有竞争优势的业务外包出去能够突出自己的核心竞争力。当然，并不是说核心系统就要完全排除在可外包的业务范围内，例如一些国外的金融机构就将外包业务逐步拓展到战略领域，其目的在于实现商业流程再造，发展新的商业模式，寻求新的利润增长点。

最后，对服务提供商的综合评定也是至关重要的，一个好的服务接包者不仅能够提供高质量的服务，还能降低发包方面临的许多外包风险。在企业作出外包决策后，管理层应提取来自内部或外部法律、人力资源、财务专家的意见，之后，按照自身的需求去寻找擅长该业务的服务外包承包商。当外包被作为一种削减成本的选择时，价格固然在外包业务接包方的选择中扮演重要的角色，但高素质的服务供应商更应该是业务能力强、信誉好、有充足资源完成外包工作的，他们具有丰富的经验和可靠的能力、技术、资本。

**2. 对签订的服务外包合同进行有效的法律保护**

完善的外包合同可以为合同双方提供有效的法律保护，有效避免由于双方责任规定的含糊不清而产生的诸多纠纷，从而降低服务外包过程中的一些风险因素的发生，为外包业务的顺利进行提供保障。完善的服务外包合同要准确、清楚地表述涉及外包的所有实质性要素，不仅要涵盖日常作业的流程规范与双方的权利与义务，还应包括监督、定期沟通、赔偿责任的确定与划分、争端的解决程序、合理的服务质量的说明和度量标准等方面的信息，以保证外包业务的规范运行。对于跨国外包，还应包括法律适用条款和争议解决条款以明确外包合同的法律适用、争议解决方式（仲裁或诉讼等），争议解决地点以及争议解决机构等。

完善的外包合同固然可以对外包业务的双方提供有力的保护，但是过于繁复的合同条款无疑提高了合同的制订成本，此时行业协会或是监管机构应该为该行业的企业提供帮助，为企业提供统一的合同文本。此外，在合同的制订过程中还应注意合同内容的安全性与机密性、稽核权利、偶发事件的应对计划，及限制成本增加和终止合同的权利（如包含一个终止条款以及执行终止规定的最低期限等）。

考虑服务外包合同的长期性特点，发包商应充分考虑市场需求的变化和服务要求的发展，合同的签订要足够灵活以适应不断变化的外部及内部环境。例如，对于信息技术外包，合同中必须对外包商的人员与技术准备和维持作出明确约定并注意保持合同对未来环境变化的充分估计，留有必要的弹性空间以应对可能发生的环境变化。

**3. 建立突发事件的应急预案和外包风险控制计划**

应急预案可以有效地降低发包方由于接包方发生破产、遇到不可抗力无法完成外包业务、外包商在内部技术或者骨干人员的变动等情况下影响外包合同的履行所造成的损失。此外，健全的应急体系还包括对应急预案的科学的系统的评估，以及责任双方的相互协调办法。

**4. 对服务外包的接包方实行动态监控**

在服务外包业合同的执行过程中，发包方应该主动争取对外包业务的管理权以及对接包商的监控权,应对接包方的表现和潜在变化进行持续的动态的监督,定期和不定期地对供应商的业务能力进行监控。监控的内容包括服务提供商是否严格履行外包合同条款、服务质量和技术支持、财务状况、外包环境变化造成的潜在变化、事故恢复计划等。

**5. 完善服务外包的行业监管制度**

根据前文的论述,各个发包商应该对服务外包过程中的监管问题引起足够重视,并采取相应的措施来对外包业务进行必要的监管,以降低服务外包过程中的风险事件发生概率并减少风险带来的损失。然而,制度经济学派指出,制度作为社会资源的调节工具,对顺应社会发展的经济关系起着巨大的保障和推动作用。因此,对服务外包的监管并非局限于企业的范畴,外包行业需要根据自身的特点制订出适合服务外包的监管规范,使监管工作能满足服务外包发展的需要。要建立健全安全防范体系,发挥市场和监管的双重作用。

以金融服务外包为例,欧盟一直没有出台一套系统规范的监管规则,其成员国直到最近几年才启动该项工作,与其形成鲜明对比,美国早在1999年就发布了一套统一的监管标准。欧洲在金融外包监管上的迟缓做法,使其金融外包监管工作不能满足其金融外包发展的需要,阻碍了其金融服务外包发展,这是欧洲金融服务外包的发展滞后于美国的一个重要原因。对于处于起步阶段的我国金融服务外包来说,在监管规范的制订中可以借鉴各国普遍认可的监管共识和巴塞尔委员会提出的监管原则,制订出符合我国国情的金融服务外包监管制度。

制订我国金融服务外包监管制度应考虑以下因素:合理确定外包金融服务的范围,在原则上仅限于非核心金融服务;合理构建外包金融服务的监管程序、内容与权限,监管机构对于外包金融服务的监督检查,主要反映在对外包金融服务办理的具体记录,尤其是外包合同上,以及外包商接受外包金融服务的安全与风险控制的机制的保障;注重对金融机构金融服务外包内控机制的监管;对客户信息和金融机构的商业秘密保护作出专门规定;对金融机构选择外包商提出原则性要求,尤其要求金融机构必须经过内部的适当授权程序,并严格审查外包商的相关业务经验、履行外包合同的能力和信用记录、经营管理水平等;规范金融机构应急机制的设计;规范金融机构与外包商的关系,特别强调外包商的"非金融机构地位";严格监管金融服务跨国外包。

# 区域报告

**Regional Research**

B.4

## 第四章

# 中国服务外包区域竞争力评价

## 一 环渤海地区服务外包竞争力评价

### （一）环渤海地区概况

#### 1. 自然地理概况

渤海是中国的内海，位于中国大陆东部，是由辽东半岛与山东半岛所围绕的近封闭的浅海。渤海由北部辽东湾、西部渤海湾、南部莱州湾、中央浅海盆地和渤海海峡五部分组成，三面环陆，在辽宁、河北、山东、天津三省一市之间。

环渤海地区，即环渤海经济圈，指以辽东半岛、山东半岛、京津冀为主的环渤海海滨经济带，包括北京、天津、河北、山东、辽宁五省市。土地面积523206.8平方公里，约占全国总面积的5%，海岸线总长5919公里，约占全国海岸线总长度的18.5%。环渤海五省市拥有丰富的矿产资源、水资源和海洋资源，以及旅游资源。

**2. 人口概况**

根据2010年《中国统计年鉴》数据显示，截至2009年年底，环渤海地区五省市的人口总数为23806万人，其中城镇人口12658万人，占总数的53.2%，乡村人口11148万人，占总数的46.8%。

**3. 经济概况**

2009年，环渤海五省市的地区生产总值为86019.5亿元，占全国GDP总量的25%。其中，第三产业的生产总值为36312.09亿元，占地区生产总值的42.2%，低于第二产业49.5%的比重。在五个省市中，北京地区的第三产业在地区生产总值中的占比最大，为75.5%。2009年，环渤海五省市地区生产总值及三次产业在生产总值中的占比情况见表4-1。2005~2009年，五年中五个省市均实现了连续两位数的生产总值增长幅度，其中天津的增长幅度最为强劲，2009年国内生产总值较上年度增长16.5%（见表4-2）。

表4-1　2009年环渤海五省市按三次产业分地区生产总值情况

单位：亿元，%

| 地　区 | 生产总值 | 第一产业 | 占比 | 第二产业 | 占比 | 第三产业 | 占比 |
|---|---|---|---|---|---|---|---|
| 北　京 | 12153.03 | 118.29 | 1.0 | 2855.55 | 23.5 | 9179.19 | 75.5 |
| 天　津 | 7521.85 | 128.85 | 1.7 | 3987.84 | 53.0 | 3405.16 | 45.3 |
| 河　北 | 17235.48 | 2207.34 | 12.8 | 8959.83 | 52.0 | 6068.31 | 35.2 |
| 辽　宁 | 15212.49 | 1414.9 | 9.3 | 7906.34 | 52.0 | 5891.25 | 38.7 |
| 山　东 | 33896.65 | 3226.64 | 9.5 | 18901.83 | 55.8 | 11768.18 | 34.7 |
| 总　计 | 86019.5 | 7096.02 | 8.2 | 42611.39 | 49.5 | 36312.09 | 42.2 |

资料来源：根据《中国统计年鉴》2010年数据整理。

表4-2　2005~2009年环渤海地区生产总值环比变动率

单位：%

| 年　份 | 2005 | 2006 | 2007 | 2008 | 2009 |
|---|---|---|---|---|---|
| 北　京 | 12.1 | 13.0 | 14.5 | 9.1 | 10.2 |
| 天　津 | 14.9 | 14.7 | 15.5 | 16.5 | 16.5 |
| 河　北 | 13.4 | 13.4 | 12.8 | 10.1 | 10.0 |
| 辽　宁 | 12.7 | 14.2 | 15.0 | 13.4 | 13.1 |
| 山　东 | 15.0 | 14.7 | 14.2 | 12.0 | 12.2 |

资料来源：根据《中国统计年鉴》2010年数据整理。

2009 年，环渤海地区资本形成总额为 47502.9 亿元，其中固定资本形成总额为 45543.9 亿元，占比为 95.88%，存贷款增加 1958.9 亿元。资本形成总额及固定资本形成总额最高的省市为山东省，分别为 18110 亿元和 17734.4 亿元（见表 4 - 3）。

**表 4 - 3　2009 年环渤海地区资本形成情况**

单位：亿元

| 地　区 | 资本形成总额 | 固定资本形成总额 | 存贷款增加 |
|---|---|---|---|
| 北　京 | 5256.2 | 4435 | 821.2 |
| 天　津 | 5459.9 | 5077.9 | 382 |
| 河　北 | 9264.8 | 9390.2 | - 125.4 |
| 辽　宁 | 9412 | 8906.4 | 505.6 |
| 山　东 | 18110 | 17734.4 | 375.5 |
| 总　计 | 47502.9 | 45543.9 | 1958.9 |

资料来源：根据《中国统计年鉴》2010 年数据整理。

环渤海地区是我国北方经济最活跃的地区，属于东北、华北、华东的结合部，继长江三角洲、珠海三角洲经济圈大展活力之后，环渤海经济圈正加速崛起，有望成为中国经济板块乃至东北亚地区中极具影响力的经济隆起地带。同时，这一地区拥有非常广阔的腹地，可以辐射到东北、华北、西北和华中的内陆地区。广阔巨大的腹地，为区域及国际经济合作提供了非常有利的市场条件。由于受传统计划体制及行政区划影响较深，环渤海地区国有经济比重高，地区政府对资源控制能力强，政府对企业干预比较多，2001 年，国有和国有控股占规模以上企业比重，仅北京市就高达 65.1%，高出全国 20.7 个百分点。

伴随我国经济的快速发展，环渤海地区已成为继珠江三角洲、长江三角洲之后的我国第三个大规模区域制造中心。依托原有工业基础，环渤海地区不仅保持了诸如钢铁、原油、原盐等资源依托型产品优势，同时新兴的电子信息、生物制药、新材料等高新技术产业也发展迅猛。

外商在我国北方投资最密集的地区也集中在此，目前，全球 80 多家跨国公司在华设立的研发机构 40% 以上在北京；天津目前拥有外商投资企业 1 万余家，其中全球 500 强企业在此设有 200 余家生产性投资企业；大连的外商投资企业也近 8000 家，是东北地区利用外资最多的城市。

**4. 基础设施**

环渤海区域基础设施的互连互通已从软硬件方面加速展开。2010 年，北京口岸与天津港口岸开始直通，两市实现了港口功能一体化；首都国际机场和天津滨海国际机场联合，率先实现了中国民航跨区域的机场整合；而北起山海关、南至山东烟台的环渤海经济圈铁路大动脉，目前已经完成约 2/3 的建设任务。

## （二）环渤海地区服务外包发展现状

位于太平洋西岸的环渤海地区，是东北亚经济区的中心部分，也是中国欧亚大陆桥东部起点之一，该地区工业发达，城市和人口密集。进入新时期，以京津冀为核心的环渤海地区，将与日本、韩国产业转移形成互动，其联合趋势将为该经济区发展提供更多的机会。优越的地理区位优势、经济良性发展的现状以及相关政策的大力支持，不仅使环渤海地区的服务外包产业取得了较快发展，也为其在未来的一段时期内，在服务外包示范城市的带动下取得更大发展创造了广阔空间。

环渤海地区的服务外包产业的发展主要是围绕着北京、天津、青岛、济南、大连这五个服务外包示范城市为中心展开的。2009 年，北京、天津、青岛、济南四座服务外包示范城市共实现离岸服务外包业务执行额 13.91 亿美元（见表 4－4），其中北京实现离岸服务外包业务执行额 10.5 亿美元，占比 75%；拥有服务外包企业超过 853 家，吸纳就业超过 19.97 万人。无论是离岸服务外包业务执行额，还是服务外包企业的规模，北京都是环渤海地区最大的服务外包城市，为该地区服务外包的发展起到了极大的推动与促进作用（见图 4－1）。

表 4－4　环渤海地区部分服务外包示范城市 2009 年服务外包情况

单位：亿美元

| 示范城市 | 离岸服务外包<br>业务合同额 | 离岸服务外包<br>业务执行额 | 服务外包企业<br>数量（家） | 从业人员<br>数量（万人） |
|---|---|---|---|---|
| 北　京 | — | 10.5 | >400 | >10 |
| 天　津 | 3.33 | 1.25 | 179 | 2.77 |
| 青　岛 | 1.63 | 0.96 | 127 | ≈3 |
| 济　南 | — | 1.2 | 147 | 4.2 |
| 总　计 | 4.96 | 13.91 | >853 | >19.97 |

资料来源：根据毕马威《龙的腾飞——中国服务外包城市巡览》中的数据整理。

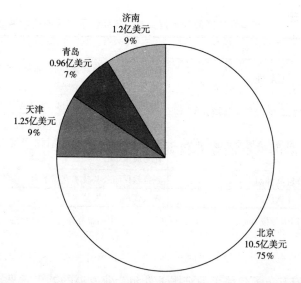

**图4-1　环渤海地区部分示范城市离岸服务外包业务执行额**

环渤海地区的服务外包涉及领域广泛，如信息业、软件业等传统的服务外包业务，并且开始向生物医药、金融电信、社会福利、公共服务、动漫、物流、会展服务、呼叫中心等领域不断拓展。目前该地区服务外包业务中信息流程外包仍占据很大的比例，2009年，在北京10.5亿美元的离岸服务外包业务执行额中ITO的占比约为77%。大连服务外包业务中信息技术外包的占比为50%，是五个示范城市中ITO服务外包业务中占比最小的城市（见表4-5）。环渤海地区部分示范城市服务外包示范区的技术平台见表4-6。

**表4-5　环渤海地区部分示范城市ITO与BPO/KPO占比情况**

单位：%

|  | 北京 | 天津 | 大连 |
|---|---|---|---|
| ITO | 77.7 | 68.5 | 50 |
| BPO/KPO | 16.7/5.6 | 31.5 | 30/20 |

资料来源：根据毕马威《龙的腾飞——中国服务外包城市巡览》中的数据整理。

## （三）环渤海地区服务外包相关政策

在商务部关于服务外包"千百十工程"利好政策指引下，环渤海地区的服务外包基地城市均出台了相关配套政策，旨在加快推进服务外包产业发展。

表4－6 环渤海地区部分示范城市服务外包示范区的技术平台

| 示范城市 | 示范区 | 技术平台 |
|---|---|---|
| 北京 | 中关村软件园 | 软件企业评估与认证中心、软件产品质量测评中心、软件工程咨询中心 |
| 天津 | 天津开发区服务外包产业基地 | IBM蓝泰互联网数据中心、中国网通大型数据中心 |
| | 天津高新区服务外包示范区 | 网络基础设施平台、安全支持平台、应用支撑平台、数据支持平台、数据中心、新技术开发实验中心、软件测评与质量中心 |
| 济南 | 齐鲁软件园 | 齐鲁软件园公共技术支撑平台 |
| 大连 | 大连软件园 | 嵌入式产品开发技术平台 |

资料来源：中国国际投资促进会、中欧国际工商学院、中国服务外包研究中心：《中国服务外包发展报告2007》。

北京市政府发布了《关于促进服务外包产业发展的若干意见》（2009年6月），主要内容包括：①对技术先进型外包企业实行税收优惠政策；②对人才培养给予资金支持；③对拓展北京市服务外包领域的相关工作给予资金支持；④设立北京市服务外包产业发展配套资金；⑤进一步完善服务外包企业的外汇管理制度及通关模式等。《北京市吸引高级人才奖励管理规定实施办法》中要求，对符合规定范围和条件的高级人才，可按有关规定给予奖励。中关村软件园对高新技术企业在特定领域进行资金支持，支持资金采取后补贴的方式。每个项目的支持额度不超过项目总投资额的40%，最高支持72万美元。

天津市出台了《天津市促进服务外包发展若干意见》（2007年3月），主要包括土地、税收、人才引进等方面的优惠政策，在产业扶植、财税优惠、培训支持、人才奖励和创新支持等方面对服务外包企业给予扶持。天津高新技术产业园区、天津保税区、天津经济技术开发区等各大园区均出台了多项优惠政策，如《天津经济技术开发区促进服务外包产业发展的暂行规定》（2007年1月）、《天津高新技术产业园区扶优扶强政策》（2008年11月）等，分别从税收、海关、人才等方面提供资金支持和优惠政策。

青岛市先后出台《青岛市服务外包产业发展规划》和《青岛市促进服务外包产业发展扶持办法》等鼓励政策。主要内容包括：①设立专项扶持资金；②自主培训；③支持开展招商活动；④奖励开展国际业务；⑤鼓励申请国际认证等。青岛软件园出台入园企业优惠政策，主要内容包括：①减免税收；②对通过国际认证的软件企业给予资金补贴；③奖励科研开发；④对使用园区相关设施提供优惠。

济南市出台了《关于进一步促进服务外包产业发展的意见》（2009年8月），设立服务外包产业发展专项资金，重点用于引导、扶持、奖励服务外包产业发展。主要内容有：提供园区建设贷款贴息补贴，奖励企业离岸业务，减免房租，奖励中高端人才的创业、安家，个人所得税给予补贴，对于企业租用宽带、开展国际认证、参加招商展览等事项均给予补助和支持。2003年以来，济南市各外包园区都出台了相关优惠政策，从税收优惠、资金奖励、办公房租赁、人员招聘、居住生活等方面给予优惠和扶持。

大连市政府制定出台了《中共大连市委市政府关于加快软件和服务外包产业发展的意见》和《大连市进一步促进软件和服务产业发展的若干规定》（2009年），给予软件和服务外包企业资金扶持等一系列优惠政策。大连高新技术产业园区出台了《关于进一步加强软件和服务外包业人才工作的若干规定》（2008年7月），设立人才发展专项资金，用于人才吸引、培养和服务。大连经济技术开发区出台了《关于促进生物外包服务及生物产业发展的若干规定》（2009年11月），设立生物产业科技扶持资金，重点用于扶持公共技术服务平台建设、重大产业化项目发展、重点性项目的投融资引导等。

## （四）环渤海地区服务外包竞争力分析

参考修正后的 GEM 模型，本报告选取了基础设施、相关产业支持、技术状况、需求情况、行业基本情况、资源禀赋、政府支持七个方面对环渤海地区服务外包竞争力进行研究评价。

### 1. 基础设施

环渤海地区基础设施完善，为服务外包产业及相关行业的发展提供了良好的基础。截至2008年，该地区的五个示范城市拥有航空线路700余条，固定电话用户2076.54万户，移动电话用户4075.71万户，互联网用户1264.04万户。北京、济南、青岛、天津四个城市拥有城市道路总长63467公里。

### 2. 产业支持

天津是国家火炬计划软件产业基地、国家软件出口基地，又是我国重要的电子信息产业基地、通信产业园、集成电路产业园、化学与物理电源产业园。天津

电子信息产业园是信息产业部首次命名的国家级电子信息产业园。2007 年，电子信息产业园实现产值 3000 亿元，占全国的 7.52%。此外，天津市还为服务外包产业发展创造了良好的软硬件条件。

1997 年，大连市政府提出了"建设软件园，发展信息产业"的宏伟构想，采取企业出资、政府指导、市场化运作的"官助民办"发展模式。1998 年，软件园正式启动，经过 10 年的探索和尝试，大连软件园已经发展成为全国最具竞争力的软件园，综合排序名列前茅，先后被国家认定为国家火炬计划软件产业基地、国家软件产业基地及国家软件出口基地。截至 2008 年，大连软件园入园企业数量达 410 家，外资企业比例为 43%，世界 500 强企业 34 家。2007 年，实现销售收入 101 亿元，出口 4.5 亿美元，各项指标均占大连市软件和信息服务业的一半以上。软件园发展的成功模式，成为引领产业成长、优化产业结构和人才结构、拉动就业、带动全市产业升级、促进东北老工业基地振兴的中坚力量，其竞争优势引起世界的关注，并吸引着越来越多的跨国公司进入。

**3. 技术状况**

技术创新水平对服务外包产业发展的重要作用，不仅表现为承接服务外包业务的能力，而且还决定着承接外包业务的附加价值，因此，拥有先进技术支撑的服务外包企业的竞争力比较强，主要承接高附加值的高端领域的外包业务。

环渤海地区的高等学府和科研机构聚集，不仅为该地区输送了大量的服务外包人才，形成强大的人力资源储备，更使得该地区形成了强大的科技创新能力，为新技术的研发与应用提供了强有力的支持。2007 年，济南市软件行业拥有国家企业技术中心 1 个，省级技术中心 4 个，市级技术中心 9 个，技术研发人员占从业人员的比例为 57.4%。天津拥有信息产业部电子十八所、四十六所等科研院所 159 个，国家级实验室 8 个，国家级工程技术研究中心 10 个，国家级和部级技术检测中心 27 个。济南市拥有科研机构 130 余家，企业技术中心 119 家，工程技术研究中心 34 家，各类科技人员 40 余万人，为服务外包产业发展提供了智力支持。

**4. 需求情况**

环渤海地区具有良好的产业发展基础，作为国内较为领先的服务外包产业发展区域，拥有优越的地理区位优势，这些有利条件成为推动该地区服务外包业务发展的重要因素。在建设世界城市发展战略的推动下，北京成为越来越多的跨国公司总部所在地，一批世界 500 强企业和研发机构纷纷选择开拓中国市场，它们在寻求新的利润增长点的同时也创造了对服务外包业务的需求。大连在地理上靠近日韩地区，吸引了来自日韩等企业的服务外包业务需求，促进了该市相关外包业务的发展与创新。

**5. 行业发展**

进入 21 世纪，基于信息技术外包（ITO）和业务流程外包（BPO）在世界范围的兴起，2007 年北京市服务外包产业的核心信息传输、计算机服务和软件业生产总值为 824.8 亿元，比 2003 年增长了 538 亿元，增长了近两倍，对北京地区生产总值的贡献达到 9%。

服务外包产业作为天津"十一五"期间重点扶持的产业方向之一，得到了政府的大力推动。2007 年，天津市启动了服务外包产业基地，服务外包发展主要集中在三个方向：金融服务外包、生物医药服务外包、基于机械和电子制造业的嵌入软件和产品设计服务外包。作为全球制造业转移的中心区域之一，一批跨国公司如三洋、霍尼韦尔、松下、三星、摩托罗拉等不仅在天津建立制造基地，同时也将研发中心落户天津。目前，天津开发区已拥有联盟计算机（ACS）、思捷思电脑（CSC）、蓝泰科技（IBM）、东软软件、中软赛、博掌中万维、掌信彩通、南大通用、神驰软件、富士通等一批以软件外包为特色的 IT 外包企业和业务流程外包企业。以软件外包发展为核心的 IT 服务外包为天津服务外包发展奠定了坚实的基础。2006 年，天津市实现软件销售收入达 123.6 亿元，比 2002 年的 37 亿元增长了 2.34 倍，年平均增长速度达到 39%。

进入"十一五"，大连市提出了建设"中国 IT 外包中心"的发展目标，利用地缘优势积极开拓日本市场和韩国市场，使一批日本和韩国企业落户大连，日韩外包业务也源源不断地转移到大连，对日软件出口和外包业务已经成为大连服务外包的重要特征。目前，大连已经搭建起以软件和信息技术外包（ITO）、业务流程外包（BPO）和研发中心三大产业类型为核心的服务外包产业体系，形成了完整的服务外包产业链。2006 年，大连市软件与信息服务销售收入达到 145 亿元，占大连市地区生产总值的 5.6%，其中有 10 家企业产值过亿元。2006 年，大连市软件与信息服务出口达到 4.5 亿美元，其中对日外包业务占据了大连服务外包业务总量的 80% 左右。

目前，济南市已经建立了以高新区为基地，以齐鲁软园为中心，以软件外包为主体的外包产业群。从外包业务的发包方来看，主要有 NTT DATA、NEC、大和证券、日经新闻、NASDAQ、美林证券等国外知名大公司，涉及日本、美国、加拿大、巴基斯坦等国家和我国台湾、香港地区，其中来自日本的业务占80%。而从外包业务的接包商来看，济南的 ITO 企业主要集中在浪潮世科、软脑离岸资源、中讯信息技术、上海启明、亿帆科技、NEC（济南）软件、凌佳科技等较大规模企业。BPO 企业有戈尔特西斯、济南易普特数据、山大华天、济南通达网络、济南道生信息等。这些企业的迅速成长，不仅推动了服务外包的发展，而且为济南市的产业升级奠定了良好的基础。2007 年，济南市软件企业突破700 家，收入过千万元企业98 家，过亿元企业 13 家，过 10 亿元企业 2 家。累计登记软件产品 1385 个，自主知识产权比例达到90%以上的浪潮软件、中创软件、浪潮通软和积成电子 4 家企业被列入国家规划布局的重点软件企业。

**6. 资源禀赋**

环渤海地区拥有丰富的人力资源，仅北京、天津、大连、济南四个服务外包示范城市就有各类高等院校 211 所，软件学院 42 所。

据中国软件行业协会数据显示，2007 年，北京市本专科在校学生 56.8 万人，占全国 1885 万在校生的 3%，北京市招收研究生的 52 所高校和 118 家科研机构共有在读研究生 18.7 万人，占全国 120 万在读研究生的 16%，北京软件学院在校生共计 10579 人，其中研究生在校人数为 7464 人，北京还拥有 40.8 万人的科研队伍。

大连市为更广泛地培训服务外包人才，使这些人才能够顺利跨越学校与企业之间的门槛，尽快适应企业的需要，还建立了服务外包实训基地和 200 家培训中心，以适应大连每年软件专业人员平均增长 1.5 万人的需求。

济南市齐鲁软件园与山东大学联合创办的齐鲁软件学院，属于国家示范性软件学院，另外还有职业院校 10 所，以及社会培训机构 60 余家，每年培养软件相关技术人才 2 万余人。

**7. 政府支持**

服务外包产业是一个涉及宽领域、多部门，对知识产权保护有较高要求的产业，需要有完善的措施和配套政策来进行扶持。环渤海地区服务外包示范城市为促进服务外包产业发展，都相继出台了各种鼓励措施。例如，北京市于 2009 年发布了《关于促进本市服务外包产业发展的若干意见》（2009 年 6 月）；天津市出台了《天津市促进服务外包发展若干意见》（2007 年 3 月）和《天津经济技术开发区促进服务外包产业发展的暂行规定》（2007 年 1 月）；青岛市出台了《青岛市服务外包产业发展规划》和《青岛市促进服务外包产业发展扶持办法》（2008 年 2 月）；济南市出台了《关于进一步促进服务外包产业发展的意见》（2009 年 8 月）；大连市政府制定出台了《中共大连市委大连市政府关于加快软件和服务外包产业发展的意见》和《大连市进一步促进软件和服务产业发展的若干规定》（2009 年）等。

# 二 东北地区服务外包竞争力评价

## （一）东北地区概况

### 1. 自然地理

根据国务院振兴东北办公室 2007 年公布的《东北地区振兴规划》，东北地区包括辽宁、吉林、黑龙江和内蒙古东部地区（赤峰市、兴安盟、通辽市、锡林郭勒盟、呼伦贝尔市）。东北地区是我国老工业基地和主要粮食产区，具有综合的工业体系、完备的基础设施、丰富的农产品资源、优良的生态环境以及雄厚的科教人力资源等优势，在全国经济发展中占有重要地位。东北地区总面积为 123.4 万平方米，约占国土总面积的 12.9%，总人口约 1.09 亿人，占总人口的 8.19%。

### 2. 发展概况

2003 年 10 月，国务院下发《关于实施东北地区等老工业基地振兴战略的若干意见》，这标志着东北老工业基地振兴战略开始实施，经过 10~15 年的努力，实现东北地区的全面振兴。在"十一五"期间，经过 5 年的发展，东北地区已经成为继珠三角、长三角、环渤海地区之后中国经济增长的第四极。国务院对《东北地区振兴规划》的批复，将进一步明确东北地区的发展目标，建设"综合经济发展水平较高的重要经济增长区域"，这大大激发了东北地区的发展潜能。

2009 年，东北地区在坚持贯彻落实老工业基地振兴战略的同时，积极应对国际金融危机，采取有效措施推动区域经济的平稳发展，经济下滑的势头得到遏制，主要经济指标继续呈现积极变化，全年总体经济依然保持较快增长。总之，

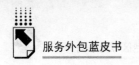

国际金融危机并未过多伤及东北地区经济的基本面，避免了可能出现的大规模企业停产和劳动力过剩带来的危机，经济运行比预期要好，可以说，东北老工业基地振兴规划帮助其战胜了金融危机的考验。

## （二）东北地区服务外包行业发展现状

在振兴东北战略背景下，东北地区对外开放步伐不断加快，基础设施和投资环境不断优化，这为东北地区发展服务外包创造了有利条件。东北地区将发展软件和服务外包产业作为调整产业结构的重要突破口，加大政策扶持力度，服务外包产业规模不断壮大。在信息产品制造业、通信业、软件业这三大"朝阳行业"中，软件业处于核心地位，具有很强的示范效应和规模效应，其中的软件技术不仅是其他行业的技术核心，也是影响传统产业的关键因素，因为只有软件产业得到良好发展，才会对信息产品制造业和通信业的发展起到强有力的推动作用。东北三省已将建设"软件大区"、"软件强区"作为推进经济发展的战略重点，并且形成以大连为龙头，以黑龙江和吉林为两翼的软件产业发展带。

### 1. 黑龙江省

近年来，东北加快了服务外包产业，特别是软件服务外包产业的发展。以黑龙江省为例，黑龙江省确立并实施了一个服务外包产业集聚区，连同一条服务外包产业带，旨在面向传统产业、资源产业地区全覆盖的区位布局，确保全方位推动服务外包产业发展。黑龙江省以服务外包基地城市哈尔滨市及大庆市的国家级服务外包示范园区为中心，推进培育重点园区、重大项目，接连带动服务产业等相关产业集群化发展。2009 年，服务外包产业产值超过 100 亿元，从业人数超过 3 万人，外包业务覆盖了银行业、金融保险业、出版业、通信业等多个领域，拥有百余家国际化大中型公司客户，其中，拥有世界 500 强企业两家、世界最大的仓储运输公司和市场调研公司以及英国和澳洲最大的文件管理公司等。目前，黑龙江省拥有 10 余家省内注册的服务外包企业，其创办人员大部分都有国外留学或工作的经历，而全省拥有的服务外包企业有 130 多家，从业人员 1.5 万多人，其中 27 家企业通过了 CMM/CMMI 认证，11 家企业通过了 ISO27000 系列认证。

黑龙江省服务外包产业是从 2006 年才起步发展的，最早进军服务外包产业的就是一家由留学生归国创办的数码科技有限公司，公司经过不到 10 年的经营，从最初只有 10 名员工、年产值不足 5 万元的小公司，一举发展成拥有员工 700

人、年均产值超过 2000 万元的领军企业。按照黑龙江省政府的规划，预计"十二五"期间，全省将拥有具有承接国内、国际服务外包产业规模资格的企业 20 家以上，其中大型骨干企业 3 家，服务外包年产值将达 300 亿元，服务外包相关从业人员达到 15 万人。

根据服务外包产业具有的信息技术承载度高、附加值大、资源消耗低、环境污染少、吸纳就业能力强和国际化水平高等特点，黑龙江省进一步制定相关政策，大力发展境内服务外包和离岸服务外包业务，争取抓住新一轮国际服务业务增长的契机，培育出一批拥有自主知识产权、自主品牌的服务外包企业，提升全省现代服务业的水平和服务产业竞争力。届时，黑龙江省服务外包产业将涵盖国内金融、保险、电信、石油石化、装备制造、生物医药等多个交叉行业，以国内广阔市场为依托，面向美国、日本、欧洲等市场，重点发展离岸外包等具有一定竞争力的相关产业。与此同时，也将重视应用软件开发与服务、嵌入式软件开发与服务以及金融与财务技术支持、人力资源管理、供应链管理、技术研发和工程设计等业务流程外包业务的发展，进一步扩大服务外包的覆盖面。

**2. 吉林省**

"十一五"期间，吉林省已将长春、吉林、延边三市列为服务外包发展重点区域，经过几年的发展，已形成以长春软件园、吉林软件园和延边中韩软件园为依托，集投资服务、技术研发、企业创新和人才培训为一体的软件产业基地。2009 年，全省软件及信息服务业年销售收入达到 135 亿元，从业人员约 2.5 万人。另外，汽车和动漫也是长春极具潜力的服务外包产业。长春市在发展服务外包方面具备明显的比较优势，特别是人才优势、成本优势、科技优势、语言优势，发展服务外包具有很大潜力。吉林省以省软件出口基地为载体，组织了吉林大学软件学院、启明公司等重点院校和企业与大连软件园等 30 余家知名软件出口企业对接，实现了对日本、韩国外包业务的快速增长，并将外包服务逐步扩展到欧美市场。2010 年，吉林省共有服务外包企业 85 家，服务外包总协议金额为 9.4 亿元。

在一系列鼓励政策的影响下，目前，吉林省已有简柏特、中软、同方、理想等一批国际国内知名服务外包企业相继落户长春，同时，启明、国基、鸿达等一批本地企业正在成为跨国公司服务外包的重要承接商。"十二五"期间，长春将着力解决产业结构的优化升级问题，而服务外包这样的高端产业恰恰符合长春市未来产业发展方向。长春发展服务外包产业也具备人才、科技和成本等优势，市

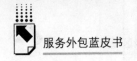

政府已把服务外包产业作为全市经济转型、产业升级的头等大事来抓，通过出台扶持政策、设立服务外包产业发展专项资金、对服务外包企业实施税收优惠政策等措施，加快推动服务外包产业发展。与此同时，长春市正全力争取"中国服务外包基地城市"，编制服务外包发展规划，加快推动服务外包产业园和孵化基地建设。

### 3. 辽宁省

辽宁省服务外包业起步较早，自20世纪90年代起，辽宁的东软集团已经开始承接日本阿尔派公司软件发包订单，在国内率先开展了服务外包业务，辽宁省也成为我国第一批开展国际外包业务的省份。近几年，随着服务外包业的崛起，制造业不再是跨国公司产业转移的唯一形式，辽宁省内的服务外包产业也呈现出加速发展的势头，服务外包产业规模不断扩大。2010年，辽宁省服务外包出口增长强劲，出口总额达21亿美元，同比增长30.4%。目前，全省服务外包企业达1100家，从业人员达14万人，其中东软集团达2万人，是全国从业人员最多的服务外包企业。与其他省份相比，辽宁承接国际服务外包具有鲜明的区位优势。在国际软件市场上，日本是除美国以外的第二大软件产业及服务需求国，辽宁了解和掌握日语、韩语的人才较多，竞争优势明显，许多国际知名的日韩企业都在辽宁设立了办事处或分支机构。因此，辽宁把服务外包的主攻方向和突破口放在日本、韩国企业上，加快推动了对日韩的外包服务。

在重点发展日韩外包市场的同时，辽宁还积极扩展欧洲和北美洲的服务外包市场，目前，已有IBM、埃森哲、毕博、惠普、甲骨文、SK、东阳系统、卡尔索尼克、松下、日立、阿尔派、摩托罗拉、SAP、诺基亚等多家跨国公司在辽宁开展外包业务。这些优秀公司的汇聚，大大提升了辽宁服务外包的竞争力和国际影响力。截至2009年，辽宁省规模最大的大连软件集群拥有600多家企业，年营业收入337亿元，入驻世界500强企业30多家，已成为中国服务外包基地城市和国家软件出口基地的排头兵，大连市服务外包综合能力已位居中国第一位和全球第五位。

### （三）东北地区服务外包相关政策

2007年3月，国务院下发了《关于加快发展服务业的若干意见》，提出把承接国际服务外包作为扩大服务贸易的重点，研究制定服务外包的政策，加快培养一批具有国际资质的服务外包企业，形成一批服务外包基地。2009 年 9 月，《国务院关于进一步实施东北地区等老工业基地振兴战略的若干意见》中进一步提出，加快发展软件和服务外包产业，重点建设好大连、哈尔滨、大庆三个服务外包示范城市，积极支持延吉、绥芬河等城市利用独特区位优势发展软件和服务外包产业。在国家政策的推动之下，东北地区服务外包产业获得了较快发展。以东北地区服务外包发展最快的大连为例，1998～2008 年，大连软件服务外包销售收入由 2 亿元发展到 302 亿元，创造了 68.2% 的年均增长速度，探索出一条具有大连特点的软件发展道路，成为我国软件和服务外包产业新领军城市。

黑龙江省人民政府根据《国务院关于加快发展服务业的若干意见》精神，为促进全省服务外包产业发展，于 2008 年发布《关于促进服务外包产业发展的若干意见》，提出要明确服务外包产业发展的目标和重点，发展服务外包产业，有序承接以服务外包为主要代表的全球新一轮产业转移，是黑龙江省实施老工业基地振兴、调整产业结构、转变对外贸易增长方式、走新型工业化道路的有效途径。意见中进一步明确，黑龙江省服务外包产业要以国内金融、保险、电信、石油石化、装备制造、生物医药和流通等行业及政府为重点发展境内外包，努力发展面向美国、日本和欧洲市场的离岸外包。大力发展应用软件开发与服务、嵌入式软件开发与服务、软件即时服务（SaaS）和地理信息等信息技术外包业务（ITO）以及呼叫中心、金融与财务技术支持、人力资源管理、供应链管理、数据加工、技术研发和工程设计等业务流程外包业务（BPO）。

意见还提出了加快服务外包基地建设的建议，鼓励有条件的地市以政府投入和民办官助等多种形式，按照国际标准将服务外包园区建设成为服务模式创新基地、技术创新基地、产品开发基地、人才培训基地、企业孵化基地和产品出口创汇基地。此外，黑龙江省发展服务外包业的重点还将聚集在积极培育服务外包企业、鼓励企业实施品牌战略、支持服务外包企业拓展国内外市场等，相应提出了关于人才引进与培养、加大资金扶持力度等方面的优惠政策，特别是设立黑龙江省服务外包产业发展专项资金，重点支持服务外包企业进行技术研发与自身发展、服务外包急需人才的引进和培养、知识产权保护体系建设、企业积极取得国际认证、开拓国际国内两个市场、服务外包企业参加国内外相关展会等。

作为中国 21 个服务外包示范城市之一的哈尔滨市，也提出了相关的服务外包鼓励政策，如市政府每年按国家、省政府安排专项发展资金 1∶2 比例配比，设立全市外包服务产业发展资金，用于支持软件外包服务企业的项目研发、人才培养、国际市场拓展、基础设施建设、贷款贴息补助和对服务外包企业与人才的奖励等；市政府和各区、县（市）政府每年从科技发展资金中安排专项资金用于支持服务外包企业发展；市政府每年从科技三项经费中安排资金资助出国留学人员引进服务外包项目；市政府对大型企业、创汇较高企业实行"一事一议、一企一议"政策。此外，服务外包企业享受国家软件、集成电路企业政策及市高新区其他相关优惠政策。对属于增值税一般纳税人的服务外包企业销售其自行开发的软件产品，2010 年底前按 17% 税率征收增值税后，实际税负超过 3% 的部分实行即征即退；服务外包企业的软件产品出口后，凡出口退税率未达到征税率的，报经国家税务总局核准，可按征税率办理退税；对服务外包企业从事技术转让、技术开发业务和与之相关的技术咨询、技术服务业务取得的收入，经省级税务机关批准，免征营业税；新办服务外包企业经认定后，自获利年度起，享受企业所得税"两免三减半"的优惠政策。服务外包企业薪酬和培训费用，可按实际发生额在企业所得税税前列支，国家规划布局内的重点软件生产企业，如当年未享受免税优惠的，减按 10% 的税率征收企业所得税；服务外包企业的经常项目外汇收入可凭有关单证直接到银行办理结汇和入账；对于经出口收汇考核确认为荣誉企业的服务外包自营出口企业，均可开立外汇结算账户，限额为企业上年出口总额的 15%，允许服务外包企业根据实际经营需求保留外汇；服务外包企业软件出口纳入中国进出口银行业务范围，并享受优惠利率的信贷支持；同时，国家出口信用保险机构应提供出口信用保险；对获得 CMMI 认证的软件服务外包企业按已发生认证费用 50% 对应等级一次性予以资助；新办服务外包企业租用政府投资兴建的房产用于生产经营的，免收 3 年的租金；租用其他房产用于生产经营的，按房租实际发生额一次性给予适当补贴；自建（购）房产用于生产经营的，按适当标准给予一次性补贴；对服务外包企业引进的高级管理人才，实施鼓励政策，补助金额按申请企业引进的高级管理人才在补助年度已缴纳的个人所得税的 50% 给予补助；建立软件服务外包产业基地及软件服务外包人才培养基地，经过认定的软件服务外包企业进入基地可享受一定的房租减免政策，软件服务外包人才培训费用由市软件外包服务产业发展资金和培训对象按一定比例分别承担等。

服务外包示范城市大庆市，于 2009 年颁发了《关于支持服务外包产业发展优惠政策》的通知。通知明确规定进一步加快大庆市服务外包产业发展的财政鼓励政策，如设立大庆市支持服务外包产业发展专项资金，每年从市级财政中安排不少于3000万元用于支持和鼓励服务外包产业的发展；对全球服务外包100强企业或国内服务外包50强企业到大庆市设立服务外包公司总部、地区总部、办事处，并在大庆进行业务结算和纳税的，其承接离岸服务外包业务每创汇500万~1000万美元（含500万美元，下同）、1000万~2000万美元、2000万~5000万美元、5000万美元以上的，分别奖励10万元、20万元、30万元、50万元；对经认定的技术先进型服务企业，减按15%的税率征收企业所得税，职工教育经费按不超过企业工资总额8%的比例据实在企业所得税税前扣除，离岸服务外包业务收入免征营业税；鼓励服务外包企业在园区内自建生产和业务用房，在用地价格和建设规费上给予优惠，一事一议；服务外包企业利用银行贷款并按时还本付息的，按照中国人民银行公布的基准利率给予利息20%的贴息；优先为符合条件的中小服务外包企业提供各种形式的贷款担保，推动各类贷款担保机构向服务外包企业政策倾斜。此外，大庆市政府出台相关政策进行人才、品牌的扶持，鼓励服务外包企业开展自主品牌建设，培育发展出口名牌，争创省级、国家级或世界级名牌企业；大力吸引海内外服务外包领军人才，对引进年薪在12万元（含）以上的高级管理人才，按其所缴纳个人所得税地方分成额度给予奖励；鼓励大庆服务外包企业筹建服务外包行业协会，更好地发挥行业内信息交流、监督协调、标准制订、规范自律、市场拓展、人才培训等作用；建立行业诚信数据库，加强从业人员诚信管理，努力形成"政府引导、行业自律、社会监督"的诚信环境。

吉林省为加速推进服务外包发展，做大做强服务外包产业，长春市和延吉市等服务外包发展重点地区相继出台了促进服务外包产业发展的政策措施，制订了服务外包产业发展规划，加强城市基础设施建设，完善外包产业（示范）园区住房、交通、金融、商业以及网络带宽和接入服务等基础配套功能，在税收减免、土地出让、人才培养等方面给予服务外包企业特殊扶持，努力创造全省发展服务外包的良好政策环境。

### （四）东北地区服务外包业发展优势

#### 1. 区位优势和成本优势

东北地区位于东北亚核心区域，地理位置优越，幅员辽阔，交通发达。以哈尔滨市为例，它是第一条欧亚大陆桥和空中走廊的重要枢纽，拥有哈大、滨绥、滨洲、滨北、拉滨等5条铁路连通国内外，松花江黄金水道可直达俄罗斯，太平国际机场年旅客实际吞吐量近300万人次，与国外10余个城市开通航线或联乘航线，并可办理110多个国家的客货联运业务。辽宁省具有相当丰富的产业资源和庞大的市场，与日本、韩国在地理、文化、区位等方面有着广泛的联系，为相互交流与合作创造了良好的条件，完全可以成为承接日本、韩国发包业务的主要承接地和东北亚服务外包产业的总部基地。

东北地区较低的劳动力成本，使其在外包竞争中自然处于优势。由于服务外包不受地域和时空限制，即使是相对偏远的黑龙江省，也在人力资源成本和综合成本方面具有竞争优势。黑龙江省人均收入及消费水平低于沿海和发达地区，以服务外包从业人员的月人均收入为例，哈尔滨市是上海的43%、北京的46%，物业成本也仅为上海、北京的50%。较低的人力成本和物价指数，加之老工业基地在装备制造等方面的基础，使黑龙江省在发展服务外包方面具有一定的竞争优势。哈尔滨服务成本优势也十分明显，以物业为例，其同等规模、同等条件下的物业成本仅为上海、北京的50%。较低的物价指数和人力成本，使哈尔滨服务外包的价格更具有竞争力。

**2. 基础设施优势**

改革开放30年来，使得东北地区具有非常好的交通和通信等基础设施。以辽宁省为例，全省可以通航韩国、日本、朝鲜、俄罗斯、德国、新加坡6个国家和我国香港地区，与33个国际城市、50个国内城市通航。2010年，全省完成电信业务总量1116.7亿元，全省固定电话用户达到1428万户，其中，城市电话用户985.8万户，农村电话用户442.2万户，全省移动电话用户数量达到3341.8万户，全省互联网络宽带接入用户598.2万户。全年完成邮电业务总量1153.1亿元。哈尔滨有36条干支线铁路贯穿黑龙江省全境和内蒙古部分地区，哈尔滨太平国际机场开通国内、国际航线82条，通航城市47个，哈尔滨水运航线与俄罗斯远东部分港口相通，可直达日本、朝鲜、韩国和东南亚地区。2010年，哈尔滨市全年完成邮电业务总量261.2亿元，共有固定电话用户212.9万户，移动电话用户957.5万户，其中城市电话用户167.3万户，互联网用户198.6万户，宽带接入户103.9万户。大庆市交通发达，滨洲铁路、让通铁路和规划中的哈齐城际铁路在市内交汇，25座火车站每天接发的客货列车通往全国。大庆市被松嫩两江环抱，水路运输通过松花江黄金水道直通边境口岸。大庆萨尔图机场已建成通航，现已开通大庆至北京、上海、成都等地的定期直达或经停航班。2009年，大庆市共有固定电话用户87.8万户，移动电话用户245.9万户，互联网用户42万户。这些基础设施方面的建设都为东北地区吸引国际服务外包提供了良好的外部环境

**3. 教育和人才优势**

服务外包不仅是劳动密集型产业，还具有知识密集型特点，人力资源和知识资源充裕的东北具有一定的优势。人力资源主要包括人力成本、人才数量、人才结构和人才的教育、培养。而知识资源则包括了科技基础、大学及研究机构和培训机构。辽宁人力资源充足，拥有大批受过高等教育的技术人才，多数高校开设了计算机和与信息产业相关的专业，2010年在校研究生为8.2万人，毕业生2.2万人；普通高等院校在校生88万人，毕业生22万人。此外，辽宁省还建有服务外包培训基地，多种途径共同培养满足服务外包行业的专业人才，具有强大的人力资源优势。黑龙江省也具有大批相关人才，黑龙江省凭借人才储备在全国排名第七的人力成本优势，在东北地区服务外包业处于领跑地位，这一点在哈尔滨市教育科研及人才储备的情况中可见一斑。2010年，哈尔滨市有政府部门科研机构440个，建成7个国家级企业技术中心和53个省级企业技术中心，R&D（研究与试验发展）人员3.78万人，其中科学家和工程师2.76万人。2010年哈尔滨市共签订技术合同1723项，成交额50.93亿元，82项科技成果被授予哈尔滨市科学技术奖。哈尔滨全市共有哈工大、哈工程大学等普通高等院校49所，共招收学生14.8万人，在校学生53.1万人，毕业生12.9万人。研究生培养单位20所，招生1.7万人，在学研究生5.0万人，毕业生1.5万人。2009年，哈尔滨市获得服务外包人才培训和实训资质的机构有12家，已培训各类服务外包人才5000多人。

# 三　中部地区服务外包竞争力评价

## （一）中部地区概况

### 1. 自然地理

中部地区包括山西、安徽、江西、河南、湖北和湖南六省，国土面积和人口

分别占全国的 10.7% 和 28.1%，粮食产量占全国的 30% 以上，主要粮食作物有小麦、水稻等，油料占全国的 40% 以上。中部地区是中华古文明的摇篮，近代文明的发祥地。包括山西、安徽、江西、河南、湖北和湖南六省在内的中部地区，是我国重要粮食生产基地、能源原材料基地、装备制造业基地和综合交通运输枢纽，在经济社会发展格局中占有重要地位。由于独特的区位优势和发展模式，使六省分别成为中国独树一帜的煤炭、淡水、有色金属、人口、水电大省。改革开放以来，中国经济发展格局发生了重大变化，特别是实施中部崛起战略以来，中部六省发展速度明显加快，城乡人民生活水平稳步提高。中部六省地处中国内陆腹地，起着承东启西、接南进北、吸引四面、辐射八方的作用。只有中部地区得到均衡发展，中国的区域发展战略才能顺利实施，中国经济才能实现协调健康发展。从这个意义上说，加快中部地区发展是提高国家竞争力的重大战略举措，是东西融合、南北对接、推动区域协调发展的客观需要。

**2. 经济概况**

2009 年，中部地区实现地区生产总值 7 万亿元，占全国的比重由 2005 年的 18.8% 上升到 2009 年的 19.4%，人均 GDP 达到 2 万元，比 2005 年翻了一番。实施中部崛起战略以来，中部六省发展速度明显加快，城乡人民生活水平稳步提高，粮食连续六年增产，占全国的比重达到 30% 以上。另外，中部地区工业经济进一步回升，工业增加值增长势头良好，其中安徽省和湖南省增速达到 19.3% 和 18.1%，分别位于全国第 4、5 位。与此同时，"三个基地、一个枢纽"建设稳步推进，一大批重大水利、交通、能源等基础设施和产业发展重点项目相继建成投入使用，重点领域和关键环节改革取得重要进展。

## （二）中部地区服务外包行业发展现状

随着经济全球化和跨国公司的战略调整，大量服务外包业务正在由发达国家向发展中国家转移，越来越多的企业考虑将服务外包业务转移到更具有竞争力的地区，中国中部地区拥有人才、成本优势，正在吸引着越来越多的企业前来投资兴业。为了把握这一全球产业转移的新机遇，中部地区的"铁三角"长沙、武汉、南昌作为国务院批准的服务外包示范城市，纷纷提出打造中部一流服务外包基地城市的目标，奠定了其在中国中部地区的领军优势。

### 1. 湖南省

湖南省具有较强的服务外包竞争力。2009 年，面对金融危机影响，湖南服务外包业逆势增长，全年合同执行金额 3.32 亿美元，同比增长 180%。湖南省进入商务部系统的服务外包企业 114 家，服务外包培训机构 28 家，特别是以教育培训、动漫创意等为主的长沙服务外包业发展迅速。2009 年，长沙市服务外包业务总量完成 176 亿元，同比增长 30.4%。湖南省服务外包业经过几年的发展，其服务领域已较为齐全，涌现出一批数据处理、地理信息处理、信息软件、电信后台、供应链管理等外包骨干企业，服务出口由日本等少数国家扩增为美国、新加坡、韩国、英国等，其中，比较有代表性的项目有：中软国际 ETC 服务外包培训基地项目落户长沙；源数科技与加拿大 ClochaseInc 公司签订 300 万美元的"汽车交易商务平台"外包合同；湖南创智与加拿大 Fengxing 公司签订 600 万美元的"Web3.0 商务平台开发"外包合同；湖南青苹果数据与韩国 NHN 公司签订的 30 版报刊数据处理外包合同，项目总额达 5000 万美元。以服务业为主导的新一轮国际产业转移正在加快推动湖南省服务外包产业的发展，服务外包以其信息技术承载度高、附加值大、能耗低、无污染、吸纳就业能力强、国际化水平高的产业特征，已成为湖南省"两型产业"新的经济增长点。

### 2. 湖北省

湖北省拥有一批自主研发、居全国领先地位的软件产品和国家级火炬计划软件产业基地、国家信息安全产业基地、国家级动漫产业基地和武汉光谷软件园。武汉作为湖北省的省会，是国内最早涉及外包领域的城市，现共有 500 余家服务外包企业，从业人员近 5 万人，其中从事离岸外包业务的企业 70 多家，拥有 8 家国家重点软件企业，已有 18 家企业通过 CMM/CMMI 三级以上认证。武汉服务外包业务以软件分包以及相关信息技术服务为主，重点发展空间信息技术、信息安全、制造业信息化等三大应用软件领域。湖北科研院所林立，武汉更是拥有众多科研机构和 IT 教育机构，科研人员和在校大学生名列全国第三，在 58 所普通高校中，大部分设立了计算机和与信息相关的专业，还有 3 所国家级示范软件学院。IBM 软件外包中心、EDS 武汉全球服务中心、方正国际、联想软件等国内外知名 IT 外包研发中心已落户武汉。2006 年，IBM 在武汉建立了在华的首个软件外包中心，同年 4 月，EDS 在武汉东湖高新技术开发区建立武汉全球服务中心。2010 年，武汉软件和服务外包总收入达到 450 亿元，其中软件及服务外包出口

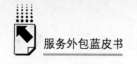

达到 4 亿美元，武汉已集聚了 1200 家外包相关企业，从业人员达到 12 万人。

### 3. 江西省

江西省服务外包产业自 2005 年初具规模，经过几年的迅猛发展，领域和范围不断拓宽，规模和总量不断扩大，2008 年已经达到 41.2 亿元的产业规模。2008 年 1 月，江西南昌高新区被授予"中国服务外包示范区"称号。在高新区集中了南昌市信息技术产业 90% 的销售收入，园区内有软件企业 280 余家，其中 4 家中国软件出口工程企业，3 家中国软件百强企业和 4 家国家重点软件企业。江西省占主导地位的服务外包业务是软件及信息服务（ITO），尤其是软件产业外包比重较大，约为 87.3%。目前，已经形成以先锋、金鼎、思创等多家重点软件企业为龙头的格局。2009 年，江西省将服务外包产业列入全省十三大重点产业。根据研究，信息技术和服务外包是江西省集中度最高的产业。江西省以服务外包示范城市南昌为龙头，计划到 2012 年，在全省初步形成 4～6 个服务外包产业集聚区，努力建设成为我国环境友好、企业和人才集聚度较高和国际竞争力较强的承接全球服务外包的重要区域。

### 4. 安徽省

安徽省有服务外包企业 100 余家，包括安徽易商数码科技有限公司、科大恒星等知名国际服务外包业务承接企业，主要从事软件研发、设计和测试、信息技术研发、数据处理、人力资源服务、物流服务、动漫及游戏设计等业务，其中离岸服务外包企业约 40 家，大部分企业已通过国际权威的 CMMI 三级或 CMM 四级认证，从业人员达 5000 余人。安徽省服务外包主要集中在信息技术外包（ITO）和业务流程外包（BPO），同时正加快培养新形势下的服务外包人才，积极开展人力资源、公共信息、财务管理、呼叫中心等业务流程外包。安徽省从事服务外包的企业主要集中在合肥市服务外包产业园区，政府大力扶持本土服务外包企业，加快形成服务外包产业集群。2007 年，合肥市被商务部、信息产业部、科技部批准成为第 12 个"中国服务外包基地城市"。2010 年，合肥市服务外包营业额 58 亿元人民币，同比增长 369.6%，合同执行金额 53 亿元人民币，同比增长 642.7%。服务外包企业 4 年内扩充了 11 倍，执行金额增长了 8 倍，服务外包产业得到了飞速发展。

### 5. 河南省

河南省服务外包业起步较晚，但具有一定的软件产业基础，目前已有郑州华和得易、河南 863 公司、思腾软件、士奇软件、金惠计算机、思达软件、美和短信技术、向心力技术、锐旗网络等企业相继发展了信息技术外包业务。2007 年华和得易公司拿下河南外包第一单，全年完成 50 万美元，全省服务外包业销售收入也近 1 亿元人民币。河南省注重对外包人才的培养，部分高校的计算机专业应企业发展的要求，设立了日语课程，加大对日韩方向外包服务人才的培养。河南省高新区 863 软件公司已经通过 CMM（即软件能力成熟度模型）2 级评估认证，多家公司正在申报 CMM3 级认证，服务外包呈现快速发展之势。

### （三）中部地区服务外包相关政策

中部地区对发展服务外包高度重视，要实现国家《促进中部地区崛起规划》提出的战略目标，使中部地区实现经济发展水平显著提高、发展活力进一步增强、可持续发展能力明显提升、和谐社会建设取得新进展，大力发展服务外包产业是其重要的手段。依照中央鼓励发展服务外包产业的精神，中部六省都制定了相应的鼓励发展政策，特别是分布在中部地区的四个服务外包示范城市，除享受国家的优惠政策外还享受地方的鼓励政策。这些优惠和宽松的支持政策，必将为中部地区服务外包产业快速发展起到积极的推动作用。

为推动服务外包产业跨越式发展，湖南省人民政府于 2008 年出台了《湖南省人民政府关于加快发展服务外包产业的意见》，明确了湖南省服务外包产业的发展目标和发展重点。意见从创建服务外包示范园区、加快培育和壮大承接服务外包主体、加快培养和引进服务外包人才、营造服务外包产业发展的良好环境等方面进行了部署，并在资金和税收上给予扶持和优惠，还要求各市州和各有关部门制定实施细则，确保政策落到实处。在《关于申报 2007 年度湖南省中部地区外贸发展促进资金和湖南省外贸出口发展资金的通知》中，从七方面重点支持企业承接服务外包：支持服务外包人才培训；支持开拓服务外包国际市场；支持奖励服务外包企业取得国际认证；对服务外包企业给予房租资助；支持奖励离岸服务外包和软件出口；鼓励本土企业成为跨国公司外包服务的提供商；对服务外包项目研究论证的资助。在此基础上，长沙市也因地制宜地制定了一系列服务外包相关的优惠鼓励政策，主要有《长沙高新区对科技型中小企业投融资平台贷款项目给予财政贴息及对平台服务机构给予奖励的实施办法（暂行）》、《长沙市人民政府关于进一步加快动画产业发展若干政策的意见》、《长沙软件

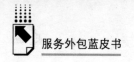

产业基地国家新材料成果转化及产业化基地和岳麓山大学科技园若干政策规定》、《长沙市科技发展专项经费及项目管理暂行办法》和《软件产品的税收优惠规定》等。

2009年1月1日，江西省政府出台了《关于促进服务外包产业发展的若干意见》，出台一系列优惠政策扶持服务外包产业发展，意见提出降低企业所得税税率征收比例，对服务外包示范城市符合条件的技术先进型服务企业只按15%征收，外包企业可获定额培训金，员工可享受岗位和社保补贴。南昌作为江西省省会对于服务外包产业高度重视，已经出台了包括《南昌市人民政府关于扶持服务外包产业发展的若干政策》、《南昌市服务外包人才实训扶持资金管理办法》在内的针对服务外包企业的优惠政策。政策规定，市政府从2008年起每年从市本级预算内安排1000万元服务外包产业发展专项资金，用于兑现本政策所涉及的商务部工程地方配套、人才培训与引进、国际市场拓展、重点企业引进、培育扶持龙头企业、国际资质认证、国际网络通信资费补贴、公共信息平台建设以及公共技术平台建设等。

河南省出台了《河南省人民政府关于加快推进城区服务外包产业发展的意见》。意见从七个方面制订具体的保障措施：科学制订服务外包发展规划；积极创建服务外包示范区和服务外包基地；积极做好如财税等方面的政策扶持；建立和完善服务外包投融资体系；加快服务外包人才培育和引进；加大知识产权保护力度；成立机构加强协调服务工作。意见提出到2010年，全省服务外包产业年销售收入达到50亿元人民币，软件出口1亿美元，建立2个国家服务外包示范区，推动3家跨国公司将其一定规模服务外包业务转移到河南省，培育8家服务外包大中型骨干企业，把河南省打造成为中部地区乃至全国具有较强竞争力的服务外包产业基地，把郑州建设成为"中国服务外包基地城市"。

安徽省为加快服务外包示范城市建设，出台了《安徽省人民政府办公厅关于促进服务外包产业发展的意见》，提出如下鼓励政策：对于承接中国境内跨国公司和国内百强企业服务外包业务达到一定规模的企业，通过认定后可享受国际服务外包企业相关政策优惠；服务外包企业经省以上相关部门认定为高新技术企业和软件企业的，可按规定享受国家给予的相关税收优惠政策；支持服务外包企业加强技术研发和自主创新；鼓励服务外包企业进行技术转让和技术改造；支持服务外包企业引进先进技术和设备；支持服务外包企业开拓国际市场。在服务外包人才体系建设方面，意见提出在合肥、芜湖等科教基础较好的城市，选择若干高校，鼓励其在数据加工处理、软件设计编写测试、财务管理、人力资源管理、金融证券、物流等服务外包相关专业，按照国际服务外包企业人才的使用标准开展人才定制培训，建立服务外包人才培养基地。合肥市也先后出台了《合肥市鼓励软件产业发展的实施意见》、《合肥市科技创新专项基金管理办法（试行）》、《合肥市关于促进服务外包产业发展的若干意见》和《合肥市促进服务外包产业发展的实施办法》等一系列政策文件。在资金支持方面，合肥市财政每年在预算中安排5000万元专项资金支持服务外包产业发展，重点对服务外包重点企业项目、服务外包人才培训、服务外包公共服务平台、服务外包企业补助、服务外包企业的国际资质认证及与商务部、信息产业部、科技部专项资金配套等进行支持。在税收优惠方面，对按照国家有关规定认定为高新技术企业的服务外包企业，减按15%的税率征收企业所得税。

## （四）中部地区服务外包业发展优势

### 1. 区位优势和成本优势

中部地区具有承东启西、纵贯南北的区位优势。中部地区地处我国内陆，承东启西，接南连北，是我国生产要素流动的桥梁和纽带，地理位置十分重要；中部地区以11%的土地生产了全国31%的粮食，是我国重要的粮食生产基地，对确保我国粮食安全具有重要地位；中部地区还是我国重要的能源和原材料基地，对支持我国经济可持续发展具有重要的战略意义。总之，中部地区是我国重要的农副产品、能源、原材料及主要初级产品的生产和输出基地，具有综合资源优势。依托绝佳的区位优势，中部地区对外开放的力度不断扩大，基础设施较完善，在中部崛起战略指引下，中部地区迎来了绝佳的发展机遇。

中部地区工资、土地和厂房价格普遍比一线城市低，初级程序员的工资在170美元至250美元之间——这仅仅是北京、上海等大城市的1/3，这就为长沙等中部城市成为服务外包基地城市创造了有利条件。此外，政府大力扶持服务外包产业发展，制定了诸多激励政策，如在外包区域开办企业可以享受两年的税收减免优惠，为每个工人提供700美元的培训和雇用补贴，为企业提供土地租金等优惠，甚至还为特定的部门提供资金支持，这又在一定程度上降低了中部地区发展服务外包的成本。

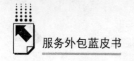

### 2. 基础设施优势

交通运输是中部地区经济社会发展的重要基础，是中部地区崛起和区域协调发展的关键因素。中部地区综合运输网络已初具规模，交通主通道已经初步形成，京广、京九、陇海等铁路干线贯穿中部地区，京广、京九、武九等铁路干线在武汉交会，京珠、连霍、沪蓉高速公路建成，长江黄金水道横跨湖北、湖南、江西、安徽四省。中部六省是全国重要的客货运输集散地和中转中心，全国约1/4 的铁路、公路和河流分布于这一区域，货运量、客运量分别占全国的22.6%和24.5%。湖北武汉港是长江流域重要的枢纽港和对外开放港，湖南拥有湘江千吨级航道，有全国最大的内河主枢纽港——霞凝新港。六省还具有多个航空港，开辟直航俄罗斯、日本、泰国、马来西亚、新加坡等国家及我国香港、澳门地区的航线。总之，中部地区已基本形成了铁路、公路、水运、民航、管道等完善的交通运输体系，以长江经济带和京广经济带为主轴的"三纵四横"综合运输通道网络格局。

### 3. 教育和人才优势

中部地区具备雄厚的人力资源和技术基础，为发展服务外包产业提供了丰富的人才资源，可对服务外包业发展提供有力支撑。以湖北省为例，湖北全省共有各类人才535.5 万人，其中两院院士58 人，中科院"百人计划"、"长江学者"等国家级人才工程入选者5564 人，入选国家"千人计划"的特聘专家46 人。湖北省高教优势突出，高等教育规模不断扩大。2009 年，全省共有普通高校120 所，普通高校总数居全国第2 位。在校研究生8.8 万人，毕业生2.5 万人，普通高校在校生124.9 万人，毕业生32.8 万人，规模居全国前列。武汉是湖北省高端人才的培养基地，为发展服务外包产业提供了丰富的人才储备，拥有普通高校55 所，其中包括华中科技大学、武汉大学、中国地质大学等8 所教育部重点大学。

武汉市有3 家国家级软件示范学院，各类 IT 职业培训机构100 多家，每年培训电脑相关专业人才4 万人。针对服务外包产业的语言培训机构12 家，每年在校培训人数超过2 万人。长沙市作为中国重点高等教育及科研基地之一，拥有一定数量的科技资源和人才资源，拥有科学研究开发机构97 个，开设服务外包培训课程的培训机构30 多家，另有多个服务外包人才培训基地。合肥市科研基础雄厚，是除北京外国家重大科学工程布局最密集的城市，拥有"国家（合肥）

同步辐射实验室"、"合肥火灾科学国家重点实验室"、"国家（合肥）高性能计算中心"等多个国家重点科研设施及 33 个省部级重点实验室，还有以中科院合肥物质科学研究院为代表的各类科研机构 200 多个，博士授权点 138 个，24 个学科被认定为国家级重点学科，拥有各类技术研究和开发机构 358 家，各类科技人员达 30 万人，为服务外包产业提供了强有力的智力支撑。

# 四　东南地区服务外包竞争力评价

## （一）东南地区概况

中国东南地区覆盖范围广阔，包括华东和华南两部分，覆盖上海市、江苏省、浙江省、福建省、广东省等五个省市地区。而这五个省市又各有特色，无论是地理条件、区位优势，还是人文背景和经济发展水平，都有很大的区别，因此我们分省市从地理、交通、经济、人口教育四方面进行综合评价。

### 1. 江苏省

江苏省位于中国大陆东部，地跨长江、淮河南北。京杭大运河纵贯南北达 690 公里，江苏省有 8 座地级市均位于京杭大运河沿线，占全省地级市数量（13 个）的 60% 以上。江苏省东濒黄海，长江和京杭大运河呈十字形贯穿全省，有众多全国重要港口：苏州港、连云港、南通港等，苏州港是全省最大的港口，亦为中国大陆内河航运第一大港。江苏是中国经济发展较快的六个省份之一，但江苏南北经济结构、贸易类型、发展状况相差巨大，从经济结构和产业状况上看，江苏经济与浙、闽、粤三省为代表的中国南方经济依然有较大差别，属于东部经济圈的中部经济带。

江苏是中国的教育大省，江苏的国家重点学科、两院院士、一级学科博士授权单位、一级学科博士授权专业、博士点、硕士点、国家重点实验室等数量均居全国第二位。

### 2. 浙江省

浙江省地处中国东南沿海长江三角洲南翼，东临东海，南接福建，西与江西、安徽相连，北与上海、江苏接壤，是中国面积最小的省份之一。浙江省大陆海岸线和海岛岸线居中国第一，也是中国岛屿最多的一个省份。浙江是中国水运

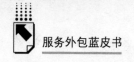
大省，水路运输在综合运输体系中占有极其重要的地位。海运方面，宁波舟山港是省内最大的贸易港口。内河方面，以京杭大运河为主体，杭嘉湖平原上内河交通甚为发达，系长湖申黄金水道的组成部分。

浙江省地处江南，为"长三角"重要组成部分。浙江经济发展迅猛，民营经济所占比重居各省市之冠。浙江是中国大陆各省区经济发展最平衡，也是发展最快的省份之一，2010 年，全省 GDP 达到 27100 亿元。浙江经济的一个显著特点是民营经济强，浙江省是中国拥有境外企业数量最多的省份。

**3. 福建省**

福建省位于中国东南部，地势西北高，东南低，境内山地、丘陵面积约占全省土地总面积的 90%。闽东南沿海地带是省内耕地集中区，亦是福建省经济文化最为发达的地区。福建境内通过的国家高速公路网干线有沈海高速等多条高速公路。公路通车里程 3.91 万公里，全省有国道干线 5 条、省道干线 29 条。

福建省是我国经济发展最快的省份之一。近年来，福建经济社会持续快速健康稳定发展。2010 年，全省 GDP 达到 13800 亿元。福建是中国最早实行对外开放的省份之一，作为全国综合改革试验区，经济体制改革全面推进，经济市场化程度不断提高，成为民营经济最具发展活力的省份之一。

**4. 广东省**

广东省接邻省区有福建、江西、湖南、广西、海南、香港及澳门特别行政区。地处中国南部，北依南岭山脉，东北为武夷山脉，南临南海，是中国海洋面积第二大的省份。广东全省以广州为交通枢纽，深圳次之。深圳、珠海是珠江三角洲的门户，深圳也是大京九铁路的中转站，汕头是粤东的门户。

广东是中国经济总量最大和发展最快的省份之一。广东只一个"珠三角"相对富裕繁荣，粤东、粤西、粤北都是相对落后地区。广东省以中国第一经济大省的地位，在许多经济指标上都列各省第一位。2010 年，广东省全省 GDP 突破 4 万亿元，名列全国第一。广东省外向型经济已经取得显著成绩，进出口贸易连续 18 年居全国首位，累计吸收外资占全国的 1/4，已成为中国经济发展最快、对外经济贸易最发达、最具市场活力和投资吸引力的地区之一。

**5. 上海市**

上海市地处长江三角洲前沿，东濒东海，南临杭州湾，西接江苏、浙江两省，北接长江入海口，处于我国南北海岸线的中部，交通便利，腹地广阔，地理位置优越，是一个良好的江海港口。上海是中国最大的经济中心和贸易港口。地处长江三角洲的东南端。上海两大机场（虹桥、浦东）的航空客运及货运吞吐量，上海港（洋山）的货运吞吐量，均在中国位居榜首，同时也在世界上排位前列，上海也是中国铁路网最重要的枢纽城市。

上海是中国大陆经济发达的城市，据上海统计局数据，2010 年，上海经济总量达到 16872.42 亿元，GDP 总量已经超过香港。上海是中国大陆第二大教育中心，上海拥有 100 多所科研机构，10 万名科研人员，100 多所专业技术培训机构。

## （二）东南地区服务外包行业发展现状

中国东南地区区位优势明显，经济发展水平普遍较高，该地区服务外包发展较其他地区明显较快，服务外包总量大，离岸外包所占比例也较大。

浙江省是中国东南各省中服务外包发展较快的省市之一。目前，浙江从事软件开发、研制、销售、集成、服务的软件企业总数已超过 1000 家，从业人员达 5 万人，销售收入超亿元企业 29 家，超 5000 万元企业 120 家，入选全国软件百强企业 8 家，入选国际规划布局内重点软件企业 12 家，在海内外上市软件企业 16 家。浙江拥有发展国际服务外包业务的巨大潜能，加快推进服务外包产业发展已成为浙江经济转型升级的新亮点。但浙江经济发展的主要支柱是以制造业为代表的第二产业，第三产业即服务业的发展相对滞后，在整个服务业发展中，生产性服务业即高端服务业的发展也并不理想。

江苏省是中国东南地区服务外包产业的大省，从全国范围内看，实力可与以大连为代表的辽宁媲美。"十一五"以来，江苏省软件和服务外包产业发展迅速，规模不断扩大，国际化程度不断提高。2009 年，全省软件产业实现销售收入 1605 亿元，由 2002 年的全国第 7 位上升至 2009 年的第 3 位，年均增幅达 44%；完成软件出口 35.5 亿美元，增长 41.7%；全省累计通过认定的软件企业 1805 家，累计登记软件产品 8334 个，各项指标均位居全国前列。根据新兴产业发展规划和省委省政府确定的奋斗目标，到 2012 年，力争全省软件产业销售收入达 4000 亿元。目前，江苏开展国际服务外包业务的企业约 400 多家，直接从业人员约 4 万多人，业务收入约 5 亿美元。离岸外包业务主要分布在技术、软件、工程技术、生产设计、研发、人力资源管理、管理咨询、物流等领域，主要

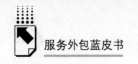

集中在南京、苏州、无锡、常州等地。江苏省有三个全国服务外包示范城市，分别是南京、苏州和无锡，江苏省服务外包产业在全国的地位可见一斑。

福建省作为东南沿海经济高速发展的地区之一，民营服务业的发展为其服务外包业的壮大奠定了基础。"十一五"以来，福建省坚持把服务外包业作为加快经济发展的重点。福州市、厦门市依托国家级高新技术产业园区、软件园等，通过资源整合和优势集成，大力推进服务外包示范区和服务外包基地建设，积极争取成为"中国服务外包基地城市"，其他地市也立足各自产业特色加快服务外包企业集聚和产业发展，在全省形成重点突出、互动共赢的服务外包产业发展新态势。福建省的服务外包业发展尤以信息技术外包（ITO）的发展最为显著，经过近几年的发展，福建省信息产业总体规模已跻身全国前列，现有全国首批 9 个国家信息产业基地，业已形成计算机及网络产品、移动通信产品和视听产品三大产业链，年产值占全省信息产品制造业 70% 以上，产业集群效应初步显现。同时，福建省信息产业竞争力也在不断增强，2009 年福建省实现软件及系统集成销售收入 410 亿元，比上年同期增长 36.7%，软件出口 9100 万美元，比上年增长32.1%。

广东省服务外包发展位居全国前列，服务规模不断扩大，领域逐步拓宽，已形成鲜明的产业优势。据统计，截至 2010 年，广东省累计登记服务外包企业 744 家，其中服务外包企业获得国际认证数量 475 个，从业人数 25.07 万人，接包合同签约 45.29 亿美元，接包合同执行额 30.04 亿美元。其中，广州、深圳两个服务外包示范城市分别有服务外包企业 374 家、287 家，分别占全省的 50.27% 和38.58%。广东服务外包范围涉及电子信息、生产性服务业和文化创意产业，服务对象涉及欧、美、日、韩、印度、港台等。广东省服务外包以软件外包为主，企业主要集中在广州、深圳、珠海、佛山等地，拥有广州、深圳、佛山、珠海四大国家级软件产业园。广东省已初步形成了集中度相对较高、关联密切、特色鲜明的外包产业集群，大大提高了区域的竞争力。但较之江苏省和大连等省市仍存在一定差距，整体规模同广东作为全国第一经济大省的地位很不相称，尤其是在全球服务外包市场中，"珠三角"所占市场份额还很小。

上海市作为"长三角"乃至全国最发达的地区，服务外包发展在中国东南部各省市中始终处于领先地位。中国服务外包研究中心发布的《2008 年中国服务外包发展报告》显示，上海是 20 个服务外包示范城市体量最大的。2009 年，上海软件企业营业收入超过 1200 亿元人民币；服务外包合同额 17.62 亿美元，同比增长 20.8%；其中离岸服务外包执行额 10.36 亿美元，同比增长 20.3%。目前，上海拥有 5 个服务外包示范区和 8 个服务外包专业园区。2010 年，上海服务外包收入达到 2000 亿元人民币，其中承接离岸服务外包收入 30 亿美元。2010 年，120 家世界著名跨国企业将其服务外包业务转移到上海，有 1000 人以上的服务外包企业 40 家，500 人以上服务外包企业 60 家；达到 CMM/CMMI3 级以上认证企业 150 家，CMM/CMMI5 级以上认证企业 30 家。截至 2010 年底，全市服务外包企业已增至 696 家，比 2008 年年底增加 365 家；从业人员 11.91 万人，比 2008 年年底增加 4.43 万人；从业人员中，拥有大学学历的占 90%。2010 年，上海市服务外包从业人员将从 2006 年的 10 万人增加到 20 万人。较其他东南各省市，上海服务外包范围更广泛，层次更加高端，重点发展 BPO 和 KPO 业务，特别是发展金融保险、现代物流、财会、咨询、人力资源、法律服务、设计、策划、创意、信息服务、文化、研发等高端外包产业。

### （三）东南地区服务外包相关政策

2007 年 3 月，国务院下发了《关于加快发展服务业的若干意见》，实施"千百十工程"在全国范围展开，东南各省市也相继出台了推进省市服务外包发展的鼓励政策与措施。

2010 年上半年，浙江省出台了《关于支持和鼓励国际服务外包产业加快发展的意见》，显示了浙江省发展服务外包的决心，浙江"十一五"规划纲要提出，到 2010 年浙江服务业增加值占 GDP 的比重达到 45%。这是浙江为加快服务业发展提出的明确目标。意见内容主要包括：加快国际服务外包产业发展的总体要求（指导思想、发展目标、发展重点）、促进国际服务外包示范园区建设、支持国际服务外包企业做大做强、加快国际服务外包人才培养引进、鼓励服务外包企业积极开拓国际市场、营造国际服务外包产业发展的良好环境等。意见要求省商务厅牵头制订省级国际服务外包示范园区和省级国际服务外包人才培训机构的认定管理办法，建设一批"浙江省国际服务外包示范园区"，将其发展成能为服务外包企业提供优质服务、具有差异化竞争优势的产业集聚平台。意见出台后浙江省商务厅积极支持杭州市服务外包发展，向商务部争取到服务外包专项资金项目 51 个，资助金额为 1518.77 万元，全部落实到杭州市企业。2008 年度省级服务外包专项资金90%为杭州市企业获得。2010年3月，浙江省商务厅和嘉兴市政府在嘉兴举行"共建服务外包示范城市和推进国际服务外包发展合作备忘录"签字仪式。浙江省商务厅将在规划制订、政策设计、平台建设、招商引资、教育培训等方面对嘉兴市给予业务指导和具体帮助。杭州市积极推进高新区和经济开发区两大国家级示范园区建设，重点培育10大服务外包园区。全省其他市也积极申报省级国家级服务外包示范园区，目前有20多家单位正在积极申报中。

2008年4月，江苏省通过了《江苏省促进国际服务外包产业加快发展的若干政策措施》，明确提出支持国际服务外包企业做大做强，对经权威部门认定的国际服务外包企业所得税税负高于15%的部分，由省、市、县人民政府给予奖励；扶持国际服务外包公共平台建设，支持省级国际服务外包基地城市和示范区公共服务平台、公共技术平台、公共培训平台和公益性基础设施等建设；鼓励国际服务外包企业积极开拓市场，以省政府名义在境内外开展国际服务外包商务会展活动，鼓励服务外包企业申请相关的国际资质认证，对其认证维护费由省财政给予一次性补助15万元；支持国际服务外包企业加强知识产权保护和创新能力建设，积极支持国际服务外包企业加强知识产权保护和自主创新，在全省科技项目年度安排中重点加以扶持；加大国际服务外包人才培养力度，对经有关部门认定的国际服务外包人才培训基地开展的国际服务外包人才培训进行补贴；营造国际服务外包发展良好环境，鼓励国际服务外包企业通过资产重组、收购、兼并和境内外上市加速扩张，培育一批大型国际化服务外包企业；扩大省级信用担保资金规模，为国际服务外包企业提供各种形式的贷款担保，推动各类贷款担保机构向国际服务外包企业倾斜。

《关于支持福建省加快建设海峡西岸经济区的若干意见》（国发〔2009〕24号文）中提出："依托福州、厦门软件园，发展软件服务外包、动漫游戏产业，培育承接服务外包业务的专业企业，吸引台湾企业乃至世界跨国公司服务外包转移。"发挥服务外包示范城市优惠政策的作用，并在ECFA中先行先试，扩大部分服务贸易领域的开放，对厦门市服务外包产业的发展将起到巨大的推动作用。2007年，福建省就出台了《关于加快福建省服务外包发展的意见》。意见明确提出"吸引更多的跨国公司来闽建立生产基地、研发中心、营销中心和地区总部，积极承接国际服务外包"的要求，紧紧围绕海峡西岸经济区建设，切实抓住新一轮国际服务业加速转移的机遇，积极利用国家鼓励服务外包发展的政策，将服务外包作为发展现代服务业的重点进行培育。以承接国际离岸服务外包为主，大力培育具有自主知识产权、自主品牌、高增值服务能力的离岸服务外包企业，聚集具有国际视野和拓展国际市场能力的服务外包高端人才，打造具有国际竞争力的服务外包示范区和国家级服务外包基地城市，努力建设成为闽台服务产业合作对接，与国际服务外包接轨的产业集聚区和重要承接地。意见确定了福建省的发展目标，要把服务外包作为"十一五"期间发展现代服务业的重点之一，发挥福建区位优势，打造海峡西岸经济区特色服务外包，吸引 50 家以上世界跨国公司将其服务外包业务转移到海峡西岸。同时，以占领高端服务外包市场为方向，以提升服务外包规模、层次和竞争力为目的，主动承接跨国公司的离岸服务外包，重点发展具有比较优势的服务外包领域，包括：信息技术外包、创意设计外包、物流服务外包、业务流程外包。意见继而提出了相关扶持举措：加大对服务外包的资金扶持力度，调整优化地方外经贸等专项经费支出结构，设立福建省服务外包专项资金，鼓励服务外包企业充分利用各项专项资金，开展自主创新能力和自主品牌建设、国际资质认证、国际市场开拓和专业人才培养；服务外包企业研究开发新产品、新技术、新工艺所发生的技术开发费，按规定予以税前扣除；服务外包企业被认定为高新技术企业的，按照国家有关规定可以享受减按 15% 的税率征收企业所得税，对企业用于研究开发的仪器和设备实行加速折旧等税收优惠政策；支持服务外包企业申请 CMM/CMMI 国际资质认证以及 PCMM、ISO20000、ISO27001/BS7799、SAS70 等认证，对通过国际认证的企业给予奖励，并支持其国际认证的维护和升级；加大政府对服务外包人才培训的资助力度，对纳入政府培训计划的各类培训，按照规定予以适当经费资助，主要用于服务外包产业储备人才培训和服务外包企业新增就业岗位业务技能培训等项目，重点培训大学应届毕业生、尚未就业毕业生以及服务外包企业新入员工，有效解决服务外包产业人才短缺和大学生就业问题。

广东省为鼓励服务外包发展，参照深圳市《关于加快高端服务业发展的若干意见》和《关于加快服务外包发展的若干规定》，形成了《关于广东省促进服务外包发展的若干意见》代拟稿，省财厅安排 1000 万元扶持资金，推动以广东省政府名义出台的鼓励服务外包发展的政策，对服务外包发展较好的市、园区和企业进行奖励。同时，推进服务外包基地共建，与广州、深圳两个"中国服务

外包基地城市"签订共建协议，支持广东外语外贸大学设立服务外包培训学院和企业设立培训机构，加大人才培养力度。另外，广东省还不断创新招商方式，重点吸引欧洲国家及美、日等国来粤设立服务外包企业，并将在日本、马来西亚等国组织一系列的服务外包招商活动。

上海市早在 2006 年就出台了《关于促进上海服务外包发展的若干意见》，为上海市的服务外包业的发展提出了指导性意见。意见指出，在未来几年，上海要紧紧抓住新一轮国际服务业加速转移的契机，重点发展国际离岸服务外包业务，加快形成以服务经济为主的产业结构，大力培育一批具有自主知识产权、自主品牌、高增值服务能力的服务外包企业，积极打造以浦东新区为代表的国家级服务外包示范区，努力将上海建成全球服务外包的重要基地之一。同时，要主动承接跨国公司内部的离岸外包，大力吸引承接全球的服务外包，在巩固目前服务市场的同时，加快向高端服务市场转变，进一步拓展服务空间；应当重点发展软件开发外包、研发设计外包、物流外包和金融后台服务等领域，提升上海服务外包能级；大力培育若干个知名的本土服务外包企业，使之成为国际离岸服务外包总承接商和对内服务外包总发包商。意见进而提出扶持服务外包企业做大做强、提高国际竞争能力的具体措施：进一步放宽市场准入，对从事服务外包的企业给予前置审批和工商登记便利；给予服务外包企业专项资金扶持，支持本市服务外包企业争取商务部扶持出口型企业研发资金、中小企业开拓国际市场资金等；对服务外包企业实施优惠政策，对本市符合条件的服务外包企业，可按规定享受促进高新技术成果转化、鼓励软件产业发展、激励自主创新"36 条"等优惠政策；鼓励服务外包企业拥有自主知识产权，将符合条件的服务外包企业列为上海市知识产权试点、示范企业，并给予相应的支持；将服务外包业务中取得重大社会或经济效益的知识产权项目列入政府奖励范畴，以激励企业自主创新；改善服务外包企业投融资条件；加快服务外包专业人才的培养等。

### （四）东南地区服务外包行业发展优势

#### 1. 区位优势

我国东南部的四省一市在自然地理位置上有着天然的优势。浙江、江苏、上海，位于长江中下游，属于我国长江三角洲，依江傍海，水资源富足，自古便是中国著名的鱼米之乡。而这两省一市又是中国东南部重要的交通枢纽，世界上最长的人工运河——京杭大运河贯穿而过，从而使得内河航运、沿海运输密切配合，水陆联运条件好，自古以来经济就较为发达，是中国民族工商业的发祥地之一。而如今，两省一市仍然是中国大陆经济发展最均衡也是最快的地区之一。快速发展的国民经济，为本地区的服务外包业的发展提供基础和条件。

广东省属于珠江三角洲，濒临南海，其间山丘散布，河道纵横，土层深厚，土壤肥沃，灌溉便利。广州毗邻港澳，是天然海道良港，为其对外贸易提供了方便，作为全国较大的侨乡之一，优越的人缘优势有利于招商引资。同时，广东与香港和澳门经济发展差异为广东提供了较强的互补性优势。香港作为国际金融中心之一，资本、信息和人力资源丰富，但劳动力成本过高，市场容量小；澳门是世界著名的旅游城市，但发展空间狭小；珠江三角洲的自然、人力资源丰富，其经济的快速发展又吸引了内地大量廉价劳动力和技术人员，加上其经济的辐射作用，从而形成了巨大的消费市场。另外，毗邻港澳的地缘优势，不仅为当地经济发展提供了大量的资金和技术，而且积累了丰富的经验。改革开放30年来，珠江三角洲区域的经济翻了几番，同时形成了良好的基础和产业条件及对外开放整体化经济结构。

福建位于中国东南沿海，台湾海峡西岸，与台湾隔海相望，易于吸引台商资金，接受台湾先进的科技发展和管理理念，为本地服务业的发展提供了坚实的基础。

**2. 基础设施优势**

发包企业对于接包商所在地的基础设施是很重视的，良好的基础设施不仅为接包商高质量高效率地完成接包服务提供了条件，同时也体现了接包城市对待服务外包行业发展的友好态度和鼓励政策。因此，优良的基础设施是服务外包行业发展必备条件之一。

中国东南部各省市，国民经济和社会的高速发展，城市基础设施建设方面一直都处于全国的前列。目前，我国东南部五省一市铁路、公路、水运、航空等多种交通方式互动，构建了一体化的综合交通体系。便利的交通环境为服务外包的发展提供了必要的条件。同时，东南部四省一市通信网络基础设施建设发展快速，在全国实现省会城市宽带"全程全网"，建成了宽带互联网络、VPN传输专网、MSTP传输专网、SDH传输网络、语音传输网络，并与中国网通、移动、联通、铁通、电信实现了互联互通，具有大容量的数据出口路由。而发展最快的上海市目前已有 9 条国际海底光缆登陆,从上海进出的国际通信容量占全国的七成。上海市是在建的太平洋海底直达光缆系统的主要登陆点之一。近年来,东南部城市保持对城市公用基础设施建设的高强度投入,城市供电、供水、供气、公交等公用事业稳步发展,通信基础等公共设施得到进一步完善。总之,东南部四省一市完善的基础设施建设,大大增强了其对发包商,特别是离岸发包商的吸引力,从而推动了该地区服务外包行业的发展。

**3. 教育和人才优势**

服务外包行业作为技术密集型的行业对于劳动力的素质有着很高的要求,不仅需要从业人员有业务所需要的专业技术,同时由于离岸外包的需要,也要求从业人员能够具备较高的语言能力,以便能够流畅地完成与国外发包商的沟通,从而进一步降低沟通成本,增强自身的国际竞争力。

我国东南部四省一市都是教育高度发达地区,有大量高水平的高等院校、科研院所,拥有一批高水平、高素质、高科技、合格的服务外包人才。作为现代教育发祥地之一的江苏省,仅南京一市就有包括南京大学、东南大学、南京师范大学、南京理工大学等在内的多座全国知名学府。广东省广州市拥有包括中山大学、暨南大学等国内外知名大学在内的高等院校 63 所,培养研究生的普通高校和科研机构 24 所。上海市作为中国科技与教育基地,“科教兴市”战略的大力实施提升了上海人才的整体素质。目前,上海软件产业共有各类专业人才 14 万人左右,其中 65% 以上拥有本科及本科以上学历,9% 拥有硕士学位,2% 拥有博士学位。浙江省除了有一批如浙江大学的高水平高等院校外,也正在大力发展服务外包专业人才的培训,目前已有几十家人才培训机构,每年实际培训服务外包人才上万人。而广东省除了自身拥有充足的人力资源储备,因为其区域经济的高速发展,产业结构完整,工业、商业及第三产业蓬勃发展和较高的经济待遇,吸引了大批来自全国各地的优秀人才和技术熟练的劳动者,形成了特有的技术、人才优势,数据显示仅南方人才市场的人才交流量平均每年约 30 万人。

中国东南部四省一市高质量的人才队伍,为该地区服务外包业的发展提供了基础条件,增强了该地区对国外软件企业的吸引力,从而从根本上提升了该地区服务外包行业的竞争力。

# 五 西部地区服务外包竞争力评价

## （一）西部地区概况

中国西部地区包括陕西、甘肃、青海、宁夏、新疆、四川、重庆、云南、贵州、西藏、广西、内蒙古 12 个省、自治区和直辖市。土地面积 540 万平方公里，占全国国土面积的 56%；目前有人口约 2.87 亿人，占全国人口总数的 23%。西部地区疆域辽阔，人口稀少，是我国经济欠发达、需要加强开发的地区。全国尚未实现温饱的贫困人口大部分分布于该地区，也是中国少数民族分布最集中的地区，几乎囊括了 56 个民族，是民族风情、民俗文化资源集中的地区，是开发民俗风情旅游市场得天独厚的地区，也是中国民俗风情旅游的热点区域。

西部地区与十多个国家接壤，陆地边境线长达 12747 公里，连接 15 个贸易口岸。如此长的陆地边境线，具有沿边区位优势，无疑为西部地区发展边境贸易展现了诱人的前景。西部地区各民族在宗教信仰、生活习俗、民族意识、消费习惯等方面与周围邻国甚至中亚、西亚诸国有许多共同之处，具有向西开放，与西亚、中亚各国发展经贸关系的优越条件。如果实现西部地区的全面开放，与周边国家的经贸往来、经济技术合作将会迎来新的发展机遇。

西部地区的自然资源非常丰富，其水能蕴藏总量占全国的 82.5%，可开发的水能资源占全国的 77%，但开发利用尚不足 1%。矿产资源的储量十分可观，依据已探明储量，西部地区的煤炭储量占全国的 36%，石油储量占 12%，天然气储量占 53%。全国已探明的 140 多种矿产资源中，西部地区就有 120 多种，一些稀有金属的储量名列全国乃至世界前茅。

西部地区经济发展总体上落后于中部和东部地区，且发展极不均衡，相对发达的成渝地区的经济状况超过了中部地区的水平，已经逼近沿海地区，然而落后的西藏、青海、贵州等省份却依然停留在贫困线上。西部地区经济最为发达的地区是成都平原，其人均收入、GDP 总值已经接近沿海地区，2010 年，四川实现地区生产总值 16898.6 亿元，同比增长 15.1%，GDP 总量和增速均创下历史新高。而这个数据超过了部分沿海省份，位居全国前列。其中成都市双流县、重庆市渝北区均已达到全面小康水平，是经济高度发达的县级行政区。中国西部

GDP仅占全国的13%，而且更严重的是，整个西部地区超过一半的GDP集中在仅占西部地区5%面积的西南重庆—成都经济圈，也就是说，除成渝地区外占全国国土面积55.7%的广袤的西北地区和西藏、云南、贵州等省份仅占中国5.9%的GDP，其中云南、贵州、西藏、青海、甘肃五个省的GDP的总和还不到重庆、成都两个市的总和的70%，其总体落后的状况依然没有得到改善。随着西部大开发的逐步深入，西部地区的工业体系、交通通信、科技教育等都有了较大的发展，为进一步开发奠定了较为坚实的基础。

## （二）西部地区服务外包行业发展现状

由于经济发展相对滞后，西部服务外包业的发展与其他地区相比相对落后，12个省、直辖市、自治区，只有四川、陕西、重庆和宁夏涉及服务外包领域，其他的8个省区尚未发展服务外包业务。而这4个已经开展服务外包业务的省区市，其服务外包发展水平与其他发达省市比较也相对滞后。

在4个涉及服务外包的省区市中，四川和陕西的服务外包业发展较快，但这两个省的服务外包业，主要依赖于省内的服务外包示范城市，几乎全省的服务外包总量都来自示范城市，而其他城市服务外包业几乎没有发展。就四川省来说，成都是四川目前服务外包业的制高点，几乎是四川服务外包业的唯一源头。目前，成都服务外包已形成以高新区为核心，武侯区和都江堰两个增长极。区域内从事软件开发、研制、销售、维护和服务的软件企业及兼营软件业务的企业达到3000多家，其中规模以上企业近300家。

陕西省也是同样的情况，全省的服务外包业都依靠西安市，充裕的人力资源是西安发展服务外包最为突出的优势，良好的信息化条件为西安发展服务外包产业提供了坚实基础。此外，西安劳动力成本优势明显，科技实力雄厚，接包能力居国内产业发展前沿。在新一轮国际产业转移深入推进的进程中，发展软件及服务外包产业，既是西部的优势与机遇，更是西安的优势与机遇。

重庆市的服务外包起步较晚、规模较小，但发展速度却很快。2007年以前未曾开展服务外包统计，没有服务外包的相关数据。据重庆市外汇管理局统计，2007年，重庆市服务外包出口1368万美元；而到2010年，服务外包合同金额达到3.4亿美元，同比增长149%；执行金额达到1.06亿美元，同比增长150%，服务外包发展迈上新台阶。而同时服务外包结构进一步优化，2010年全市离岸外包结构逐步优化，软件设计开发约占重庆市离岸外包的 49%，工程设计约占 27%，技术流程外包占 11%。但目前重庆市的服务外包企业仍然规模较小，本地品牌少，龙头企业缺乏，除了极少数较大的软件企业外，大部分服务外包企业规模都很小，只能零星地接些小单，处于基础发展阶段，难以在国际外包市场上赢得声誉，树立良好的品牌形象，因而难以争取到较大订单。

宁夏服务外包业起步更晚，2008 年，区内有 3 家公司为区外企业提供了信息技术、业务流程和知识流程中非核心业务的服务，使宁夏软件及服务外包业实现了零的突破。两年来，宁夏服务外包业坚持走符合区域特色的发展之路，宁夏软件园近年来已与日本等国家开展服务外包业务，2009 年服务外包收入超过 80 万美元，但与国内其他地区相比差距仍然较大，存在人才短缺、发展规模小、层次不高等突出问题。为此，银川软件业应充分结合地方民族特色，另辟蹊径，将加快与阿拉伯国家的合作定为软件服务外包的发展方向。2010 年 7 月 8 日，银川阿语服务外包示范基地在宁夏软件园揭牌成立，力争打造西部乃至国内具有影响力的阿语服务外包基地。

## （三）西部地区服务外包相关政策

2009 年，国家提出《关于应对国际金融危机保持西部地区经济平稳较快发展的意见》，提出要重点发展服务外包产业。围绕这一政策，各省区市相继出台了推动鼓励服务外包发展的政策与意见。

四川省出台了《四川省人民政府关于加快发展服务外包产业的意见》，意见指出服务外包产业是现代高端服务业的重要组成部分，是促进四川省利用外资、扩大对外贸易、加快发展现代制造业和服务业的重要抓手，大力发展服务外包产业对于推进四川省新型工业化和现代服务业发展具有重要意义。同时，指出应坚持发展服务外包与工业强省紧密结合的原则，国内外市场并重，积极吸引国际知名企业到四川投资，促进服务外包跨梯度转移，将服务外包产业发展成为新的优势产业，打造具有四川特色和良好形象的"四川服务外包"品牌。把成都建设成为世界知名、全国一流、西部第一的服务外包基地，在成都平原经济圈形成具有国际竞争力的服务外包产业集群，着力发展具有四川特色的服务外包产业。意见还提出以软件和金融外包为突破口，信息技术外包和业务流程外包并重，做强做大软件、金融、生产性研发、物流、人力资源等服务外包产业。突出重点区域，以成都服务外包基地为重点，着力推进有发展潜力的绵阳、德阳、乐山等市的服务外包工作，全力打造成都高新区、绵阳高新区等国家级和省级服务外包示范区。突出重点企业，以龙头企业为先导，重点支持50家省内服务外包企业做强做大，积极引进跨国公司投资，为世界知名服务外包企业创造发展空间，实现内外结合、集群发展。突出重点市场，重点开拓日韩、欧美和我国香港、台湾等亚太新兴华语市场等3大服务外包市场，为服务外包企业的发展创造更大的空间和市场。为达到以上目标，意见提出要加大政策扶持力度，做强做大服务外包企业。第一，放宽市场准入条件；第二，加强对服务外包企业的扶持；第三，鼓励企业拥有自主知识产权；第四，积极搭建融资平台；第五，实施税收优惠政策；第六，支持企业拓展境内外市场；第七，提供高质量的数据通信服务。

陕西省出台的《陕西省人民政府关于促进服务外包产业发展的若干意见》指出，按照"国际化引领、市场化促进、人才体系支撑、政策法规保障"的发展思路，发挥陕西省比较优势，合理规划布局，加快推进产业聚集、人才集中、特色鲜明的服务外包示范园建设，形成一批服务外包产业基地。积极引进和培育一批具备国际资质、有较强市场竞争力的服务外包企业，提升承接离岸服务外包业务能力和水平，大力发展对日本、韩国的软件外包业务，积极拓展欧美等市场，促进陕西省服务外包产业持续、协调、有序发展。意见实施以下优惠政策：①对技术先进型服务外包企业实行税收优惠。经省级有关部门联合认定为技术先进型服务企业的服务外包企业，可享受国家减按15%的税率征收企业所得税。②支持服务外包企业加强技术研发和自主创新。服务外包企业为开发新技术、新产品、新工艺发生的研究开发费用，可以在计算应纳税所得额时加计扣除。③对服务外包重大项目实施奖励措施。对新设立的服务外包企业，注册资本达100万美元以上，从事ITO和KPO业务且一年内吸纳就业50人以上，或从事BPO业务且一年内吸纳就业150人以上的投资项目，给予企业一定的奖励。意见提出要支持服务外包企业做大做强：第一，要加大对服务外包企业的资金支持。目前要利用好"中小企业国际市场开拓资金"、"陕西省外经贸发展促进资金"等相关政策，在项目安排和资金使用上向有市场、有潜力的服务外包企业倾斜，促进服务外包产业壮大和发展。第二，要支持服务外包企业申请相关国际资质认证。对当年获得CMM1（开发能力成熟度模型集成）、CMM（开发能力成熟度模型）、PCMM（人力资源成熟度模型）、ISO27001／BS7799（信息安全管理）、ISO20000

（IT 服务管理）、SAS70（服务提供商环境安全）认证以及其他相关国际资质认证的服务外包企业，可按中小企业国际市场开拓资金管理办法，给予不超过认证费的 50%、单个项目不超过 50 万元、累计不超过 200 万元的资金支持。第三，要支持服务外包企业开拓市场。鼓励和支持服务外包企业在境外设立接包机构、申请专利及商标等知识产权，增强市场竞争力。利用现有的各种渠道，特别是发挥海外华人、留学生的作用，建立境外接包网络。第四，鼓励政府和企业开展业务外包。在符合规定的条件下，省内各级政府可将不涉及秘密的业务外包给专业企业。鼓励全省企业加强与西安示范城市服务外包企业的合作，共同培育软件服务外包市场，促进在岸服务外包业务发展。同时，要利用省内发展金融服务外包的环境和条件，加快发展金融服务外包业务。

重庆市出台了《重庆市促进国际服务外包产业发展若干政策措施的实施办法》。实施办法提出：在努力争取中央财政服务外包专项资金的基础上，市政府在外经贸、科技、信息资金中统筹安排形成国际服务外包产业发展专项资金（市级专项资金），各服务外包示范区配套安排服务外包促进专项资金（区级专项资金）。实施办法最吸引人的地方在于它的多项扶持政策。在税收优惠方面，对经认定的技术先进型服务外包企业，离岸服务外包业务收入免征营业税。在出口奖励方面，对符合条件的国际服务外包企业由市级专项资金实行出口技改研发资助政策。在培训资助方面，首先是中央财政人才培训资助，对符合条件的服务外包企业，每新录用 1 名大专以上学历员工从事服务外包工作并签订 1 年以上劳动合同的，给予企业每人不超过 4500 元的定额培训支持；其次是人才培训再资助，对已获得中央财政人才培训资金资助的服务外包企业和培训机构，区级专项资金给予企业每人不低于 3000 元的定额培训再支持，给予培训机构每人不低于 500 元的定额培训再支持。在认证资助方面，对取得国际资质认证的符合条件的服务外包企业，市级资金给予每个认证项目不超过 30 万元的资助。在示范区建设方面，市级专项资金对服务外包示范区建设进行资助，外经贸发展促进资金在区县切块管理和使用资金中予以倾斜，每年对每个示范区给予不低于 50 万元的资助。在公共平台建设方面，区级专项资金对公共服务平台项目，在设备购入成本的 50% 额度内给予资助。在运营支持方面，市外经贸担保公司对符合条件的服务外包企业进行融资担保，市级专项资金对担保费的 70% 进行补贴。在人才引进方面，服务外包产业高层次人才符合条件的，可享受安家资助、分配激励、

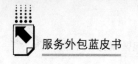

项目扶持、培养使用、保障服务等优惠政策。

宁夏回族自治区人民政府为了服务外包业的发展也制订了《宁夏软件园设施、设备使用管理规定》，促进了自治区内服务外包业健康发展。银川市也出台了关于扶持软件动漫及服务外包产业发展的若干政策，提出了 20 条促进银川市软件动漫服务外包业发展的规定。政策提出，今后三年，开发区财政每年安排一定数额的专项资金，用于扶持软件、动漫及服务外包产业发展，其中，2008 年安排专项扶持资金 800 万元。自 2008 年起三年内入住宁夏软件园的软件、动漫及服务外包重点扶持企业，其企业所得税的开发区级留成部分，由开发区财政按100% 给予资金补助。同时，鼓励软件、动漫及服务外包企业通过联合、并购、重组等方式组建股份制企业。开发区管委会可根据产业发展的需要，由高新技术产业开发总公司参与投资组建股份公司，加快软件企业上市融资的步伐，待企业发展壮大后逐步退出。政策支持企业提高自主创新能力。对入住软件园企业重大研发项目、技术引进项目及参与机械装备制造业技术改造项目贷款提供 50% 的贴息补助，累计贴息总额为 200 万元。对大型原创动漫作品研发以及引进项目的消化吸收再创新活动提供研发资助，单笔资助额不超过 30 万元。以上贴补资金经相关部门审核确认后，从专项扶持资金中列支。另外，鼓励企业获取国际通行的资质认证。对取得的开发能力成熟度模型集成（CMM1）、开发能力成熟度模型（CMM）、人力资源成熟度模型（PCMM）、信息安全管理（ISO27001/BS7799）、IT 服务管理（ISO20000）、服务提供商环境安全性（SAS70）等国际认证的企业给予 50% 的认证费用补贴，单笔补贴最高额不超过 30 万元。同时，鼓励有条件的企业与高等院校合作设立软件、动漫学院或相关专业，举办专业职业培训，培养专业型、复合型的人才。

## （四）西部地区服务外包行业发展优势

### 1. 成本优势

西部在服务外包发展中最大的优势是人力成本优势。发包企业将项目外包的最大动机之一是降低成本。而对于服务外包来说，最大的成本来源便是人力成本。人力成本低，人才资源雄厚，是吸引发包企业特别是离岸发包企业的动因之一。而我国西部地区特别是以陕西、四川两省在这方面有特别的优势。我国西部地区由于经济发展水平低，所以普遍劳动力价格较其他地区低，但是在四川和陕西两省，服务外包劳动力资源相当丰富。

成都是我国西南地区重要的教育、科研中心，人力资源丰富，拥有包括电子科技大学、四川大学、西南交通大学、成都信息工程学院等国内外著名高校在内的 20 多所高等院校，其中 9 所院校开设 IT 类相关专业，具有从信息技术基础理论到前沿领域完整的学科群。西安作为国家级科研教育基地，不仅有西安交通大学、西北大学、西安电子科技大学、西北工业大学、第四军医大学等名校，还拥有 32 所民办高校和其他高等教育机构，各类工程技术人员近 40 万人。

综上所述，低廉的人力资源价格和专业合格的从业人员，是我国西部地区服务外包业的发展的优势，也为未来服务外包行业的发展奠定了基础。

**2. 基础设施优势**

西部地区经济发展普遍滞后，然而服务外包业发展最快的四川、陕西两省的经济却大大超出西部地区的平均水平，近两年来，四川的国民经济发展甚至逼近我国东南沿海的发展水平。因此，城市的基础设施建设在四川和陕西两省超出全国平均水平，因而吸引了一批外资进入该地区，同时也为服务外包的发展提供了条件。

西安市是西部地区连接国际的纽带。西安航空港是中国六大航空枢纽之一，目前已经成为我国第四大国际航空港。西安市的通信信息基础设施也相应配套齐全，已经建成了拥有光纤、数字微波、卫星、程控交换、数据与多媒体等多种通信手段在内的通信网络。而成都作为西南地区的交通要塞，铁路、公路、航空发展成熟。同时，成都的通信设施完善，通过高速接口与全国八大区中心和国际出口相连，是中国八大通信枢纽之一。毋庸置疑，便利的交通，完善的基础设施建设，是成都和西安能够吸引发包商的重要因素，也是使其在国际服务外包市场上赢得竞争力的重要优势。

# 城市报告

**Main Cities Report**

# B.5

## 第五章

## 中国服务外包基地城市竞争力评价

### 一 21个服务外包基地城市竞争力评价

目前，中国已经成为全球服务外包产业一个新兴的目的地，设立服务外包基地是我国的战略举措。不管是全球大型外包企业，还是中国本土的新兴企业，它们中很多都已在中国的某个或数个城市建立了服务外包运营基地。2010年2月25日，厦门市正式获批成为"中国服务外包示范城市"。这是继国务院批准北京、天津、上海等20个城市成为"中国服务外包示范城市"之后，第21个获此殊荣的城市。这些城市结合各自实际情况，相继出台了一系列鼓励服务外包发展的政策措施，这些举措有助于它们逐步发展成为国际服务外包的主要承接地。根据这些城市所处的地理位置，可以将它们划分为四个大的区域。

### （一）北部地区：北京、大连、大庆、哈尔滨、济南、天津

以环渤海地区为核心的北部地区，软件业企业基础雄厚，有充足的日语、韩

语人才储备，围绕较为平衡的重工业和轻工业产业结构，将日本和韩国作为发展服务外包业务的重点市场，将软件相关产业作为发展服务外包业务的主要细分市场，每个示范城市都有自身的优势和特点。

**1. 北京**

北京是中国的首都，中国四大直辖市之一，世界历史文化名城和古都之一，它无处不镌刻着深深的历史烙印，长城标志着北京的古老，元、明、清三个朝代留下的故宫显示着北京的皇家贵气，甚至北京的四合院也赋予北京古老的元素。古老元素与现代文明在北京交相辉映展示着各自的魅力。北京作为政治、经济、交通、文化、教育和国际交流的中心，在进入新经济时代后，充分发挥其文化教育中心与国际交流中心的优势，在新经济时代成为中国新经济发展的龙头。同时，北京在发展软件产业、承接国际软件外包方面有着得天独厚的资源优势，自20世纪80年代开始就承接国际软件外包项目，并呈现出快速发展的势头。截至2010年，北京服务外包企业累计达到400多家，从业人员近10万人，离岸业务超过千万美元的企业达24家。

（1）城市经济发展特征。北京是综合性产业城市，综合经济实力保持在全国前列。2010年，北京市地区生产总值13777.94亿元，同比增长10.2%，人均GDP 78507元，在中国仅次于上海市。北京第一、第二、第三产业增加值分别达到118.3亿元，2743.1亿元和9004.5亿元，第三产业规模居中国第一，占地区生产总值的比重达到75.8%。当年城镇居民纯收入26738元，比2008年增长8.1%，农村居民纯收入11986元，增长11.5%。2009年，全市地方财政收入完成2026.8亿元，比上年增长10.3%。2009年，北京市离岸服务外包业务执行额10.5亿美元。

（2）基础设施建设水平。交通：北京市城区先后依托城市扩展，建设了二、三、四、五和六环路。总长度超过500公里的北京新"七环路"已经形成半圆。截至2009年，全市公路里程20670公里，城市道路里程6206公里，轨道交通线路长度228公里。北京首都国际机场是亚洲第一大国际机场，目前已开通200多条国际国内航线，通往世界主要国家及地区和国内大部分城市，2009年吞吐旅客更超过6500万人次。通信：北京已与世界上所有国家和地区通邮，国内直拨电话可达所有城市，国际直拨电话可达200多个国家和地区。北京市还在全国率先建成了支持软件企业创新的北京软件产业公共技术支撑体系，累计服务企业

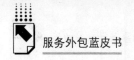
1000 余家，资源利用率达 80%。园区：2008 年末，北京市共有开发区 19 个，科技园区以中关村科技园区为主。中关村软件园规划总占地面积 139 万平方米，总建筑面积 60 余万平方米，园区由商务区和研发区组成。

（3）教育科研及人才储备。北京是全国最大的科学技术研究基地，有中国科学院、中国工程院等科学研究机构和号称中国硅谷的北京中关村科技园区，每年获国家奖励的成果占全国的 1/3。北京同时也是全国教育最发达的地区。截至 2009 年，北京市共有普通高等院校 88 所，其中包括北京大学、清华大学、中国人民大学等全国著名的学府。全年本专科在校生达到 57.7 万人。全市共有 52 所高等学校和 117 个科研机构培养研究生，在读研究生达到 20.9 万人。据中国软件行业协会的数据显示，2007 年，北京所有的软件学院的在校生共计 10579 人，其中在校研究生人数为 7464 人。同时，北京还拥有 40.8 万人的科研队伍。北京在高端人才方面占据绝对优势。

（4）政府的鼓励政策。北京市设立发展服务外包联席会议制度，制订产业规划、发展目标，实施鼓励政策，大力推进服务外包产业的发展。首先安排地方配套资金，北京市各级政府将从地方财政中安排服务外包产业发展专项资金，其中与商务部专项资金配套使用的资金，不低于商务部安排专项资金的两倍。其次，按照《商务部关于做好服务外包"千百十工程"人才培训有关工作的通知》的要求，在地方政府财政专项资金中安排服务外包人才培训配套资金用于培训服务外包实用人才。对于符合《北京市吸引高级人才奖励管理规定实施办法》规定范围和条件的高级人才，可按有关规定给予奖励。再次，支持服务外包企业通过国际认证，按照《商务部关于做好服务外包"千百十工程"企业认证和市场开拓有关工作的通知》的要求，在地方政府财政专项资金中安排不低于商务部专项资金两倍金额的配套"中小企业国际市场开拓资金"，支持取得国际认证或升级的服务外包企业维护和进一步完善已经取得的国际认证。最后，为促进软件企业扩大出口，北京市商务局对注册资本 50 万元人民币以上的软件企业授予自营进出口权。①

（5）环境保护与绿化。北京环境保护和环境治理力度不断加大，2009 年北京污水日处理能力达到 356 万立方米，污水处理率达到 80%，再生水利用取得

---

① 中国服务外包网：http://chinasourcing.mofcom.gov.cn。

新进展，2009年再生水利用量达到6.5亿立方米。继续积极推动其他环境污染防治工作，生活垃圾无害化处理率达到95.8%，城市园林绿化步伐加快，2009年，北京城镇人均公园绿地面积14.5平方米，城镇绿化覆盖率达到44.4%，全市林木绿化率达到52.6%。①

**2. 大连**

大连位于东北亚经济区与环渤海经济圈的核心位置，与日本、韩国、朝鲜和俄罗斯的远东地区相邻，是欧亚大陆桥的重要桥头堡，同时也是东北亚商贸、金融、资讯、旅游的中心。大连是商务部第一批授牌的服务外包示范城市之一，作为服务外包的示范城市，大连不仅有良好的基础设施和优美的环境，还拥有发展服务外包所需要的丰富的人才储备。进入21世纪，基于软件与信息技术的IT开发外包（ITO）和业务流程外包（BPO）在世界范围内兴起，大连市提出了建设"大连中国IT外包中心"的发展目标。2009年，大连共有软件和服务外包企业890家，其中外资企业300家，世界500强企业52家，从业人员8.8万人。

（1）城市经济发展特征。大连市作为中国东北地区对外开放的重要城市，国民经济持续快速增长。2010全市实现地区生产总值5158.1亿元，增长15.2%；完成地方财政一般预算收入500.8亿元，增长25.1%；完成规模以上工业增加值2306.1亿元，增长23.5%；完成全社会固定资产投资4047.9亿元，增长30.6%；进出口贸易总额501.95亿美元；城镇居民人均可支配收入21293元，增长12%；农民人均纯收入12317元，增长14.8%；全市人均GDP为73134元人民币，合10708美元。目前，已有19家外资银行和金融机构在大连开设了分行或设立了办事处，在大连的金融机构已与世界150多个国家和地区建立了结算网络。2009年，大连的软件和服务外包实现销售总收入57.6亿美元，同比增长30.79%，其中出口15亿美元，同比增长33.3%。

（2）基础设施建设水平。交通：作为东北亚地区的核心城市，大连在通信、交通等基础建设方面，为"一个中心，四个基地"的发展思路奠定了基础，提供了保障。沈大高速公路纵贯辽东半岛，连通沈阳和大连；大连火车站位于沈大线终点，每天由大连始发列车40多列，年接发旅客2000余万人次；2008年，大

---

① 百度百科：http://baike.baidu.com/view/2621.htm。

连机场航线总数达到 147 条，其中国内航线 100 条，国际和特别行政区航线 47 条，与 15 个国家、94 个国内外城市通航；大连港与 150 多个国家和地区的港口有航运往来，大连到韩国仁川也有定期客轮往来。通信：作为服务外包重要的基础环境之一的通信与网络在大连得到了快速发展，大连软件园内汇集了目前国内所有电信运营商的光纤骨干线路和大连通信公司的铜线电话电缆资源，能够提供包括固话、IP 长话、各种类型数据通信服务、宽带网络应用以及移动通信服务。2008 年，大连共有固定电话用户 316.44 万户，移动电话用户 511.06 万户，宽带用户 85.8 万户。园区：大连软件园于 1998 年开工建设，采取了具有独创性的"官助民办"运营模式，总计建设了 200 万平方米的写字楼、教学设施和生活配套设施，入园企业数量超过 400 家。2003 年，开始规划建设旅顺南路软件产业带，沿线贯穿 7 个园区，总规划面积 156 平方公里，使用面积 33 平方公里。

（3）教育科研及人才储备。截至 2008 年，大连市共有国家重点实验室 3 个，普通高校 23 所，在校生 23.1 万人，毕业生 5.4 万人；在大连普通高等院校和研究所的博士、硕士研究生近 3 万人；普通高等教育机构博士毕业生 766 人，硕士毕业生 7321 人。此外，为了更广泛地培训服务外包人才，使这些人才能够顺利地跨越学校与企业之间的门槛，尽快地适应企业的需要，大连还建立了服务外包实训基地及 200 家培训中心，以适应大连每年软件专业人员平均增长 1.5 万人的需求。

（4）政府的鼓励政策。大连市政府先后制定并出台了多项鼓励政策，设立专项发展基金，用于企业参加国际软件认证、人才教育培养、公共技术服务设施建设；将服务外包纳入外贸出口和利用外资考核体系，并分别按外贸发展基金要求和招商引资奖励办法进行奖励。大连市还在国内第一个建立了个人信息保护行业规范，下一步该规范有望由国家层面出台。大连市在加大地方知识产权保护的执法力度上，增强企业的知识产权保护意识，并且在软件园内成立知识产权保护中心，结合自身特点，积极开展知识产权保护工作。

（5）环境保护与绿化。大连是中国环境最好、最适合人居的城市之一，是国家环保模范城市，被联合国确定为亚太地区城市治理先导城市，并获得联合国"全球环境 500 佳"称号。2008 年，大连新增公共绿地 175 万平方米，人均公共绿地面积 11.6 平方米，城市绿化覆盖率达到 44%，全年空气质量良好以上天数为 353 天。

### 3. 大庆

大庆位于黑龙江省西部，松嫩平原中部，是中国最大的石油生产基地和重要的石化工业基地，是黑龙江省西部重要的经济、文化、教育、医疗、科研中心，大庆总面积 2.1 万平方公里，2008 年年底总人口 279.2 万人。2007 年 12 月 3 日，大庆服务外包产业园被商务部、工业和信息化部、科技部联合认定为"中国服务外包示范区"。大庆作为一个资源型的城市，把石油工程技术服务、软件开发与信息处理服务、专业服务三个方面作为服务外包产业发展重点。据大庆市外经贸局数据，截至 2008 年，大庆服务外包产业园共有服务外包企业 77 家，实现总收入 38.6 亿元，其中离岸服务外包产值 7 亿元。到 2020 年，大庆市将发展成为东北的区域性中心城市。目前，大庆服务外包产业园共有服务外包企业 67 家，服务外包从业人员 3000 多人。

（1）城市经济发展特征。2007 年，大庆市第一产业实现增加值 55.3 亿元，比上年增长 3.9%；第二产业实现增加值 1548.3 亿元，比上年增长 10.0%；第三产业实现增加值 218.8 亿元，比上年增长 15.8%。尽管第三产业对国民生产总值贡献率还比较低，但是在三次产业结构中，其发展速度最快。较强的经济实力和雄厚的产业基础，为发展服务外包产业提供了广阔空间。2008 年，大庆市地区生产总值达到 2220.4 亿元，进入"GDP2000 亿元俱乐部"，人均地区生产总值 81214.3 元，居全国第六位、东北第一位。2010 年，大庆市完成地区生产总值 2900 亿元，即将进入"GDP3000 亿元俱乐部"。2009 年，大庆市实现服务外包收入 7.5 亿美元，服务外包企业达 223 家，从业人员 12000 人。

（2）基础设施建设水平。交通：大庆市交通发达，滨洲铁路、让通铁路和规划中的哈齐城际铁路在市内交会，25 座火车站每天接发的客货列车通往全国。大庆市被松嫩两江环抱，水路运输通过松花江黄金水道直通边境口岸。世纪大道、萨大路、东干线、西干线等城市快速干道贯穿各个城区。大庆市是大广高速公路的起点，也是"龙江第一路"哈大高速公路的终点。大庆萨尔图机场已于 2009 年 9 月 1 日建成通航，南方航空公司在大庆设有运营基地，现已开通大庆至北京、上海、成都等地的定期直达或经停航班。通信：大庆市作为国家骨干传输东北网的节点之一，网络出口带宽达到 40G，高速路由交换设备容量达到 320G。网通、电信、联通三家网络服务提供商的光纤接入园区主机房，内部局域网 1000M 网络直达各房间，拥有高速交换、传输、路由、存储设备，网络基础设施优良。2008 年，大庆市共有固定电话用户 91.8 万户，移动电话用户 229 万户，互联网用户 37.2 万户。园区：大庆服务外包产业园位于大庆高新技术产业开发区，规划占地面积 66.5 万平方米，建筑面积 73 万平方米。

（3）教育科研及人才储备。大庆市在软件开发、工程设计、工业控制系统方面研发实力雄厚，2008 年，大庆市共有科研院所及分支机构 81 个，省部级工程技术中心和研发中心 15 个。大庆本地共有大专院校 7 所，学科范围覆盖理、工、经、法、文、教、医、农、管、艺等 10 个门类，共设置专业 215 个，在校生 8 万人，每年毕业学生 2 万人，其中信息技术相关专业毕业生 2000 多人。职业教育机构 165 个，在校生 2.7 万人，每年的毕业生中与服务外包专业相关的有 3000 多人。另外，与大庆相邻的哈尔滨市、齐齐哈尔市还有大量的专业技术人员常年在为大庆服务，是大庆技术人才的有效补充。这些都为大庆服务外包发展提供了强大的人才支撑和保证。

（4）政府的鼓励政策。大庆市委、市政府为支持鼓励服务外包的发展，完善创业平台和金融服务平台建设，先后制定出台了《大庆市加快发展服务外包产业若干意见》和《大庆市促进服务外包产业发展暂行办法》等一系列规范性文件，完善法制环境，规范行政行为，加大知识产权保护力度，为服务外包的发展创造优良的投资环境。对于设立在大庆服务外包产业园内的服务外包企业，除享受国家振兴老工业基地、资源型城市转型、国家级高新技术产业开发区、哈大齐工业走廊以及国家对于软件企业的有关政策外，还享受专门的优惠政策。按照《大庆市促进服务外包产业发展暂行办法》规定，入驻园区并经认定的服务外包企业，可享受"一免三补两优先"政策，即免房屋租金，补通信专线租赁费、资质认证费、人才培训费，优先提供贷款和办理员工落户。①

（5）环境保护与绿化。大庆城市绿化覆盖率达到 33.1%，是中国首家"国家环境保护模范城市"。大庆市先后获得联合国迪拜改善居住环境良好范例奖和中国人居环境范例奖。大庆现在已经成为中国第九十五个、黑龙江省第一个"国家卫生城市"，大庆市也被确定为黑龙江省首家公共卫生建设示范区，大庆市将公共卫生体系建设纳入卫生城创建的先进经验将在全省推广。2009 年，大

---

① 中国服务外包网：http://chinasourcing.mofcom.gov.cn。

庆市成为东北第二个、黑龙江省第一个"全国文明城市"，城市综合实力和对外影响力进一步提升。① 2010 年，大庆空气质量良好以上级别的天数达 357 天，被誉为"绿色油化之都，天然百湖之城，北国温泉之乡"。

**4. 哈尔滨**

哈尔滨是中国黑龙江省省会，中国东北北部最大的中心城市，也是东北亚经济圈的核心城市之一，是中国东北北部政治、经济和文化中心。特殊的历史进程和地理位置造就哈尔滨这座具有异国情调的美丽都市，1994 年，哈尔滨市被确定为国家级历史文化名城。2010 年，哈尔滨市成为"国家创新型试点城市"和"三网融合试点城市"。截至 2009 年，哈尔滨市共有软件服务外包企业 329 家，从业人员 1.3 万人。

（1）城市经济发展特征。2009 年，哈尔滨实现地区生产总值 3258.1 亿元，按可比价格计算比上年增长 13.0%。其中，第一产业实现增加值 417.4 亿元，增长 6.8%；第二产业实现增加值 1226.9 亿元，增长 13.3%；第三产业实现增加值 1613.8 亿元，增长 14.4%。非公有制经济实现增加值 1655.2 亿元，比上年增长 14.0%，占全市地区生产总值的比重为 50.8%。人均地区生产总值 32886 元，比上年增长 12.7%。全年财政一般预算总收入完成 338.4 亿元，比上年增长 20.6%，其中地方财政一般预算收入完成 193.4 亿元，同比增长 20.3%。2009 年，哈尔滨市离岸服务外包合同额 21.9 亿美元，合同执行额 2.94 亿美元。②

（2）基础设施建设水平。交通：哈尔滨地处东北亚地区中心位置，是第一条欧亚大陆桥和空中走廊的重要枢纽，随着社会经济的不断发展，哈尔滨的交通事业也得到了迅速发展，形成了四通八达的水陆空立体交通网络，已成为中国东北北部最大的交通枢纽。目前，哈尔滨铁路有 36 条干支线贯穿黑龙江省全境和内蒙古部分地区，2009 全年哈尔滨太平国际机场共完成旅客吞吐量达 655.8 万人次，比上年增 31.6%；哈尔滨的水路航线遍及松花江、黑龙江、乌苏里江和嫩江，并与俄罗斯远东部分港口相通，经过水路江海联运线，东出鞑靼海峡，船舶可直达日本、朝鲜、韩国和东南亚地区。通信：哈尔滨的电信事业在改革中不

---

①　搜搜百科：http://baike.soso.com/h68759.htm? sp = l4213860。

②　哈尔滨市统计局：《哈尔滨市 2009 年国民经济和社会发展统计公报》，2010 年 1 月。

断发展，已经形成了立体化、高效能的通信格局。网络覆盖 8 区 11 县（市）5.31 万平方公里。2008 年，哈尔滨市共有固定电话用户 248.5 万户，移动电话用户 727 万户，互联网用户 117.4 万户，宽带用户 82.8 万户。园区：哈尔滨经济技术高新技术产业开发区由哈尔滨经济技术开发区和哈尔滨高新技术开发区这两个国家级开发区组成，总规划面积 30.7 平方公里。

（3）教育、科研及人才储备。2008 年，哈尔滨市有政府部门科研机构 131 个，建成 7 个国家级企业技术中心和 27 个省级企业技术中心。从事科研活动人员 4.5 万人，其中科学家和工程师 3.6 万人。哈尔滨是我国重要的教育、科研中心。全市共有哈工大、哈工程大学等高等院校 73 所，中等专业学校 51 所。在校大、中专学生近 80 万人，年毕业生超过 20 万人，其中研究生 6000 人，本科、专科学生 12 万人，中专、技校、职业技术学校学生近 8 万人。2008 年，哈尔滨市获得服务外包人才培训和实训资质的机构有 12 家，已培训各类服务外包人才5000 多人。

（4）政府的鼓励政策。一是成立了服务外包产业发展领导小组，组长由市政府主管领导担任，成员由市发改委、信息产业局、财政局、科技局、商务局、教育局、城市规划局、经合局、中小企业局、知识产权局、工商局、国税局、地税局和哈尔滨海关等单位的负责人组成，负责按照国家和省的统一部署，贯彻执行国家、省服务外包产业发展的方针、政策和有关精神，讨论决定全市服务外包产业的发展规划、年度计划，制定服务外包产业发展相关政策等，讨论决定全市服务外包产业发展的重大问题等。二是制定了《哈尔滨市促进服务外包产业发展优惠政策》，设立了服务外包产业发展专项资金，2007 年投入财政资金 1000万元，支持各类服务外包项目 39 个，为服务外包产业发展创造了优良环境。三是编制了《哈尔滨市服务外包产业发展规划》和《哈尔滨市服务外包人才培训规划》，并已列入全市经济和社会发展"十一五"规划，将对全市服务外包产业发展起到重要的指导作用。[①]

（5）环境保护与绿化。经过 2006 年至今 5 年的大规模绿化，哈尔滨市城区至少增加了 500 万株树木。现有树木超过 1000 万株，绿化让哈尔滨的城市景观更加迷人，从而提高市民的生活质量。2008 年，哈尔滨市新建公共绿地

---

① 中国服务外包网：http：//chinasourcing. mofcom. gov. cn。

面积711.3万平方米，绿化覆盖率为44.6%。市区空气质量良好以上天数为308天。

### 5. 济南

济南是山东省省会，国家副省级城市和沿海开放城市，是一座具有2600多年历史的文化古城，是山东省的政治、经济、文化中心，同时也是教育、科技和金融中心。济南市位于中国环渤海经济圈与黄河经济带的交汇处，具有参与东北亚经济圈的良好条件。济南市作为商务部授牌的"中国服务外包示范城市"之一，高新技术、信息产业发展水平相对较好，IT产业经济总量规模较大，公共软硬件技术支撑平台功能完善，为发展服务外包提供了必要的技术及载体基础，具备了发展服务外包的基本条件。济南市共有服务外包企业147家，同比增长58%；服务外包从业人员4.2万人。

（1）城市经济发展特征。济南是中国重要的工业城市之一，目前逐步形成了电子信息、交通设备、家用电器、机械制造、生物工程、纺织服装等六大主导产业，具备承接国际产业特别是制造业转移的良好条件。2010年，全市生产总值3910.80亿元，比上年增长12.7%。其中：第一产业增加值215.17亿元，增长4.8%；第二产业增加值1637.45亿元，增长11.0%；第三产业增加值2058.18亿元，增长14.9%。全市地域财政收入和地方财政一般预算收入分别达到1145.1亿元和266.1亿元，分别增长39.3%、26.6%。全部税收527.7亿元，增长21.2%；税收占生产总值的比重为13.5%，比上年提高了0.5个百分点。企业景气指数平均为136.8点，提高了14.7个点。2010年，城市居民人均可支配收入25321元，"十一五"期间年均增长13.3%；农民人均纯收入8903元，"十一五"期间年均增长13.1%。2009年，济南市离岸服务外包合同执行额1.2亿美元，同比增长46%。

（2）基础设施建设水平。交通：济南位于环渤海经济圈，济南区位交通优势明显，是连接京津、沪宁两大都市圈、连通沿海开放与内陆开发的区域中心城市，拥有铁路、航空、高速公路等多元立体交通体系。济南市公路通车里程达11011公里；京沪、京九、胶新三条铁路干线通过济南纵贯南北，京沪高速铁路建成后，北京到济南为1.3小时，上海到济南2.3小时；济南机场共有国际和国内航线116条，通往国内外50多个城市和地区，可以直飞日本、韩国、新加坡、俄罗斯和中国港澳台地区。通信：济南市已经形成了以大容量光纤、数字微波传输为主，有线与无线通信相结合的城域宽带多媒体网络；形成了网通、联通、移动、百灵等 9 家网络运营的市场格局。2008 年，济南市共有固定电话用户 156.9 万户，移动电话用户 505.5 万户，宽带及互联网用户 88.7 万户。园区：济南的服务外包园区主要集中在高新技术产业开发区的齐鲁软件园、留学人员创业园、高新技术创业服务中心、出口加工区等国家级产业园区以及长清区大学城数字创意园区。其中作为中国服务外包示范区的齐鲁软件园占地面积为 6.5 平方公里，建成面积 100 万平方米。

（3）教育、科研及人才储备。济南认真实施"科教兴市"战略，近 5 年来完成科技项目 1328 项，其中国家级 224 项，开发新产品 2990 项。目前，济南市拥有各级企业技术中心 164 家，其中，国家级 11 家，省级 37 家；各级工程技术研究中心 100 家，其中，省级 72 家。济南教育事业蓬勃发展，基础教育、素质教育进入全国先进城市行列。2008 年，济南市共有普通高校 66 所，在校生 60.78 万人，毕业生 16.46 万人；每年与服务外包相关专业的毕业生 5 万多人，为服务外包产业发展提供了很好的人才支持。

（4）政府的鼓励政策。为了扶持服务外包产业规模发展，济南市先后制定出台了《关于促进服务外包产业发展的意见》、《服务外包企业及培训机构认定办法（试行）》、《济南市服务外包专项资金使用管理暂行办法》等一系列政策。另外在服务外包信息安全和知识产权保护方面，济南市出台了《济南市人民政府关于加强专利工作的意见》、《济南市专利评奖办法（暂行）》、《济南市保护知识产权专项行动方案》等政策和法规，设立了济南市知识产权举报投诉中心，加大对各类侵权行为的打击力度。同时，针对服务外包产业发展的特殊性，相关部门正在讨论制定关于个人信息安全保护的地方性法规。对服务外包人才培训给予补贴的情况为：对应届大学毕业生和尚未就业的大中专学生参加服务外包从业技能培训进行补贴，属于人才定制培训的，给予服务外包企业适当补贴。对济南市服务外包企业出口给予分级奖励。另外，还设有服务外包贡献奖。对每年引进服务外包业务作出突出贡献的单位，按引进服务外包业务的实绩，给予现金奖励。[1]

（5）环境保护与绿化。2008 年，济南市公共绿化面积 3658 万平方米，人均

---

[1] 中国服务外包网：http://chinasourcing.mofcom.gov.cn。

公共绿地面积9.0平方米，城市绿化覆盖面积11877万平方米，城市绿化覆盖率36.41%。全年空气良好以上天数295天。①

### 6. 天津

天津市是我国四大直辖市之一，市中心距北京137公里。中国北方的经济中心、国际港口城市、生态城市。全市总面积11919.7平方公里，2009年末全市常住人口1228万。天津市工业基础雄厚，是中国现代制造业的重要基地，同时也是中国环渤海经济圈的核心城市之一。天津是中国北方最大的沿海开放城市、近代工业的发源地、近代北方最早对外开放的沿海城市之一、我国北方的海运与工业中心。天津市位于我国大陆海岸线北部的渤海湾，拥有中国第四大的工业基地、第三大的外贸港口。天津市作为商务部正式授牌的服务外包示范城市之一，天津市发展服务外包产业不仅具有天然港口和区位的优势，天津市还在人力资源、基础设施、综合商务成本等方面集聚了发展服务外包产业的优势和潜力。2009年，天津市服务外包企业共有179家，从业人员达2.77万人。

（1）城市经济发展特征。2010年，天津全市实现生产总值9108.85亿元，比上年增长17.4%。其中，第一产业增加值149.48亿元，比上年增长3.3%；第二产业增加值4837.57亿元，比上年增长20.2%；第三产业增加值4121.78亿元，比上年增长14.2%。按常住人口计算全市人均生产总值突破1万美元。2010年，全市共实现社会消费品零售额2903亿元，排名和2009年相比，上升至第五位。滨海新区位于天津市东部临海地区，是亚欧大陆桥的东起点，与日本和朝鲜半岛隔海相望，拥有发展离岸服务外包的区位优势。滨海新区由天津港、开发区、保税区三个功能区及塘沽、汉沽、大港三个行政区组成，是天津市经济发展的龙头，地区生产总值由1994年的112.4亿元跃升到2007年的2364.08亿元，13年时间增长了20倍，2002~2007年，滨海新区GDP的平均增长率为20.12%，远高于天津市平均14.58%的增长率。2007年，滨海新区对整个天津市的经济增长贡献率为47.1%。2009年，天津市离岸服务外包合同额和执行额分别为3.33亿美元和1.25亿美元，同比分别增长63.6%和96.2%。

（2）基础设施建设水平。交通：天津市海、陆、空立体交通网络发达，京哈、京沪、京津三条铁路干线在此交会，并外接京广、京九、京包、京承、包

---

① 毕马威企业咨询（中国）有限公司：《龙的腾飞——中国服务外包城市巡览》，2010年3月。

兰、兰新等干线。中国第一条高速铁路——京津高速铁路于 2008 年奥运会前建成通车，运行速度达 350 公里/小时。天津港是中国北方最大的国际性现代化多功能贸易港口，已有各类泊位 146 个，与国际上 180 多个国家和地区的 400 多个港口通航。天津滨海国际机场是中国北方航空货运中心，现已开通航线 85 条，其中国际航线 22 条，通航城市 62 个，2007 年实现旅客吞吐量 386.1 万人次，货邮吞吐量 12.5 万吨。通信：目前，天津市建成"天津热线"、智能网、ATM 宽带网和会议电视等增值网络，"光纤到千家"工程初见成效。除此之外，天津市还拥有 10G 宽带骨干网、355M 超大容量国际出口，网络传输以光缆传输为基础，可向用户提供国内、国际电话服务，以及电报、传真、无线通信、可视电话、数据传送等非语音服务。2008 年，天津共有固定电话用户 387.20 万户，移动电话用户 817.45 万户，互联网用户 461.18 万户。园区：天津开发区、天津空港加工区、天津新技术产业园区是天津的服务外包示范园区。天津开发区服务外包基地规划面积 44 万平方米，天津空港加工区服务外包示范区规划总占地 2 平方公里。

（3）教育、科研及人才储备。天津市是一座科技和教育事业比较发达的城市，现有各类专业技术人员 60 余万人，拥有工信电子十八所、四十六所等科研院所 159 个，国家级实验室 8 个，国家级工程技术研究中心 10 个，国家级和部级技术检测中心 27 个，科研实力较强。天津市拥有包括南开大学、天津大学等国际著名高校在内的 45 所高等院校，在校生 40.17 万人，其中有电子信息及软件学院 18 个，相关学科专业 230 个。除此之外，天津市注重软件人才的培养，天津开发区被认定为"中国服务外包培训中心"。天津还拥有天津大学、南开大学两所国家级示范性软件学院以及天大天财软件职业学院、泰达软件职业学院等专业软件学院，每年有各层级计算机及软件专业毕业生 2 万人，天津市还有各级各类中等职业技术学校 389 所，在校学生 13.68 万人，服务外包人才储备充足。

（4）政府的鼓励政策。天津市作为授牌的服务外包示范城市，已经制定了相关土地、税收、人才引进等方面的优惠政策。2008 年 2 月出台了《天津新技术产业园区加快软件与服务外包产业发展的鼓励办法》，2007 年 3 月印发了《天津市促进服务外包发展若干意见》，以及《天津经济技术开发区促进服务外包产业发展的暂行规定》、《天津新技术产业园区内资高新技术企业初审管理办法》

等一系列政策，在产业扶植、财税优惠、培训支持、人才奖励、创新支持等方面对服务外包企业给予大力扶持。①

（5）环境保护与绿化。2008 年，天津市新建改造绿地 7500 万平方米，全年空气质量良好以上天数为 321 天。

## （二）东部地区：杭州、合肥、南京、南昌、上海、苏州、无锡

在东部地区，"长三角"地区依托上海发展国际金融中心和国际航运中心的区位优势，区域内金融业、航运业及制造业发达，基础设施健全，生活水准较高，示范城市整体实力较强。

### 1. 杭州

杭州是浙江省省会，位于长江三角洲南翼、钱塘江下游，是浙江省政治、经济、文化中心，中国东南重要交通枢纽，世界上最长的人工运河——京杭大运河贯穿而过。杭州市作为中国经济核心区"长三角"的中心城市，以其人才优势、区位优势和投资创业环境优势成为长江三角洲地区企业投资创业的首选。杭州市作为商务部正式授牌的服务外包示范城市之一，不仅拥有发展服务外包产业完善的通信、交通、网络等基础设施，还有丰富的人才储备和教育、科研机构。2009 年，杭州市有 106 家企业通过 CMM/CMMI 认证，离岸服务外包企业达 347 家，软件与信息服务业从业人员总数为 7.5 万余人。

（1）城市经济发展特征。杭州市的经济发展以民营企业数量多、实力强为特色。据统计数据，杭州市 2009 年全市实现生产总值（GDP）5098.66 亿元，按可比价格计算，比上年增长 10.0%，连续 19 年保持两位数增长。全市按常住人口计算的人均 GDP 为 63471 元，按户籍人口计算的人均 GDP 为 74924 元，分别增长 8.4% 和 9.1%，按国家公布的 2009 年平均汇率计算，分别达 9292 美元和 10968 美元。2009 年全年完成财政总收入 1019.43 亿元，比上年增长 12.0%，其中地方财政一般预算收入 520.79 亿元，比上年增长 14.4%。2009 年，杭州市共实现离岸服务外包合同金额 11.37 亿美元。其中，离岸服务外包执行额 9.19 亿美元。

（2）基础设施建设水平。交通：杭州是中国东南部重要的交通枢纽，航空、

---

① 中国服务外包网：http://chinasourcing.mofcom.gov.cn。

铁路、公路、水路交通发达。2009 年，全市货物运输总量 1.87 亿吨，比上年下降 2.5%；旅客运输量 1.98 亿人次，比上年增长 1.6%。至 2009 年末，萧山国际机场已开通航线 120 条，其中国际航线 20 条，港、澳、台航线 8 条；全年民航旅客进出港达到 1004.47 万人次，比上年增长 17.9%。道路建设快速发展。全年新增公路里程 412.91 公里，至 2009 年末，全市境内公路总里程达到 15112.44 公里，其中高速公路 503.28 公里。杭州市充分发挥内河港口的优势，形成了贯通全国许多江、河、湖、海的水运网络。通信：杭州市通信网络基础设施建设发展快速，在全国实现省会城市宽带"全程全网"，建成了宽带互联网络、VPN 传输专网、MSTP 传输专网、SDH 传输网络、语音传输网络，并与中国网通、移动、联通、铁通、电信实现了互联互通，具有大容量的数据出口路由。2008 年，杭州市共有固定电话用户 428.57 万户，移动电话用户 880.19 万户，宽带用户 139.61 万户。园区：杭州市现有四个国家级开发区：杭州经济技术开发区、杭州高新技术产业开发区、萧山经济技术开发区和杭州之江国家旅游度假区。其中杭州高新技术产业开发区占地面积为 85.6 平方公里；杭州经济技术开发区行政管辖面积为 104.7 平方公里。

（3）教育、科研及人才储备。杭州市拥有浙江大学、浙江工业大学、浙江师范大学等 36 所高等院校，其中有 25 所大专院校设有计算机、软件及信息工程学科。同时还有 19 所自然科学研究机构、9 个国家级专业级重点实验室、3 所国家级企业技术研究中心，共拥有博士授予点 109 个，硕士授予点 230 个。2009 年，杭州市共有普通高校 38 所，在校学生 43 万人，普通高校招生人数 11.9 万人，毕业生人数 10.3 万人。研究生培养单位 15 个，在校研究生 3.6 万人，研究生招生人数 1.1 万人，研究生毕业人数 7758 人。除此之外，杭州市有杭州国家软件产业基地联合实训中心等 20 余家人才培训机构为服务外包企业提供专业培训。2009 年杭州市服务外包培训人数达 1.7 万人。

（4）政府的鼓励政策。杭州市政府为了鼓励服务外包产业做大做强，不断加强政策支持力度。先后出台了《杭州市人民政府办公厅关于促进杭州市服务外包产业发展的若干意见》、《杭州市人民政府办公厅关于促进自主出口品牌发展的指导意见》、《关于进一步调整规范软件企业认定和年审工作流程的通知》、《杭州市服务外包专项资金管理办法（试行）》、《关于推进科技创新服务平台建设的实施办法》、《关于促进创新型企业融资担保的试行办法》、《杭州市人民政府办公厅关于提高知识产权创造管理保护运用能力的实施意见》和《关于加强高层次人才引进工作的若干意见》等一系列政策，从专项资金、企业认证、市场开拓、园区建设、人才培训、出口、产权保护等各方面对服务外包产业进行大力推进。①

（5）环境保护与绿化。杭州作为国际风景旅游城市、国家历史文化名城、浙江省省会城市和文化中心，拥有得天独厚的自然景观、深厚的文化沉淀和浓郁的文化氛围，杭州市实施的"蓝天、碧水、绿色和清静"工程，不断加大环境保护和污染治理力度，整体生态环境继续改善。2008 年，杭州市新增绿化面积 609 万平方米，人均绿化面积 14.1 平方米，绿化覆盖率为 38.7%，全年空气质量良好以上天数为 301 天。

**2. 合肥**

合肥是安徽省省会，位于中国中部长江淮河之间、巢湖之滨，通过南淝河通江达海，具有承东启西、接连中原、贯通南北的重要区位优势。全市行政辖区总面积为 7029.48 平方公里，是全省政治、经济、文化、信息、金融和商贸中心。2009 年，合肥市离岸服务外包合同额近 1 亿美元，同比增长 9.6 倍；其中离岸服务外包执行额为 6200 万美元，同比增长 9 倍多。合肥市共有 72 家服务外包企业，从业人员达到 1.5 万人，服务外包企业通过各类相关认证共 50 个。

（1）城市经济发展特征。2010 年，合肥市 GDP 继续保持年增长率在 17% 以上的良好势头，分别高于全国、全省 7.2 个和 3 个百分点，连续七年增速保持在 17% 以上，增速位居全国前列、中部第一，并且 GDP 首次突破 2700 亿元，达到 2702.5 亿元。按常住人口和年末汇率计算，人均 GDP 8053.58 美元，折合人民币 52990.20 元。2010 年，合肥规模以上工业企业达 2091 户，完成总产值 3768.94 亿元，同比增加 1015.8 亿元；实现增加值 1052.71 亿元，增长 24.9%，分别高于全国、全省 9.2 个和 1.3 个百分点。2010 年，全年产值超亿元工业企业 481 户，同比增加 131 户。八大产业实现增加值 762.1 亿元，同比增长 28.6%，创 2005 年以来最高水平。装备、汽车产业产值首次突破 500 亿元，化工及橡胶轮胎、食品及农副产品加工业产值接近 300 亿元。2009 年，合肥市离岸服务外包合同额近 1 亿美元，同比增长 9.6 倍；其中离岸服务外包执行额为 6200 万美

① 中国服务外包网：http：//chinasourcing.mofcom.gov.cn。

元，同比增长9倍多。

（2）基础设施建设水平。交通：合肥地处华东腹部，是全国重要的铁路、公路、航空、信息和通信枢纽，交通十分方便，全市航空、铁路、公路互相衔接，已形成立体交通网络。合肥市公路里程为8461公里，高速公路总里程为304公里。合肥市铁路网东有合宁线连接南京、上海，西有合武线通往武汉、成都，南向通过京福客运专线连通赣闽。合肥市骆岗机场是国际备降机场，已开通30多条国内航线和直通首尔、香港、台北的航班，新的4E级机场——合肥新桥国际机场已开工建设。合肥是交通部规划中的内河航运中心之一，正在建设合肥港综合码头和通江航道疏浚工程。合肥地铁1号线已于2009年下半年开工，预计2014年开通运营，2号线预计2011年开工，2016年投入使用。通信：2008年，合肥市共有固定电话用户166.49万户，移动电话用户268.48万户，互联网用户数43.75万户。园区：合肥现有3个服务外包示范区，分别是国家级高新技术产业开发区、国家级经济技术开发区和安徽服务外包产业园。高新区规划面积108平方公里；经济技术开发区规划面积66平方公里；安徽服务外包产业园占地面积66700平方米，规划建筑面积10万平方米。

（3）教育、科研及人才储备。合肥是中国重大科学工程布局密集的城市之一，截至2009年，合肥现有以中科院合肥物质科学研究院以及合肥通用机械研究院为代表的各类科研机构200多个；拥有以中国科技大学为代表的各类高等院校近100所。博士授权点138个、有24个学科被认定为国家级重点学科；拥有中国科学院和中国工程院院士52人，在中国城市中名列前茅；国家自然科学基金创新群体和中科院"百人计划"入选人数在中部城市中排序第一；拥有各类技术研究和开发机构358家，各类科技人员30余万人。同时合肥市还有中等专业学校21所，在校生7.85万人。高中低各层次的人才供给是合肥市发展服务外包产业的有利资源，为服务外包产业提供了强有力的智力支撑。

（4）政府的鼓励政策。合肥市政府先后出台了《合肥市加快发展现代服务业的若干政策（试行）》（2008年8月）及其实施细则等鼓励政策。主要内容包括：设立专项资金支持产业发展；奖励企业营业税、所得税及高管个人所得税等；对国际认证费用给予支持；其他政策。另外，合肥市国家级高新技术产业开发区和国家经济技术开发区均出台优惠措施，例如合肥经济技术开发区出台了《创新创业园入园企业扶持奖励政策》，高新技术产业开发区出台了《合肥高新技术产业开发区关于鼓励软件、动漫和服务外包产业发展的若干政策》等。①

（5）环境保护与绿化。2008年，合肥市绿化覆盖面积为12.493万平方米，绿化覆盖率为35.21%，人均公共绿地面积为11.44平方米。2009年，全年空气质量良好以上天数为317天。

### 3. 南京

南京市是江苏省省会，地处长江中下游流域，是江苏省政治、经济和文化中心。作为中国的四大古都之一，厚德载物、文贯古今的文化氛围让南京散发着悠悠的书卷气。在《长江三角洲地区区域规划纲要》中，南京市的区域定位是"长三角"地区的中心城市，占有承南接北的特殊地位，是"长三角"地区世界级城市群和城镇体系的支撑重镇。南京市是中国现代教育的发祥地之一，拥有丰富的人才资源和科技资源，完善的基础设施和便利的交通为南京市发展服务外包产业提供了坚实的后盾。作为中国服务外包示范城市——南京以人才资源优势为依托，大力发展服务外包产业，提升城市竞争力，加强南京的城市辐射力。南京市服务外包企业近500家，已有82家软件企业通过CMM/CMMI3级以上认证。

（1）城市经济发展特征。南京市是中国重要的制造业基地之一，制造业以电子、汽车、石油化工、钢铁为四大支柱型产业，尤其是在石油加工、炼焦及核燃料加工业等方面不仅在省内具有很强的实力，其在"长三角"地区的比较优势亦很明显。通信设备、计算机及其他电子设备制造业在南京市的产业发展中占据了支撑地位。2008年，南京市实现地区生产总值543.2亿美元，比上年增长12.1%。城镇居民人均可支配收入3327美元，增长13.8%。城镇居民人均消费支出2177美元，增长14.0%。2009年，南京市实现离岸服务外包合同额13.24亿美元，同比增长191.7%；离岸服务外包执行额10.3亿美元，同比增长232.6%。

（2）基础设施建设水平。交通：南京市是中国东部重要的交通中心，铁路、公路、水运、航空和管道五种运输方式齐全，南京有南京站、南京西站、南京南站、南京北站（浦口火车站）4个客运站，南京东站1个编组站，建设中的南京南站将成为京沪高速铁路的重要中转站。南京禄口国际机场2009年航班起降10万架次，旅客吞吐量1000万人次，货邮吞吐量20万吨。南京机场已开通了42

---

① 毕马威企业咨询（中国）有限公司：《龙的腾飞——中国服务外包城市巡览》，2010年3月。

个国内主要城市、19 个国际城市和 2 个地区城市的近 120 条航线。南京港是亚洲最大的内河港口,对外辐射至 76 个国家和地区的 180 多个港口。南京是中国内地第 6 个拥有地铁的城市,一号线已正式运营,二号线正在建设,到 2014 年底,南京将拥有 240 公里的线路,到 2030 年,南京市的轨道交通线网将由 17 条地铁、轻轨线构成,共计 655 公里。全市有 8 个长途汽车客运站和虹桥旅游汽车站。通信:南京是国内重要的通信枢纽之一,南京市建成以宽带城域主干网和光纤接入网为核心的城市光缆骨干传输网络,是江苏省及长江中下游信息高速公路的主要结点。2008 年,南京市共有固定电话用户 319.05 万户,移动电话用户 631.01 万户,互联网用户 107.08 万户,宽带用户 102.13 万户。此外,南京市具有当今世界最先进的电信设备和传输手段,已建立起包括移动通信、光纤数字通信、网络通信在内的通达世界各地的立体化通信网络,可提供多路由服务和最完善的通信灾备服务。园区:南京市共有南京高新技术产业开发、鼓楼区、玄武区、江宁开发区、雨花台区五个国家级服务外包示范区。

(3) 教育、科研及人才储备。南京是中国重要的科研和教育基地。现有中科院、高等院校、部、省、市及企业所属各类自然科学研究和开发机构近 600家,研究领域涉及自然科学和工程技术各大门类,科研设施先进,科研开发实力雄厚。拥有以高校、科研院所为依托、代表国家一流学术水平和科研水平的实验室和研究中心百余个,其中国家实验室 2 个,国家重点实验室 16 个,国家工程技术研究中心 10 个。2008 年末,南京的中国科学院院士、中国工程院院士 87 人,国家、省、市级突出贡献中青年专家近 300 人,享受国务院特殊津贴专家近 500 人,各类科研人员 53 余万人,IT 专业人才超过 1 万人,从事外包业务相关学科教学科研的教授、高级工程师 1500 余人。在校大学生 56 万人,研究生 5.7 万人,每万人拥有的大学生人数 845 人、研究生 96 人,此外,南京目前每年的软件人才培训规模为 2.7 万人,南大、东大两所国家级软件示范学院已分别与 IBM、甲骨文、微软、惠普、英特尔公司等近 50 家全球著名跨国公司或培训机构合作开设了服务外包培训课程。印度软件外包公司萨蒂扬在高新区建立培训规模达 5000 人的培训中心。

(4) 政府的鼓励政策。为了进一步优化国际服务外包产业发展环境,积极承接国际服务外包业务转移,2008 年 9 月 23 日,南京市政府颁布了《推进南京市国际服务外包产业发展的若干政策》。2008~2010 年,南京市、区县及园区总投入不低于 30 亿元，用于国际服务外包产业基础设施建设和兑现各项优惠政策，以及各项分级奖励。对国际服务外包骨干企业给予分档奖励。对年国际服务外包业务收入在 100 万～1000 万美元、增幅超过 30% 的成长型企业，给予 50 万～100 万元的分档奖励。除此之外，南京市政府还制定了一系列的推动服务外包发展的鼓励政策。[①]

（5）环境保护与绿化。2009 年，南京市人均公共绿地面积为 13.6 平方米，建成区绿化覆盖率为 46.5%。全年空气质量良好以上级别天数为 315 天。

### 4. 南昌

南昌是江西省省会，全省政治、经济、文化、科技、交通中心。全国 35 个特大城市之一，总面积 7402 平方公里，人口 497 万人。它有着 2200 多年的历史和深厚的文化底蕴，是国务院命名的"历史文化名城"。南昌地处长江中下游，鄱阳湖西南岸，是唯一一个与长江三角洲、珠江三角洲和闽东南经济区相毗邻的省会城市。南昌高新技术产业开发区是中国服务外包示范区之一，集中了南昌市信息技术产业 90% 的销售收入，全区企业共 1300 余家，外资企业 200 余家。区内有 4 家国家重点服务外包企业、5 家重点软件企业和近 400 家信息技术及服务外包企业。2009 年，南昌市新增服务外包企业 131 家，其中年接包合同签约金额过千万美元的企业有 16 家，全市共有服务外包从业人员 1.75 万人。

（1）城市经济发展特征。2010 年，该市实现生产总值 2207 亿元，GDP 增幅高达 14%。南昌市人均 GDP 超过 6000 美元。2009 年，全市工业生产快速发展，实现增加值 615.10 亿元，同比增长 18.0%。此外，南昌市消费品市场呈现出批发零售业和住宿餐饮业联动发展的新格局。2009 年，实现社会消费品零售总额 634.43 亿元，同比增长 20.0%。同年，南昌市固定资产投资规模持续扩张，全年全市累计完成 50 万元以上固定资产投资 1546.88 亿元，同比增长 42.4%。2010 年，市财政收入以每三个月 200 亿元的速度增长，市财政收入达到 450.28 亿元，增速同样也位居中国省会之首。2009 年，南昌市离岸服务外包的合同金额和执行金额均为 1.62 亿美元。

（2）基础设施建设水平。交通：南昌地理位置优越，交通便利，市公路总里程为 765.72 公里，其中国道 3 条，到达安徽、湖北、湖南、浙江等周边省省

---

① 中国服务外包网：http://chinasourcing.mofcom.gov.cn。

会的距离在 5 小时左右；京九铁路、浙赣铁路在南昌交会，是我国铁路交通的一个重要枢纽；南昌昌北国际机场开通了直通北京、上海、香港、澳门、首尔等国内外城市的 40 多条航线；水路可通赣江、抚河和鄱阳湖沿岸城镇及长江各口岸，可由九江沿长江水域经上海港出海。通信：邮电通信发达，通信联系便捷，市内电话可直拨许多国家和地区，已成为全省电信枢纽和华东地区邮件转口中心。电信城域网带宽达到了 40Gbps。2008 年，南昌市共有固定电话用户 182 万户，移动电话用户 329.4 万户，互联网用户 73 万户。园区：南昌有昌东工业区、昌南工业园、南昌经济技术开发区、红谷滩新区等多个园区。南昌高新技术产业开发区创建于 1991 年 3 月，辖区面积 231 平方公里，已开发面积 32 平方公里。

（3）教育、科研及人才储备。南昌是全省的科技教育文化中心，全国三大职业教育基地。2008 年，南昌国家高新区现有各类技术中心 45 个，其中国家级企业技术中心 3 个，重点实验室 15 个。全市拥有 45 所普通高等院校，2008 年在校研究生 13568 人，在校大学生 46.38 万人，在校中专生 15.26 万人，普通高中在校生 16.72 万人。南昌高等院校和科研院所较集中，科技优势明显，科技创新能力较强。南昌共有信息技术教育培训机构 36 家，其中有 8 所软件学院，南昌市软件及相关专业教育培训规模在 3.3 万人以上。

（4）政府的鼓励政策。南昌市已经出台了《进一步促进我市服务外包产业发展的若干意见的通知》、《关于印发〈南昌市推进服务外包产业发展的若干政策〉的通知》、《南昌市技术先进型服务企业认定管理实施细则》。主要内容有：①每年安排产业发展专项资金；②资助服务外包人才培训；③支持企业开拓国际市场；④对企业出口给予资金支持；⑤鼓励服务外包企业申请 CMMI/CMM 等国内外资质认证等。此外，南昌高新区出台了《促进软件和服务外包产业发展扶持办法（暂行）》，青云谱区出台了《关于促进服务外包产业发展的若干意见（试行）》，红谷滩新区推出了《软件及服务外包产业发展试行办法》，东湖区、西湖区、青山湖区、湾里区等县区已出台相应的措施、办法促进该地区服务外包产业发展。内容包括：①对入驻企业购置办公用房提供奖励；②对入驻企业收入增长提供奖励；③减免税收等。①

（5）环境保护与绿化。2008 年，南昌市绿化覆盖面积 7663 万平方米，城市绿

---

① 毕马威企业咨询（中国）有限公司：《龙的腾飞——中国服务外包城市巡览》，2010 年 3 月。

化覆盖率达到 41.42%，人均公共绿地面积 8.36 平方米，全年空气质量良好以上天数为 343 天。

### 5. 上海

上海是我国四个直辖市之一，中国南北海岸线的中心，位于长江的入海口，是中国通向国际的重要门户。上海市面积 6340.5 平方公里，人口 1368.08 万人，上海作为曾经的远东国际金融中心依然散发着其国际金融中心的魅力。上海市不仅是中国的经济金融中心、交通枢纽和对外贸易口岸，也是科学技术、文化教育事业的重要基地，今日的上海已经发展成为一个国际化大都市，并致力于建设成为国际金融中心和航运中心。同时上海还是中国长江三角洲经济商圈的核心城市。上海市是商务部首批被授牌的中国服务外包示范城市之一，不仅拥有完善的通信与交通基础设施环境，还有学科齐全的服务外包人才储备库。2008 年，上海市共有服务外包企业 331 家，从业人员 6 万多人。

（1）城市经济发展特征。上海的经济总量位居大中华区第一位，2009 年，上海市 GDP 达到 2183 亿美元，超越香港。人均 GDP 及人均可支配收入均居全国各省区及直辖市首位。上海是全球第二大股票市场中心，在全球证券交易所中排名第三，仅次于同处纽约的纽交所和纳斯达克，超越伦敦和东京。上海是全球第二大期货市场中心，仅次于芝加哥，并同时跨入全球十大衍生品市场中心行列。上海还是全球最大的黄金现货交易中心和第二大钻石现货交易中心。上海是世界第一大港，2009 年，上海港货物吞吐量完成 5.92 亿吨，居世界第一；2010 年，上海集装箱吞吐量也超越新加坡，居世界第一。上海的金融业总量居全国第一。上海的私人银行总部数居全国第一，工行、交行、农行以及绝大多数外资银行均选择上海作为私人银行总部。2008 年，上海市离岸服务外包合同金额 12.3 亿美元，同比增长 34.3%；执行金额 8.8 亿美元，同比增长 264.2%。

（2）交通与通信环境建设。交通：上海市的公交交通，其线路、车辆、载客量均居全国第一。目前上海已形成由铁路、水路、公路、航空、管道等 5 种运输方式组成的具有超大规模的综合交通运输网络。铁路上海西站现已改造完毕并于 2010 年 7 月 1 日投入使用，新的上海西站将和铁路上海站一起成为沪宁城际铁路上的主要站点。上海的城市交通系统非常发达。公共汽车线路数量 1000 多条，营运车辆 1.8 万多辆，日均客运量约 780 万人次。此外，上海还拥有全国最长里程的轨道交通系统，共 13 条，包括地铁、高架轻轨和磁悬浮线等，截至

2010 年，上海地铁运营总里程约 410 公里，投运车站 266 座，其运营规模为国内第一。上海拥有虹桥国际机场和浦东国际机场共两座机场。浦东机场的日均起降航班达 560 架次，虹桥机场的日均起降航班也达 500 架次以上。上海浦东国际机场已经成为世界主要的航空枢纽港，通航浦东机场的中外航空公司已达 48 家，航线覆盖 73 个国际（地区）城市、62 个国内城市。上海便利的交通环境为服务外包的发展提供了必要的条件。通信：通信基础环境在上海也得到了长足的发展。上海共有 9 条国际海底光缆登陆，从上海进出的国际通信容量占全国的七成。上海是现在在建的太平洋海底直达光缆系统的主要登陆点之一。2008 年，上海市共有固定电话用户 1015.4 万户，移动电话用户 1880.9 万户，互联网用户 1160 万户，宽带用户 418.6 万户。园区：上海已经设立多个综合开发区，包括张江高科技园区、虹桥经济技术开发区、陆家嘴金融贸易区等。上海浦东软件园一期用地 3 万平方米，二期用地 9.4 万平方米，三期规划用地约 58 万平方米。

（3）教育、科研及人才储备。上海拥有百余个国家级科研机构，10 万名科研人员，100 多所专业技术培训机构，并拥有中国科学院院士 97 人、中国工程院院士 69 人。作为中国科技与教育基地，拥有学科齐全的人才队伍，"科教兴市"战略的大力实施提升了上海人才的整体素质。2008 年，上海市共有普通高校 61 所，在校生 50.29 万人，毕业生 12.21 万人。全市共有研究生培养单位 53 所，全年研究生教育共招生 3.21 万人，在学研究生 9.55 万人，毕业生 2.58 万人。上海有 4 所示范性软件学院，职业技术培训机构 781 所。上海还有 500 多家电脑应用技术培训机构，所提供的电脑技术培训近 10 万人次，其中软件技术方向的占 30% 以上。

（4）政府的鼓励政策。上海市政府高度重视服务外包产业的发展，先后出台了《上海市人民政府关于印发〈促进上海服务外包发展若干意见〉的通知》、《上海市高新技术产业开发区高新技术企业认定办法》、《关于转发财政部、国家税务总局、海关总署〈关于鼓励软件产业和集成电路产业发展有关税收政策问题的通知〉及本市实施意见的通知》、《上海市促进高新技术成果转化的若干规定》、《上海市人才发展资金管理办法》等鼓励政策。同时，各大服务外包园区也出台了推动服务外包的相关政策，如《浦东新区促进现代服务业发展的财政扶持政策》、《浦东新区促进高新技术产业发展的财政扶持政策》、《上海市张江高科技园区"十一五"期间扶持软件产业发展的实施办法》、《"十一五"期间张江高科技园区财政扶持经济发展的暂行办法》等，以通过政策推动上海服务外包产业的发展。①

（5）环境保护与绿化。2008 年，上海新建绿地 1190 万平方米，人均公共绿地面积达 1251 平方米，绿化覆盖率达 38%。全年空气质量良好以上天数为 327 天。

### 6. 苏州

苏州自古就是中国江南地区的经济和文化中心，目前是中国发展最快的城市，也是经济最发达的城市之一，在经济全球化的大潮中，苏州的经济发展已经走到了全国的前列，苏州市是中国"长三角"经济发展带的重镇，同时也是江苏省苏南服务外包产业带的中心城市。作为中国和新加坡两国政府间重要的合作项目——苏州工业园，是商务部最早授牌的"服务外包示范区"。苏州工业园开发建设 14 年来，已成为我国重要的国际制造业基地之一。2009 年，苏州市在商务部网上注册的服务外包企业共有 793 家，服务外包从业人员 8.8 万人。

（1）城市经济发展特征。2010 年，全市实现地区生产总值 9168.90 亿元，按可比价计算比上年增长 13.0%，中国排名第 5 位，居全国地级市第一。按户籍人口计算的人均 GDP 则达到了 11.72 万元，已经成为全国人均产出最高的城市之一。全市实现地方一般预算收入 900.6 亿元，比上年增长 20.9%。2009 年，实现社会消费品零售总额 1846.30 亿元，比上年增长 19.0%。2009 年，苏州金融机构本外币存、贷款余额分别为 11450.54 亿元和 9032.28 亿元，比年初增加 2650.53 亿元和 2451.71 亿元，居江苏第一。2009 年，苏州市离岸服务外包合同额和执行额分别为 10.47 亿美元和 8.71 亿美元。

（2）基础设施建设水平。交通：苏州市交通便利，京杭大运河纵贯南北，京沪铁路、沪宁高速公路横穿东西，苏州到上海浦东、虹桥机场有直达快车干线。苏州作为一个港口城市，有张家港、常熟、太仓 3 个国家一类口岸。2007 年，苏州港港口货物吞吐量达 1.84 亿吨，增长了 21.8%；集装箱运量 189.5 万标箱，增长了 52.5%。2009 年末，苏州港已建成万吨以上泊位 105 个。苏州高速公路通车里程已有 491 公里，高速公路通车里程数居全省第一，高速公路路网

---

① 中国服务外包网：http://chinasourcing.mofcom.gov.cn。

密度已经达到了中等发达国家水平。2008 年上半年，全市公路总里程达 11033 公里，其中高速公路 482 公里。苏州为中国第一个获批轨道交通的地级市，目前，正在建设地铁 1 号线和 2 号线。通信：自 1994 年以来，苏州工业园区建成区内的道路、供电、供水、燃气、供热、排水、排污、邮电通信、有线电视和土地填高平整等"九通一平"工程已全面完成。截至 2007 年上半年，苏州工业园区通信网络基础设施累计投入资金达 37 亿元，完成固定电话 100% 覆盖，小灵通 83% 覆盖，宽带 95% 覆盖，宽带接入共 11 万端口，铺设管道 4600 孔公里，铜缆 110 万对公里，光缆 9 万纤芯公里，城域网带宽达到 60G，DDN5010 端口，局所、接入点 278 处。2008 年，苏州市共有固定电话用户 501.05 万户，移动电话用户 1031.15 万户，互联网宽带用户 149.75 万户。园区：苏州已设立苏州工业园区、苏州高新区、昆山经济技术开发区、张家港保税区和苏州太湖旅游度假区等 5 个国家级开发区，另外，还有 12 个省级开发区。

（3）教育、科研及人才储备。2008 年，苏州拥有省级以上企业技术中心 53 个，工程技术研究中心 37 个，工程中心 5 个，省级外资研发机构 114 个，全市专业技术人员 66.6 万人。2008 年，苏州市拥有苏州大学、苏州科技大学等普通高校 18 所，招生 5.56 万人，在校生 16.68 万人，毕业生 3.97 万人。普通高校研究生培养单位 2 所，研究生招生人数 2845 人，在学研究生 8537 人，研究生毕业人数 2191 人。苏州有 5 家省级国际服务外包人才培训基地。另外，印度国家信息技术学院与苏州科技城合作建立了软件教育培训中心、苏州软件（微软技术）实训基地等，为苏州市发展服务外包提供了人才支持。

（4）政府的鼓励政策。为了支持服务外包产业发展，苏州市政府先后出台了一系列专项政策，如《财政部、国家税务总局、商务部、科技部关于在苏州工业园区进一步做好鼓励技术先进型服务企业发展试点工作有关税收政策的通知》、《财政部、国家税务总局、商务部、科技部关于在苏州工业园区进行鼓励技术先进型服务企业发展试点工作有关政策问题的通知》等。2006 年成立了"苏州工业园区知识产权局"，建立了以管委会主任为组长的"苏州工业园区知识产权保护领导小组（知识产权联席会议）"。园区出台了《关于加强苏州工业园区知识产权工作的试行办法》，专门设立了园区知识产权专项资金，用于鼓励园区企业和科研机构的知识产权创造、管理、实施和保护。园区知识产权服务体系不断健全。重点开展了"知识产权公共服务平台"建设，平台设置了专利信息检索、法律咨询、维权服务、举报投诉、专利申请和商标注册、软件著作权和集成电路布图设计登记等全方位的公共服务功能。①

（5）环境保护与绿化。2008 年，苏州中心城市新增绿地面积 485 万平方米，人均公共绿地面积 14.3 平方米，绿化覆盖率 44.5%，全年空气质量良好以上天数为 328 天。

### 7. 无锡

无锡市位于江苏省南部，长江三角洲平原腹地。无锡是江南经济重镇，全国 15 个经济中心城市和 10 个重点旅游城市、中国优秀旅游城市之一。无锡也是一座现代化工业城市，号称"小上海"。2009 年年末全市户籍人口为 465.65 万人，年末全市常住人口为 600 多万人。无锡是中国国务院批准的 21 个服务外包示范城市之一。2008 年，无锡市离岸服务外包合同金额和执行额分别为 6.18 亿美元和 4.87 亿美元。2009 年，无锡市共有 828 家服务外包企业，服务外包从业人员 6.4 万人。

（1）城市经济发展特征。2009 年，无锡实现地区生产总值（GDP）4992 亿元，增长 11.6%，按常住人口计算，人均生产总值 81151 元，按现行汇率折算达 11885 美元。财政一般预算收入 415.91 亿元，全社会固定资产投资 2387.56 亿元；社会消费品零售总额 1651.37 亿元；对外贸易进出口总额 439.45 亿美元；民营经济增加值占地区生产总值比重达 62.1%；城镇居民人均可支配收入 25027 元。2009 年，全球财富 500 强企业中有 75 家在无锡市投资兴办了 144 家外资企业。

（2）基础设施建设水平。交通：无锡交通便利，密集的高速路网使机场与苏南城市连成一体，交通优势十分突出。2009 年全年完成客运量 23618 万人次，比上年增长 2.5%；完成货运量 11774 万吨，比上年增长 4.5%。全市港口货物吞吐量 1.72 亿吨，比上年增长 49%。全年空港旅客吞吐量 221.79 万人次，比上年增长 35%。无锡依托长江、京杭大运河和太湖水系，具有 7 条主要航道，航道总里程 1656 公里，已开通营业航运线 221 条。无锡已成为全国 34 个港口主枢纽之一。无锡铁路站现为华东地区仅有的 2 个客货特等站之一，无锡南站为货运特等站，经沪宁线和新长线可与全国铁路联网直通，世界上至今标准最高、里程

---

① 中国服务外包网：http：//chinasourcing. mofcom. gov. cn。

最长、运营速度最快的城际高速铁路沪宁城际铁路已于 2010 年 7 月 1 日竣工通车，预计至 2020 年，无锡境内将有至少 7 条铁路线，成为苏南铁路运输的枢纽。无锡是沪宁线上的公路中枢，沪宁、沪宜高速公路通达上海市和南京市，无锡已成为全国 54 个公路运输中心之一。通信：2008 年，无锡市共有固定电话用户 267.93 万户，移动电话用户 587.59 万户，互联网用户 85.06 万户，宽带用户 60 万户。园区：无锡已建设了服务外包载体 400 万平方米，形成了 15 个梯度发展、差异化发展的"Park 园区"，包括新区创新创意产业园（I-Park）、山水城科教产业园（K-Park）、国际质量技术服务集聚园等。其中，无锡（国家）软件园占地 1 平方公里，规划建筑面积 120 万平方米，已建成 25 万平方米，在建 36 万平方米。

（3）教育、科研及人才储备。无锡市共有国家、省级工程技术研究中心 36 家，市级工程技术研究中心 85 家，国家、省级重点实验室、公共技术服务平台 23 家。2008 年，无锡共有普通高校 12 所，在校学生 11 万人，毕业生 2.68 万人。无锡有多个服务外包教育培训机构，包括 NIIT（中国）服务外包学院、无锡埃卡内基学院、IBM 服务外包人才培训基地、微软服务外包人才培训基地、北京大学软件与微电子学院无锡产学研教育基地等。2009 年，培训实训服务外包专门人才 3.5 万人。

（4）政府的鼓励政策。无锡市政府出台了《关于集聚国际服务外包和软件出口企业"123"计划的政策意见》（2007 年 9 月）、《关于对国家服务外包扶持资金进行配套的实施意见》（2008 年 7 月）、《关于金融支持服务外包产业发展若干意见》（2009 年 6 月）等鼓励政策。主要内容有：①设立专项扶持资金，推动服务外包产业发展；②对企业承接离岸业务给予补贴和出口奖励；③对企业培训给予补助；④为重点企业提供租金减免和人才奖励；⑤为企业提供融资支持等。无锡国家高新技术产业开发区制定了《无锡国家高新技术产业开发区管理委员会关于推动科技创新创业发展的实施意见》（2009 年 5 月）等一系列优惠政策。设立了科技发展专项资金、软件动漫服务外包和集成电路专项资金、创新创业专项资金。①

（5）环境保护与绿化。2009 年，无锡市新增公共绿地面积 235 万平方米，

---

① 中国服务外包网：http：//chinasourcing. mofcom. gov. cn。

人均公共绿地面积 13 平方米，建成区绿化覆盖率为 44%，2008 年，全年空气质量良好以上天数为 343 天。

## （三）南部地区：广州、深圳、厦门

在南部地区，"珠三角"地区依托港澳和东南亚各地的地缘优势和发达的制造加工业，示范城市数量少但经济规模大。

### 1. 广州

广州是广东省省会，中国第三大城市，是广东省的政治、经济、科技、教育和文化中心，华南最大的交通枢纽，中国南方经济交通贸易航运中心，中国历史文化名城。广州市位于广东省中南部，总面积为 7434.4 平方公里，2007 年常住人口约 990 万人。广州市充分发挥"珠三角"区域中心城市和毗邻港澳的优势，加强与欧美、日、韩等国的经济融合，加快实施"外向带动"的战略，以穗港合作为重点，大力推动发展现代服务业，拓展承接国际服务外包的渠道。2009 年，广州市已通过 CMMI 认证的服务外包企业有 66 家。服务外包企业从业人员超过 5 万人。

（1）城市经济发展特征。2009 年，广州市地区生产总值达到 9112.76 亿元，同比增长 11.5%，其中，一、二、三产业分别完成增加值 172.55 亿元、3394.65 亿元和 5545.56 亿元，分别增长 3.9%、8.8% 和 13.6%。2010 年，广州市地区生产总值完成 10500 亿元，同比增长 12.5%，成为国内第三个 GDP 过万亿元的城市，也是第一个过万亿元的副省级城市。改革开放以来，广州经济建设取得了显著成绩，工农业生产持续稳定增长，对外经济贸易蓬勃发展。20 多年来，全市国民经济以年均 14% 的速度持续增长，综合经济实力居全国大城市第三位。广州已成为工业基础较雄厚、第三产业发达、国民经济综合协调发展的中心城市。2009 年，广州市登记离岸服务外包合同额 5.92 亿美元，同比增长 173%，离岸服务外包执行额 3.38 亿美元，同比增长 98%。

（2）基础设施建设水平。交通：广州市地处珠江水系的东、西、北三江交汇点，水路、铁路、公路、航空在广州交汇，形成发达的交通网络。广州港是华南地区的大型综合性港口，国际海运通达世界 80 多个国家和地区的 300 多个港口。2007 年，港口货物吞吐量达 3.41 亿吨，其中集装箱吞吐量达 920.36 万标准箱。铁路有京广复线、广茂线等多条路线，构成了四通八达的铁路网络。公路运输已基本形成以市区为中心，以国道为骨架，以三道环线为系带，连接各条国道，贯通广东省内97%以上的县、市、镇，并连接邻近省市的公路网络。广州白云国际机场是国内三大航空枢纽之一，投入运营以来，已与33家航空公司建立了业务往来，已开通航线110多条，与国内外100多个城市通航，是中国南方航空集团公司和深圳航空公司的基地机场，2010年旅客吞吐量达4000多万人次，位居全国第二位、世界第十九位；货运吞吐量为100万吨。通信：近年来，广州保持对城市公用基础设施建设的高强度投入，城市供电、供水、供气、公交等公用事业稳步发展，通信基础等公共设施得到进一步完善。2006年，广州市建成遍布全市的光纤传输网、高速宽带城域网、世界第二大规模的城市小灵通网络以及智能化下一代网络。2008年，广州市共有固定电话用户633.75万户，移动电话用户1917万户，互联网用户228.9万户，宽带用户数超过100万户。园区：广州现有广州经济技术开发区、南沙经济技术开发区、天河软件园、黄花岗科技园四个服务外包示范区。广州经济技术开发区规划面积为65平方公里，广州南沙开发区规划面积为39平方公里，天河软件园规划面积为12.4平方公里，黄花岗科技园占地面积达1平方公里。

（3）教育、科研及人才储备。2008年，广州拥有国家级、省级和市级工程技术研究中心共146家，各类独立研究开发机构164家。2008年，广州市共有中山大学、暨南大学等普通高校63所，招生22.52万人，在校生72.68万人，毕业生17.07万人。全市共有研究生培养单位26所，共招生1.93万人，在校研究生5.38万人，毕业研究生1.48万人。此外，广州市各类中等职业技术学校200多所，在校学生21万人。各类独立研发机构196家，与国外200多家科研机构、大专院校和学术团体建立了合作关系。广州市已认定了中山大学等8个软件人才培训中心，为承接服务外包提供了良好的人才储备。

（4）政府的鼓励政策。为进一步提升服务业发展水平，加快推进经济社会发展模式转型，促进现代化大都市建设，2008年3月，广州市出台了《关于加快我市服务外包发展的意见》和《中国服务外包示范城市广州示范区管理办法》。广州市政府决定在"十一五"期间投入10亿元以上促进信息技术服务外包（ITO）和业务流程外包（BPO）的发展，其中，设立了广州市服务外包发展专项扶持资金，每年安排不少于1亿元，鼓励对服务外包产业的投资，支持人才引进和培训，加强示范园区环境建设等。在扶持软件外包等产业发展方面，先后出台了《印发〈广州市加快软件产业发展指导意见〉的通知》（穗府〔1999〕79号）、《印发〈广州市进一步扶持软件和动漫产业发展的若干规定〉的通知》（穗府〔2006〕44 号）等文件，建立了较为完善的政策体系，为软件产业发展提供了良好的政策环境。①

（5）环境保护与绿化。广州市市政园林局组织完成一批城市公园、绿化广场、人行天桥绿化、珠江两岸景观工程等绿化重点建设项目。围绕广州市传统中轴线，新建和改造五仙观绿化广场、越秀公园五羊雕塑周边绿化等公共绿地。围绕城市新中轴线建设二沙岛东端绿化广场、赤岗塔周边绿化工程，推进珠江新城23 万平方米的中心绿轴、海心沙近 10 万平方米的市民广场以及珠江南岸大元帅府广场建设。2009 年，广州市公共绿地总面积已超过 8000 万平方米，人均公园绿地面积 13.01 平方米，绿化覆盖率为 34.16%。2008 年，广州市城市空气质量良好以上天数为 345 天。

**2. 深圳**

深圳市于 1979 年建市，1980 年设立经济特区。全市总面积 2020 平方公里，截至 2010 年，深圳市累计登记的流动人口为 1200.55 万人，加上现有的 246 万人常住人口，深圳目前总人数为 1446.55 万人。深圳市作为商务部第一批授牌的服务外包示范城市之一，软件外包是其服务外包产业的支柱。2007 年"服务外包"被深圳市政府列为重点扶植的八大高端服务业之一。2009 年，深圳市离岸外包合同总额为 50.8 亿美元，执行总额为 46.8 亿美元。截至 2009 年，深圳市承接离岸业务的服务外包企业有近 200 家，服务外包涉及的国家和地区共计 100个，主要以北美、欧洲、我国香港和日本为主。

（1）城市经济发展特征。2010 年深圳 GDP 总量为 9510.91 亿元，位于全国城市（包括直辖市、地级市、副省级城市，不算港、澳、台）第四位，2010 年GDP 增长 12.0%。经济特区建立 30 年来，深圳由一个边陲小镇发展成为在中国高新技术产业、外贸出口、海洋运输等多方面占重要地位的城市，是中国的金融中心之一。深圳地处珠江三角洲的前沿，是连接香港和中国内地的纽带和桥梁，是华南沿海重要的交通枢纽。深圳经济特区在中国的制度创新、扩大开放等方面承担着重要使命。居民收入稳步增加，市场物价趋稳。深圳经济规模总量相当于

---

① 中国服务外包网：http://chinasourcing.mofcom.gov.cn。

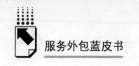

国内的一个中等省份，位居全国大中城市的第四位，是中国经济效益最好的城市之一。2009 年，深圳市离岸外包合同总额为 50.8 亿美元，执行总额为 46.8 亿美元。

（2）基础设施建设水平。交通：深圳公路、高速公路贯通珠江三角洲，公路通车里程超过 1400 公里，通行高速公路 200 多公里；京广线和京九线在深圳交会，铁路长途运输开行深圳至北京、郑州、合肥、武汉、长沙和香港等列车；深圳宝安国际机场已开通国内航线 112 条、国际航线 23 条，通航 18 个国家和地区；深圳港口已开通远近洋国际集装箱班轮航线 197 条。通信：作为服务外包重要的基础环境之一的通信与网络也在深圳得到了稳定的发展，2008 年，深圳市共有固定电话用户 487.42 万户，移动电话用户 1.862 万户，宽带用户 205.50 万户。其中，中国电信、中国网通、长城宽带等互联网运营商的宽带网建设深圳公司覆盖深圳高新区的网络，连接城域网的出口达 2G，深圳高新区内用户可通过 10M/100M 速率实现高速上国际互联网、拨打 P 电话、网络互联互通、小区网上监控等业务。园区：深圳有深圳保税区、高新技术产业园区、深圳出口加工区、蛇口工业区、华侨城开发区等园区。高新技术产业园占地面积 11.5 平方公里。

（3）教育、科研及人才储备。2008 年，深圳各类专业技术人员达 94.01 万人，比 2007 年增长 7.2%。全市从事高新技术产品开发的企业有 3 万多家。2008 年，深圳市共有普通高校 9 所，共招生 2.06 万人，在校学生 6.56 万人，毕业生 1.36 万人。深圳软件园已与印度 Zensar 公司、IBM、日本日立系统与服务株式会社等企业进行服务外包人才培训合作，为后台服务外包提供了很好的人才支撑。

（4）政府的鼓励政策。深圳市政府先后制定出台了《深圳市人民政府关于进一步扶持高新技术产业发展的若干规定》（1998 年 2 月）、《深圳市人民政府印发〈关于加快深圳市服务外包发展的若干规定〉的通知》（2006 年 12 月）等鼓励政策。具体措施有：①安排服务外包发展专项资金；②资助服务外包企业申请 CMMI/CMM 认证等国际资质认证；③奖励服务外包企业研发拥有自主知识产权产品等。《深圳经济特区高新技术产业园区条例》（2001 年 5 月）中规定：①设立留学生创业园，提供创业资助资金；②鼓励在高新区创办技术创新企业或从事技术创新活动，并给予资金支持；③为高新区中小企业融资提供信用担保等。①

① 毕马威企业咨询（中国）有限公司：《龙的腾飞——中国服务外包城市巡览》，2010 年 3 月。

（5）环境保护与绿化。深圳环境保护工作倡导"环境优先，以人为本"的理念，确保让市民呼吸新鲜的空气、喝上干净的水、吃上放心的食物。2006年，环境质量总体保持良好水平，生活垃圾无害化处理率93.7%，主要饮用水源水库水质达标率98.1%，工业废水排放达标率96.2%，区域环境噪声达标总面积399.46平方公里。2008年，深圳市人均公共绿地面积16.2平方米，绿化覆盖率45.02%，全年空气质量良好以上天数为364天。

**3. 厦门**

厦门市是福建省的一个副省级城市，是全国5个计划单列市之一，同时也是全国首批实行对外开放的五个经济特区之一，厦门市享有省级经济管理权限并拥有地方立法权。它位于福建东南部，西部与漳州毗邻，北接泉州，东南与金门岛隔海相望，全市总面积1569.3平方公里，2010年，厦门常住人口252万人，近六成人口居住在岛内。地理位置的原因使得厦门市在对台发展服务外包产业合作方面具有区位、语言、文化等方面的先天优势。2009年，厦门市离岸服务外包合同执行金额6000万美元，同比增长25%。2008年，厦门市从事服务外包企业共91家，从业人员近万人。

（1）城市经济发展特征。2009年，厦门市全年实现地区生产总值（GDP）1623.21亿元，按可比价格计算，比上年增长8.0%。其中，第一产业增加值21.03亿元，增长1.1%；第二产业增加值785.95亿元，增长3.5%；第三产业增加值816.23亿元，增长14.3%。按常住人口计算，人均生产总值64413元（折合9429美元），比上年增长6.8%。2009年，全年全市实现社会消费品零售总额488.62亿元，比上年增长15.3%。2009年，全市实现财政总收入451.41亿元，比上年增长10.1%。厦门已与200多个国家和地区建立了经贸往来关系，世界500强目前有48家落户厦门。2009年，厦门市离岸服务外包合同执行金额6000万美元，同比增长25%。

（2）基础设施建设水平。交通：厦门城市建设日新月异，基础设施日臻完善，航空、铁路、公路、水路交通发达，已建成1.5小时公路交通圈。2009年，全年交通运输邮电仓储业实现增加值123.60亿元，比上年增长11.4%。全年旅客运输量11597.46万人次，增长12.8%；旅客运输周转量187.61亿人公里，增长14.7%；货物运输量8371.05万吨，增长10.1%；货物周转量663.67亿吨公里，增长10.6%。至年底，厦门港现有生产性泊位97个，其中万吨级以上泊位

48 个；全年港口货物吞吐量 11096.28 万吨，增长 14.4%；港口集装箱吞吐量 468.04 万标箱，下降 7.0%；厦金航线增加到每天 32 个航班，全年运载旅客 119.54 万人次，比上年增长 32.5%。通信：经过改革开放 20 多年来的不断投入和升级改造，厦门市信息基础设施建设发展迅猛，网络规模、技术层次和服务手段都达到了一个较高的水平，综合通信能力总体上处于国内同类城市领先水平，电信、移动、联通、网通、铁通等多家通信营运商提供光纤入楼业务及出口，且通信费用低于中心城市水平。厦门—金门海底光缆预计将于 2010 年底或 2011 年初铺设完成，将为两岸服务外包产业合作提供强大的电信基础设施支持。2008 年，厦门市共有固定电话用户 239.34 万户，移动电话用户 297.58 万户，宽带用户 48.94 万户。园区：厦门市拥有厦门市火炬高新区、厦门软件园等园区。厦门软件园包括软件园孵化基地（一期）和软件园产业基地（二期）。厦门软件园孵化区总建筑面积约 7.5 万平方米，厦门软件园二期总建筑面积 163.64 万平方米，观音山国际商务营运中心总建筑面积 138.4 万平方米。

（3）教育、科研及人才储备。2008 年，厦门市共有各种企业研发机构和研究中心 110 个，科研人员 3.5 万人。2009 年，教育事业稳步推进。厦门义务教育向"双高普九"目标迈进。全市拥有各级学校（含成人教育，不含社会办学）1147 所，全年招收生员 16.41 万人，年末在校生员共计 66.91 万人。其中：普通高等学校 17 所，年内招收生员 4.10 万人，年末在校生 13.15 万人；成人学校 161 所，全年招生 0.58 万人，年末在学人员 12.06 万人。此外，厦门市共有国家软件与集成电路设计国际人才培训基地、微软技术中心、中软海晟、万策智业等培训机构共 23 家，为后台服务外包提供了较好的人才支撑。

（4）政府的鼓励政策。2008 年 12 月，厦门市出台《厦门市促进服务外包产业发展的若干意见》，主要内容有：①对服务外包培训机构给予资金支持；②对获得相关国际认证的企业给予补贴；③提供融资服务；④对参加重点国际展会提供补助等。厦门软件园针对入园企业提供如下优惠政策：①提供低成本研发办公场所；②减免税收；③政府对动漫产品的研发、销售、推广、出口等采取优惠和奖励政策进行扶持；④对发明创新提供资助等；⑤鼓励软件出口型企业通过 CMM 认证，政府对认证费用给予适当支持。①

---

① 毕马威企业咨询（中国）有限公司：《龙的腾飞——中国服务外包城市巡览》，2010 年 3 月。

（5）环境保护与绿化。2009 年，城市环境空气质量优良率为 98.6％，优级率为 44.1％；区域环境噪声平均值为 56.7 分贝，交通干线噪声平均值为 68.5 分贝；集中式饮用水水质达标率为 100％。全市重点工业企业废水达标排放率为100％，重点工业企业二氧化硫达标排放率为 100％，全市重点工业固体废物综合利用率为 89.59％。城市建成区面积扩大到 212 平方公里，全市拥有公园 55个，占地总面积达 1980 公顷；人均公园绿地面积（不含暂住人口）为 18.42 平方米；建成区绿化覆盖面积 8437 公顷，绿化覆盖率为 39.80％。

## （四）中西部地区：成都、重庆、长沙、武汉、西安

中西部地区基础设施建设已取得重大进步，示范城市数量多，分步区域广，具有较大的经济发展潜力。由于经济、社会发展水平的差异，上述几个地区发展服务外包产业的基础、优劣势、策略各不相同。

### 1. 成都

成都已有 2300 年的历史，地处成都平原的腹地，环境优美，气候温和，自古被誉为"天府之国"，是中西部地区重要的中心城市。成都市面积 12390 平方公里，总人口 1103 万人，自古以来就是中国西南地区文化与经济的重镇，是中国第三大经济开发区"成渝经济开发区"的核心城市。成都市是商务部第一批授牌的服务外包示范城市之一，作为中国西南地区服务外包发展的中心，成都不仅具有成熟的交通、通信及网络等现代基础设施，还拥有丰富的具有比较优势的人力资源储备。2008 年，成都市软件服务外包企业总数达到 520 家，其中对欧美外包企业 40 余家，对日外包企业 20 余家。

（1）城市经济发展特征。成都是国务院确定的中国西南地区商贸、金融、教育中心和交通、通信枢纽，是内陆开放城市和率先建立社会主义市场经济体制的综合配套改革试点城市。2010 年，全市实现地区生产总值 5500 亿元，增长14.7％；人均可支配收入 18659 元，2009 年全年完成全市财政总收入 997 亿元，地方财政一般预算收入 387.5 亿元，同口径增长 22.3％；固定资产投资 4025.9亿元，增长 34％；社会消费品零售总额 1950 亿元，增长 20.3％；城镇居民人均可支配收入 18659 元、农民人均纯收入 7129 元，分别增长 10.1％和 10％。民营经济发展势头迅猛。全市民营经济实现增加值 1691.9 亿元，增长 21.2％，占GDP 的比重为 50.9％，对经济增长的贡献率达 66.7％，拉动 GDP 增长 10.2 个

百分点。2009 年，成都市实现离岸服务外包合同登记金额 1.69 亿美元，同比增长 82%；执行金额 1.02 亿美元，同比增长 130%。

（2）基础设施建设水平。交通：成都作为西南地区的交通要塞，铁路、公路、航空四通八达。成渝、宝成、成昆、达成四大铁路主干线交会于此；公路交通系统有国道主干线三条，公路总公里数 19489 公里，其中高速公路 437 公里。成都双流国际机场是中国四大航空枢纽之一，是中西部最大最繁忙的机场，开通国际、国内航线 270 条，2009 年客流量达 2263 万人次，位列世界最繁忙机场第 53 位。成都地铁一号线于 2010 年 9 月正式开通，成为中西部首条投入使用的地铁线。通信：通信网络与信息技术是服务外包的硬件基础设施，成都市通信设施完善，是中国八大通信枢纽之一，"八纵八横"光纤干线网节点，出口带宽 30G，接入带宽为 40G/S。现有 PSTN 拨号端口 4020 个，ISDN 拨号端口 600 个，专线端口 150 个，通过高速接口与全国八大区中心和国际出口相连。成都市现已全部实现长途和市话交换、传输数字化，开通 180 多个国家和地区以及国内 600 多个城市之间的通信业务。2008 年，成都市共有固定电话用户 400.1 万户，移动电话用户 1274.1 万户。园区：成都高新区服务外包核心区设有天府软件园一期、二期、金融后台服务中心、软件孵化园、数字娱乐软件园等服务外包产业载体。其中天府软件园总用地规划 100 万平方米，一期规划用地 22.6 万平方米，二期规划用地 76 万平方米，三期规划用地 5.7 万平方米。

（3）教育、科研及人才储备。成都科技实力雄厚，已成为中国中西部地区综合实力第二强市，仅次于陕西省西安市。2008 年，成都市共有 106 个科研机构，重点实验室 124 个，技术研究中心 76 家，从事科技活动人员 1.1 万人。成都是我国西南地区重要的教育、科研中心，人力资源储备丰富，截至 2008 年，成都市拥有电子科技大学、四川大学、西南交通大学、成都信息工程学院等国内外著名高校在内的高校 42 所，在校学生 56.9 万人，招生人数 18.1 万人，毕业人数 14.5 万人。2008 年研究生在校人数为 4.7 万人，招生人数为 1.7 万人，毕业人数为 1.5 万人。成都市还成立了成都软件人才培训联盟及国家级"服务外包人才培训中心"，认定了一批服务外包人才培训机构。

（4）政府的鼓励政策。成都市政府先后出台了《成都市人民政府关于促进成都服务外包发展的若干意见》、《成都高新技术产业开发区加快软件产业发展的优惠政策》（试行）、《成都市鼓励软件产业发展的政策意见》以及配合四川省人民政府出台的《关于加快发展服务外包产业的意见》，制定了一系列推进服务外包产业快速发展的财政、税收、投融资、政府采购、人才培养、产业集聚发展、扶优扶强等方面的优惠政策和配套措施。另外，为推进服务外包产业的迅速发展，成都市政府从市工业发展基金中专门安排了2亿元资金，全部用于服务外包人才培训的"倍增计划"。目前，成都市已发布了《成都市软件人才工作实施方案》、《成都软件人才队伍建设行动计划（2007～2010年）》、《成都市鼓励企业引进急需高层次人才暂行办法》实施细则，确立了"十一五"期间服务外包人才的供给发展目标。①

（5）环境保护与绿化。成都市加强环境保护力度，并进行环境综合整治，使空气污染指数≤100的天数达309天；城区区域环境噪声平均值为54.6分贝；城区交通干线噪声平均值为68.5分贝；集中式饮用水水源地水质达标率为99.84%；烟尘控制区覆盖率为100%；建设项目环境影响评价制度执行率为100%；全年完成工业污染限期治理项目355项，总投资3.7亿元。2008年，成都人均公园绿地面积10.64平方米，绿化覆盖率为38%，全年空气质量良好以上天数为319天。

**2. 重庆**

重庆是我国四个直辖市之一，地处中国西南，是中国重要的中心城市之一，长江上游地区经济中心和金融中心，内陆出口商品加工基地和扩大对外开放的先行区，中国重要的现代制造业基地，长江上游科研成果产业化基地，长江上游生态文明示范区，中西部地区发展循环经济示范区，国家高技术产业基地，长江上游航运中心，中国政府实行西部大开发的开发地区以及国家统筹城乡综合配套改革试验区。重庆是中国国务院批准的21个服务外包示范城市之一。截至2009年，重庆共有服务外包企业约380家，其中离岸外包企业约100家。

（1）城市经济发展特征。重庆是中国西部地区重要经济增长极之一，经济综合实力在西部领先，重庆市行政辖区内零售商品交易总额仅次于上海，与广州并驾齐驱，是国内零售业总额最高的城市之一。2010年，地区生产总值7894.24亿元，较上年增长17.1%，排名全国第二位，人均GDP 4193.79美元。2009年，重庆财政收入完成1160亿元，较上年同期增幅达到21%。全年民生支出682亿

---

① 中国服务外包网：http://chinasourcing.mofcom.gov.cn。

元，占全市一般预算支出的 51.7%。重庆直辖市的经济总量按省计算，在西部
12 个省级地区列第五位，按城市总额计算为中西部第一位。2010 年中国企业
500 强，重庆有 10 家企业入围，数量大大领先于西部其他城市，居西部第一。
2009 年，全市社会消费品零售总额完成 2448.01 亿元，同比增长 18.6%，增幅
列全国第 4 位。2009 年，重庆市离岸服务外包业务合同金额为 10.3 亿美元，比
上年增长 58%；执行金额为 3.5 亿美元，比上年增长 160%。

（2）基础设施建设水平。交通：重庆是中国西部地区唯一的水、陆、空运
输为一体的综合立体交通枢纽城市，是西部的物流中心，铁路、水路、公路、航
空、管道运输等运输方式发展很快。重庆江北国际机场可起降波音 747 大型货
机，目前已开通至名古屋、首尔、新加坡等地的国内国际（地区）航线 110 条。
截至 2009 年，江北机场客货运吞吐量居西部第四位，仅次于成都、西安和昆明。
2010 年，重庆港口货物吞吐能力达 1.25 亿吨，集装箱 160 万 TEU，汽车滚装 76
万辆。重庆现有 21 条干线公路，已建成 5 条跨省高速公路，正在建设的有 3 条，
2010 年高速公路通车里程达到 2000 公里，形成"二环八射"的高速公路交通网
络。重庆现有 5 条铁路与全国相连，已开通起码抵达香港九龙的集装箱专列。2010
年，重庆将建成拥有"八干线"的西部最大的铁路枢纽城市，铁路营运里程达到
1394 公里。通信：2008 年，重庆市有固定电话用户 688.10 万户，移动电话用户
1281.7 万户，互联网用户 189.57 万户，宽带用户约 180 万户。园区：重庆服务外
包基地主要包括北部新区、西永微电子园及在建的永川产业园。其中，西永微电子
园园区总规划面积约 30 平方公里，其中产业区 20 平方公里，配套服务区 10 平方
公里。

（3）教育、科研及人才储备。重庆科技实力雄厚，集中了全国一批优秀的
大学和科研机构，是长江上游科研成果产业化基地，国家高新技术产业基地。
2008 年，重庆市共有市级及以上重点实验室 26 个，其中国家重点实验室 4 个；
工程技术研究中心 48 个，其中国家级中心 5 个；企业技术中心 149 家。重庆还
是中国高校最集中的八个城市之一，重庆的高等院校共有 59 所，本科院校 18
所。全国重点大学 5 所（含军校），其中教育部直属重点大学 2 所，地方市属本
科大学 13 所，军事系统院校 3 所，国家"211 工程"院校 2 所，国家"985 工
程"学校 1 所。其中西南大学、重庆大学是教育部直属大学，另有西南政法大学
名声在外，且大多设有计算机软件或信息服务的相关专业，每年软件与信息服务

相关专业毕业生达 8000 人。重庆市现有各类 IT 从业人员近 20 万人，软件及信息服务从业人员达 5 万人，为 ITO 和 BPO 的离岸外包提供了良好的基础。

（4）政府的鼓励政策。重庆市出台了《关于加快重庆市软件及信息服务外包产业发展暂行规定》（2007 年 5 月）、《重庆市人民政府关于促进服务外包产业发展的意见》（2008 年 2 月）、《重庆市促进国际服务外包产业发展若干政策措施实施办法》（2009 年 8 月）等鼓励政策，主要内容有：①设立专项资金，支持外包人才的引进、培训以及扶持外包产业基地建设等；②对开展离岸服务外包业务的企业给予奖励；③对培训机构减免营业税；④对通过 CMM/CMMI 等认证的服务外包企业给予奖励等。重庆北部新区出台了一系列鼓励政策，包括：对企业出口给予奖励，提供贷款贴息，鼓励企业参展、开展培训，资助在境外设立分支机构等。[①]

（5）环境保护与绿化。2009 年，重庆市城区公共绿地面积达 100 平方公里，绿化覆盖率达 38% 以上，人均公园绿地达到 10 平方米。2008 年，全年空气质量良好以上天数为 297 天。

### 3. 长沙

长沙是湖南省的省会，位于湖南的东部，是全省政治、经济、文化、科教、交通、商贸和旅游中心，是中西部地区重要的中心城市，行政面积为 11800 平方公里，2009 年年末全市户籍总人口近 650 万人，常住人口 664 万人。长沙是连接中国东西部的重要交通枢纽。该市人口密集，并有多样化的经济和工业基地。长沙是国务院批准的 21 个服务外包示范城市之一。2009 年底，长沙市服务外包企业有 700 余家。其中 95 家企业从事承接离岸服务外包业务，比 2008 年新增 31 家。

（1）城市经济发展特征。2010 年，长沙市实现地区生产总值达 4547.06 亿元，同比增长 15.5%，人均 GDP 超过 1.1 万美元，比 2005 年增长 1.87 倍。在全国省会城市中稳居第 7 位，在 GDP 百强城市排名中居第 18 位。2008 年，长沙市离岸服务外包合同签约金额为 1.37 亿美元，同比增长 40.6%；离岸服务外包合同执行金额 1.04 亿美元，同比增长 320.8%。

（2）基础设施建设水平。交通：长沙是中国南方地区重要的交通枢纽城市，

---

① 毕马威企业咨询（中国）有限公司：《龙的腾飞——中国服务外包城市巡览》，2010 年 3 月。

陆、水、空交通皆较发达、便利。国内和国际交通：长沙市有 3 条高速公路和 3 条国道，高速公路总里程 193 公里；长沙市通过京广、湘黔、浙赣等铁路干线连通全国其他地区；长沙黄花国际机场可直航国内 49 个主要城市和曼谷、汉城、釜山等境外城市；长沙霞凝新港是中国重要内河港口之一。通信：2008 年，长沙市共有固定电话用户 216.52 万户，移动电话用户 632.75 万户，宽带用户 62.35 万户。园区：长沙市现有以"两区九园"为主体的多个工业园区，以长沙高新技术产业开发区和长沙软件园在服务外包方面比较突出。长沙高新技术产业开发区总体规划面积 18.6 平方公里；长沙软件园总规划面积 265 万平方米。

（3）教育、科研及人才储备。2008 年，长沙市拥有科学研究开发机构 97 个。此外，长沙的高等教育比较发达，拥有 4 所"211 工程"重点大学，即国防科学技术大学、中南大学、湖南大学和湖南师范大学，有 3 所进入"985 工程"，在数量上与上海和西安并列第二，其中中南大学是湖南唯一的一所副部级高校。国防科技大学是最好的军事院校之一，在计算机领域十分突出。长沙市现有开设服务外包培训课程的培训机构 30 多家。湖南信息科学职业学院、湖南外国语职业学院等 5 家机构被长沙市政府授予"长沙市服务外包人才培训基地"。

（4）政府的鼓励政策。长沙市出台了《长沙市人民政府关于加快发展服务外包产业的若干意见》（2009 年 1 月）等鼓励政策。主要内容有：①每年安排服务外包产业发展专项资金；②每年评出服务外包十强企业并给予资金奖励；③服务外包企业取得 CMMI、CMM、PCMM 等相关国际认证，也给予相应补助。长沙高新技术产业开发区、长沙软件园也针对园区企业推出多项税收优惠政策，例如：对具有知识产权的软件产品给予奖励；科技人员个人所得再投入到成果产业化项目的部分，免征个人所得税等。①

（5）环境保护与绿化。2008 年，长沙市空气质量良好以上天数为 329 天。

## 4. 武汉

武汉是湖北省省会，位于江汉平原东部，长江中游与长江、汉江交汇处。武汉市作为中国中部崛起战略的核心城市之一，在中国经济发展中起到了承东启西、连南贯北的中枢作用。武汉市凭借其在华中地区所占据的经济、科技、教育和文化发展中的核心地位，充分发挥其科技与人才的地区优势，大力发展以高端

---

① 毕马威企业咨询（中国）有限公司：《龙的腾飞——中国服务外包城市巡览》，2010 年 3 月。

软件外包为核心的服务外包产业，并于 2006 年成为商务部授牌的服务外包示范城市之一。2008 年，武汉市共有 500 余家服务外包企业，从业人员近 5 万人。其中从事离岸外包业务的企业 70 多家，从业人员近万人。

（1）城市经济发展特征。武汉是华中地区最大的工商业城市，也是国家重点建设的工业城市，拥有钢铁、汽车、光电子等完整的工业体系。进入 21 世纪后，武汉市积极进行新的产业布局，不断推进以光电子产业为重点的高新技术产业。武汉市在空间信息技术、制造业信息化、信息安全和网络通信等领域的产业化发展一直处于国内领先水平。武汉市 2010 年经济总量达到 5515.76 亿元，比上年的 4620 亿元增加近 900 亿元，同比增长 14.7%，GDP 总量在中部六省省会城市中继续保持第一。社会消费品零售总额 2523.2 亿元，增长 19.5%；城市居民人均可支配收入 20806.32 元，增长 13.2%；农民人均纯收入 8294.8 元，增长 15.8%。2009 年，武汉市离岸服务外包合同金额和执行额分别为 3.21 亿美元和 9513 万美元，同比分别增长 688% 和 215%。

（2）基础设施建设水平。交通：武汉是中国内陆重要的水陆空综合交通枢纽城市，区位优势明显。武汉是中国铁路四大路网性客运中心之一，国家规划"四纵四横"客运专线中，有一纵、一横在武汉交会。京珠高速公路和沪蓉高速公路也在武汉交会，高速公路网四通八达。武汉是湖北省客运中心，现拥有傅家坡、宏基等六个省级长途汽车客运中心。武汉港是我国内河最大的港口之一。武汉拥有码头泊位 615 个，年吞吐能力 4400 万吨。拥有各类船舶 2080 艘，总载重量 150 万吨、载客量 6 万客位，货轮可直达俄罗斯、日本、韩国、东南亚及港澳地区。货运量居长江内河港口第 3 位，客运量居首位。武汉天河机场是华中地区唯一可办理落地签证的出入境口岸。2007 年，武汉拥有民用航空航线 135 条，其中国际航线 11 条，国内航线 124 条，是华中地区重要的航空运输枢纽。通信：武汉是全国电信数据业务八大节点之一，也是全国移动通信八大汇接中心之一，同时是华中地区重要的光纤通信汇接中心。武汉市拥有全国第三大卫星地球站，能够方便快捷地与全球 240 多个国家和地区进行通信联络和信息交流。传输带宽已达到 40G，骨干节点通过武汉电信的核心节点与中国电信 320G 主干传输网络连接，国际出口带宽达 3.3G，可提供 3 万部端口，容纳几十万户宽带多媒体用户。2008 年，武汉市共有固定电话用户 375.64 万户，移动电话用户 917.96 万户，宽带用户 98.67 万户。完善的通信基础环境为武汉市发展服务外包产业、建设服务外包交付中心提供了基本保障。园区：武汉市拥有武汉光谷软件园、东湖高新技术产业开发区、武汉经济技术开发区和东西湖区物流产业园等园区。武汉光谷软件园规划占地面积约66.7万平方米，建筑面积60万平方米。现已建设完成产业、教育和生活设施10多万平方米。

（3）教育、科研及人才储备。武汉共有科研机构105所，软件类国家级实验室15家，国家工程（技术）研究中心14家，科技人员53万人。武汉市拥有普通高校55所，其中包括华中科技大学、武汉大学、华中师范大学、武汉理工大学、中国地质大学等8所教育部重点大学。2008年，武汉市普通高等院校在校生人数达80.97万人，在校研究生人数达8.01万人，武汉市有3家国家级软件示范学院，各类IT职业培训机构100多家，每年培训电脑相关专业人才4万人。针对服务外包产业的语言培训机构12家，每年在校培训人数超过2万人。武汉市是湖北省高端人才的培养基地，为发展服务外包产业提供了丰富人才储备资源。

（4）政府的鼓励政策。武汉市出台了《武汉市促进服务外包产业发展暂行规定》（2009年1月）等鼓励政策。主要内容包括：①设立服务外包专项扶持资金；②设立重大项目招商专项扶持资金，用于引进知名企业的地价补贴；③对服务外包人才培训给予补贴等。武汉东湖高新技术开发区出台了《武汉东湖新技术开发区促进服务外包产业发展的暂行规定》（2007年）、《关于促进金融后台服务产业加快发展的意见及实施细则》（2008年11月）等政策。内容包括：①设立专项扶持资金；②对租赁办公用房给予补贴；③对软件出口给予补贴；④对申请相关国际认证给予补贴；⑤提供税收优惠等。[①]

（5）环境保护与绿化。2008年，武汉市公园绿地面积5511.81万平方米，人均公园绿地面积9.21平方米，绿化覆盖率37.42%，全年空气质量良好以上天数为294天。

### 5. 西安

西安是举世闻名的世界四大文明古都之一，843万常住人口居住在9983平方公里的土地上。西安是中国七大区域中心城市之一，亚洲知识技术创新中心，新欧亚大陆桥中国段和黄河流域最大的中心城市，中国大飞机的制造基地，中国

---

① 中国服务外包网：http://chinasourcing.mofcom.gov.cn。

中西部地区最大最重要的科研、高等教育、国防科技工业和高新技术产业基地。2009 年，国家颁布的《关中—天水经济区发展规划》中西安被列为继北京、上海之后，我国第三个"国际化大都市"。西安市作为商务部第一批授牌的服务外包示范城市之一，拥有大规模发展服务外包产业的基础设施与环境，同时还拥有丰富的人才储备资源。截至 2009 年底，西安市共有软件和服务外包企业 890 余家，从业人员 8 万余人。

（1）城市经济发展特征。西安市作为我国内陆重要开放城市，是我国西部大开发战略的核心城市之一。随着西部大开发战略的深入实施，西安的区域优势愈发得到彰显。西安在"产业强市"战略的指导下，充分发挥高新技术产业的领航作用，在加速软件、集成电路、通信、新材料等几大领域发展的同时，倾力打造"四区两基地"，使其带动西安整体经济的大步发展。2008 年，西安市实现地区生产总值 315 亿美元，比上年增长 15.6%。城镇居民人均可支配收入 2188 美元，增长 13.3%；城镇居民人均消费支出为 1293 美元。2009 年，西安市离岸服务外包合同金额为 2.01 亿美元。

（2）基础设施建设水平。交通：西安地处中国的地理中心，作为连接西部的重要交通枢纽，西安已形成了以航空、铁路、公路为主的现代化立体交通网络。西安咸阳国际机场是我国重要的航空港，目前共有 20 家航空公司在机场经营 150 余条航线，每天有 400 余架次的航班在机场起降。2009 年旅客吞吐量达到 1529 万人次。西安火车站是欧亚大陆桥在中国境内的重要站点，我国从北京、上海、广州、重庆等方向开往拉萨的列车必须经由西安站。公路建设形成了一个以西安市为中心、有 9 条国家高速公路在此交会、贯通全省、辐射周边省市的高等级"米"字形辐射状干线公路系统，有公路 2800 多公里，有 6 条国道干线通过。通信：西安市已经建成了拥有光纤、数字微波、卫星、程控交换、数据与多媒体等多种通信手段在内的通信网络。通信网络遍布全市城乡，与全国和世界各地的通信网络连接，拉近了西安与世界及其他地区的空间距离。西安是中国六大微波通信中心之一，目前可与境外 200 多个国家（地区）、国内 2000 多个市县直接拨号通话。园区：西安的办公园区主要聚集在高新区，西安软件园由示范区、服务外包基地、软件新城组成。示范区建筑面积约 40 万平方米；服务外包基地建筑面积约 30 万平方米；"软件新城"规划约 4 平方公里。

（3）教育、科研及人才储备。作为国家级科研教育和高新技术产业基地，西安拥有科研机构 661 个，国家级重点实验室、工程研究和分析测试中心 120 个。在航空、航天、兵器、电子、机械、光学、仪器仪表、生物医药等行业，西安都占有领先地位。西安作为国家级科研教育基地，2008 年，西安市共有普通高校 48 所，招生 19.31 万人，在校生 60.10 万人，毕业生 15.82 万人。研究生培养单位 44 所，招生 2.13 万人，在学研究生 6.57 万人，研究生毕业 1.29 万人。西安拥有 3 所国家级软件学院，每年各类软件、电脑、通信等专业毕业人数近 3 万人。由于庞大的后备学生资源，同时由于西安的高等院校多为综合类院校，所以人力资源所涉及的专业覆盖了服务外包各个领域。由于西安市地处内陆，人才资源稳定，人才的流动率为 8% 左右。人才的高质量与稳定为西安服务外包企业带来稳定的项目来源，从而奠定了西安服务外包产业发展的基石。

（4）政府的鼓励政策。西安市政府积极引导服务外包产业不断走向深入，通过政策促进、产业推动使新兴的服务外包产业走向成熟，2007 年以来，西安市委、市政府先后颁布了《关于加快发展软件服务外包产业的实施意见》、《加快发展软件产业的意见》和《关于把西安高新区建设成为世界一流科技园区的若干意见》，为西安服务外包产业的发展创造了良好的政策环境。西安市积极整合资源，加强平台建设，强化孵化培育，出台了一整套扶持、促进服务外包企业发展的支撑保障和扶持措施，包括网络通信、办公物业等基础条件保障，包括人力资源供给、培训等系统化的专业服务，包括针对企业业务发展需要给予的贷款贴息、认证补贴、资金奖励等促进手段和鼓励措施，推动西安服务外包产业的发展。①

（5）环境保护与绿化。西安正在努力创建国家环保模范城，尽快使西安城镇环境空气质量和地面水环境质量全面达到国家规定的功能区标准。以汽车、电车为主，出租车和中巴车相结合，多元化的城市公交客运体系已经形成，目前正按照"三横、三纵、三环、八射线"的城市道路网格局，加快城市道路设施和城市交通管理系统建设，城区内堵车的状况正在缓解。2008 年，西安市绿化覆盖率为 44.99%，人均公共绿地面积为 7.8 平方米。空气质量良好以上天数为 301 天。

---

① 中国服务外包网：http://chinasourcing.mofcom.gov.cn。

## 二 未来最具潜力的服务外包基地城市

目前，除21个由国家批准的服务外包示范城市外，还有一些经济活跃的城市也在积极发展服务外包产业，具备发展服务外包的巨大潜力，这些城市分布在我国各大区域，其所处的地理位置不同，经济和社会发展状况也不同。

### （一）黄海明珠——青岛

青岛是中国山东省省辖市，位于山东半岛南端，东、南濒临黄海，与日本、韩国隔海相望，面积10654平方公里，总人口699万人，是中国东部沿海重要的经济中心城市和沿海开放城市之一。青岛制订了服务外包产业发展规划，确定了"一带三城五园"发展格局，即从青岛市南软件园到鳌山软件园滨海大道"一带"，规划建设3个服务外包城和5个服务外包园区。2009年，青岛市离岸外包合同额1.63亿美元，同比增长202%；离岸服务外包执行额9645万美元，同比增长178%。

**1. 城市经济发展特征**

2010年，青岛市全面落实中央一系列宏观调控政策，积极推进经济发展方式转变，经济社会保持了平稳较快发展。初步测算，全市实现生产总值5666.2亿元，按可比价格计算，比上年增长12.9%。其中，第一产业增加值277.0亿元，增长1.4%；第二产业增加值2758.6亿元，增长12.6%；第三产业增加值2630.6亿元，增长14.4%。三次产业结构为4.9∶48.7∶46.4。2009年，青岛市离岸外包合同额1.63亿美元，同比增长202%；离岸服务外包执行额9645万美元，同比增长178%。

**2. 基础设施建设水平**

（1）交通。青岛港是著名的天然良港，是中国沿黄流域和环太平洋西岸重要的国际贸易口岸和海上运输枢纽，有通往450多个港口的97条国际航线。青岛航空运输保持快速增长。2008年，航空旅客吞吐量820万人次，增长4.2%；航空货邮吞吐量13.1万吨，增长12.8%。已开通直航东京、大阪等20余条国际（地区）客货航线。开通国内至北京、上海、广州等国内航线85条。青岛公路交通十分发达，迄今为止，青岛市已建成济青、胶州湾等9条高速公路，高速公

路总里程达 702 公里。

（2）通信。青岛邮电通信业务快速增长，全年完成邮电业务总量 97.02 亿元，增长 32.4%。网络信息技术不断普及和提高，互联网用户累计达 4.3 万户，增长 27.7%，使用时长达到 75.6 亿分钟。通信能力进一步增强，2008 年，青岛市共有固定电话用户 331.2 万户，移动电话用户 625.5 万户，互联网用户149.46 万户。

（3）园区。青岛市软件和服务外包专业园区主要包括市南软件园、崂山区益青创新园、黄岛区凤凰岛影视动漫城以及黄岛区物流信息服务外包园等园区，总面积达 70 万平方米。青岛软件园一期占地面积 12.6 万平方米，规划总建筑面积 26 万平方米；二期占地 10 万平方米，规划总建筑面积 12 万平方米。

**3. 教育、科研及人才储备。**

2008 年，青岛市拥有中国科学院院士、中国工程院院士 51 位，重点实验室102 个，国家级企业技术中心 13 家。2009 年，青岛市共有普通高校 28 所，招生9.02 万人，在校生 29.7 万人，毕业生 8.03 万人；培养研究生单位 9 个，研究生招生 0.81 万人，研究生毕业 0.49 万人。山东省重点服务外包人才培训机构包括青岛拓普信息工程专修学院等 8 家机构。另外，青岛还成立了"惠普青岛大学生IT 外包服务人才素质培训基地"等培训基地。

**4. 政府的鼓励政策**

2008 年 2 月，青岛市先后出台《青岛市服务外包产业发展规划》和《青岛市促进服务外包产业发展扶持办法》等鼓励政策。主要内容有：①设立专项扶持资金；②资助培训；③组织开展招商活动；④奖励开展国际业务；⑤鼓励申请国际认证等。青岛软件园出台入园企业优惠政策，主要内容有：①减免税收；②对通过国际认证的软件企业给予资金补贴；③奖励科研开发；④对使用园区相关设施提供优惠。①

**5. 环境保护与绿化**

20 世纪 90 年代开发的青岛新区已经成为青岛的政治、经济、金融和文化中心。昔日的陋屋旧居已经被环境幽雅的居民小区和鳞次栉比的高楼大厦代替。作为国务院确定的沿海开放城市、国家历史文化名城和全国重点风貌保护城市，青

---

① 中国服务外包网：http://chinasourcing.mofcom.gov.cn。

岛秉承"打造优美环境，构建宜人之居"的理念，在城市规划、生态环境、居民住宅等方面得到全面发展，造就了经济与社会协调发展、人与自然和谐共处、城市个性突出、山海优美、环境整洁、功能完善、生活舒适的人居环境。青岛已经成为最适宜人类创业、居住的城市之一。2008 年，青岛市园林绿地面积 15631 万平方米，增长 1.7%。人均拥有公共绿地面积 13 平方米，绿化覆盖率达到 41.5%。市区空气质量优良以上天数为 333 天。

## （二）外包新势力——宁波

宁波是中国浙江省的副省级城市，是文化部批准的全国历史文化名城。宁波是长江三角洲南翼重要的经济中心城市和重化工业基地，是中国华东地区重要工业城市，也是浙江省经济中心。改革开放以来，宁波经济持续快速发展，显示出巨大的活力和潜力，成为国内经济最活跃的区域之一。2009 年，宁波市新增服务外包企业 80 家，新增从业人员 3010 人。截至 2009 年，宁波市共有服务外包企业 394 家，从业人员 1.72 万人。

### 1. 城市经济发展特征

2010 年，宁波市实现 GDP 5125.8 亿元，按可比价格计算，同比增长 12.4%。其中，第一产业实现增加值 218.4 亿元，第二产业实现增加值 2848.2 亿元，第三产业实现增加值 2059.2 亿元。2010 年，全市实现一般预算收入 1171.7 亿元，同比增长 21.3%，其中地方财政收入 530.9 亿元，增长 22.7%。2010 年，宁波全市实现全部工业总产值 13171.2 亿元，同比增长 32.5%，增速同比提高 34.1 个百分点；规模以上工业产值首次突破万亿元大关，全年累计实现总产值 10867.5 亿元，增长 35.4%；完成工业销售产值 10565.4 亿元，增长 34.7%，产销率 97.2%，工业生产与市场实现了较好的衔接。2009 年，宁波市离岸服务外包合同额为 1.34 亿美元，比 2008 年同期增长 31.4%。

### 2. 基础设施建设水平

（1）交通。宁波市公路里程累计达 9572 公里，其中高速公路里程 366 公里；萧甬铁路复线和甬台温铁路为宁波的主干铁路，外连浙赣线、沪杭线，内通宁波港区，接通中国的铁路网；宁波栎社国际机场拥有 40 多条国内航线，可直飞北京、上海、广州等国内主要城市，另有国际航线直飞韩国首尔、我国香港等；宁波港集装箱航线累计 210 条，已与世界上 100 多个国家和地区的 600

多个港口通航，2009 年 8 月，宁波成为直航台湾定期航班的航点，每周拥有飞往台北、台中和高雄的航班。

（2）通信。2008 年，宁波市共有固定电话用户 338.24 万户，移动电话用户 821.58 万户，互联网用户 256.62 万户。

（3）园区。宁波市现有宁波经济技术开发区、宁波保税区、宁波出口加工区、宁波国家高新区等国家级开发区。宁波高新区已建成宁波市科技创业中心、浙大科创中心等总面积 25 万平方米的"孵化器"。宁波经济技术开发区总面积 29.6 平方公里，已建成 60 万平方米的各类厂房。

### 3. 教育、科研及人才储备

2008 年，宁波市共有科研机构 1287 个，科研人员 40651 人，新增国家级企业技术中心 1 家。2008 年，宁波市共有普通高校 15 所，在校学生 13.3 万人，招生 42804 人，毕业生 35899 人。2008 年，宁波市共有研究生培养单位 13 个，研究生招生 770 人，在学研究生 1895 人，研究生毕业 369 人。宁波共有两所国家级软件学院，浙江大学软件学院（宁波）为中国国家示范性软件学院之一，大红鹰学院软件学院为中国示范性软件职业技术学院之一。

### 4. 政府的鼓励政策

宁波市政府先后出台了《宁波市加快服务外包产业发展扶持政策实施细则（试行）》（2008 年 8 月）等鼓励政策。内容包括：①安排服务外包专项资金；②奖励服务外包企业开展国际国内资质认证；③对服务外包人才培训提供资金支持；④推动服务外包企业发展离岸外包业务；⑤对服务外包企业参加国内外交易会给予补助等。宁波市政府出台了《关于进一步加快软件产业发展的意见》（2007 年 4 月），对在软件园区内租赁自用办公用房的软件企业给予补助；对在宁波设立总部或区域总部和研发机构的国内外大型软件企业，其购置自用办公用房给予一次性补助。[①]

### 5. 环境保护与绿化

2008 年，宁波市公园绿地面积达 500 万平方米以上，人均 11.5 平方米，绿化覆盖率为 35% 以上。

---

① 毕马威企业咨询（中国）有限公司：《龙的腾飞——中国服务外包城市巡览》，2010 年 3 月。

### （三）海西新锐——福州

福州是福建省省会，江南名城，是祖国大陆离台湾省最近的省会中心城市，也是中国市场化程度和对外开放度较高的地区之一。福州经济社会持续快速协调健康发展，初具经济繁荣、科教发达、设施完善、环境优美的现代城市风貌，被评为中国持续发展最快的省会城市之一。2008 年，福州市服务外包企业有 83 家，服务外包从业人员数量 6745 人。

**1. 城市经济发展特征**

2010 年，福州市生产总值达 3068.21 亿元，同比增长 14.0%；财政总收入达 402.51 亿元，同比增长 23.7%；一般预算收入 247.82 亿元，同比增长 26.9%；全社会固定资产投资完成 2317.44 亿元，同比增长 40.7%。进出口总额达 245.9967 亿美元，同比增长 37.81%，其中出口总额达 163.1423 亿美元，同比增长 35.82%；进口总额达 82.8544 亿美元，同比增长 41.89%；实际利用外资 11.85 亿美元，增长 14.8%。社会消费品零售总额达 1581.71 亿元，同比增长 21.3%；居民消费价格总水平同比增长 3.7%；城镇居民人均可支配收入达 22316 元，实际增长 9.9%；农民人均纯收入达 9702 元，实际增长 9.1%。2008 年，福州市离岸服务外包合同额达 7300 万美元，比 2007 年增长 46%。

**2. 基础设施建设水平**

（1）交通。福州市公路里程为 9760.87 公里，其中高速公路总里程为 271.64 公里；福州市内公交线路约 200 条，绝大多数是全年一元一票制的空调车线路。根据《福州市城市快速轨道交通建设规划》，拟在 2009～2018 年间建设地铁 1 号线和 2 号线。福州火车站开行旅客列车 46 对，其中普速列车 19 对、温福动车组 5 对、福厦动车组 22 对。每日始发至北京、上海、杭州、南京、合肥、天津等主要城市，日均到发旅客 6 万人。福州长乐国际机场为福建省主要的国际机场，是我国航空国际口岸之一，国际航空港通航城市达 45 个，国内外航线近 50 条。福州港是中国沿海主要港口之一，已与世界上 40 多个国家和地区的港口开展贸易往来。

（2）通信。2008 年，福州市共有固定电话用户 298.62 万户，移动电话用户 528.17 万户，互联网用户 59 万户，宽带网用户 54 万户。

（3）园区。福州市拥有福州经济技术开发区、福州市科技园区、福州软件

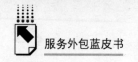

园等园区。其中福州软件园区已建成 1.68 平方公里，建筑面积近 100 万平方米。

### 3. 教育、科研及人才储备

2008 年，福州市共有国家级企业技术中心 3 家，省级企业技术中心 37 家，县级以上政府部门科学研究与开发机构 17 个。2008 年，福州市共有普通高校 34 所，普通高校招生人数 8.3 万人，在校生 25 万人，毕业人数 6.3 万人。福州大学和福州软件园合作，在福州市软件园内设立了可容纳 5000 多名学生的国际化软件人才培养基地。

### 4. 政府的鼓励政策

福州市政府先后发布了《福州市促进服务外包产业发展的若干意见》（2008 年 11 月）及实施意见，内容包括：①成立领导小组，加强组织领导；②打造服务外包示范园区；③设立服务外包产业专项发展基金；④深化服务外包领域的闽台港澳合作；⑤鼓励服务外包企业积极开展国际认证等。福州软件园出台了相关优惠政策，吸引高科技企业入园。主要优惠涉及：①减免税收；②提供资金支持；③减免租金等。①

### 5. 环境保护与绿化

2008 年，福州市绿化覆盖面积为 7307 万平方米，绿化覆盖率为 37.8%。2008 年空气质量良好以上天数为 353 天。

---

① 毕马威企业咨询（中国）有限公司：《龙的腾飞——中国服务外包城市巡览》，2010 年 3 月。

# 专项报告
## Theme Report

**B.6**

# 第六章
# 中国服务外包业务分类评价

## 一　中国 ITO 业务发展评价

当今，信息技术外包市场发展较为成功的国家是印度，其成功经验已成为各国广泛研究的经典案例。我国作为发展信息技术外包的新兴市场，借鉴印度的成功经验，凭借我国专业人才和劳动成本等方面的优势与潜力，完全可以在信息技术外包领域开拓出一片新的天地。

### （一）我国 ITO 发展现状

#### 1. IT 市场规模逐渐扩大

由于国内外市场对 IT 服务外包的需求不断增加，在政府积极政策的引导下，为 IT 外包企业提供了大量的投资机会与发展空间，使我国 IT 服务外包市场的规模逐渐扩大。与此同时，IT 服务市场的快速发展也给 IT 服务外包市场的发展奠定了坚实的基础。IT 行业的发展使得企业将更多注意力关注于企业的核心竞争力业务，而将产业链中的非核心业务外包给专业的 IT 服务外包企业，如信息化规划、设备和软件更新、网络系统的维护和建设等，这种资源的优化配置与专业化分工，使服务外包双方可以通过集中资源提升自身的优势项目，从而带动行业整体竞争力水平的提升。

## 2. IT 服务外包城市逐步增多

中国 IT 服务外包市场的兴起与政府的大力支持是分不开的，各级政府为推动 IT 服务外包的发展颁布了一系列鼓励政策，我国多个城市都建立了 IT 产业基地。2002 年 9 月，国务院出台《振兴软件产业行动纲要（2002～2005 年）》，批准了首批国家级的 IT 产业基地，有上海、大连、天津等共 11 个城市。2006 年 10 月，中国商务部又正式提出实施服务外包"千百十工程"，在全国建设 11 个重点 IT 服务外包基地城市，包括北京、上海、深圳、成都和武汉等。

政府选择的这些城市具有一些共同点。首先，都是在我国经济发展较为迅速的城市，例如北京、上海、西安，它们无论是在人才培养上，还是在基础设施的配备上，在我国都具有一定的优势，这种比较优势为 IT 服务外包的发展提供了良好的先决条件。具体来说，北京、成都、西安都是各地区的政治、经济、文化中心，尤其是北京，作为中国的首都，无论从经济上还是政治上，为 IT 市场的发展提供了各方面的便利条件，并且可以为 IT 服务外包企业进一步跨入国际市场提供契机。再如大连、上海、深圳等沿海城市的 IT 产业基地建设，就是利用了沿海优势，IT 企业可以通过海上运输加强与海外市场的联系，扩宽外包市场，一方面可以提高员工的外语交流能力，另一方面可以通过业务交流，提升企业的外包业务水平。总之，IT 企业在这些城市的发展已经取得初步成效，已经具有自身的比较优势，形成整体外包业产业链，并通过自身的力量带动周边地区的 IT 服务外包业的发展，进一步推动我国 IT 服务外包业的发展。

## 3. 政府的支持力度不断加大

2000 年 6 月，国务院颁布《关于鼓励软件产业和集成电路产业发展若干政策》的通知，其中分别通过融投资政策、税收政策、产业技术政策、出口政策、收入分配政策、人才吸引和培养政策、采购政策、软件企业认证制度、知识产权保护、行业组织和行业管理、集成电路产业政策等方面的优惠政策，为 IT 企业提供了发展的便利环境。同年 9 月，财政部、国家税务总局、海关总署又颁布了《关于鼓励软件产业和集成电路产业发展有关税收政策问题的通知》，为配合国务院对软件产业和集成电路产业发展所颁布的鼓励政策，财政部也通过税收优惠政策对 IT 企业的发展壮大提供良好的物质条件。

2006 年 10 月，中国商务部颁布《关于实施服务外包"千百十工程"的通知》。通知中对"千百十工程"的工作目标进行了明确的阐述，在"十一五"期间，全国要通过建设 10 个具有一定国际竞争力的服务外包产业基地，即从全国范围中选出 10 个具有竞争力的城市，并且推动 100 家世界著名跨国公司将其服务外包业务转移到中国，培育 1000 家取得国际资质的大中型服务外包企业，创造有利条件，全方位承接国际（离岸）服务外包业务，并不断提升服务价值，实现 2010 年服务外包出口额在 2005 年基础上翻两番。通知通过对人才培训计划、如何支持外包企业做强做大、如何大力开展中国服务外包基地城市建设、创建中国服务外包信息公共服务平台、鼓励和支持中西部地区发展服务外包业务、完善服务外包知识产权保护体系、积极有效开展服务外包投资促进工作、做好服务外包业务的统计工作等方面的政策支持，以加快我国服务外包业的健康发展。

2010 年，财政部、国家税务总局、商务部印发《关于示范城市离岸服务外包业务免征营业税的通知》，对注册在北京、天津、大连、哈尔滨、大庆、上海、南京、苏州、无锡、杭州、合肥、南昌、厦门、济南、武汉、长沙、广州、深圳、重庆、成都、西安 21 个中国服务外包示范城市的企业，从事离岸服务外包业务取得的收入免征营业税。总之，国家对服务外包行业的大力扶持是有目共睹的，诸多优惠政策的出台为我国服务外包企业的发展创造了良好的经济环境。

**4. 海外服务外包市场不断扩大**

根据工业和信息化部软件与集成电路促进中心统计，2008 年，中国软件与信息技术服务外包产业的离岸市场构成在总体分布上以日本为首，日本与我国的软件与信息服务外包业务占中国整个软件与信息服务外包离岸市场的 32.3%，美国与港澳台分别占 24.6% 与 12.9%（见图 6 - 1）。目前，从数据上可以看出，日本是我国海外 IT 外包的主要客户，因此，巩固与日本的外包业务对我国发展 ITO 具有重要意义。

我国承接日本服务外包业务的主要城市是大连、天津等沿海的经济发达城市。这些城市由于具有高素质高学历的人才资源，对于日语的掌握能力较好，吸引了很多日本服务外包发包企业与我国外包企业合作，基本上占领了日本软件与

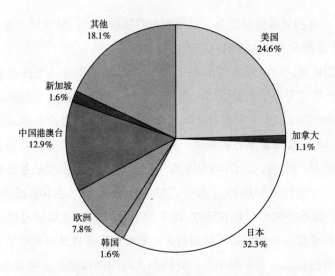

**图 6 - 1　2008 年中国软件与信息服务外包离岸市场构成**

资料来源：CSIP 中国外包网。

信息技术外包业务市场。在此基础上，我国企业也非常注重开拓和占领欧美国家的外包市场。

## （二）我国 ITO 发展优势分析

### 1. 拥有数量众多的科技园区

目前，我国已经在全国服务外包示范城市设立了一批高科技园区，在政策与资金等方面的扶植下，截至 2009 年，已有 53 个国家级高新技术产业开发区和 54 个国家级经济技术开发区。不仅如此，在研发经费中，近 1/3 的资金投入到国家高新技术开发中。近年来，国家逐渐认识到发展软件与信息技术外包等新兴高端产业对我国产业升级的重要意义，并通过各种方式为我国外包行业的发展提供支持。而国家级经济技术开发区也一直秉承“以工业项目为主、以吸引外资为主、以出口为主，致力于发展高新科技”的发展方针，一方面我国本土企业通过利用高科技园区的专业化集中、知识外溢、劳动市场共享等优势提升了自身的软件与信息技术外包业务水平；另一方面通过高科技园区所带来的外部经济，使行业整体发展空间得到扩大，使我国服务外包行业，尤其是 ITO 的品牌在全球竞争中拥有一席之地。

**2. 拥有完善的政策发展环境**

加入 WTO 以来，经济的进一步开放使得大量外资涌入中国市场，一批又一批跨国企业将目光锁定中国市场，并将亚太地区的销售、采购、物流以及研发等业务环节的核心部门逐渐转移到中国来。而最吸引外资企业的仍是我国一直以来在国际市场中保持的比较优势，即低成本的资本投入。近年来，我国已经通过选择一批一线城市作为发展 ITO 的示范基地，但是，尽管这些城市仍然作为外资企业的主要投资点，由于我国企业所承接的软件与信息技术外包并非属于业务的高端环节，我国的很多二线城市也是有能力承接外包业务的。而相对一线城市而言，更低的成本与逐渐完善的基础设施，以及政府的大力支持，都使二线城市逐渐成为外包企业选择中国投资的新宠。

相比其他国家，我国政府对外包行业发展的支持是有目共睹的，近年来优惠政策的不断出台促使国际上的发包企业不得不将注意力集中到中国市场上来。不仅如此，中国整体经济的稳健增长，即使在金融危机的低迷期，中国的经济危机相比全球经济的衰退也是平稳过渡的，因此，良好的投资环境与政治环境为我国加快发展 ITO 业务外包创造了条件。

## （三）我国 ITO 发展劣势分析

**1. 外包企业缺乏国际竞争力**

目前，我国信息技术外包市场的整体水平相对较低，尽管我国近年来积极发展信息技术外包，无论是政府支持还是企业自身的发展，通过各方的努力，我国的信息技术外包已经取得了积极进步。但是我国外包企业毕竟起步较晚，在业务经验等方面还有很多不足之处。企业在选择外包服务时，对承接方是有一定的标准的，目前，我国大部分 IT 承包企业在技术水平等方面还是有很大差距的，这就导致国内企业间的外包合作困难重重，而国外承包商高额的服务费对我国企业而言又难以承受，因此，大部分企业只能选择信息技术内部化，放弃对服务外包的选择。

**2. 信息技术外包人才缺乏**

对于刚起步的信息技术外包行业来说，我国的信息技术外包人才还是比较缺乏的。虽然我国劳动力资源十分充足，但具有丰富外包经验的专业人才非常稀缺。我国的专业教育比较偏向于理论性教育，对于实践课程的训练相对薄弱，大学生应对考试的能力强，理论性知识把握得好，对于现实工作中所面临的问题缺乏应有的训练。这样就导致我国信息技术外包方面的人才，尤其是复合型人才是极度缺乏的。而在国际外包服务中，外包服务人员是需要用发包国的语言来与客户沟通的，而当前我国的语言教育除了英语以外，对其他语种的教育还是没有得到足够的重视，这就对发展国际外包人才形成制约。

### 3. 外包市场发育不够完善

从信息技术外包这个行业的特殊性来说，标准性是非常重要的。如果一个行业没有一个统一的行业标准，那么参差不齐的业务标准将会影响整个行业的发展。行业技术标准是通过市场中一些重要的供应商与客户在合作技术项目时建立起来的，建立行业标准是一个国家提升竞争力的重要因素。因此，行业协会在行业中就起到了建立行业规范与标准的作用，在面临各种纠纷时，运用统一的行业标准不仅提升了行业内处理各类问题的效率，也为行业树立了统一的业务标杆，促使企业提升自身竞争力。因为 ITO 业务外包在知识产权的保护上具有更加严格的要求，这其中往往涉及商业机密与软件系统版权等问题，因此客户在选择承接方时，对知识产权保护的要求往往是比较重视的。而我国在这方面的意识还是比较淡薄的，我国政府尽管对于侵犯知识产权颁布了严厉的惩罚措施，但是企业还是应该防患于未然，这就需要行业协会的协助。

### 4. 外包业务处于低端环节

目前，我国企业承接国外的信息技术外包项目多数是低端业务，大多为简单的编程与测试工作，而极少涉及较为高端的 IT 业务。不仅如此，我国外包企业选择外包业务时，都把重心集中于发达国家的信息技术外包上，而忽略了本国的IT 行业需求，导致长期把业务锁定于国际上低端的外包项目，而不注重自身信息技术外包的研发与提升，这非常不利于我国信息技术外包品牌的提升和竞争力的增强。因此，如何提升我国信息技术外包业务承接能力是首要问题，这将对我国信息技术外包行业整体竞争力的提升起到关键作用。

## （四）我国 ITO 业务发展对策分析

随着全球化的逐步加深，我国本土市场与国际市场将逐步接轨，信息技术外包市场也不例外，通过与海外外包市场的业务接触、沟通，我国的外包企业也将逐步脱离初级的外包业务，提升自身业务水平，增强国际竞争力。因此，我国的外包发展前景，尤其是信息技术外包，还是很有潜力的。

### 1. 完善相关配套法律法规

尽管 IT 服务外包的政策已经相对完善，但要使我国 IT 外包能够得到迅速发展，仍需要加强相关配套政策的出台。针对行业中所出现的法律上的约束，制定详细的法律法规来规范市场，例如在签订合同、知识产权、资产出售、风险赔偿等方面给予法律规范。与此同时，在国家出台法规措施时，地方政府也应该积极配合，相应出台适应当地信息技术外包市场的具体规章制度。目前，我国发展的IT 示范基地都具有明显的地域特征，各个示范城市由于商业环境有所差别，在进行信息技术外包时，可以根据不同城市的具体情况具体分析。

### 2. 加强信息技术人才培养

我国信息技术外包市场人才储备虽然充足，但是信息技术外包的高级人才还是很缺乏的。由于我国所承接的外包业务仍是技术含量相对较低的低端环节，对外包人员的业务技能要求还不是很高，但发包方在选择承接方时，对承接方是否具有高素质的管理人才也是非常看重的，尤其是信息技术外包。对外包中涉及知识产权保护问题，外包企业是否具有能够高效避免此类问题的管理能力，也是发包方十分重视的。因此，我国在培养信息技术外包人才时，不仅要加强基础外包人才的培养，更要加强对高级外包管理层人才的培养，一方面我们要加强企业自身人才的培养，另一方面也要注重对海外高级人才的引进，通过制定一系列海归吸引政策，积极引进海外具有信息技术外包经验的高级人才，对于发展我国信息技术外包具有重要意义。

### 3. 发挥行业协会的积极作用

IT 外包市场在我国发展的时间还很短，企业的发展状况参差不齐，企业之间还没有形成统一的行业准则，急需一个行业协会性质的机构在信息技术外包企业中发挥协调作用。在组建行业协会时，可以充分发挥外包企业中的龙头企业的作用，帮助推动行业整体的业务水平提升，加快完善我国外包市场体系建设。同时，也应让那些正在积极发展中的外包企业占有一席之地，通过与它们的沟通、交流，了解企业的发展困难，有针对性地研究市场发展动态，成为政府与企业间的沟通桥梁，配合政府颁布相应的行业自律规范和鼓励政策，以加快我国 IT 外包产业的健康发展。

### 4. 提升外包业务国际化水平

一个行业要想在国际市场上具有竞争力，不可或缺的要素就是具有国际化标准。对于 IT 外包业务来说，具有国际化的标准更是必不可少的，这其中包括对 IT 产品、IT 系统的维护以及开发研制等一系列业务环节都需要进行标准化规范。对企业进行标准化规范，对承接方与发包方都是有好处的。当行业中对信息技术外包业务进行国际化标准定位时，要求任何一个企业都要遵守同样的行业规则，有助于提升市场的公平性，在遇到各种纠纷时，相关机构能够按行业规则作出裁决。与此同时，企业要创立自身的外包品牌，给海外外包客户留下良好的企业形象，为打入海外市场做好准备。另外一种增强我国企业竞争力的途径是获取国际资格认证，国际认证在很大程度上反映了一个企业的服务外包水准，为国际客户选择承接企业制定了标杆。因此，我国信息技术外包企业应该重视对国际资格认证的获取，这将成为我国打开信息技术外包国际市场大门的钥匙。

IT 外包对于整体世界来说都是一个新兴行业，我国紧跟国际潮流，在 IT 外包领域已经初见成效，这一方面要归功于 IT 外包行业的迅猛发展，如印度这种在 IT 外包领域发展成熟的国家，对于我国企业的发展具有借鉴作用；另一方面要归功于我国对外包发展的推动，这其中有政府的大力支持与企业自身的业务能力提升等。但是，我们也看到我国的信息技术外包仍有很多不足，还需要我国政府部门、外包企业和行业协会的共同努力。总体来说，我国在信息技术外包领域具有很好的基础优势，要充分利用这些优势，为拓展信息技术外包市场营造良好的环境。

## 二　中国 BPO 业务发展评价

### （一）我国 BPO 发展总体概况

我国改革开放 30 年来，经济发展取得了举世瞩目的成就，特别是 2001 年加入世界贸易组织以来，我国的国际贸易活动迅速增多，规模不断扩大，目前已经成为世界第一出口大国，国际贸易成为我国经济增长的主要动力。而服务外包作为国际贸易的重要组成部分，其发展势头已经成为我国新的经济增长点。在国际服务外包中，BPO 即业务流程外包正在成为服务外包的主要方向，我国的业务流程外包起步较晚，政府和企业都缺乏从事业务流程外包的经验，与之配套的政策法规和专业人才都尚显不足。但是，近些年由于业务流程外包市场的需求持续增加，我国开始从事业务流程外包的企业也逐年增加，并进入了快速发展周期。

我国业务流程外包发展较快，尤其是人力资源服务、客户服务、财务会计服务等方面发展迅速，该服务已经占到大约我国整体业务流程外包一半的比例。而且，我国潜在的市场也逐渐被国外的服务发包商所看中，许多欧美发达国家的跨国公司开始进入中国市场，与我国承包公司开始进行外包合作。2003 年，诺基亚将日本本土的客户服务业务发包给我国的呼叫运营商，通用电气、微软、索尼、联邦快递等都在积极与我国的承包商进行合作。目前，我国业务流程外包产业的国际市场占有率还很小，美国的市场几乎被印度外包企业垄断，欧洲的市场则被爱尔兰外包企业垄断。

我国业务流程外包市场属于服务供给市场，虽然越来越多的企业看好中国市场，但是我国可以承接这些业务的企业在数量上供不应求，在外包企业中只有40% 从事业务流程外包业务。我国企业在规模上也还不能达到国外服务发包商的要求，印度最大的专业从事业务流程外包的公司能达到五六万人的规模，而我国大部分的承包商都是几百人的小型企业，大型中型企业仅有大约 1/4。而且我国企业中的从业人员素质也有待提高，企业也缺乏国际承包的经验，如寻找客户的能力，与客户沟通的能力，以及整体的营销能力。此外，我国大部分承包商的服务的附加值较低，比如在商业服务方面，服务附加值最高的国家巴布亚新几内亚、瓦努阿图和新加坡都达到 20% 以上，而我国的比率只有 3% 左右。在计算机信息服务方面，位居首位的爱尔兰产品附加值达到 15% 以上，而我国尚不及 2%。[①] 企业规模小，竞争能力也就弱，使得我国在业务流程外包上的人才流失比较严重，大型跨国公司总是能将优秀的人才吸引到自己的公司。这也是阻止我国业务流程外包企业发展的问题之一。随着我国对业务流程外包产业的大力推动，目前已涌现出不少业务能力和企业规模都相对较大的企业，如东南融通、东软、文思创新、药明康德、浙大网新、海辉软件、博彦科技、大连华信、软通动力、中软国际等企业，荣膺 2010 年中国服务外包领军企业前 10 强。

我国业务流程外包的主要市场是日本，大约有 2/3 的业务流程外包需求来自

---

① IMF, Balance of Payments Statistics Yearbook.

日本，这是由于我国与日本的地理位置邻近，历史文化类似，语言和思维方式也比较接近，所以许多日本企业倾向于将外包业务承包给我国外包商。但是值得注意的是，我国所承包的来自日本的外包业务大部分属于附加值很低的业务，日本本国的大部分附加值高的业务都没有采用离岸外包的方式，而是选择国内的企业完成，只有 2% 的业务流程外包业务选择了我国的企业。因此，日本仍然是一个具有潜力的市场，相信随着我国外包市场的逐步完善，承包企业的实力增强，我国与日本在业务流程外包服务行业的合作一定会更加深入。目前，美国是全球业务流程外包最大的发包地，但大部分的业务流程外包业务都被印度垄断，印度相对于我国有语言优势，并且软件产业发达，通信基础设施好，十分符合美国发包商的标准。我国未来业务流程外包的主要目标是在巩固日本市场的基础上，积极寻求与美国发包商的合作，而且美国是我国最大的贸易伙伴，双方有很好的贸易合作基础。

由于我国各省市的发展状况和基础条件都不平衡，发展业务流程外包不能一哄而起，要根据不同地区的实际情况因地制宜地制定外包发展思路，逐渐形成以重点城市为中心的业务流程外包产业格局。北京以业务流程外包研发为中心，上海以金融业务流程外包为中心，华南以广州和深圳为中心，华中以长沙和武汉为中心。目前，大连、西安、成都、上海、深圳、北京、杭州、天津、南京、武汉、济南、合肥、长沙、广州、重庆、哈尔滨、大庆、无锡、南昌、苏州、厦门已成为中国服务外包示范城市，这些城市的良好发展起到示范作用，带动了所在区域的整体发展。这些城市的发展也得到了世界的认可，IDC 在关于最有可能进行离岸业务流程外包的亚洲城市排名中，我国的大连、上海和北京在 35 个城市中名列前茅，说明我国城市的业务流程外包产业发展势头良好。

我国企业发展业务流程外包主要是服务外包，2007 年，美国次贷危机使得全世界的经济陷入了低迷，服务外包市场受到的冲击很大，业务流程外包发包商对产品和服务的需求因而快速减少，使得我国专门从事业务流程外包的企业的客户陡然下降，甚至无法进行正常的经营。这次危机带来的启示是，企业对国外发包商的依赖性不能过大，当经济快速发展时期，很多企业凭借经济的大形势可以轻松获利，当经济形势急速恶化时，这些企业首当其冲遭遇生存危机。因此，我国企业需要提高自身的核心竞争力，积极拓展本国的服务外包业务，以摆脱过分依赖境外服务外包商的局面。

## （二）我国 BPO 发展优势分析

第一，我国改革开放以来，政治局面稳定，经济发展迅速，为发展业务流程外包行业提供了良好的外部条件。自 1979 年改革开放以来，我国 GDP 的平均年增长率达到 9% 以上，与业务流程外包联系较为紧密的国际贸易也发展迅速，2009 年，我国进出口总额为 22072.7 亿美元，而 2010 年仅前 11 个月的贸易进出口总额就达到 26772.8 亿美元。[①] 相比世界格局的错综复杂，我国政治经济环境稳定，从外部环境来看，我国在世界上的影响力逐步提升；从内部环境来看，我国人民安居乐业，在党和政府的领导下积极推进社会主义现代化建设。而业务流程外包的发包商最重视的外部环境就是稳定的社会环境和快速发展的经济环境，这既可以规避由于国家内部政治不稳定、国家间关系不稳定所带来的风险，也可以借助快速增长的经济扩展自身的市场，显然我国具备了这两条重要的发展环境。

第二，我国人口基数大，劳动力资源丰富，人力资源成本低廉，具有高等水平的专业技术人员越来越多。发包商之所以将业务流程外包转给承包商，除希望得到更有效率、更专业的服务以外，最重要的目的就是减少成本提高利润。比如即使是我国业务流程外包发展较快的一线城市如北京、深圳、上海、广州，一个软件程序员的平均年薪仅是美国类似程序员的不到 1/4，是印度的从事类似工作的软件程序员的一半。而且近年来由于我国对教育的重视，越来越多的人接受了高等教育，2010 年我国在校本科大学生有近 1180 万人，硕士研究生有近 116 万人，这些都是我国丰富的人才储备。

第三，我国开展业务流程外包的基础设施，如通信设施和网络设施发展水平较高，而且逐渐覆盖全国。2009 年，我国累计完成电信业务总量 25680.6 亿元，同比增长 14.4%，实现电信主营业务收入 8424.3 亿元，同比增长 3.9%，完成电信固定资产投资 3724.9 亿元，同比增长 26.1%，实现电信增加值 5012.2 元，同比增长 7.0%。而我国的电信综合价格水平同比下降了 9.0%。2009 年，全国电话用户净增 7946.7 万户，总量达到 106107.2 万户。移动电话用户在电话用户总数中所占比例达到 70.4%。2009 年，全国网民数净增 0.86 亿人，总数达到

① 中国商务部网站，http：//www.mofcom.gov.cn/。

3.84 亿人，互联网普及率达到 28.9%，手机网民数净增 1.2 亿人达到 2.33 亿人。2009 年，全国光缆线路长度净增 148.8 万公里，达到 826.7 万公里。固定长途电话交换机容量净增 15.1 万路端，总长达到 1705.9 万路端。基础电信企业互联网宽带接入端口净增 2702 万个，达到 13592.4 万个，全国互联网国际出口宽带达到 866367Mbps，同比增长 35.3%。① 总之，我国一直在马不停蹄地进行通信网络的基础设施建设，这不仅给人民生活带来了极大的方便，也为业务流程外包产业发展创造了有利的条件。

第四，我国巨大的内需市场为业务流程外包发展提供了广阔的空间。我国有 10 多万家大型企业和 1000 多万家中小型企业，在经济快速发展的形势下，这些企业都在努力提升自身的竞争力，由于承接业务流程外包业务的市场大，需求多，利润较为可观，许多企业开始进入业务流程外包领域，其中有相当一部分企业由于实力强、资本雄厚而受到发包企业的青睐。中国拥有 13 亿人口，巨大的人口数量则意味着巨大的消费需求和广阔的本土市场。对于国外发包商来说，中国不仅是一个巨大的外包承包商市场，还是一个巨大的服务消费市场，随着经济的快速发展，人们生活水平的提高，人们消费能力的增强，业务流程外包的许多业务本身在国内就有较大的市场。

目前，在我国境内大约有 40 万家跨国公司，其中很多公司都从事服务外包业务，大部分高端业务流程外包合同都是国外的发包商与这些跨国企业在中国的分公司签订的，可以看出我国境内的这些从事业务承包的跨国公司同样是我国吸引国外承包商的优势，虽然他们的存在对我国本土承包商的发展造成了一定的压力，但是他们的积极作用也是显而易见的，他们所带来的先进技术会因此传播到我国，我国的承包企业可以利用这种机会接触到更先进的经营思想，从而提高自身的竞争实力。根据研究，这些跨国企业能够吸引国外许多高端的外包商将他们的业务离岸外包给中国企业，使得我国的承包企业有机会与这些高端的发包商近距离接触，扩大市场，宣传自己。

## （三）我国 BPO 发展劣势分析

第一，语言是影响我国业务流程外包行业的主要因素，我国要大力开发美国

---

① 《2009 年全国电信业统计公报》，http://www.gov.cn/。

和欧洲的业务流程外包市场，语言文化是主要劣势之一，国际上的大部分业务流程外包来自英美国家，这些国家的语言是英语，虽然我国在近些年来非常重视英语教育，学生从小学开始就接受英语教育，但是毕竟官方语言是汉语，人们日常生活同样是用汉语，英语几乎只有在学校的课堂上才会使用，人们的平均英语水平无法与其他先进的业务流程外包发达国家相比。全球最发达的服务外包国印度的官方语言是英语和印地语，欧洲最成功的服务外包国家爱尔兰的官方语言是英语和盖尔语，最近服务外包行业上升势头强烈的菲律宾的官方语言是英语。这些国家的人说英语，写英语，用英语，因而在与欧美发包商的接触中占有天然的优势。虽然业务流程外包对通信、网络、交通等基础设施要求较高，但是服务行业对人力的要求也很高，使用相同的语言是一项极大的竞争优势。目前我国非英语专业的大学四级英语中与业务流程外包相关的单词不到一半，导致英语专业的学生虽然英语能力过关，但是不具备其他如电子信息、财务管理、金融等专业知识，而具备这些专业知识的学生的英语能力又不过关，既掌握核心技术又精通外语的人才更是少之又少。我国的外包人才储备与其他竞争国家的人才相比在语言文化这一竞争因素中处于劣势，如果不解决这个劣势，我国发展业务流程外包将会受到较大的制约。

第二，与其他的服务外包业务相比，业务流程外包对从业人员的要求更加严格，财务会计、金融服务、人力资源管理、信息技术、市场营销等都需要从业人员至少掌握其中一项。对于从事业务流程外包的人员来说，不同的职位需要不同的专业知识，越高级的职务越需要全面的高水平的知识。如一线工作者不仅需要掌握一般的信息技术，还要懂与之合作国家的语言，同时还需要掌握至少一项关于金融、会计等的专业知识。对于外包企业的高管来说，不仅要求具备市场营销、企业管理等知识，还要有敏锐的战略眼光和丰富的谈判经验，更要熟悉与之合作的国家的法律和文化。可以说对于从事业务流程外包的人员来说，对学术背景、专业知识、语言能力、服务经验、战略眼光等综合素质要求很高。根据调研，我国虽然接受高等教育的人数很多，但能够很好地胜任该行业需要的人员较少，仅上海每年就约有 3 万个服务外包岗位招不到合适人才。在业务流程外包越来越成为国际贸易中重要组成部分的今天，我国应该增设专门研究该行业的研究机构，制订出台培养服务外包人才战略规划，从而加快推动我国业务流程外包产业发展。

第三，由于业务流程外包产业在我国的发展时间较短，我国与该行业有关的法律法规、监督机构等的建立都不是很完善，导致业务流程外包整体竞争力较低。而主要竞争对手印度，早在 20 世纪 80 年代就建立了专门从事服务外包的监督管理机构，并制定了一系列法律法规来规范市场。建立专门监督管理机构能够为从事业务流程外包的企业提供先进的行业理念，可以提供最新的相关商业信息，可以研究国内外形势，并制订相应的发展计划，进行行业整合，使我国的业务流程外包行业健康有序发展。因此，我国急需要建立完善的监督管理机制和建立国家级的监督管理机构。此外，我国还应该增强知识产权保护的意识，因为业务流程外包业务经常涉及发包商较为核心的商业秘密和企业机密。因此，从个人到企业都应该重视对知识产权保护意识的学习。前文曾提到，我国有大约 40 万家跨国企业，有很大一部分附加值高的服务外包合同的签约方都是这些跨国公司在我国设立的分公司，虽然这些公司给我国带来了很多大型客户和先进的行业思想，但在客观上确实给我国本国的承包商带来了很大的竞争压力。本土公司由于实力所限，不能提供像大型跨国服务外包公司那样丰厚的待遇，因而留不住优秀的技术人才，这不仅是本土企业的人才流失更是国家的人才流失，因此，制订和完善服务外包监管体系，是加快业务流程外包发展的必要前提。

## （四）我国 BPO 发展政策分析

由前文所述，我国业务流程外包产业的国内环境和外部世界环境都存在着一系列的优势与劣势，优势促进发展，劣势阻碍发展，总体来说，我国业务流程外包行业的发展前景还是相当乐观的。现在全世界正在从金融危机中恢复，各国政府都在大力推进经济复苏，世界上的业务流程外包行业又重新发展起来。英国著名的《经济学人》杂志将中国列为印度在服务外包行业最大的威胁。结合我国的优势与劣势以及世界的经济大背景，我国应该采取正确的政策扬长避短，比如，建立完善的有关业务流程外包专业人才的培养机制，依靠高等院校、研究院所，或者直接建立与业务流程外包行业的学校等，培养更加专业的适合从事该行业的人才，避免出现人才量大质差的尴尬局面。同时继续加强我国信息网络的基础设施建设，现代信息通信技术发展迅速，设备更新换代很快，再加上业务流程外包十分依赖于这些设施，想要吸引更多的发包商，就要继续巩固基础设施，而且这些设施的建立不仅有利于这一种行业，也利于我国其他行业的发展，也利于我国人民生活水平的提高。我国还应建立监督管理机构，我国国内业务流程外包市场现在发展不平衡，秩序比较混乱，就是因为没有一个进行统筹规划的机构。建立监管机构不仅可以对市场进行监管，还可以对我国的市场进行有针对性的研究。我国政府应该出台相关的政策法规，政府的政策对业务流程外包行业有着非常积极的刺激效果，像减少税收、融资优惠等政策。此外政府还可以从国家战略方面考虑制定一些政策，使我国的业务流程外包可以根据我国的需要沿着正确的道路发展。

近些年来我国政府逐渐发现我国发展业务流程外包行业的潜力和该行业蕴藏的巨大利润，我国政府相应制定了一系列与行业有关的政策法规来推动行业发展，规范行业市场。我国在 2006 年在《国民经济与社会发展第十一个五年规划纲要》中提出"要加快转变对外贸易增长方式"，"建设若干服务业外包基地，有序承接国际服务业转移"，这些政策从根本上确定了我国发展业务流程外包产业的计划以及实施纲要。在 2007 年《政府工作报告》中提出"大力承包国际服务外包，提高我国服务业发展水平"。商务部提出"千百十工程"，即在全国建设 10 座具有一定优势的服务外包基地城市，促进 100 家世界有影响力的跨国公司将服务外包的对象选为中国，发展 1000 家具有世界标准也有竞争力的服务外包型企业。我国也针对我国从事业务流程外包的人力资源水平不够的局面，制定了相应的政策，如 2009 年商务部与教育部颁布了《关于加强服务外包人才培养促进高校毕业生就业工作的若干意见》。我国与业务流程外包相关的通信网络等基础设施也在加大力度继续建设，2009 年工业和信息化部决定支持服务外包示范城市的国际通信发展，设立服务外包示范城市与国际端口的信息高速公路，完善电信基础设施建设，提高电信服务效率。为了配合我国政府大力发展业务流程外包的政策，我国各个地方政府尤其是我国重点发展服务外包的城市也都出台了积极的政策法规，如 2009 年重庆市颁布《重庆市促进国际服务外包产业发展若干政策措施的实施办法》，2008 年江苏省颁布《江苏省促进国际服务外包产业加快发展若干政策措施实施办法》，2010 年湖南长沙高新区公布园区促进服务外包产业发展的新政策《促进服务外包发展暂行办法》。

## 三 中国金融服务外包发展评价

### （一）中国金融服务外包发展概况

金融服务外包发展伴随着全球服务外包的发展，从 20 世纪 70 年代开始兴起，到现在已经发展了40个年头，从最初的将交易记录储存、印刷等简单的业务外包，到现在依托强大的信息技术将业务流程、人力资源管理等业务外包，金融服务外包业务所涉及的范围越来越广泛，并且日益深入，甚至深化到发包的金融机构的较为核心的内容，如资产管理、抵押贷款、业务咨询等业务，金融服务外包已成为引领世界服务外包发展的动力之一。随着全球金融服务外包的快速发展，我国金融服务外包产业也随之发展起来，预计到2015年，我国和印度将成为全球金融服务离岸外包的两个中心。

第一，我国金融服务外包行业还处在比较初级的阶段，参与服务外包的机构的实力尚比较弱。目前，我国正在进行产业结构调整，总体来说，我国的第三产业的发展仍然处于比较初级的阶段，这就导致我国的金融业和服务业整体水平较之发达国家还有不小的差距。我国的金融服务外包行业目前是以承包为主，以金融信息技术外包为主，以提供较为低端的金融服务为主，以金融业务流程外包为辅，以提供较为高端的金融服务为辅。但是我国金融服务承包商随着近些年来的发展，出现了一些实力不俗的企业，如华道数据，主要从事离岸外包业务，主要提供的金融服务有有关保险业后台解决方案、银行后台解决方案、财务会计共享等业务。华拓数码是我国最早成立的、规模最大的提供数据扫描以及相关配套业务的金融外包企业之一。这些企业的实力正在逐年增加，规模逐渐增大，业务水平逐年提高。

但是，我国的这些公司与国外一流的承包公司相比，差距显而易见，如美国的IBM公司，在全球160多个国家开设分公司或是服务中心，区域覆盖北美、欧洲、亚洲。又如埃森哲公司是从事管理咨询和技术服务的外包企业，在全世界50多个国家设有分支机构，全球员工达到18万余人。除了这些来自发达国家的外包公司，我国在国际服务外包市场上的主要竞争对手印度也有很多从事金融服务外包的世界级大型外包公司，如位于全球著名的服务外包城市印度的班加罗尔的Infosys公司，在世界500强企业中名列前茅，全球员工已达10万多人。由此可以看出，我国的承接金融服务外包的企业要想赶上这些国外大型公司的规模和实力，还有很长的路要走。

第二，我国本土金融服务外包企业承接的业务比较低端，附加价值也比较低。金融服务外包行业所涉及的业务大约有三种，即信息技术外包、业务流程外包、知识处理外包，这三个层次技术含量不同，附加值不同。由于我国的金融行业发展时间较短，金融企业作为发包商所外包的业务都是较为基本的一些信息技术外包，承包商由于实力和规模都和印度、爱尔兰等国家有差距，所以承接的金融外包业务也基本都属于较低业务层次。有些实力较强、规模较大的企业也承包一些业务流程外包方面的业务。但总体看来，在我国承接大多数业务流程外包和知识处理外包业务的都是国际上大型跨国公司或金融企业在我国的分支机构。由于我国企业的接单能力较差，使得许多承包的业务很多都不是直接承包国外的金融企业，而是从这些企业在中国的分支机构中获得的，使得我国在这些业务上损失了一部分利润。此外，我国企业与发包商的合作并不深入，也就是说我国大部分的企业与发包商的合作关系仍停留在简单的承包发包上面，没有形成深入的战略合作关系。因此，我国的企业在提高自身实力的同时，还要与国际标准接轨，更要加强与承包商的深入合作，这样不仅能够拓宽市场，还能形成更为稳定和长期的合作关系。

借鉴国外的外包经验，通过服务外包来提高企业的整体效率，降低成本，将企业自身的一部分非核心业务承包给第三方企业来完成。我国金融企业的发包业务主要集中在 IT 领域，从行业总体上来看，外包的规模和范围还都比较狭小。近年来我国的金融公司在选择承包商时已经将眼界从国内公司转向了国际知名的服务外包公司，如国家开发银行将 IT 硬件和软件系统维护承包给惠普公司。我国金融企业的发包业务大部分属于较为低端的业务流程外包和信息技术外包，整体发包经验不多，市场也不是很完善，但是随着金融服务外包发展步伐的加快，将自身推向外包市场推动了我国的金融服务外包市场的发展。

第三，我国金融服务外包产业和业务流程外包以及信息技术外包相似，金融服务外包产业向重点城市和区域布局。由于金融服务外包主要涉及金融领域和 IT 领域，因此在金融和 IT 业比较发达的城市发展尤其迅速，如我国的一线城市北京、上海、大连三个城市就占有我国金融服务外包发展业务量的一半以上。我国二线城市近年来金融服务外包发展同样迅速，这些城市的科技和经济的发展十分迅速，信息技术和金融领域的市场迅速成型，如杭州、南京、成都等城市。这些在信息技术外包和业务流程外包领域上发展较好的区域和城市，在金融服务外包领域同样发展势头良好。不同的区域和城市有着各不相同的优势，一线中心城市，如上海、北京、深圳、广州，这些城市以较为高端的金融服务、咨询业务为目标；而天津、杭州、南京的金融业发展快，信息技术基础较好，适合发展金融

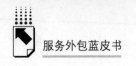

服务外包中的信息技术业务；像武汉、济南等城市人力资源丰富，成本较低，信息技术发展良好，适宜作为我国金融服务外包产业的后备基地，成为我国金融服务外包产业的坚固的后方。

第四，我国本土的金融服务外包企业主要承接本土的金融机构的外包业务和少量国外金融企业的金融业务。目前，在我国的金融服务外包市场上有三类从事金融服务外包的公司：一是我国本土的从事金融服务外包的企业；二是跨国金融公司在中国建立的分支机构，如花旗集团客户服务及营运中心（广州、珠海）；三是跨国服务外包公司在中国建立的分支机构，如惠普全球软件服务中心、IBM科技有限公司等，这些公司由于知名度高，企业实力强，软件硬件设施完备，因而对金融服务外包发包商的吸引力较大。三种类型的企业发展状况不同，我国的本土企业实力和规模较小，而其他两种类型的企业规模和实力强于我国的本土企业，因而占据了大部分附加值较高的业务流程外包和知识处理外包业务。从事服务外包的跨国企业有着享誉世界的声誉、雄厚的财力和技术基础，客户数量大，订单金额高。而金融机构在我国的分公司又有着天然的客户来源，这些机构会承接母公司在全球或者特定区域和国家的金融服务支持业务，同时也承接一些中国企业的外包业务。由此可见，我国的本土的金融外包企业面临着较大的生存和竞争压力。

## （二）中国金融服务外包发展优势分析

金融服务外包的发展与信息技术外包和业务流程外包关系紧密，而我国的后两项领域正在飞速发展，而且潜力巨大。信息技术和业务流程外包发展的优势同样也是金融服务外包发展的优势，我国的政治稳定，经济发展平稳快速，人力资源丰厚，人力成本低廉，通信网络的技术设施较为完备，我国有着广阔的内需市场。这些优势都在促进我国金融服务外包的发展，此外，由于金融服务外包指向的是金融业，因此一个国家或者地区的金融业发展状况同样影响金融服务外包的发展，近年来我国金融业稳定的发展，经过几十年的建设，我国形成了比较健全的金融体系和制度，我国金融体系的主体是商业银行、证券公司、保险公司，同时我国还建立了中国银行业监督委员会、中国证券监督委员会、中国保险监督委员会等监督管理机构来维护和监管我国的金融业发展。我国的银行业现在由 4 大国有银行、11 家股份制商业银行以及其他的城市银行等组成，经过多年的发展，我国的 4 大国有银行全都成为世界前 500 强企业。我国的保险业同样发展势头良好，2010 年我国保险业的收入超过 1 万亿元人民币，我国的中国人寿、中国平安这些中国保险企业的领军人物都位于世界 500 强企业的前列。我国目前证券业发展势头良好，全国有证券公司 100 多家，基金公司 60 余家。我国金融业经历过东南亚金融危机和美国次贷危机的洗礼，并且在两次金融危机中表现稳定，都是安全渡过危机，表现出强大的稳定性。金融业的稳定快速发展是我国金融服务外包业发展的强大动力。

### （三）中国金融服务外包发展劣势分析

#### 1. 金融服务外包业务发展不平衡

当前我国金融服务外包业务还局限于对金融 IT 的业务外包，不仅如此，我国整体金融服务外包的业务范围就很有限。这一方面是由于当前国际上服务外包就是一个新兴行业，另一方面还是由于我国自身经济等多方面的综合原因。由于金融 IT 服务外包的技术成本过高，因此金融机构在选择外包时，IT 外包的主要吸引点就在于对于企业成本的降低。但是，由于我国整体上对于金融服务外包的认识不足，并且我国自身金融 IT 外包人员的技术水平有限，金融 IT 业务外包在我国的发展前景也不容乐观。现在在大型银行中，除国家开发银行之外，其他的大型国有银行并没有参与业务外包项目。尽管 4 大国有银行具有雄厚的资金支持，对于金融 IT 外包项目并没有成本上的问题，但是，由于我国金融服务外包企业的技术水平与外包需求者自身的 IT 技术水平之间存在脱节，尽管这些机构存在外包的需求，但是，需求者自身的 IT 业务人员就具有相当雄厚的技术实力，在 IT 系统维护和软件开发上具有较高的技术水平，对于银行核心业务的 IT 系统，由于存在保密性银行难以外包，而对于银行的非核心业务，金融外包企业与银行自身的业务水平差距较大，致使银行最终仍是选择自己解决，因此，在寻求外包方时过高的标准定位就致使金融外包企业无法承接业务。相对而言，承接金融外包业务较多的是大中型非国有控股的商业银行，地方性银行由于资金有限，金融外包的成本并不能对这类银行构成吸引力，因此，我国整体的金融服务外包结构存在发展失衡。

#### 2. 金融服务外包市场体系不够完善

现在我国金融外包市场上较为活跃的外包承接企业主要为外资或是合资的大

型 IT 企业，而我国的本土企业相对较少，这主要是因为我国本土的金融外包企业的业务水平仍然有限，相比较国际上金融服务外包发展较为成熟的大型跨国企业，我国的发展水平还是相对落后的。一方面，由于我国的金融外包行业也属于刚起步的阶段，国家还没有对金融服务外包，乃至整体服务外包行业做出较为权威的行业标准与规范，这就致使众多的外包企业在业务完成质量上参差不齐，有高有低。没有统一的国际化标准，对金融服务外包有需求的企业就无法准确地确认我国金融外包承接企业所完成的服务质量，因而对我国的本土企业失去信心。另一方面，由于我国没有在服务外包行业设有相应的监管机制，而针对金融领域的外包业务，保密性、金融知识产权等方面的监管措施是十分重要的，我国金融外包企业由于缺失统一的行业监管，致使发包方的利益无法得到合理的保障，当出现各种纠纷时，无法通过相关的法律规定进行裁决而导致双方由于不必要的问题而耽误过多的精力与财力，因此出于对防御风险与处理纠纷机制的考虑，发包方也将谨慎选择我国金融外包企业作为服务的承接方。

### 3. 金融服务外包市场开放度相对较低

当前我国的金融市场的市场准入机制仍然很不健全，只允许少数的银行办理离岸业务，这样的市场制度导致大多数中资银行是无法进入离岸金融市场进行业务往来的。我国在金融服务外包方面仍是领域中的初学者，有很多方面仍需要向国际上在金融服务外包领域拥有先进技术与管理水平的大型企业学习，因此离岸金融服务对于我国金融服务外包的发展是有促进作用的。通过在离岸服务过程中，与海外金融机构的业务往来与合作，促使我国的银行等金融机构在实践中增强金融服务的综合素质，提升我国的金融品牌在国际上的影响力，对我国发展金融服务外包具有积极意义。

### 4. 金融服务外包风险监管水平较低

金融服务外包由于其本身的特点，因此在伴随着低成本优势的同时也蕴涵着巨大的风险，这些风险可以包括外包失败的风险、外包收益分配的不确定性风险以及违约风险等。面对种类如此繁多的外包风险，我国的金融服务外包市场机制仍然很不健全，没有统一的监管机制与风险防范机制，这样的现状导致很多因我国低成本优势吸引而来的外包发包企业也为此望而却步。而国际上对金融外包企业早已制定了相关法律条文进行约束与规范，我国金融服务外包的风险监管体制与国际上的明显差距将严重阻碍我国金融服务外包的发展。

### （四）中国金融服务外包发展对策分析

#### 1. 选择适合国情的金融服务外包模式

当前，我国金融服务外包市场尚不成熟，业务的参与者以银行为主，因此应该首先从银行开始治理金融服务外包业务。首先应该全面分析银行的业务流程，针对银行业务的各个环节在银行整体业务中的价值比重对银行的赢利模式进行研究分析，确定合理的银行运营模式与赢利机制，并且通过对银行业务的全面审视，对金融服务外包的风险进行有效的控制与防范，完善行业相关监管机制或风险防范政策法规，以保障金融服务外包双方的利益权利。其次，银行在承接金融服务外包的业务时，要结合自身的综合实力，量力而行去选择承接项目，随着我国风险控制及其监管制度的不断改善，我国的金融外包机构，应该"走出去"承接金融服务外包项目，并建立适合我国国情的金融服务外包模式。

#### 2. 建立完善金融服务外包的法律法规

由于我国的金融服务外包市场仍处于起步阶段，金融监管部门还没有针对金融机构的服务外包业务采取有效的管理措施，法律法规等制度建设尚不完善。因此，这样的现状对我国发展金融服务外包将产生不利影响。鉴于金融行业本身所具有的高风险与不确定性等特点，金融服务外包业务的潜在风险是可想而知的，监管和相应部门应该充分认识这一点。通过对我国金融外包企业在实践中的业务情况调整研究，借鉴国际上发达国家对于金融市场监管与服务外包的风险管理机制，结合我国的具体国情，尽快出台相关的监管机制和风险管理办法，为我国发展金融服务外包创造有利的条件。

#### 3. 加大对金融服务外包产业的支持力度

我国金融服务外包产业的发展，只有政府的政策措施作为坚强后盾，才能更好地提升企业的金融服务竞争力。首先，各级政府已经出台了一批相关的支持政策，这些政策都在一定程度上加速了我国服务外包的发展进程，但力度有待进一步加强。可以通过将金融服务外包产业列入国家鼓励发展的产业目录，来增强外包企业信心，加快促进金融服务外包产业的进一步发展。其次，我国相关部门应尽快出台金融服务外包的资格认定与信用评级制度，通过将行业进行标准化规范，统一企业的服务要求，对保障服务外包双方的利益起到积极作用，促进金融服务外包产业朝着健康规范的方向发展。最后，应尽快成立金融服务外包行业协

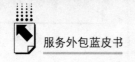
会，强调协会的监管与行业自律职能。协会在代表金融服务外包企业利益的同时，也要着眼于整个行业的健康发展，为提升我国金融服务外包在国际市场上的竞争力作出积极努力。

**4. 加快培养更多的金融服务外包人才**

培养一大批高素质的金融服务外包专业人才，对于我国发展金融服务外包产业具有重要的战略意义。对于新兴的金融服务外包专业，目前，我国高等院校对于此类专业的教育还是涉及较少。因此，我国应加强学校对相关专业方向的调整，增加专业设置与课程设置，在重视对学生的理论教育的同时，更要加强学生实践能力的培养和训练，尽快为我国金融服务外包行业提供复合型人才。与此同时，借鉴我国软件与信息技术服务外包的经验，设立相关的金融服务外包示范基地，选择北京、上海等金融发展水平较高的城市作为创新示范基地。一方面，可以将金融服务外包的优秀人才送往基地进行培训，通过实践过程了解金融服务外包的整体流程；另一方面，通过专业性集中的示范基地，吸引大量金融服务外包企业进驻，就如同软件园一样，将研发与经营融为一体，将我国金融服务外包的品牌推向国际市场。

**5. 积极推动金融服务外包高端业务发展**

由于我国金融服务外包的管理能力比较薄弱，缺乏高素质的金融服务外包高级管理人才，目前承接的服务外包项目主要处于金融业务的低端环节。然而，承接低端服务项目将无益于加快我国金融服务外包的发展。虽然我国企业拥有低成本的比较优势，但是金融服务外包中的低端业务并不能给企业带来较高的利润，长此以往低端的金融外包项目将会制约我国金融服务外包的发展。因此，我国金融服务外包企业应该着眼于发展高端的金融服务外包项目。在建立外包研发基地时，我国企业要充分利用已有的比较优势与资源，瞄准金融服务外包中知识密集度高、信息含量大、可操纵性强、风险小的高端服务外包业务发展方向，努力提升我国金融服务外包的产业层级。

**6. 努力开展金融服务外包的业务创新**

增强自主创新能力与研发能力，创造企业自身的竞争价值，对于企业承接金融服务外包的核心业务有关键性作用。目前，我国企业所承接的金融外包业务主要集中于特定的功能性业务，如客户服务、金融分析、客户软件系统开发等简单业务，而相对复杂的金融业务外包项目则很少涉及。因此，我国企业应该加强对金融创新业务的拓展与研发，对一系列金融衍生业务、新兴业务以及外包市场中的高端业务进行系统的学习与实践，积极参与国际金融服务外包市场的国际合作与竞争。

目前中国已经具备了发展金融服务外包的比较优势与基础条件，但是，相对国际金融服务外包来说，我国的企业仍然需要进一步加大创新力度。随着全球化的深入，金融服务外包将逐渐成为全球经济中日益重要的新兴产业，我国金融服务外包企业要通过与国际金融机构的业务往来与合作，借鉴国外金融服务外包企业的创新经验，加快外包业务产品的创新与开拓，努力提升金融服务外包企业的核心竞争力。

# B.7

# 第七章

# 中印服务外包竞争力比较

## 一 中印服务外包总体竞争力比较

服务外包产业的快速发展反映了服务业的全球转移趋势。印度服务外包产业已发展成为该国的支柱产业，在世界服务外包市场中占有重要地位。中印两国都是发展中国家，比较中印两国服务外包竞争力及影响因素的差异对我国服务外包的发展具有重要的借鉴意义。

到目前为止，我国服务外包竞争力与印度还有很大差距，根据印度国家软件和服务公司协会发布的研究报告，2010 年印度 ITO 和 BPO 营业额约为 729 亿 ~ 742 亿美元，而我国商务部统计的中国同年的服务外包合同金额仅为 274 亿美元，与印度相差甚远。此外，2010 年 12 月，加拿大研究和咨询公司 XMG 调查数据显示，中国 2010 年外包业务预计将占全球外包业务的 28.7% 或 357.6 亿美元，与印度所占 43.7% 的份额仍有差距，但差距正在缩小。

由于在服务外包方面，我国和印度的离岸服务外包的市场份额都很高，比如根据中国服务外包网的数据，截至 2009 年 6 月，我国累计承接服务外包合同执行金额为 142.4 亿美元，其中离岸服务外包占 94.9%，而印度占全球服务外包的市场份额就更不用说。所以下面我们主要比较中印两国离岸服务外包的竞争。我们主要从两国 ITO 和 BPO 出口额与两国 ITO 和 BPO 的显示性比较优势指数两方面比较中印两国离岸服务外包的竞争力。其中，显示性比较优势指数（Revealed Comparative Advantages，RCA）是美国经济学家 Bela. Balassa 于 1976 年提出的一个具有经济学价值的竞争力测度指标。显示性比较优势指数是指一个国家或地区某种商品的出口额占其出口总额的份额与世界贸易中该类商品世界出口额占其出口总份额的比率。用公式表示为：

$$RCA_{ij} = \frac{X_{ij}/X_i}{X_{wj}/X_w}$$

式中，$X_{ij}$ 为 $i$ 国或地区第 $j$ 种商品的出口额；$X_i$ 为 $i$ 国或地区所有商品的出口额；$X_{wj}$ 为世界第 $j$ 种商品的出口总额；$X_w$ 为世界所有商品的出口总额。这个指数剔除了国家总量波动和世界总量波动的影响，因此较好地反映了该产品的相对优势。根据日本贸易振兴协会（JETRO）推荐的比较值，当 RCA > 2.5 时，说明该国家（或地区）在第 $j$ 类产品贸易方面具有显著比较优势；当 2.5 > RCA > 1.25 时，说明其具有比较优势；当 1.25 > RCA > 0.8 时，说明其具有一般比较优势；当 RCA < 0.8 时，说明其不具备比较优势。

这里 ITO 是一国计算机与信息服务的出口值，用来衡量一国承接 IT 服务离岸外包的数量；BPO 是其他商务服务的出口值，用来衡量一国承接商务流程离岸外包的数量。

## （一）中印 ITO 离岸外包竞争力比较

在 ITO 离岸服务外包出口额（用一国计算机与信息服务出口额表示）方面，2008 年，中国计算机与信息出口额约为 63 亿美元，而印度的出口额约为 494 亿美元，约为中国的 8 倍；从 2000～2008 年的环比增长趋势来看，印度的增长比较稳定，约在 30% 上下，而中国由于 2005 年增长减慢，导致 2006 年的环比增长突然加快，以后两年趋于稳定，约在 45% 左右，可见这两年中国计算机与信息服务出口额的环比增长速度高于印度（见表 7-1、图 7-1）。

表 7-1　中印两国计算机与信息出口额比较

单位：百万美元

| 年份 | 2000 | 2001 | 2002 | 2003 | 2004 | 2005 | 2006 | 2007 | 2008 |
|------|------|------|------|------|------|------|------|------|------|
| 中国 | 355.947 | 461 | 638.167 | 1102.18 | 1637.15 | 1840.18 | 2957.71 | 4344.75 | 6252.06 |
| 印度 | 4727.39 | 7407.17 | 8889.33 | 11875.7 | 16344.3 | 21874.9 | 29088.1 | 37491.2 | 49378.9 |

资料来源：UNTCAD。

从 ITO 显示性比较优势指标来看，2008 年，印度的 ITO 显示性比较优势指标约为 16，具有显著的显示性比较优势，而中国相应的值仅为 0.38，不具有显示性比较优势。但是，2000～2008 年，中国的显示性比较优势指标在稳定增长，

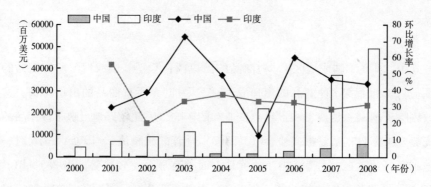

图 7－1　中印两国计算机与信息出口额和环比增长率比较

而印度 2007～2008 年显示性比较优势指标有略微的下降，但仍不影响其巨大的显示性比较优势指标值（见表 7－2、图 7－2）。

表 7－2　中印两国 ITO 显示性比较优势指标比较

| 年份 | 2000 | 2001 | 2002 | 2003 | 2004 | 2005 | 2006 | 2007 | 2008 |
|------|------|------|------|------|------|------|------|------|------|
| 中国 | 0.221713 | 0.228169 | 0.240039 | 0.285257 | 0.297939 | 0.265559 | 0.315406 | 0.339127 | 0.388535 |
| 印度 | 13.94089 | 18.08556 | 17.48825 | 17.9879 | 16.97146 | 17.35301 | 17.18899 | 16.55141 | 16.25491 |

资料来源：根据 UNTCAD 计算而来，其中世界计算机与信息出口总额是用各国的出口总额相加而得到的。

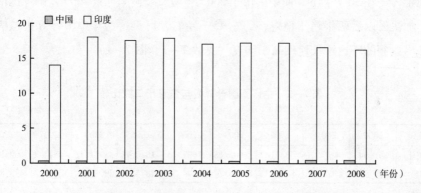

图 7－2　中印两国 ITO 显示性比较优势指标比较

总体分析，在 ITO 方面，无论是单纯的出口额，还是显示性比较优势指标，印度的数值都明显大于中国，说明印度在 ITO 离岸服务外包方面的国际竞争力显著大于中国。

### （二）中印 BPO 离岸外包竞争力比较

在 BPO 离岸服务外包（用其他商务服务出口额表示，其他商务服务包括商贸服务及其他与贸易相关的服务、经营性租赁、杂项商业专业及技术服务）方面，如果单纯比较出口额，中国的出口额显著高于印度。2008 年，中国 BPO 的出口额约为 463 亿美元，而印度仅为 204 亿美元，中国 BPO 的出口额约为印度的两倍；从增长趋势来看，2000～2008 年，中印两国 BPO 的出口额都在稳定增长，印度 2008 年的出口额与 2007 年相比有略微下降（见表 7－3、图 7－3）。

表 7－3　中印两国其他商务服务出口额比较

单位：百万美元

| 年份 | 2000 | 2001 | 2002 | 2003 | 2004 | 2005 | 2006 | 2007 | 2008 |
|---|---|---|---|---|---|---|---|---|---|
| 中国 | 7663.02 | 8448 | 10418.9 | 17427 | 19951.9 | 23282.6 | 28972.5 | 40407.7 | 46349 |
| 印度 | 4149.15 | 2349.41 | 2699.35 | 2229.37 | 8152.62 | 12764.4 | 17535.5 | 20733.6 | 20426.4 |

资料来源：UNTCAD。

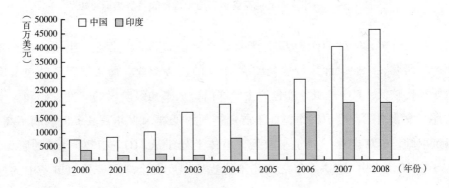

图 7－3　中印两国其他商务出口额比较

但是如果比较 BPO 离岸服务外包的显示性比较优势指数，印度又显著大于中国，在 2008 年，印度其他商务服务出口的 RCA 约为 1.46，具有显示性比较优势，而中国相应的值仅为 0.62，不具有比较优势。从增长趋势来看，2000～2008 年，印度的其他商务服务出口 RCA 值先下降后上升，2007～2008 年又略微有所下降。而中国其他商务服务出口的 RCA 值相对比较稳定，在 0.5～0.7 之间（见表 7－4、图 7－4）。

表7-4 中印两国其他商务服务出口 RCA 比较

| 年份 | 2000 | 2001 | 2002 | 2003 | 2004 | 2005 | 2006 | 2007 | 2008 |
|------|------|------|------|------|------|------|------|------|------|
| 中国 | 0.638412 | 0.611844 | 0.598527 | 0.738687 | 0.639336 | 0.594025 | 0.597381 | 0.631675 | 0.624989 |
| 印度 | 1.636529 | 0.839399 | 0.811057 | 0.553042 | 1.490582 | 1.790202 | 2.003566 | 1.833212 | 1.459013 |

资料来源：根据 UNTCAD 计算而来，其中世界计算机与信息出口总额是用各国的出口总额相加而得到的。

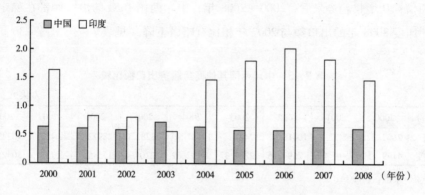

图7-4 中印两国其他商务出口显示性比较优势指标比较

综上分析，印度 ITO 和 BPO 产业已经比较成熟。制药业、生物科技、知识产权研究、工业设计等行业是印度 KPO 的优势产业。而我国服务外包发展阶段还比较低，ITO 是服务外包的主要部门，从事初级阶段的软件编码和应用软件开发、测试、维护工作，处于产业链的中低端，业务量虽多但利润不高，以量取胜，BPO 产业发展水平较低，整体上处于从 ITO 向 BPO 过渡的阶段。NASSCOM 认为中国 3～5 年之内还不能挑战印度在全球服务外包市场中的地位。

## 二 中国服务外包竞争力总体评价

根据迈克尔·波特的国家竞争优势理论，一国竞争优势的构建主要取决于生产要素、需求状况、相关产业支持、企业竞争状态、政府以及机遇这六大要素。由于机遇比较难把握，且对一国竞争力的影响不是决定性的，本章利用前五个因素来分析中国和印度两国服务外包竞争力的差异及影响因素。

### （一）中国服务外包的生产要素状况

**1. 地理环境和语言**

中国位于北半球的东亚大陆，太平洋西岸，同我国隔海相望的邻国有韩国、日本、菲律宾、马来西亚、文莱和印度尼西亚六个国家。中国的服务外包市场主要是日韩，原因主要是中国与日本、韩国语言和文化的相似性。例如，日本文化深受中国文化的影响，日语中也大量地使用了汉语词汇和汉语修辞，中国的儒教和由中国传到日本的佛教文化，都给日本文化带来了很大的影响。

**2. 人力资源**

（1）劳动力总数。从人力资源总量上看，中国人力资源储备在全球处于遥遥领先地位。如表 7 − 5 所示，中国的总人口和劳动力总数都很高，尤其是劳动力总数，在 2007 年，中国劳动力总数为 7.86 亿，而印度约为 4.48 亿，中国的劳动力总数远高于印度，约是印度的 1.75 倍。

表 7 − 5　2007 年中印人口及劳动力数量

| 国家 | 总人口（百万） | 1990～2007 年均人口增长率（%） | 劳动力总数（百万） | 劳动力/总人口（%） |
|---|---|---|---|---|
| 中国 | 1318.3 | 0.9 | 785.7 | 59.6 |
| 印度 | 1124.8 | 1.7 | 447.7 | 39.8 |

资料来源：《2009 年世界发展指标》。

虽然 UNTCAD 没有统计 2006 年以后中国的农业劳动力数量，但是我们依然可以从 2000～2006 年中印非农业劳动力的数量比较两国劳动力资源的情况（见图 7 − 5）。2006 年，中国的非农业劳动力约为 2.6 亿人，而印度仅为 1.9 亿人，中国的非农业劳动力数量明显高于印度，具有数量方面的优势。

（2）中国基础教育状况。2007 年，中国的中学、大学教育入学率小于一些发达的承包国，但远高于印度，尤其是大学教育，入学率大约是印度的 2 倍。对于成人识字率而言，中国的成人识字率相对其他主要承包国处于中等水平，识字率相对较高，大于 90%，且远高于印度 60% 的识字率（见表 7 − 6）。

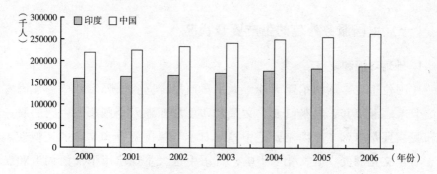

图7-5 2000~2006年中印非农业劳动力数量

资料来源：根据 UNCTAD 整理而来。

表7-6 中印两国总入学率及成人识字率

单位：%

| 指标 | 总入学率 | | 成人识字率 | |
|---|---|---|---|---|
| | 中学教育 | 大学教育 | 男性 | 女性 |
| 中国 | 76 | 22 | 96 | 90 |
| 印度 | 55 | 12 | 77 | 54 |

资料来源：《2009年世界发展指标》，其中"总入学率"是不考虑年龄的总入学人数占与其所表明的教育层次相对应的年龄组人口的比率。

据商务部统计，截至2010年，我国服务外包企业共10498家，从业人员181.9万人，其中：大学以上学历134.8万人，占74.1%；经培训就业人员73.6万人，占40.4%。2009年4月，教育部、商务部提出力争在5年内培养和培训120万名服务外包人才，新增100万名高校毕业生就业，2013年实现承接国际服务外包业务300亿美元。

（3）中国的高等教育状况。2008年，我国研究生培养机构达到796所，普通高校2263所，成人高等学校400所，民办其他高等学校866所。其中，普通高校较2007年有显著增长，而成人高等学校和民办其他高等学校有显著下降，说明我国的教育机构水平有所增长。

根据《2009年中国发展报告》，2008年，全国各种形式的高等教育在校生总规模达到2907万人，比上年增长7.7%。高等教育普及水平略有提高，毛入学率达到23.3%，比上年提高0.3个百分点。2008年，全国研究生、普通本专科和成人本专科在校生总规模达到2697.6万人，比上年增长6.7%。在校研究生为

128.3 万人，比上年增长 7.4%。其中，在校博士研究生为 23.7 万人，比上年增长 6.3%；在校硕士研究生为 104.6 万人，比上年增长 7.5%。普通本专科在校生达 2021.0 万人，比上年增长 7.2%，其中普通本科在校生为 1104.2 万人，比上年增长 7.8%；普通专科在校生为 916.8 万人，比上年增长 6.5%。成人专科在校生达 548.3 万人，比上年增长 4.6%。网络本专科在校生 355.9 万人，比上年增长 14.6%。

（4）IT 相关人才储备状况。近年来，我国计算机专业规模迅速扩大，先后有 360 余所本科院校增设了计算机本科专业，使得设置计算机本科专业的院校达到 500 余所，占全国 670 余所本科院校的 75%。2006～2008 年，我国工学研究生人数和本科及专科人数（包括毕业生人数、招生人数、在校生人数）都在稳定增加（见表 7-7、表 7-8）。

表 7-7 2006～2008 年全国工学研究生人数

| 指标 | 毕业生人数 | | | 招生人数 | | | 在校学生人数 | | |
|---|---|---|---|---|---|---|---|---|---|
| 分类 | 总计 | 博士 | 硕士 | 总计 | 博士 | 硕士 | 总计 | 博士 | 硕士 |
| 2006 年 | 144841 | 21532 | 123309 | 412273 | 86833 | 325440 | 94516 | 12130 | 82386 |
| 2007 年 | 146318 | 21647 | 124671 | 436352 | 92751 | 343601 | 114621 | 14479 | 100142 |
| 2008 年 | 155484 | 22262 | 133222 | 461951 | 98370 | 363581 | 123226 | 15276 | 107950 |

资料来源：《中国统计年鉴》。

表 7-8 2006～2008 年全国工学本科及专科人数

| 指标 | 毕业生人数 | | | 招生人数 | | | 在校学生人数 | | |
|---|---|---|---|---|---|---|---|---|---|
| 分类 | 总计 | 本科 | 专科 | 总计 | 本科 | 专科 | 总计 | 本科 | 专科 |
| 2006 年 | 1992426 | 798106 | 1194320 | 6143918 | 2958802 | 3185116 | 1341724 | 575634 | 766090 |
| 2007 年 | 2085292 | 890510 | 1194782 | 6720538 | 3205516 | 3515022 | 1594130 | 633744 | 960386 |
| 2008 年 | 2258245 | 943738 | 1314507 | 7272009 | 3475740 | 3796269 | 1841946 | 704604 | 1137342 |

资料来源：《中国统计年鉴》。

2007 年，我国普通高校电子信息类在校生数超过 303 万人，毕业生数约 82 万人，招生数约 92 万人，可见 2007 年我国普通高校电子信息类专业人员在扩招。2008 年，我国软件及相关专业在校研究生数量已经超过 14 万人。

**3. 基础设施状况**

改革开放 30 年来，我国的交通、通信、网络等基础设施快速发展，在高速互联网和宽带接入、软件基地的双电源供电、连接主要城市的 150 个民用机场方面具有明显的优势。中国具有高质量和大规模的交通、通信等现代基础设施，可实现 99.98% 的网络连接率，能够为主要软件基地提供稳定、不间断的双电源供电。

埃森哲大中华区副总裁 Mark A. Boyle 认为，中国的基础设施优势是其承接离岸服务外包的竞争力所在。他指出，中国现在 20% 的投资都用于基础设施领域，许多城市交通通信等基础设施领域不断改善，产业集群迅速发展，形成了较强的产业配套能力。而印度在这一方面的投资比例仅约为 6%，除了一线城市外，其他地方基础设施比较薄弱。因此，完备的基础设施也是中国吸引离岸服务外包的重要因素。

（1）铁路方面，2008 年，我国铁路营业里程达到 8 万公里，比上年增加 1721 公里，里程长度位居世界第三位。路网密度 83.01 公里/万平方公里，比上年增加 1.81 公里/万平方公里。全国铁路复线里程 2.89 万公里，比上年增加 1825 公里，增长 6.8%；电气化里程 2.76 万公里，比上年增加 2099 公里，增长 8.2%。全国共有 19 个省区营业里程超过 2000 公里。此外，我国的路网质量进一步提升，时速 120 公里及以上线路延展里程达到 2.4 万公里；时速 160 公里及以上线路延展里程达到 1.6 万公里；时速 200 公里及以上线路延展里程达到 6415 公里。其中，时速 250 公里线路延展里程达到 1207 公里，时速 350 公里线路延展里程达到 185 公里（见表 7-9）。而且我国铁路机车拥有量达到 1.84 万台，比上年增长 0.5%。其中"和谐型"大功率电力机车 744 台，内燃机车占 65.2%，电力机车占 34.2%，主要干线全部实现内燃、电力机车牵引。全国铁路客车拥有量达到 4.15 万辆，比上年增长 1.9%。其中，空调车 2.71 万辆，"和谐号"动车组 176 组。全国铁路货车（不含企业自备车）拥有量达到 58.85 万辆，比上年增长 1.9%。

表 7-9　2004~2008 年我国铁路及高速公路发展状况

单位：公里

| 年　份 | 2004 | 2005 | 2006 | 2007 | 2008 |
|---|---|---|---|---|---|
| 铁路营业里程 | 74407.7 | 75437.8 | 77083.8 | 77965.9 | 79686.9 |
| 高速公路里程 | 34288 | 41005 | 45339 | 53638 | 60302 |

资料来源：《2009 年中国发展报告》，国家统计局。

公路方面，2008 年，全国高速公路里程达 373.02 万公里，比上年末增加 9.95 万公里。全国公路密度为 38.86 公里/百平方公里，比上年末提高 1.53 公里/百平方公里。2008 年末，全国高速公路通车里程达到 60302 公里，比上年末增加 6664 公里。全国公路营运汽车达到 930.61 万辆，其中，载客汽车 169.64 万辆，载货汽车 760.97 万辆，分别比上年增加 9.6%、3.0% 和 11.2%。

水运和港口方面，2008 年，全国内河航道通航里程 12.28 万公里。其中等级航道 6.11 万公里，占总里程的 49.8%，比上年末提高 0.2 个百分点。全国拥有水上运输船舶 18.42 万艘，比上年末减少 0.76 万艘。净载重量 12416.91 万吨，比上年末增加 535.46 万吨。全国港口数量为 413 个。

航空方面，2008 年，我国民航国内定期航班通航机场达到 152 个（不含台湾、香港、澳门），通航城市 150 个。民航全行业运输飞机期末架数 1259 架，比上年末增加 125 架，其中，大中型飞机期末架数 1155 架，比上年末增加 105 架。

（2）通信业发展状况。2008 年，我国移动用户达到 64123.0 万户，比 2007 年底的 54730.6 万户增长了 17.2%，固定电话用户为 34080.4 万户，同比下降了 6.8%。固定电话普及率达到 25.8 部/百人，比上年底下降 2.0 部/百人（见表 7 - 10）。

表 7 - 10　中国通信服务水平发展情况

| 指　　标 | 2004 年 | 2005 年 | 2006 年 | 2007 年 | 2008 年 |
|---|---|---|---|---|---|
| 移动电话漫游国家和地区（个） | 184 | 203 | 219 | 231 | 237 |
| 电话普及率（包括移动电话）（部/百人） | 50.03 | 57.22 | 63.40 | 69.45 | 74.29 |
| 移动电话普及率（部/百人） | 25.91 | 30.26 | 35.30 | 41.64 | 48.53 |
| 每千人拥有公用电话数（部） | 17.14 | 20.63 | 22.64 | 22.76 | 20.98 |
| 已通电话的行政村比重（%） | | 97.1 | 98.9 | 99.5 | 99.7 |
| 已通固定电话的行政村比重（%） | 91.18 | 94.40 | 95.87 | 96.74 | 96.90 |

资料来源：《中国统计年鉴》。

据中国互联网络信息中心（CNNIC）发布的《中国互联网络发展状况统计报告》显示，截至 2008 年底，我国互联网普及率达到 22.6%，超过 21.9% 的全球平均水平。同时，我国网民数为 2.98 亿人，宽带网民数为 2.7 亿人，国家 CN 域名数为 1357.2 万个，三项指标稳居世界排名第一位。工信部数据显示，2010 年全国电信业务总量累计完成 20067.1 亿元，比上年增长 20.9%。1～8 月我国手机产量达 54695 万部，增长 36%；生产彩色电视机 7133 万台，增长 8.6%；微型计算机 14339 万台，增长 25.8%；集成电路 419 亿块，增长 43.7%。据格兰研究统计，截至 2010 年 8 月底，我国有线数字电视用户达到 7880.5 万户，有线数字化程度达到 45.30%。

2008 年，全国光缆线路长度净增 99.1 万公里，达到 676.8 万公里，其中，长途光缆线路长度达到 79.3 万公里；固定长途电话交换机容量减少 4.7 万路端，达到 1704 万路端；局用交换机容量达到 50878.9 万门；移动电话交换机达到 114350.8 万户；基础电信企业互联网宽带接入端口净增 2388.8 万个，达到 10928.1 万个；全国互联网国际出口宽带达到 640286Mbps，同比增长 73.6%（见表 7 – 11）。

表 7 – 11　2008 年全国主要电信能力指标及增长情况

| 指标名称 | 2008 年 | 比上上年末净增 |
|---|---|---|
| 光缆线路长度（公里） | 6767957 | 990669 |
| 其中:长途光缆线路长度（公里） | 792554 | 400 |
| 固定长途电话交换机容量（万路端） | 1704.6 | – 4.7 |
| 局用交换机容量（万门） | 50878.9 | – 155.7 |
| 移动电话交换机容量（万户） | 114350.8 | 28854.6 |
| 互联网宽带接入端口（万个） | 10928.1 | 2388.8 |
| 互联网国际出口宽带（Mbps） | 640286 | 271360 |

资料来源：《2009 年中国发展报告》，国家统计局。

同时，我国邮电业发展较快，营业网点、投递路线长度和长途光缆线长度迅速增加，2008 年，我国实际应用网点约 7 万处，路线长度约 735 万公里，长途光缆线长度约 79 万公里（见表 7 – 12）。

表 7 – 12　我国邮电业务发展基本情况

| 指　标 | 1990 年 | 1995 年 | 2000 年 | 2007 年 | 2008 年 |
|---|---|---|---|---|---|
| 营业网点（处） | 53629 | 61898 | 58437 | 70655 | 69146 |
| 邮路及农村投递路线总长度（万公里） | 498.3 | 523.2 | 643.8 | 717.1 | 735 |
| 长途光缆线长度（公里） | 3334 | 106882 | 286642 | 792154 | 792554 |

资料来源：《2009 年中国发展报告》，国家统计局。

2008 年，我国设有邮政局所的乡镇比重达到 82%，已通邮的行政村比重达到 98.5%，可见邮电业在我国的覆盖范围已达到基本全部覆盖的程度（见表 7-13）。

表 7-13 2004~2008 年我国邮电服务发展水平

| 年 份 | 2004 | 2005 | 2006 | 2007 | 2008 |
|---|---|---|---|---|---|
| 平均每一营业网点服务面积(平方公里) | 142.4 | 145.6 | 152.9 | 135.9 | 138.8 |
| 平均每一营业网点服务人口(万人) | 1.95 | 1.97 | 2.09 | 1.90 | 1.90 |
| 平均每人每年发函件数(件) | 6.41 | 5.66 | 5.50 | 5.30 | 5.60 |
| 平均每百人每年订报刊数(份) | 11.4 | 11.2 | 11.2 | 9.9 | 11.9 |
| 设有邮政局所的乡(镇)比重(%) | 82.4 | 83.8 | 76.2 | 85.5 | 82.1 |
| 已通邮的行政村比重(%) | 97.73 | 98.96 | 99.40 | 98.40 | 98.50 |

资料来源：《中国统计年鉴》。

（3）电力发展状况。总体分析，我国的电力发展状况较佳，2009 年全国 19 个风电重点省（区）新建成风电项目 93 个，总装机容量 559 万千瓦，累计风电总装机容量达到 1585 万千瓦。根据《中国统计年鉴》，2006 年，中国总装机容量为 6.0257 亿千瓦，而印度仅为 1.5707 亿千瓦，为中国的 1/4，可见，中国的电力供应状况好于印度。

## （二）中国服务外包的需求状况

### 1. 服务外包的国内需求状况

中国拥有广阔的国内市场。过去 30 年中国在吸引外资尤其是制造业国际直接投资方面取得了巨大的成功。跨国公司通过外包向中国转移制造业价值链中的组装加工环节，为了抓住这个机遇，中国形成了吸引制造业外资的战略，给中国带来了高速的经济增长，中国成为世界上最重要的制造业基地。目前，越来越多的跨国公司选择在中国发展，成为中国外包市场的主要推动力。2006 年，我国首次超过美国成为世界最大的电子信息产品制造国，产值高出美国 80 亿美元，占全球比重的近 20%，美国则降至 19.4%。

制造业国际直接投资给中国服务外包发展带来了巨大的潜在市场，制造业跨国企业为了提高自身核心竞争力，需要将部分业务流程外包，这些实力雄厚的跨国公司就形成了我国国内服务外包的巨大的潜在买方市场。图 7-6 是 2001~2009

年中印吸收 FDI 的对比，可见中国吸收 FDI 的数量远远大于印度，一定程度上表明中国跨国公司的数量远远超过印度，即我国国内的潜在需求远大于印度。

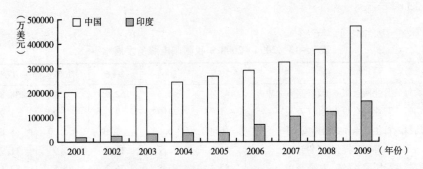

**图 7 - 6    2001 ~ 2009 年中印吸收 FDI 情况**

资料来源：UNCTAD。

此外，据商务部统计，2009 年，全国承接服务外包合同执行金额 82.8 亿美元，同比增长 72.8%，其中在岸服务外包合同执行额 61.1 亿美元，同比增长 66.4%。这也说明我国服务在岸外包数量占比较大的比重，可见我国国内市场的潜力巨大。研究公司 IDC 数据显示，IT 服务在中国整个 IT 市场中所占份额仅为 13.8%，而整个亚太地区这个比例为 30.3%。里昂证券研究显示，2009 年，中国国内的 IT 服务市场规模达到了 81 亿美元，高于印度的 58 亿美元。近几年中国内需市场的勃兴，不仅成为中国外包企业发展的坚实后盾，也已经成为国际外包巨头争夺的对象，这对促进中国服务外包业高速发展功不可没。

**2. 服务外包的国外需求状况**

我国服务外包产业以在岸外包为主，离岸外包比重不高，离岸外包还有大片市场未开拓。但是我国承接离岸服务外包的规模正迅速增长。NASSCOM 数据显示，2000 年，中国承接离岸服务外包的总值仅为 3 亿美元，而 2006 年则达到 17.6 亿美元，其中，承接离岸 ITO 总值为 13.8 亿美元，承接离岸 BPO 总值为 3.8 亿美元。NASSCOM 预计，2010 年，中国承接离岸服务外包总值将达到 70 亿美元。

目前，我国服务外包的主要市场中，日本、韩国和美国是中国离岸市场的最大转移方。其中，日韩是主要的外包市场，主要原因为中国的语言优势及文化与日本、韩国相似。据易观国际研究，日本是对中国最大的发包国，占中国承接离岸服务外包 59.3% 的份额，其他的接包国有印度、越南等。中国的语言文化、长期合作及地理位置等综合优势，未来几年印度、越南等对手难以仿制，而且日本企业更青睐原有伙伴及一般不通过招标方式的市场运作，大大提高后来者的进入门槛，中国对日本市场的龙头地位未来仍将保持。相比之下，印度的离岸外包市场主要是欧美国家。

在软件外包方面，2009 年，我国软件出口 185 亿美元，同比增长 14%，低于上年 44.2 个百分点；其中软件外包服务出口 24 亿美元，同比增长 15%，低于上年 86 个百分点。软件外包服务受到金融危机一定影响，出口增速有所下降，其中对日外包下降较多，对欧美外包则保持一定增长。根据印度服务外包协会的数据，2004 年，印度的软件服务外包出口中，北美占 70%，西欧占 22%；而根据上海软件产业地图，2005 年中国软件外包的出口中，日本占 60%，欧美占16%，东南亚占 9%。可见中国软件服务外包的市场主要是日本，而印度软件服务外包的市场主要是美国。

欧美市场是中国软件外包的第二大市场，但只占 15% 左右的份额。由于日本发包市场仅占全球发包市场的 10% 左右，同时日本离岸服务外包兴起的时间比美国晚，仍停留在软件详细设计与代码转换阶段，基于 IT 的服务及业务流程离岸外包尚未真正开始。近年来，日本软件离岸外包发展速度较快，但是日本离岸 ITO 总规模只占其软件服务市场的不足 1%，已经顺利开展了离岸 ITO 的日本代表性企业也不过只有 50 家。由于日本发包比例较低，制约着我国服务外包规模的扩张，且由于日本企业自身管理上的特点，少有项目整体发包到中国，一般都是其作为总承包方分解出来的子模块，技术含量相对较低，不利于中国服务外包技术水平的提升。这也是造成中印两国 IT 服务外包额差距大的原因之一。

## （三）中国服务外包相关产业支持状况

### 1. 行业协会

目前，我国还没有全国性的服务外包行业协会，而现有的各省市的相关协会发展基本处于起步阶段。相关行业协会的缺乏使得我国在承接离岸服务外包时，缺少强有力的、统一的协调与沟通渠道，服务接包商单一作战，无法形成一定的合作联盟，这不但会减弱我国承接离岸服务外包的整体竞争力，也不利于我国服务外包国际品牌的打造。

中国软件行业协会（CSIA）成立于 1984 年 9 月 6 日，是唯一代表中国软件产业界并具有全国性一级社团法人资格的行业组织。中国软件行业协会有近 700 家会员直属企业，大多数是软件公司，但是同时也包括一些大学和研究机构。CSIA 还建立了大约 20 个分支协会，每个协会关注一个特殊的技术领域，比如财务与企管分协会、数学软件分协会、互联网络服务分协会。

**2. 电信业和软件业**

在电信业方面，根据世界银行的数据，中国的电信业收入占 GDP 的比重 2000 年为 3.2%，2008 年下降为 2.9%；同时 2008 年中国计算机技术研究支出占 GDP 的比重为 6.0%。而印度方面，2000 年，印度电信业收入占 GDP 的比重为 1.5%，2008 年增加到 2.0%；2008 年印度计算机技术研究支出占 GDP 的 4.5%。可见，中国电信业的支持状况略好于印度。

在软件产业方面，工信部的数据显示，2008 年中国软件产业整体保持快速增长态势，累计完成软件业务收入 7572.9 亿元，同比增长 29.8%，增速比上年同期高 8.3 个百分点，约占全国 GDP 的 17%。2010 年 1～10 月，我国软件产业实现软件业务收入 10902 亿元，比 2001 年扩大了十多倍，年均增速达 38%，占电子信息产业的比重由 2001 年的 6% 上升到 18%，位居电子信息产业第二位，仅次于计算机制造行业。2010 年 1～10 月，全国软件产业实现出口收入 185 亿美元，同比增长 24.6%，由于受国际需求下滑、人民币汇率等因素的影响，增速比上年同期低 17.5 个百分点。

**3. 技术状况**

改革开放 30 年来，我国的科学技术取得了巨大的进步，这里主要从 2010 年我国的专利申请数量、研发人员占世界的比重以及研发支出三方面来衡量。

专利方面，根据中国专利局网站的数据，2010 年，中国专利授权量为 674924 件。根据《中国统计年鉴》，2005 年，中国居民专利申请的数量为 93485 件，中国非居民专利申请的数量为 79842 件；2006 年，中国居民专利申请数量增加到 122318 件，中国非居民专利申请的数量为 88183 件。与之相比，2005 年，印度居民专利申请数量仅为 4521 件，约为中国同年度申请数量的 1/20，印度非居民专利申请数量为 19984 件，约为中国的 1/4。

研究支出方面，根据中国科学技术部的数据，2005 年，中国的科研支出费用为 298.98 亿美元，占当年 GDP 的 1.33%；而同年印度的科研支出费用为 49

亿美元，占印度 GDP 的 0.61%。

　　研发人员数量方面，根据联合国教科文组织的数据，2007 年，中国研发人员占世界的 19.7%，同年印度的研发人员占世界的 2.2%。2007 年，在中国共有研发人员 1423380 人，总数居全球第 2 位，每百万人中有 1071 人是研发人员；而 2005 年，在印度，共有研发人员 154827 人，总数居全球第 9 位，每百万人中只有 137 人是研发人员。

　　综上所述，虽然中印两国技术状况都居世界前 10 位，但是印度与中国相比还是具有一定差距（见表 7－14）。

表 7－14　2005～2007 年中印两国技术发展状况比较

| 项目 | 居民专利数 | 非居民专利数 | 研发支出<br>（亿美元） | 占 GDP 比重<br>（%） | 每百万人中<br>研发人员数量 |
| --- | --- | --- | --- | --- | --- |
| 中国 | 93485 | 79842 | 298.98 | 1.33 | 1071 |
| 印度 | 4521 | 19984 | 49 | 0.61 | 137 |

　　资料来源：根据联合国教科文组织、《中国统计年鉴》、中国科学技术部数据整理得到。

## （四）中国服务外包企业发展能力状况

### 1. 服务外包行业素质

　　我国服务外包企业总体来说规模较小，尚未出现一家达到相当规模（服务外包收入超过 10 亿美元）的国内企业，整个行业依然呈高度分散格局。商务部公布的统计数据显示，截至 2009 年，我国服务外包企业 5533 家，服务外包企业密度（企业数量/平方公里）约为 0.058%，从业人员超过 101.1 万人；2010 年 1～7 月，我国新增服务外包企业 1855 家，新增从业人员 35.1 万人，其中大学毕业生 22.3 万人。

　　我国接包企业承接的离岸服务外包业务，单个项目的合同金额普遍较小，只有少数企业能够承接 500 万美元以上大型服务外包项目合同。根据商务部统计显示，单个金额在 1000 万美元以上的合同只占合同总数的 1.6%，金额在 500 万～1000 万美元的占 1.9%，金额在 100 万～500 万美元的占 7.7%，金额在 50 万～100 万美元的占 12.7%，而大多数合同的合同金额在 50 万美元以下，占总数的 76.1%。在 2009 年全球创新型服务企业 100 强中，入选全球百强的中国企业仅有 4 家，分别是：海辉软件、浙大网新、东软集团和文思创新。

以呼叫中心为例，中国呼叫中心的竞争格局存在"极度分散"的特征。2009 年，IDC 公司在《中国呼叫中心外包市场在不均衡中持续发展》中指出，虽然 2008 年中国呼叫中心外包市场容量达到 605.2 万美元，较 2007 年增长 21.7%，IDC 预测该市场将保持 23.2% 的 5 年复合增长率，2013 年将达到 1718.8 百万美元，但是市场上存在着数百家的服务商，坐席数量超过 1000 个的外包商屈指可数，这说明中国呼叫中心外包市场上仍然没有绝对优势。

**2. 服务外包行业成本**

中国是世界上劳动力成本最低的国家之一，2008 年，在 IT 产业中，电信和其他信息传输服务业的年平均工资约为 4.5 万元，计算机服务业的年平均工资约为 7.6 万元，软件业的平均工资约为 7.7 万元。据英国《经济学家》调查，中国 BPO 业务新手的月薪在 300 美元左右，是美国人均工资的 1/10，因而颇具竞争力（见表 7 - 15）。

表 7 - 15　2005～2008 年我国职工平均工资

单位：元

| 行　　业 | 2008 年 | 2007 年 | 2006 年 | 2005 年 |
|---|---|---|---|---|
| 电信和其他信息传输服务业 | 45745 | 42176 | 38157 | 36941 |
| 计算机服务业 | 76261 | 61593 | 63241 | 52637 |
| 软件业 | 76824 | 63127 | 61057 | 52784 |

资料来源：《中国统计年鉴》。

**3. 服务外包企业竞争力**

我国服务外包企业竞争力较弱，以软件行业为例，中国软件行业的最大问题是企业规模小，没有规模经济优势，同时取得国际认证的很少。CMM 认证是评价软件承包商能力并帮助改善软件质量的方法，如表 7 - 16 所示，截至 2010 年，印度取得 CMM5 认证的数量为 197 家，而中国为 51 家，印度的数量远大于中国，但是我国取得 CMM 认证的总数远高于印度，主要是因我国取得 CMM3 及以下认证的数量远大于印度，主要是因为我国软件企业数量众多，但大多数规模较小，主要的企业竞争力不如印度。此外，ISO27001 是信息安全管理体系国际标准，到 2010 年，我国取得 ISO27001 认证的企业数量为 494 家，小于印度的 509 家。

表7-16 截至2010年中印两国软件企业通过CMM认证情况

单位：家

| 国 家 | 总数 | CMM5 | CMM4 | CMM3 | CMM2 | CMM1 |
|---|---|---|---|---|---|---|
| 印 度 | 576 | 197 | 25 | 320 | 19 | 1 |
| 中 国 | 1475 | 51 | 44 | 1213 | 142 | 30 |

此外，在软件外包行业，受人民币升值、新劳动法实施等影响，中国软件外包企业成本上升、利润下降的趋势已经出现，软件外包行业迫切需要有效地整合优势资源，优化产品结构，推进品牌的国际化战略。IDC公司数据指出，仅2009年上半年我国软件服务行业就有多起较大规模的并购案例，并购案例数和金额分别同比增长75%和160%。并购后的公司无论从业务发展方向还是海外实施能力上都有大幅提升，类似举动将极大提高中国离岸外包在国际上的总体竞争力。

**4. 服务外包企业的发展潜力**

目前，虽然我国外包企业规模较小，但在竞争中已出现了优胜劣汰以及企业规模增大的趋势。2010年，IDC公司报告，中国服务外包市场在未来5年内仍会保持两位数的增长，复合增长率将会达到23.5%。2010年9月6日，商务部办公厅印发了《关于支持和鼓励服务外包企业海外并购的若干意见》（商合发〔2010〕358号文件）。北京、天津、大连、黑龙江、上海、江苏、浙江、安徽、厦门、江西、山东、湖北、湖南、广东、深圳、重庆、四川、陕西等商务主管部门、发展改革委（局）、财政厅（局），中国人民银行上海总部，天津、南京、济南、武汉、广州、成都、西安等分行，各营业管理部，哈尔滨、杭州、合肥、长沙、南昌、大连、厦门、深圳等中心支行；北京、天津、大连、黑龙江、上海、江苏、浙江、安徽、厦门、江西、山东、湖北、湖南、广东、深圳、重庆、四川、陕西等银监局，为贯彻落实国务院关于进一步促进服务外包业务发展的精神，积极支持服务外包示范城市的服务外包企业通过海外并购提升企业综合实力和企业规模。

## （五）中国服务外包业面临的政策环境

我国政府扶持软件发展的政策相对滞后，直到2000年以后，才出台了《鼓励软件产业和集成电路产业发展的若干政策》、《振兴软件产业行业纲要》等促进软件产业发展的政策，比印度晚了近20年。

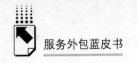 

**1. 我国关于服务外包的政策出台概况**

2006 年以来，中国政府正逐步加快对服务外包行业政策支持的步伐。我国政府在"十一五"规划中明确指出要"建设若干服务外包基地，有序承接国际服务业转移"，2006 年，商务部启动了承接服务外包的"千百十工程"，以推动服务外包产业的发展。

2007 年，国务院下发《关于加快发展服务业的若干意见》，全面阐述了加快中国服务业发展的意义、政策、方针和措施，首次在中央经济方针层面把承接国际服务外包作为中国扩大开放和促进服务业发展的重点问题提了出来，明确提出了"建立若干服务外包基地，有序承接国际服务业转移"的指导方针。

2009 年，中国政府又出台了一系列政策进一步加快服务外包产业发展，主要包括：国务院办公厅下发的《关于促进服务外包产业发展问题的复函》，批复了商务部会同有关部委共同制定的促进服务外包发展的政策措施，批准北京等 20 个城市为中国服务外包示范城市，并在这些城市实行税收、人员培训、公共服务平台建设、信贷和保险等方面的优惠政策。这些优惠政策包括：对符合条件的技术先进型服务企业，减按 15% 的税率征收企业所得税，对技术先进型服务外包企业离岸服务外包收入免征营业税；对符合条件且劳动用工管理规范的技术先进型服务外包企业，可以实行特殊工分析时工作制；对符合一定条件的技术先进型服务外包企业和一些培训机构，中央财政给予企业不超过每人 4500 元的培训支持，给予培训机构每人不超过 500 元的培训支持；中央财政对服务外包示范城市公共服务平台设备购置及运营费用和服务外包企业创建品牌、知识产权保护、参加境内外各类相关展览、国际推介会、取得国际资质认证等给予必要的资金支持；中西部地区国家级经济技术开发区内的服务外包基础设施建设项目贷款，可按规定享受中央财政贴息政策。

2010 年 7 月 28 日，财政部、国家税务总局、商务部印发《关于示范城市离岸服务外包业务免征营业税的通知》，通知要求，自 2010 年 7 月 1 日起至 2013 年 12 月 31 日，对注册在北京、天津、大连、哈尔滨等 21 个中国服务外包示范城市的企业从事离岸服务外包业务取得的收入免征营业税。2010 年 9 月 6 日，商务部办公厅印发了《关于支持和鼓励服务外包企业海外并购的若干意见》（商合发〔2010〕358 号文件），贯彻落实国务院关于进一步促进服务外包业务发展的精神，支持服务外包示范城市的服务外包企业通过海外并购提升企业综合实力。

**2. 服务外包政策需要完善的方面**

首先，有效的资金支持办法不多。由于中国风险资本市场发育不够成熟，而且中国大多数软件企业是民营企业，信用严重不足，从而导致融资困难。由于缺乏资金，许多小型企业发展不大或过早地被淘汰。近几年来，国家虽然投入了一些政策性资金用于支持软件企业的发展，但从实际效果看，没有达到预期的效果。目前，软件企业主要资金来源仍是企业自有资金及利润的积累，这种自我滚动式的发展使企业坐失了很多良好的发展机会。

其次，在知识产权保护方面存在严重不足。美国《E Week》就曾指出：中国企业对知识产权的不作为，已经严重影响自身在软件外包领域的拓展。发包企业需要保护敏感信息和保密信息，它们关心的是承接服务的企业在数据安全和知识产权保护方面付出的努力。IDC 和 BSA 联合指出，若中国的个人电脑软件盗版率在 4 年内降低 10%，到 2013 年将创造 25 万个高科技就业岗位、160 亿美元的新经济活动，以及 44 亿美元的新增税收收入，同时这些效益中的 84% 将使地方经济受益。此外，研究还发现如果加速减少软件盗版，所带来的收益会增长更快：若中国在未来 2 年内将盗版率降低 10%，则可使经济和税收增长分别提高 32% 和 31%。相比之下中国在知识产权保护方面还有待改善。软件市场整顿和监管不落实，导致知识产权无法得到有效保护，软件盗版率居高不下，成为影响我国软件外包业长远发展的非常严重的问题。但是我国自 2010 年 11 月开展打击侵权假冒专项行动以来，到 2011 年 1 月，已结案侵权假冒案件 5965 件，案值 7.98 亿元，罚没金额 5002.3 万元；查处利用互联网销售假冒伪劣商品案件 50 件，案值 6465.1 万元，罚没金额 138.6 万元。受理和处理消费者申诉和举报 9573 件，为消费者挽回经济损失 5768.8 万元。说明我国知识产权保护方面的力度在加强，以后知识产权保护的效果我们可以拭目以待。

再次，对软件园区的规划建设缺乏力度，由于中国承接离岸外包服务起步较晚，至今规模仍不够大。2006 年 10 月，商务部、信息产业部、科技部在北京联合举办了"中国服务外包基地城市"授牌仪式，启动了承接服务外包的"千百十工程"：每年投入不少于 1 亿元资金，推动 100 家跨国公司将其部分的外包业务转移到中国，同时培养 1000 家承接国际服务外包的大企业，全方位接纳离岸外包业务。但与印度已经成型的产业格局相比，中国与印度的差距还是很大的。虽然中国服务外包业有竞争能力，但在国际市场上占有的份额与其外包能力很不相称。

# 三　印度服务外包竞争力总体评价

## （一）印度服务外包的生产要素状况

### 1. 地理环境和语言

印度位于亚洲南部，曾经是英国的殖民地，官方语言是英语和印地语，这就造成了印度与欧洲及美国文化以及语言的相似性，为其在美国和欧洲的服务外包市场打下较好的基础。

### 2. 人力资源

印度特别重视高等教育，其教育经费的 1/3 投向了高等院校。从 20 世纪 50 年代开始，印度仿照美国麻省理工学院的模式，在全国陆续建起了 6 个"印度理工学院"。这些学院从印度各地招收最优秀的学生，不惜重金聘请世界各国知名学者授课，其毕业生质量堪与美国麻省理工学院的大学生媲美。如今的印度已经拥有国立大学 250 多所，各种公立学院 1 万多所，此外，全国还有私立理工学院1100 多所，一年可以为国家培养 17 万名本科生和 5 万名研究生。这些人正逐渐成为印度 IT 产业的中坚力量。此外，印度的教育还有一些其他的特色。

（1）软件企业自身建立培训机构。在印度，许多软件公司都通过设立自己的培训、教育机构来提高现有人员的水平，充实研发队伍。比如以生产教育软件为主的印度全国信息技术研究所有限公司，该公司现已在印度和世界上其他 20个国家设立了 800 个教育中心，每年培养 15 万名信息技术专业的学生和专业技术人员。

（2）职业教育培训。由于软件人才结构呈"金字塔"形，位于底层的软件工人是需求量最大的人才。在印度，初级软件从业人员的培养已经逐步形成了规模化、产业化的 IT 职业教育培训。学员在完成基础教育后，不用接受高等教育，而是直接进行职业教育，从而降低教育成本，缩短培养周期，学员在接受完职业教育后，可以马上承担起一个软件的某个具体环节的工作。目前，印度有 700 余家民办或私营机构在从事计算机软件人才的培养。这些机构每年培养 14 万名软件基础人才，为印度软件企业提供了坚实的人才基础（见表 7－17）。目前印度的软件公司拥有超过 65 万名工程师，其雇员总数仅次于美国，印度全国的 160

所大学和 500 所学院均设立有软件方面的专业，每年从大学毕业的软件技术人员约为 17.8 万人，而每年进入软件行业的专业人员也高达 7.3 万~8.5 万人（见表7-18）。印度推广应用性教育，学校、产业和政府紧密结合。教育内容注重实用性，训练内容就是实际工作需要。印度每年约有 40 万名理科生成为工程师，其合格的工程师数量居世界第 3 位，学生质量居世界前 10 位。此外，印度有大量的海外人才，硅谷高科技公司里有 30 多万名印裔，40% 多的网络公司创始人是印度移民，美国 1/3 的软件工程师是印度人。

**表 7-17　2004~2008 年印度技术人才的供应**

| 年　　度 | 2003~2004 | 2004~2005 | 2005~2006 | 2006~2007 | 2007~2008 |
|---|---|---|---|---|---|
| 工科毕业生人数 | 346000 | 365000 | 441000 | 495000 | 523500 |
| 学位（四年制） | 139000 | 170000 | 222000 | 264000 | 277500 |
| 学历（三年制） | 177000 | 195000 | 189000 | 196000 | 204000 |
| MCA | | | 3000 | 35000 | 42000 |
| IT（计算机、科学电子及电信）专业人员数 | 179000 | 201000 | 239700 | 271700 | 292100 |
| 工程学 IT 毕业生（学位） | 84000 | 102000 | 126400 | 149300 | 158300 |
| 工程学 IT 毕业生（学历） | 95000 | 99000 | 83300 | 87400 | 91800 |

资料来源：印度国家软件和服务公司协会（NASSCOM）。

**表 7-18　2000~2007 年印度服务外包行业从业人员数量**

| 年　　度 | 2003~2004 | 2004~2005 | 2005~2006 | 2006~2007 |
|---|---|---|---|---|
| 软件出口业务部门 | 296000 | 390000 | 513000 | 707000 |
| 软件国内业务部门 | 318000 | 352000 | 365000 | 378000 |
| 业务流程外包 | 216000 | 316000 | 415000 | 545000 |
| 合　　计 | 830000 | 1058000 | 1293000 | 1630000 |

资料来源：印度国家软件和服务公司协会（NASSCOM）。

此外，印度拥有得天独厚的语言优势。经过英国近 200 年的殖民统治，英语已经成为印度的官方语言和通用语言，几乎所有的科研人员都具备极强的英语能力，与西方国家在语言沟通上几乎没有障碍，容易熟悉和了解西方国家的各种信息。

（3）劳动力成本。印度公司软件开发业务每小时的收费为 18~26 美元，远远低于欧美的 55~65 美元。全球有 660 多家跨国公司每家每年外包给印度公司的业务在 100 万美元以上。在工资成本方面，如图 7－7 所示，比较各国最大的服务企业的平均工资，我们可以看出欧美企业的工资平均约为 9.6 万美元，日本为 8.2 万美元，印度约为 4.3 万美元，中国约为 1.4 万美元。可见，印度的劳动力成本远低于欧美及日本，但是中国的劳动力成本还低于印度（见表 7－19）。

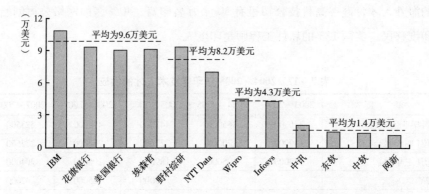

**图 7－7　全球发包企业、接包企业及离岸接包企业的年平均工资对比**

资料来源：企业年报，转引自《2010 年中国服务外包行业研究报告》。

**表 7－19　2005~2010 年国际服务外包主要承接国工资水平比较**

单位：千美元

| 年份 | 中国 | 印度 | 菲律宾 | 捷克 | 波兰 | 匈牙利 | 俄罗斯 | 墨西哥 | 加拿大 |
|------|------|------|--------|------|------|--------|--------|--------|--------|
| 2005 | 8.4 | 8.5 | 12.5 | 19.1 | 26.4 | 22.8 | 17.9 | 19.4 | 37.6 |
| 2010 | 11.2 | 11.8 | 14 | 24.6 | 32.4 | 28.5 | 23.6 | 23.5 | 43.8 |

资料来源：http：//www.globalservicemedia.com。

比较服务外包主要承包国，中国和印度是工资水平最低的国家，且中国的工资还略低于印度。世界顶级软件公司 SAP 的首席执行官亨宁·卡格曼认为向印度外包业务的成本已经变得太高。根据美国《Information Week》杂志对中国软件工程师薪水的调查，在北京、上海、深圳等一线城市，一个软件程序员的平均月工资为 600 美元至 960 美元，这个数字大约相当于印度程序员的 1/2，比美国程序员的 1/4 还要少；而在大连等其他城市，程序员的月工资平均在 450 美元左右，成本优势非常明显。与中国相比，印度服务外包人才相对紧缺，平均工资也相对较高，中金公司预计到 2011 年，印度外包人才会短缺 78 万人，而中国的外包人才会盈余 10 万人；而这些年印度外包行业的平均工资约为 4.4 万美元，中国为 1.4 万美元（见表 7 - 20）。

表 7 - 20　中印服务外包人才供求分析

| 年份 | 印度 | | 中国 | |
|---|---|---|---|---|
| | 2006 | 2011E | 2006 | 2011E |
| 人才需求测算 | | | | |
| 外包收入（亿美元） | 236 | 600 | 22 | 76 |
| 平均工资（千美元） | 44 | 44 | 14 | 14 |
| 从业人员（万人） | 52 | 136 | 16 | 52 |
| 人员增长（万人） | 84 | | 36 | |
| 人才供给测算 | | | | |
| 在校学生（万人） | 1.086 | | 1.66 | |
| 工科学生比例（%） | 7 | | 35 | |
| 流向外包行业比例（%） | 8 | | 8 | |
| 人员供给（万人） | 6 | | 46 | |
| 供需关系测算 | | | | |
| 人才盈余（万人） | - 78 | | 10 | |

资料来源：中金公司研究部，本表转引自《2010 年中国服务外包行业研究报告》。

### 3. 印度信息技术设施状况

印度的基础设施建设相对于中国来说是比较落后的。根据世界银行 2010 年 4 月的报告，印度快速的经济增长已带来对电力、公路、铁路、港口、运输系统等的巨大需求，但是，基础设施瓶颈减弱了这个国家的竞争力。第十个五年计划的发电量没有达到预定目标，当国家的经济增长速度为 8% 时，印度电力供应的增长速度仅为 4%；在 1997 ~ 2007 年，虽然国家公路网规模扩大了一倍，增加了近 35000 公里，但是日益膨胀的公路需求却远远超过了供给；城市基础设施薄弱极大地限制了经济的发展，同时薄弱的农村基础设施（公路和电力）也极大地限制了农村经济的发展。

据世界银行的统计，印度用于基础设施的投资只占其 GDP 的 4%，而中国的这一指标是 9%。再比较中国与印度巨大的 GDP 差别，2008 年，中国 GDP 是 43262 亿美元，而印度仅为 12175 亿美元，显然印度在基础设施方面的投资是十分薄弱的。根据麦肯锡的报告，印度政府在过去 7 年中每年花费在物流基础设施方面的投资增加了 2 倍，从 2003 年的约 100 亿美元增加到 2010 年的约 300 亿美元。尽管大幅度提高了投资，但印度的公路、铁路和水路网络依然无法满足货物流动的增长。

（1）电力供应。从电力情况来看，根据 2009 年世界发展指针，2006 年，中国的发电量为 28642 亿千瓦时，而印度仅为 7441 亿千万时。

（2）交通运输。在交通运输方面，中国的优势也比较明显。2006 年，中国的公路网络总量为 3456999 公里，印度为 3316452，略少于中国，每公里道路的汽车数量中国为 11 辆，印度仅为 3 辆，而两国铁路总长度相差不大；但中国的港口和航空运输能力远高于印度，中国的集装箱运输为 104559 千 TUEs，而印度仅为 7372 千 TUEs；中国离港飞机数为 1754 千架次，印度仅为 569 千架次。此外，据摩根斯坦利投资银行评估，2003 年，中国的高速公路网的里程是印度的 7 倍，印度制造业的电力成本是中国的 2 倍，铁路运输成本是中国的 3 倍。

（3）信息技术设施。印度宽带、互联网、计算机、电话的普及率也远不及中国，信息和通信技术支出占国内生产总值的比重也不及中国（见表 7-21、图 7-8）。

**表 7-21 中印两国信息技术设施比较**

| 年份 | 项　目 | 中国 | 印度 |
|---|---|---|---|
| 2008 | 宽带用户（百万个） | 83.366 | 5.28 |
| 2008 | 每千人宽带用户（个/千人） | 62.89 | 4.63 |
| 2007 | 国际互联网带宽（千兆比特/秒） | 368.927 | 35.747 |
| 2007 | 人均国际互联网带宽（比特/人） | 279.9 | 31.8 |
| 2006 | 个人计算机普及率（台/千人） | 56.53 | 27.85 |
| 2007 | 信息和通信技术支出占国内生产总值比重 | 7.75 | 5.61 |
| 2007 | 电话主线（条/千人） | 277.35 | 35.04 |
| 2008 | 移动电话（部/千人） | 478.26 | 304.3 |
| 2007 | 国际互联网用户（个/千人） | 161.25 | 72.01 |

资料来源：根据《中国统计年鉴》整理。

印度相对恶劣的基础设施环境，无疑已经成为制约印度软件外包产业进一步发展的一个瓶颈。电信发展程度、互联网环境以及交通等基础设施是服务外包能够实现离岸开发的必备条件。对比这些条件，中国的服务外包硬件环境要领先于印度。

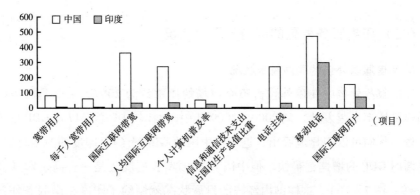

**图 7 - 8　中印两国信息技术基础设施比较**

关于中印基础设施的比较情况，我们从 2007 年科尔尼全球化指数排名中也可以看出，在 72 个国家中，中国排名 61 位，印度排名 71 位。全球排名主要从四个方面评判，"经济整合度"包括贸易和外国直接投资，"个人联系度"包括电话、旅游、汇款和个人转账，"技术连通性"包括因特网用户、因特网主机和安全服务器，"政治参与度"包括国际组织、联合国维和使命和政府转移支付/调配。其中技术连通性可以从一定角度说明两国基础设施建设的差异，两国技术总排名中国是 56 位，印度是 63 位，且个人联系度中的电话和旅游两项中国排名也高于印度，从而可以说明中国的基础设施好于印度（见表 7 - 22）。

**表 7 - 22　2007 年中印全球化指数排名**

| 国家 | 维　　　度 | | | | 经济整合度 | | 个人联系度 | | |
|---|---|---|---|---|---|---|---|---|---|
| | 经济 | 人员 | 技术 | 政治 | 贸易 | 外国直接投资 | 电话 | 旅游 | 汇款和个人转账 |
| 中国 | 43 | 67 | 56 | 65 | 44 | 35 | 64 | 59 | 55 |
| 印度 | 66 | 59 | 63 | 69 | 62 | 67 | 70 | 72 | 32 |

| 国家 | 技术连通性 | | | 政治参与度 | | | |
|---|---|---|---|---|---|---|---|
| | 因特网用　户 | 因特网主　机 | 安　全服务器 | 国际组织 | 联合国维和使命 | 国际条约 | 政府转移支付/调配 |
| 中国 | 55 | 61 | 61 | 42 | 41 | 61 | 68 |
| 印度 | 63 | 60 | 58 | 66 | 60 | 61 | 60 |

注：数据表示各项指标两国在 72 个国家中的排名情况，排名越靠前指数越高。
资料来源：科尔尼公司。

### （二）印度服务外包的国内外需求状况

**1. 印度服务外包的国内需求状况**

印度服务外包中在岸外包占整个市场的比重约为 20%，主要是因为印度本国经济还不是很发达。从 2000～2009 年中印两国 GDP 总额以及 GDP 增长率的比较，我们可以明显地看出，近几年中国的 GDP 大约是印度的三倍还要多，虽然两国 GDP 的增速都很快，但中国 GDP 的增长速度还是一直高于印度（见图 7 - 9、图 7 - 10）。这样国内经济的发展状况就制约了印度在岸服务外包的规模。

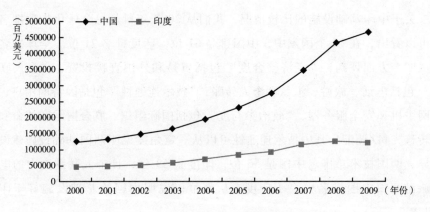

**图 7 - 9　2000～2009 年中印两国 GDP 总额**

资料来源：UNTCAD。

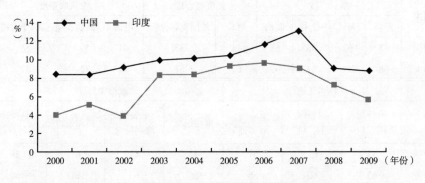

**图 7 - 10　2000～2009 年中印两国 GDP 增长率**

资料来源：UNTCAD。

**2. 印度服务外包的国外需求状况**

印度服务外包中离岸外包占整个市场比重的近 80%，且因以英语为官方语言，其承接欧美离岸外包具有语言优势，故市场以欧美市场为主。英语作为全球市场的共同语言，是服务外包得以快速发展的重要因素。而英语又是印度的官方语言，所以其在语言能力上有着较大的优势，对欧美企业有着较强的吸引力。此外，由于时差的关系，外包软件订货可以在美国晚间发至印度，印度的开发人员可以在一个工作日内按客户的要求完成设计并发回客户，而远在美国的客户则在第二天就可以直接使用这个软件。

（1）印度离岸服务外包总体概况。2000～2007 年，印度承接离岸服务外包的复合增长率高达 34.4%，2000 年印度承接离岸服务外包的总值为 39.5 亿美元，2006 年达到了 236 亿美元，2007 年更是高达 313 亿美元。2004～2007 年间，印度的软件和服务产业增长了 136%。在此期间，IT 服务，ITES-BPO，工程服务、R&D、软件产品三类业务的年均增长率分别为 31.23%、42.12% 和 31.05%，其中 ITES-BPO 的增长速度是最快的。2007 年出口市场（离岸外包）产值为 313 亿美元，占整个服务外包比重的 79.2%。2004～2007 年间，离岸外包年均增速 34.39%，超过了该产业的平均增速。印度服务外包产业在岸外包的比重较小，2007 年的比重为 20.8%。与快速发展的服务外包产业相比，印度硬件产业规模不大，2007 年产值为 85 亿美元，占整个 IT 产业的 17.7%。据 NASSCOM 公司报告，2010 年印度承接离岸服务外包总值超过 600 亿美元。

（2）印度软件行业离岸服务外包。以软件行业为例，2006 年的软件服务外包出口额达到 291 亿美元。作为全球最大的服务外包国家，印度在 2008 年的服务外包总收入为 640 亿美元，比 2007 年增长了 33%。服务外包额在 2009 年达到 717 亿美元，其中软件服务行业收入为 600 亿美元，直接和非直接雇佣分别为 223 万人次和 800 万人次；软件信息服务出口额达到 473 亿美元，其中有 66% 来自服务外包行业。

（3）印度离岸服务外包市场占有率。在印度软件业收入中，约有 61% 来自美国，排名前五位的软件企业，约有 58% 的收入来自美国。印度市场客户大，软件企业瞄准全球重要的北美市场、欧洲市场，美国一直是印度软件产业外包出口的最大市场，占据着约 70% 的份额，拥有一批像美国通用、波音那样著名大客户。西欧客户的占有率也达到 22% 的水平，两者合计更是达到 92%。从全球软件发包市场来看，欧美处于绝对的主导地位，欧美市场发包的产品数量大、技术含量相对较高，大约占据了 65% 的份额，欧美一般为整体项目外包，往往拥有更高的利润空间。这也是印度外包收入额较高的原因之一。印度国家软件和服务协会（NASSCOM）的数据显示，2005 年印度软件外包额达到 195 亿美元，占同期全球软件服务外包额 819 亿美元的 23.8%。印度的软件已经出口到全球 105 个国家和地区，出口额已经超过了印度全国出口总额的 20%，占整个国民生产总值的比例为 4.1%，到 2007 年更是达到创纪录的 5.2%。

（4）中印离岸服务外包发展水平比较。根据对外经贸大学国际经济研究院的研究，印度在离岸服务外包市场占有 43% 的份额，具有较强的国际竞争力，而中国只占 12%。随着离岸服务外包市场规模的扩大，印度将在原有基础上进一步提升其服务外包产业的国际竞争力。因此，如何把握国际机遇、加快提升竞争力是我国服务外包企业迫切需要考虑的问题。

中国承接离岸服务外包的规模正迅速增长。NASSCOM 数据显示：2000 年中国承接离岸服务外包的总值仅为 3 亿美元，而 2006 年则达到 17.6 亿美元，其中，承接离岸 ITO 总值为 13.8 亿美元，承接离岸 BPO 总值为 3.8 亿美元。2010 年，中国承接离岸服务外包总值约 70 亿美元。目前，中国承接离岸服务外包的市场规模不足印度的 1/10，差距显而易见。

（5）印度离岸服务外包面临的挑战。虽然印度离岸服务外包市场较大，但是其风险也很大。比如，中国服务外包网资料显示，目前，印度外包供应商面临欧洲市场形势恶化，印度的大供应商从欧洲赚得的收入在总收入中的比重还不到 30%。如果不把英国这个一直乐于选择离岸外包的国家计算在内，这个比率会低很多。2009~2010 财年，印度最大外包供应商 TCS 从英国赚得的收入占其总收入的 16.2%，而 TCS 从欧洲其他地区赚得的收入占总收入的比重要低很多，为 10.5%。

## （三）印度服务外包相关产业支持状况

### 1. 印度服务外包协会

印度在承接离岸服务外包的过程中，一批行业协会发挥了重要作用。比较重要的行业协会组织有：印度国家软件与服务企业协会（NASSCOM），信息技术产品制造者协会（MAIT）、信息技术加工者协会、电子与计算机软件出口促进理事会（ECS）等。其中 NASSCOM 是印度软件和服务外包行业的贸易组织和商会，致力于通过主动措施鼓励其成员采用世界一流的管理手段，构建并维持最高的质量标准，进而拥有全球竞争力。它是一个以公司形式注册的非营利协会，在其1988年创立时有38个会员，占产业总收入的65%，现有980多个会员，来自美国、英国、欧盟、日本和中国，涉及软件发展、软件服务、软件开发、软件产品和BPO服务各行业，其总收入占印度软件产业的95%的份额。

NASSCOM在帮助印度成为全球外包行业龙头方面发挥了重要作用，主要体现在：①与政府沟通，帮助进行产业规划，协调建设软件科技园，争取有利于软件发展的政策优惠，其在中央政府的不同机构都派驻代表，包括信息技术部、商务部、财政部、电信部门、人力资源发展部、劳动部和外交部；②与WTO沟通，争取在世界贸易组织中的有利地位和条件；③帮助企业与电信行业谈判，争取低价格的优良服务，维护企业知识产权；④与大学等机构沟通，开展人才培训，通过设立基金的方式进行电脑知识的普及，特别是向贫穷落后地区推广；⑤推动服务外包由后端办公服务等业务向金融、保险、软件开发与研究等领域发展。

NASSCOM的一切活动都围绕着加快印度服务外包及软件业发展、帮助印度企业开拓市场、走向世界展开。协会活动主要涉及以下几个领域：①打击盗版。通过发布广告、海报、邮寄印刷品、组织研讨会、设立反盗版热线（1－600－334455）等形式，在全社会营造使用合法软件的氛围。②提升印度国际品牌。组织国际重大活动，为会员提供咨询服务和国际贸易便利。参与国际组织亚洲大洋洲计算组（ASOCIO）、世界信息技术和服务联盟（WITSA），在国际软件业中扮演重要角色。③建设数据资料库。开展市场研究工作，维护行业数据信息。

**2. 印度电子信息和软件产业**

可以用电子信息产业占GDP的比重来衡量印度电子信息产业的发展状况。根据世界银行数据，2000年，印度电信业收入占GDP的比重为1.5%，2008年增加到2.0%；2008年印度计算机技术研究支出占GDP的4.5%。而中国的电信业收入占GDP的比重2000年为3.2%，2008年下降为2.9%；同时2008年中国计算机技术研究支出占GDP的比重为6.0%，高于印度的4.5%。综上所述，中国电信业收入占GDP的比重与计算机技术研究支出占GDP的比重均高于印度。

2007 年，印度软件和服务总产值达 395 亿美元。在产值结构中，IT 服务为 235 亿美元，比重为 59.5%；ITES-BPO 为 95 亿美元，比重为 24.1%；高端的工程服务、R&D、软件产品产业为 65 亿美元，比重为 16.5%，占 GDP 的比重为 0.52%。而中国 2008 年软件产业收入约占 GDP 的 17%，远高于印度。

**3. 印度技术发展水平状况**

印度的技术状况从专利获得、研究人员数量以及研发支出等方面来说，虽然位居世界前十位，但与中国还有一定差距，这部分内容可参见中国的技术状况的比较分析。

## （四）印度服务外包产业企业基本状况

印度有自己著名的软件之都班加罗尔，被公认为是软件外包产业的发源地，同时也是软件外包产业发展最成功的地方。1991 年，印度在班加罗尔创建了第一个计算机软件技术园区，其后又建立了 18 个软件技术园区，软件出口占全国的 70% 以上。目前已经形成了集中度很高的服务外包产业，大型软件企业规模众多，如超过 25% 的业务由塔塔咨询服务公司、信息系统技术有限公司、维布洛科技公司完成，这些软件企业人员规模都在万人以上，赢利 20% 以上，服务外包合同完成率高达 96% 以上。

**1. 企业规模不断扩大**

印度服务外包企业普遍规模较大，根据 NASSCOM 统计，截至 2007 年底有超过 1700 家企业员工人数在 2000 人以上，20 多家企业员工数超过 2 万人。印度最大的 20 家企业直接雇用了 50 万人。世界 100 强离岸服务外包企业分布情况如表 7-23 所示，2005 年，在世界前 100 强离岸外包企业中，有 40 家来自印度，而仅有 7 家来自中国；2006 年，两国的数量都有所减少，但是印度的数量仍然远大于中国，约是中国的 6 倍。可见，与中国服务外包企业相比，印度的服务外包企业规模更大，竞争力更强。

**表 7-23　世界 100 强离岸服务外包企业分布情况**

| 年份 | 印度 | 美国 | 中国 | 墨西哥 | 加拿大 | 俄罗斯 | 菲律宾 | 英国 | 法国 | 爱尔兰 | 马来西亚 | 其他 |
|------|------|------|------|--------|--------|--------|--------|------|------|--------|----------|------|
| 2005 | 40 | 34 | 7 | 7 | 2 | 2 | 2 | 1 | 1 | 1 | 1 | 2 |
| 2006 | 26 | 48 | 4 | 2 | 2 | 2 | 2 | 2 | 2 | 1 | 5 | 4 |

资料来源：http://www.globalservicemedia.com。

以软件行业为例，印度平均每家软件外包企业规模在2000万美元左右，印度排名前4位的软件企业市场份额达40%左右。印度目前有软件公司7500家，从业人员70万，其中5000人以上的公司16家，10000人以上的公司6家，而且大多已走出国门，印度软件企业的员工人数平均为300人。其中涌现出一批具有相当国际竞争力的公司，如TCS公司（46000人）、Infosys公司（58000人）、Satyam（23000人）和Wipro（42000人）等，业务范围包括为外国进行开发或打包服务，其软件开发涉及国民经济的各个领域，如在银行、证券、电信、铁路、网络、游戏、健康与生命科学、工业控制管理以及电子商务与电子政务等方面都有庞大的市场和R&D能力。以位居印度第一位的TCS公司为例，该公司2006年出口额为29.7亿美元，2009年超过90亿美元。2006年该公司员工数量为6.5万人，2007年达到8.5万人。印度前两大公司（TCS和Infosys）的总体出口实力超过我国的总和。

从中印软件行业市场集中度的比较，可见印度软件行业市场集中度较高，前4家企业的市场份额占到40%左右；而我国企业人员规模较小，市场集中度不高，前5家企业的市场份额仅为20%（见图7-11）。据中国软件协会研究，目前中国软件外包企业接近1000家，且仍在快速增长中，平均每家规模仅200万美元左右。

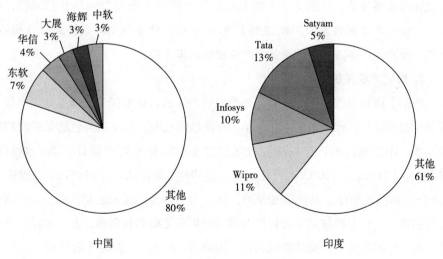

**图7-11　中印软件外包行业市场集中度比较**

资料来源：IDC，转引自《2010年中国服务外包行业研究报告》。

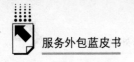

**2. 产品质量竞争优势明显**

印度承接离岸服务外包企业非常重视产品质量。印度大的软件企业项目合同完成率在95%以上，Wipro更达到99.3%，它们对时间、质量、成本的控制能力非常强。而麦肯锡公司不久前的一项调查表明，全球软件开发项目中只有16%能按计划完成，可见印度软件企业在质量上的竞争优势。印度软件企业将质量视为生命，在软件开发过程中按照规范化的工作方法对项目进行管理，保证软件产品的质量，受到欧美企业的高度肯定。

## （五）印度服务外包产业面临的政策环境

印度政府为促进服务外包产业的发展，在基础设施、税收政策、知识产权保护方面完善本国的环境。

**1. 基础设施、税收政策**

印度政府扩充光纤网络、卫星通信网络和无线网络，促进全国范围内因特网、企业网和外部网的快速发展。印度在1986年制定了《计算机软件出口、软件发展和软件培训政策》，明确了软件产业发展战略目标，并对从事IT出口的企业给予特别的优惠政策。20世纪90年代以来，进一步推出"零赋税"政策，出口软件全部免税，对软件产品不征收流转税。1998年又制定了一系列促进国家信息化的战略政策，并成立了"国家信息技术特别工作组"和信息技术部，提出了"信息产业超级大国"的战略目标和发展软件业的108条措施，在税收、贷款、投资等许多方面为信息技术产业提供政策支持。

**2. 知识产权保护**

根据中国知识产权网的资料，作为发展中国家的典型代表，印度知识产权制度建设起步较早，比中国早100多年，目前已形成颇具其本国特色的知识产权法律体系。印度现行知识产权法律包括经由《2005年专利（修订）案》修订的《1970年专利法》、《2000年设计法》、《1999年商标法》、《1957年版权法》、《1999年商品地理标志（注册和保护）法》等。印度的版权法是世界上最严厉的版权法之一，它明确规定了版权所有者与使用者之间的权利和义务，未经许可严禁出售、出租和拷贝任何计算机软件。2000年10月，印度的《信息技术法》正式生效，该法对非法传播计算机病毒、复制软件、篡改源文件、伪造电子签名等违法行为都规定了具体的惩治条款。同时，印度还签署了很多有关知识产权保护的国际协议，严厉打击盗版行为。2007 年，印度专利局已被世界知识产权组织认可为国际检索单位（ISA）和国际初审单位（IPEA），目前，印度企业仅需要在国内提交专利申请即可获得国际专利。作为国际检索单位，印度专利局的主要职责是审批或确立专利权并进行国际检索。

2010 年，印度反盗版联盟（AACT）与印度工商业联合会同盟（FICCI）在新德里共同成立了一个反盗版协调小组。该小组将作为集权机构协调政府和业界打击盗版措施的实施，同时作为一个平台来向全世界展示印度反盗版行动的影响力。该机构将坚持加强反盗版行动并履行印度政府的盗版零容忍的承诺。在这种形势下，印度软件用户的版权意识开始增强，软件盗版率已经下降到 60% 左右，接近西欧国家的水平，其软件产业环境更加规范化，使得印度软件外包企业建立了良好的国际信誉，跨国公司对印度进行软件外包更加放心。

**3. 资金支持方面**

印度政府除以传统的银行系统为主要渠道向软件企业和软件外包业务提供投融资支持和信用担保外，还较早利用风险投资来发展软件业服务外包。早在 1989 年，印度通过了"七五计划"（1985～1990 年），强调要建立风险投资体制。经过 20 年的发展，印度已经确立了以国外资金为主体（占印度风险投资总额的 60% 以上，主要来自跨国公司及海外印裔科技企业家）、以软件产业为重要投向（约占风险投资总额的 20% 以上）的国际化风险投资体系。1998 年印度政府设立 IT 风险投资基金，由小企业发展银行管理。1997 年亚洲金融风暴以后，国际风险投资进入印度的数额猛增，2002～2003 年度达到 12 亿美元。印度除吸引大量跨国风险投资之外，主要政策性金融机构设立的软件行业风险投资基金也为软件企业提供了资金支持。目前印度的投资有 60% 以上来源于跨国风险投资，其中约有 20% 以软件产业为主要标的，使印度的高科技风险投资得到了快速发展。

自 2001 年以来，多达 230 家跨国公司在印度设立了研究中心，根据印度全国软件和服务公司联合会的数据，在未来 3 年内，仅仅建立研发中心一项，就能为印度带来 1 亿美元的外商投资；同时，在班加罗尔工作的工程师的数量将从目前的 2.5 万人增加到 6.5 万人。国际风险资金与印度软件产业形成了良性互动的局面，国际风险资金在促进印度软件产业发展的同时，软件产业的发展反过来进一步加大吸收国际风险资金的容量与力度。此外，印度政府设立了 10

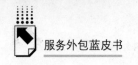

亿卢比的基金支持金融风险资本，并放宽了软件外包企业通过国际融资收购国外软件企业的有关限制，使印度软件企业可以通过收购、兼并，并进一步向集团化和跨国化方向发展。另外印度政府还大力推动符合条件的软件企业公开上市融资。

**4. 建立软件园区**

20 世纪 80 年代后期，印度政府就制定了重点开发计算机软件的长远战略，1991 年，在班加罗尔创建了全国第一个计算机软件技术园区，其后又在全国各地建立了具有先进水平的软件园区。印度科技园区的建立，对于其电子和软件服务出口起了很大的支持作用，印度软件出口的 70% 以上都来自软件科技园区。可见，印度软件企业的飞速发展与政府为企业创造的宽松经营环境以及各项优惠与支持政策密不可分。

# 四　中印服务外包竞争力综合评价

综合中印服务外包优劣势分析，中国在基础设施、相关产业支持、技术发展水平、国内需求状况和人力资源方面具有优势，而印度分别在国外需求、行业发展水平和政府政策支持方面具有优势，政策方面的优势主要体现在知识产权保护较为严格。虽然在服务外包行业中国与印度具有较大的差距，但中国的相关行业如制造业等发展优于印度，使得中国在基础设施、相关产业支持等方面优于印度，这就为中国在服务外包行业的发展赶上或超过印度创造了条件。

与此同时，金融危机也给我国发展服务外包带来了机遇。危机使越来越多的企业开始减少或控制成本，削减在非主营业务方面的开支。以金融服务外包为例，为降低运营成本，银行、保险、证券、基金等金融机构的辅助性后台业务，如数据处理、资金清算、应用开发中心、银行卡业务、呼叫中心等，都将成为新的外包热点。此外，为应对金融危机，许多大企业削减研发经费，期望通过外包来完成产品研发，通过降低成本开拓国际市场。

根据 Gartner 集团调查结果显示，2009 年大约 60% 的西欧企业开始外包大量与 IT、业务流程相关的业务。商务部副部长王超在"第五届中国中部投资贸易博览会服务外包系列活动"上表示，目前，95% 的全球财富 1000 强企业已经制订了业务外包计划，预计到 2020 年，全球离岸服务外包市场将达 1.65 万亿 ~ 1.8 万亿美元。随着外包服务的层次不断提高、外包范围的不断拓宽，全球服务业外包的市场规模将不断增加，到 2020 年可以实现离岸市场 15000 亿美元，其中 80% 来自今天还没有完全掌控的全新领域，比如政府部门外包、媒体行业外包、中小企业外包。毕马威发布的"中国服务外包市场倾向调查"报告称，"十二五"期间，中国服务外包市场将保持 26% 的年增长率，未来国际软件外包业务向中国转移的态势将进一步加快。

# B.8
# 第八章
# 提升中国服务外包竞争力实施对策

## 一 国外服务外包发展案例分析

### (一) 伦敦金丝雀码头发展服务外包案例

金丝雀码头现在是英国首都伦敦一个重要的金融园区，坐落于伦敦道格斯岛（Isle of Dogs）的陶尔哈姆莱茨区（Tower Hamlets），位于古老的西印度码头（West India Docks）和多克兰区（Docklands）。金丝雀码头曾经是伦敦最出色的码头，同时也是不夜码头，川流不息的车辆则满载着货物运来运去。然而到了20世纪60年代，由于海运事业的发展需要，伦敦原有港口码头停止了运营。到了撒切尔夫人执政的80年代中期，伦敦市政府成立了金丝雀码头有限公司，决心全面改造这一地区。加拿大的房地产大鳄保罗·雷克曼敏锐地发现了这个机会，并承接下这块地盘，把这里建成了金融区。其间，还创造了18个月内建成7.5座高楼这一伦敦建筑业的奇迹。由于金丝雀码头所提供的写字楼面积、规格和低廉租价，很快就吸引了大量金融机构总部和跨国公司进驻。

金丝雀码头为了提升自身的吸引力，采取了很多实用的招商方法。第一，在楼盘建好后的最初几年内，地产商向某些商业巨头们提供免收一年租金的优惠措施，这对于金融机构的进驻有很强的吸引力；第二，为改变金丝雀码头到了夜晚变为空城情况，开发公司提出以超优惠的租金价格吸引新闻媒体机构进驻，24小时连续运作的新闻机构为金丝雀码头聚敛了很多人气；第三，伦敦的市政规划决策者修建并开通了贯穿金丝雀码头和老城区的轻轨，每天从凌晨运营到午夜时分。尽管采取了很多有效的招商策略；但是金丝雀码头始终遵守只租不售的地产游戏规则，以获取最大利润。

金丝雀码头作为新兴金融园区，国际银行业的两大巨头汇丰银行和花旗银行已经在该区域内建成了两座标志性建筑——"汇丰银行塔"和"花旗集团中心"。在金丝雀码头众多的摩天大楼中，除了汇丰银行、花旗银行外，许多银行的总部、分部和商业巨头的总公司，如巴克莱银行以及英格兰银行、渣打银行、罗斯恰尔兹贴现公司、摩根大通，以及《每日电讯》、《独立报》、路透社和《镜报》等都纷纷在这里落户，员工约有 8 万人。由此，这些金融机构和跨国公司形成了巨量的金融业务，与此同时，为降低运营成本而把辅助性后台业务，如数据处理、资金清算、应用开发中心、银行卡业务、呼叫中心等转移外包。于是这里很快成为欧洲最大的金融服务外包发包基地。

## （二）班加罗尔发展"电子城"科技园区案例

20 世纪 90 年代初，印度政府正式设立了该国历史上第一个软件科技园——班加罗尔的"电子城"高科技园区，该区是在印度政府和卡纳塔克邦地方政府的大力支持下于 1978 年开始建设的，1992 年基本建成。经过短短 18 年的发展，如今班加罗尔地区已发展成为印度软件之都，成为全球第五大信息科技中心、世界十大硅谷之一和全球最大最成功的服务外包产业园区。

园区位于班加罗尔市著名的商业街豪瑟（Hosur）大街东南方向大约 20 公里（距离班加罗尔市议会大楼 18 公里，距离东北方向的机场大约 15 公里），交通比较便利。园区共占地 1.3 平方公里，其中有包括通用、微软、IBM 等跨国知名企业，当然也有印度本土著名的软件公司 INFOSYS 和 WIPRO。深圳的华为技术有限公司于 1999 年进驻该园区，累计投资 8000 多万美元，也是目前在印度最成功的中国软件公司之一。目前该园区已经吸引了大量跨国机构进驻，从事高科技行业的企业就有 4500 多家，其中有外资参与经营的企业就有 1000 多家。在短短 1.5 公里的核心区内就集中了 4.5 万个外包工作机会，园区内现有 6 万名工作人员，其中大部分是从事与金融服务外包相关的工作，仅在通用电器公司的印度研发中心内，就有 1800 名博士在从事接包的软件研究开发工作。

"电子城"高科技园区之所以取得成功，可以总结归纳为以下几点经验。第一，园区选址布局合理。高科技园区所在地属于印度高等学校和研究机构的集中地。有 7 所以理工科特别是计算机专业为主的大学，如班加罗尔大学、印度管理学院等，此外还有 292 所高等专科学校和高等职业学校，有 28 所印度国家和邦一级的科研机构，还有 100 多家企业内部和其他政府认可的科研机构。较高的教育水平和大量的人才聚集使班加罗尔具备发展以信息产业为核心、以出口为导向的高科技城市的条件。就地理位置来看，"电子城"高科技园区与周边的另外两家科技园"布巴内斯凡尔"和"浦那"构成全印度的 IT"金三角"，形成了立体的社会关系网络，如资金流、信息流、技术流、人力流等，即所谓的"产业价值链"。

第二，完善的内部规范体系。在园区内部，除了各项硬性的和强制性的规范制度外，诚信守约是各个软件企业间相互合作、共同开发软件项目所共同遵守的规则底线，"追求卓越"的职业精神也成为一个基本的工作原则，这些非强制性的规范被班加罗尔的工程师们奉若神明，在无形之中激励或者约束着人们的行为方式和人际关系，使之趋向合作和信任，提高其区域竞争力。[1]

第三，中小企业与知名企业相结合。在园区内，一般多以中小企业为主，这也是大多数高新区共有的特性，但在班加罗尔园区内同时聚集了一批国内外知名的软件企业，共同承接着不同层次的服务外包业务，从而提高了园区内企业的活力。

第四，产业发展方向鲜明。园区的成功之处在于能够依托国外市场发挥本国软件人才和语言上的比较优势，制订符合本地发展的产业发展方向，将软件产业发展定位在以外包和加工出口为主。低成本、高质量最终使印度成为世界的软件加工基地。但同时也由于这一软件外包出口导向政策和印度本身的文化特点，导致园区自主知识产权和自有品牌的缺乏，严重制约了印度软件业企业的发展和整体创新水平的提高。[2]

## （三）越南西贡发展高科技园区案例

西贡高科技园区占地 913 公顷，地处越南南部经济中心地区（包括胡志明市、同奈省、平阳省、西宁省、隆安省和巴地—头顿省）。位于连接南北地区一号国道和连接胡志明市、金边、曼谷的亚洲高速公路交接处，周围有多条国有公路，地理位置优越，园区距离胡志明市中心 15 公里，距离新山一机场 18 公里，距离西贡港 12 公里，邻近西贡新港、市威港和嘉莱港。园区根据经济技术区的

---

[1] 刘双云：《印度班加罗尔科技园的发展特点与经验借鉴》，《理工高教研究》2006 年第 6 期，第 34～35 页。

[2] 阮丽熔、刘淑婷：《班加罗尔高科园的发展及其对上海张江高新区的经验借鉴》，《综合管理》2008 年 1～2 月合刊，第 264～265 页。

模式进行建设，旨在吸引外商投资并推动越南高科技产业和服务外包产业的发展。园区集生产、贸易、科研为一体，鼓励科技交流，发展高科技产业和培养该产业从业人才。

目前，西贡高科技园区建设日臻完善，已有 8 家外资企业和 4 家越南企业进驻，这其中就包括著名的英特尔公司和丹麦的声扬集团。西贡高科技园区的产业目标是大力发展微电子、信息技术、电信、农业、制药、环境生物技术、精密机械自动化、新特殊原材料开发和纳米技术等。高科技园区投资 2800 万美元建设的培训及研究新材料中心，计划 2012 年 7 月投入运营，其主要用途包括培训高级技术专业人员以满足社会及该园区各企业的需要。目前园区共有 8 个方案已经投入运作，另外 13 个还在计划中，预计 2012 年大约可以提供 1.2 万个新增工作岗位。

西贡高科技园区建设发展的经验如下。

**1. 园区的基础设施建设较完备**

用水方面：通过直径 0.5 米的管道从平安自来水厂引水，使用高压水泵，每天供水量达 9500～24300 立方米。环境保护方面：当地建有 6 条主要的污水排泄管道和 6 座污水处理厂。两座使用美国技术的污水处理厂。电力供应方面：电力供应由越南国家电网和园区内的发电站供电，通过两座变压电站传输，园区还计划建一座备用燃气涡轮发电站，保证电力供应。安保方面：生产和住宅区域都建有围墙，园区内设有警察局和保安安全系统，还设有消防部门。通信方面：宽带分组交换网、高速数据传输网、城市地区宽带网试行一网多用。通信设备采用"一站式"服务，符合国际标准的电信和网络系统，费用合理。

**2. 园区得到越南各级政府的大力扶持**

在政府的大力推动下，通过了"一站式"服务的人性化政策，如西贡高科技园管理委员会有效帮助投资商在最短时间解决投资办厂遇到的各种问题；西贡高科技园投资管理和国际合作部门以及客户服务部门确保投资商在投资过程中享有最优惠政策；海关办公室为投资商及其家人提供多种签证便利。此外，园区还进行税收上的鼓励，在西贡工业园区内设厂的企业在第一个赢利年的后 4 年里免征企业所得税，并在接下来的 9 年里缴纳 5% 的企业所得税；征收个人所得税时，无论是越南人、外国侨胞还是外国人都缴纳相同的个人所得税。①

---

① 引自世纪期刊网：http://www.verylib.com/QiKan/768180/200607/45193640.htm。

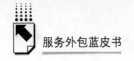
### 3. 英特尔的案例

2006 年 11 月 10 日，芯片业的航母英特尔在越南西贡高科技园区公布了投资发展计划。其中包括将建设总值超过 10 亿美元的厂房，从事半导体的组装、测试包装以及资讯科技的研究发展，同时开展相关产品的技术服务。这是越南史上最大规模的电子投资项目，英特尔的此次发展计划，目标是兴建厂房 46 公顷，其中无尘室规模为 4.6 公顷，并雇用超过 4000 名本地员工。若厂房完成后能达成全产能利用率，则其出口收益将可能超过 50 亿美元。该项目的顺利建成，除了英特尔能更有效地贴近外包客户的需求，还可以有效解决越南年轻人的就业问题。越南政府的大力支持使得英特尔得以顺利在越南进行大规模的投资。英特尔此次大规模的投资行动将产生相关的连锁效果，激发了其他大型国际机构到越南进行直接投资的意愿。自从英特尔 2002 年 2 月发表计划到越南投资的声明后，便有多家厂商到英特尔在越南的分公司取经，学习相关的授权手续，并开始在越南积极寻找投资的机会。高科技带来的群聚效果可促进越南服务外包和通信产业的快速发展。

除了与园区的合作，英特尔还与越南当地的大学进行产学合作，通过相关计划方案，如培训、实习参观等活动，共同培养高品质的科技与外包人才。此外英特尔内部也将提供专门的计划方案对高层员工进行培训。这一系列的培训计划将在越南发挥带动作用，有效地提升越南服务外包产业的发展能力。①

## （四）菲律宾发展"服务外包特区"案例

### 1. 苏比克湾经济特区

菲律宾的苏比克湾素有"东方小美国"之称，地处吕宋岛西南端，位于菲首都马尼拉西北方 110 公里处。苏比克湾是一个港阔水深的天然良港，可以停泊世界上吃水最深的核动力军舰、集装箱船和油轮。海湾三面高山环抱，拥有天然风浪屏障。即使在台风盛行季节，太平洋西部地区狂风恶浪之时，苏比克湾内仍然是风平浪静，自然条件非常优越。苏比克湾位于东南亚心脏地带，西临南中国海，战略位置十分重要。当年还曾是美军太平洋舰队基地，美军于 1992 年撤出后，菲律宾通过《基地转型法》，经过 10 余年努力，目前苏比克湾已建成占地670 平方公里的经济特区，已吸引了 673 家外国及本地公司落户，合同投资额为

---

① 引自台商电子报财经论坛网：http：//news. cier. edu. tw/tmail/about_ 3_ 2. asp？sno = 650。

38.5亿美元，创造就业岗位达7万多个。日本欧姆龙公司及我国台湾宏基电脑等都在苏比克建立了分支机构，美国联邦快递在此建设其亚洲运营分送中心。特区已建成日本工业园，还进驻了几十家我国台资企业。我国河北的金牛集团已与园区签署了3.12亿美元的投资合同，成为首家进入苏比克湾的中国内地企业。除此之外，入驻该园区的机构还包括菲律宾卫星公司、百沃特国际有限公司、安然苏比克电力公司、汤姆逊音响有限公司、环球国际集团、菲律宾航空有限公司、精英电脑系统有限公司等数十家跨国及本地企业。① 这些企业业务类别，包括服务外包业务的各个层次。

**2. 克拉克经济特区**

克拉克自由港区，又称克拉克经济特区，位于菲律宾邦板牙省安赫莱斯市西北部，是类似苏比克湾特区的经贸重划区。克拉克自由港区是原为美国空军的克拉克空军基地拆迁归还给菲律宾政府之后所改建而成的经贸发展特区，毗邻马巴拉卡特市，距离东南方的菲律宾首都马尼拉市约60公里。一份规划面积4400公顷核心区和27600公顷次要区的主计划，将会把这一区域建设成为一个以机场为主导的高端资讯工业、航空及物流相关企业的城市化地带。目前入驻该园区的企业主要有：菲律宾长途电话公司、横滨轮胎公司、克拉克水和污水收集系统有限公司、庄园高尔夫公司、北新集团、跨太平洋广播集团有限公司、声宝科技有限公司、哈辛托集装箱公司、克拉克贸易公司和国际自由港商贸有限公司等数十家跨国及本地公司。菲律宾政府投资近5亿美元修建的苏比克—克拉克高速公路于2008年3月15日建成通车。通车后，两地车程从原来的1小时缩短到1/2小时。菲律宾政府十分重视两个特区的发展，并将发展"苏比克—克拉克经济走廊"列入政府重点规划，全力将两地打造成为东南亚最具竞争力的服务外包和物流服务中心。

苏比克—克拉克经济走廊建设发展的成功经验如下。

第一，园区配套设施完备。苏比克湾的治安非常好，特区利用美军留下的围墙，继续实行封闭式管理，区内实施24小时安全巡逻和监控，使安全有保障，成为菲律宾犯罪率最低的地方之一。除了一流的海陆空交通设施外，这里独立的电力、水资源等供应网，也是吸引投资的优势。

第二，园区交通便利。在区内，15个码头港口停靠着大小不等的各类船只，

---

① 引自南博网：http://info.caexpo.com/zixun/touzjh/2008-04-29/14230.html。

并设有一个占地 1 万平方米、拥有 2.7 公里长跑道、可吞吐 700 名乘客的国际机场，一流的高速公路网络可通向菲律宾的任何角落。苏比克—克拉克高速公路也已于 2007 年通车使用，届时菲律宾两个最大的经济开发区之间的路程将缩短到 30 分钟。

第三，政府优惠政策。特区还采取了一系列鼓励投资的措施，只要外国投资者缴纳 5% 的企业所得税，公司就享有进口原料、设备等免除税收的优惠，区内外汇交易也不受任何限制。凡是投资 25 万美元以上的外国商人还可获得苏比克特别投资者签证，自由出入苏比克湾。此外，园区土地租赁、水电价格及劳动力价格都比较低。①

## （五）吉隆坡发展"多媒体超级走廊"案例

马来西亚于 1996 年开始了一项"多媒体超级走廊"（Multimedia Super Corridor, MSC）计划，是马来西亚落实向知识经济转型战略的核心工程。所谓"多媒体超级走廊"，是一个长 50 公里、宽 15 公里的带状走廊地区，从首都吉隆坡向南延伸，走廊内的各点用高速公路和高速铁路连接。建立一个新的信息通信技术城市是"多媒体超级走廊"建设的核心内容之一，这个城市就是赛城。赛城的发展是马来西亚未来经济增长引擎的一个重要组成部分。

赛城，全称赛柏再也市（Cyberjaya），意指网络之城。赛城位于马来西亚首都吉隆坡以南约 50 公里，占地 2800 公顷，作为一个智能化的城市，赛城拥有世界一流的标准和各种设施。赛城计划在未来 10～15 年内，建成全球信息和通信技术服务外包中心之一，城市人口预计将增长到 21 万人。目前，赛城已受到几百家国际知名跨国企业的青睐，其中世界著名的计算机制造商美国戴尔公司就在赛城建立了该企业在美国以外的第一个全球商务中心，新的商务中心将向戴尔公司全球的分支机构提供工程和技术支持。另外壳牌公司、爱立信、宝马、汇丰银行、EDS 公司等企业也在此设立了分支机构。

"多媒体超级走廊"是马来西亚政府于 1995 年 8 月宣布，并于 1996 年 8 月开始实施的。它是马来西亚政府为迎接 21 世纪信息革命的挑战，实现产业结构

---

① 引自菲律宾经济区域权威网：http://www.itcilo.it/english/actrav/telearn/global/ilo/frame/epzppi.htm。

升级和加快服务外包业发展而作出的重大决策。目前，"多媒体超级走廊"已逐渐发展成为马来西亚的"硅谷"。它其实是个科技园区，总面积约 750 平方公里，比新加坡的国土面积还大。"多媒体超级走廊"预计需要 1000 亿林吉特（约 400 亿美元）的资金。它主要包括四个部分：第一，新吉隆坡国际机场即雪邦国际机场；第二，吉隆坡市中心即双峰塔所在地；第三，电子化的新政府行政中心；第四，电子信息城和服务外包基地。

马来西亚政府计划在 2020 年前把"电子信息城"建成"世界芯片生产中心"，发展多媒体产品，把多媒体应用于教育、市场开拓、医疗及医学研究等领域。"电子信息城"作为一个高科技城，城内建有多媒体大学、智能学校、遥控医院和医疗中心、国际学校、购物中心、休闲别墅、公园、办公楼、居住区等。全部工程完工后，"电子信息城"可容纳 24 万人，它将是国内外多媒体公司集中营运和服务外包业务基地。为满足将来的光纤通信需求和完善网际网络服务，马来西亚电信公司在 1998～2006 年期间投资近 6000 万美元，在"电子信息城"内铺设与东南亚、日本、美国、欧洲相连的大容量 2.5～10GBPS 的数码光纤电缆和 622MBPS 的次层光纤电缆，并聘用 1000 多名高科技人员在区内服务。通过光纤电缆网络把"电子信息城"与国际机场、电子政府等大型基建设施连接起来，把它变成信息技术和多媒体系统的试验场所，引导国家迈向高科技的 21 世纪。

"多媒体超级走廊"建设发展的成功经验：

第一，引入健康的生活理念。作为 MSC 马来西亚的核心，cyberview 通过 4 个主要因素把健康的生活方式带到赛城：①生活的智能化；②智能的教育中心；③智能的工作环境；④智能的娱乐设施。

第二，打造人文生活环境。这个城市已经很真实和人性化了，环绕着大片的绿化带和湖泊，看起来非常的惬意。小学、中学、大学和有激情的社区生活不仅使得这个地方具有吸引力，还适合人们一代一代地居住下去。除了良好的城市规划之外，赛城还被称为"城市绿肺"，约为 1.6 万平方公里的塞城湖花园。赛城又被称为"马来西亚不夜城"，夜生活丰富多彩，吸引越来越多的国内外游客。

第三，马来西亚特殊的文化使得这个智能化的城市具有独一无二的世界级设施，进而为当地居民在工作和生活上提供了一种较平衡的生活方式。①

---

① 引自南博网：http://www.caexpo.com/special/2008 Magic_ City/saicheng/。

## 二 国外服务外包发展对我国的重要启示

从 20 世纪 60 年代开始出现服务外包到 2010 年，服务外包产业发展已经过了半个世纪，许多国家如印度、菲律宾、爱尔兰等国家利用服务外包这一机遇有效地发展了本国的经济和提高了本国的社会福利。我国改革开放 30 年来，在国际生产外包市场上发展较快，被称为"世界工厂"，我国开始从事服务外包的时间比较短，但发展速度也比较快，大有后来居上之势。目前，我国的主要发包国是日本，日本市场机会占据了 80% 的业务，欧美市场仅有 15% 左右。我国现在的科技与经济实力以及经济结构决定了我国在服务外包市场中的角色应该是服务承包商，在服务外包发展中，其他国家给我们提供了可供借鉴的案例，特别是印度和菲律宾等国家与我国的经济基础相似，经济结构相似，禀赋优势也比较相似，因此，为我国服务外包的发展提供了许多很好的经验。

### （一）发挥政策支持作用，成立专门管理机构

政府在各国服务外包产业发展方面起到举足轻重的作用。首先，政府出台积极的政策措施支持本国的服务外包产业发展，对参与承包国外外包业务的企业给予优惠政策，鼓励广大外包企业在服务承包上投资。如印度政府早在 20 世纪 80 年代，就明确了关于计算机软件出口的政策，提出软件产业和信息技术服务外包的发展目标和策略。除此之外还为该领域的企业提供了大量的资金和技术上的支持，并且也为海外发包商提供了优惠政策，吸引了大量的海外企业成为印度信息技术服务外包的客户。

其次，政府在建立专门从事服务外包行业的管理机构和专门研究服务外包行业的研究机构方面可以起到引导作用，加强对本国的服务外包市场进行专门的研究和管理，可以更好地推动服务外包产业的健康发展。建立管理机构和专业研究机构能够更加集中有效地管理本国的承包企业，并且及时提供相关的商业信息和行业信息，使得本国的外包行业能够更加快速地发展。

### （二）重视人力资本规划，多渠道培养服务外包人才

国外的经验证明，外包服务基地城市是否拥有丰富和可持续的人才资源，是

发展服务外包产业的重要前提。在服务外包基地城市里，除了有足够的高校聚集，以提供大量的受过良好高等教育的专业人才外，还要有相应的人才培训机构，来填补高校教育输出和专业工作需求之间的缺口，形成知识型人才密集的智力环境，为外包服务产业提供专业的人力资源保障。例如，菲律宾在这方面做出了很好的表率，菲律宾为吸引欧美的客户资源，专门按美国的教育模式培养了很多精通英语和专业知识的人才，使得菲律宾的承包企业所提供的服务更符合美国发包商的要求。日本东京云集了日本 28% 的大学生，为金融中心的发展提供了源源不断的人才。日本共有四年制大学 586 所，其中东京最多，有大学 182 所，短期大学（相当于我国的大专）173 所。整个东京圈的大学生比例占全国的 40% 左右。因此，各国在发展服务外包的过程中，都非常重视人力资本的规划和开发。同时，还重视教育和培训设施的建设，通过多种渠道来促进服务外包专业人才的供给。[①]

### （三）完善知识产权保护制度，优化服务外包法律环境

世界各国发展服务外包的经验表明，建立包括版权法、商标法、专利法、知识产权法在内的完善的知识产权保护制度，并具有对商誉、商业机密、数据库权力等各种正式的、非正式的保护渠道，形成规范、安全的法律环境，才能形成多地点、多国家，或者多供应商的外包机制，也才能建成富有吸引力的世界外包服务中心。与传统的制造业不同，服务外包业务对一国的制度敏感性较高。通常情况下，生产有形产品的行业对制度的敏感和依赖程度较低，对资本和资源的依赖程度较高，而提供无形产品的服务外包是以人为本的。因此，是否拥有健全的法制环境，是保障知识产权及智力投入不受侵害的根本保证。

服务外包的接包方由于不可避免地会涉及发包方的业务经营模式和业务流程，经常会接触发包方的商业机密，这样知识产权保护和信息安全就成为关键问题。为此，完善的知识产权保护制度的建立不仅要依靠企业自觉维护，更需要政府推动建立包括政策、条例以及法律在内的一系列制度保障措施，以确保服务外包发展有一个良好的法律制度环境。例如印度政府针对欧美商家最为担心的外包

---

① 黄育华、王力：《国外金融后台与服务外包体系建设和发展的重要经验》，《中国城市经济》2009 年第 4 期。

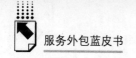
产品的产权所属问题，积极调整本国知识产权的条例与政策，出台了一系列保护专利、保护知识产权的相关法规，并成立了专门的维权机构，监督强化保护知识产权的执行力度。①

## （四）加强相关基础设施建设，规划建立服务外包产业园区

软件和通信等信息技术是现代服务外包的技术载体和实现手段，通信网络则为服务外包提供了硬件基础设施。因此，金融后台和服务外包体系的基础设施建设水平，已成为衡量服务外包环境的重要指标。各国建设金融后台和服务外包体系的实践表明，外包中离岸人力资源管理、数据处理、呼叫中心、远程培训、系统运营维护等都是通过现代信息技术平台来实现的。通信网络与信息技术的发展改变了服务外包的商业模式，为离岸开发、服务交流提供了可能。各国加强软件基础设施建设，规划建立各类软件园区的举措，一方面推动本国软件、通信业的发展，以提升信息技术的水平；另一方面通过建立各类软件技术园区，加强对产业要素的有机整合，来促进本国服务外包的发展。为此，建设软件园区和服务外包园区是发展服务外包的成功模式。②

各国建设金融后台和服务外包体系的实践表明，设立各类外包服务的软件技术园区、产业园区、高科技园区等是发展服务外包的成功模式。通过提供集中的通信网络、卫星、无线技术等基础设施，为发展服务外包提供良好的硬件保障。同时，利用软件园在空间上聚集众多的外包企业，可以形成产业聚集，促进信息交流，充分利用公共设施，提升整体配套服务水平，并有利于在税收、法律、进出口等方面实施倾斜性优惠政策，以促进外包行业的发展。金融后台和服务外包体系的基础设施建设水平以及配套的政策、管理和服务已成为衡量服务外包商业环境的重要指标。

## （五）创造宽松的商业环境，建设优良的人文环境

国际经验表明，发展服务外包，除了建立完善的硬件基础设施，商业环境和

---

① 张博：《我国金融后台产业园区建设发展研究》，中国社会科学院研究生院硕士学位论文，2010。

② 北京特华财经研究所课题小组：《首都金融后台与服务外包体系建设研究》，北京市科学技术委员会软课题报告，2010。

人文环境等软件条件也是发展金融服务外包的重要因素。商业环境包括政治经济环境、社会开放度以及知识产权保护状况等。① 在选择外包地域时，发包方所考虑的不仅是供应商必须拥有合格的资质、健康的企业文化和一流的人才供给，还要考虑供应商的历史经营记录、财务稳定性、服务质量、上门服务和能力要求等。与此同时，还要考察商业环境和人文环境等"软件"环境因素，如除上述介绍的商业环境因素外，当地文化、官方语言、生活环境和社会环境等人文环境因素。

科尔尼管理咨询公司（A. T. Kearney），根据业务结构、人员技能和商业环境三个因素对各个国家进行了排名。中国在业务结构、人员技能方面在国际上名列前茅，具有相当的竞争力，但是商业环境指数仅为 0.93，排名第 21 位。② 又如在人文环境建设上，巴黎拉德方斯区早在 1964 年的第一期建设项目中就建立了一系列花园居住区，居住区周围绿化环境优美，有绿地、公园及各种娱乐、游憩场所，而没有大都市的拥挤、嘈杂。区内建有占地 25 公顷的公园，商务区的 1/10 用地为绿化用地，环境的绿化系统良好，区内还建有由 60 个现代雕塑作品组成的露天博物馆。优美的环境和完善的设施，吸引了众多的服务外包机构来此落户或开展业务。

### （六）打造本国自主品牌，培育外包核心企业

根据国际经验，比如印度和菲律宾虽然外包市场发展繁荣，但是也存在一些问题，如印度和菲律宾的客户大部分都来自美国，非常单一，一旦美国的发包商转向其他新兴国家或者出现金融危机，承包商的回旋余地非常小，它们和美国是直接联系，没有客户就没有生产，美国出现危机都会使得这两个国家受到极大的冲击。同时，由于进行服务外包的厂商大部分是按照发包商的要求进行服务的，导致这些国家的自主品牌实力较弱，这对国内的经济发展极其不利。由于国家之间的经济和科学技术发展很不平衡，贸易的发展使得后来企业受到先进入市场企业的激烈竞争，而且由于产品的差距，使得品牌认可率、品牌形象的差距明显。因此，加强本国自主品牌实力和创新能力的提升，是发展服务外包产业极其重要

---

① A. T. Kearney.

② 黄育华、王力：《国外金融后台与服务外包体系建设和发展的重要经验》，《中国城市经济》2009 年第 4 期。

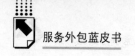

的战略。

在全球化的今天，国际分工日益加深，服务外包行业从 20 世纪 80 年代开始至今，服务外包已经成为国际上各国普遍实现经济增长的新型经济模式。服务外包的这种发展趋势也为各国企业发展服务外包提供了新的机遇，通过提高自身的服务外包水平，融入国际的专业化分工中，分享服务外包给企业带来的诸多利益。因此，面对服务外包所带来的机遇与挑战，尽快制定一系列促进本国服务外包企业发展的战略与措施，是提升在国际市场上核心竞争力的重要内容。

### （七）抓住外包产业转移机遇，促进本国传统产业升级

服务外包是国际分工向纵深发展的结果，是建立在以高科技、高附加值的高端服务及研发环节转移为主要特征的全球产业结构升级。从宏观背景看，服务外包反映了世界经济重心正从制造业向服务业转移的趋势。从微观背景看，服务外包是以美、日、英、德等发达国家跨国公司为主体，借助现代化通信设施和技术手段，将非核心业务转移到新兴市场经济国家和地区，以实现降低成本、提高核心竞争力的有效途径。当今，以软件产业全球化为特征的第二轮经济全球化正推动知识型工作岗位不断从发达国家转移到发展中国家。如果能够抓住这个机遇，推动服务外包产业实现新一轮跨越式发展，从而推动本国经济发展再上一个新的台阶。因此，应充分把握这一次国际服务外包发展的机遇，促进本国战略核心产业再次升级，已成为各国的共识。

## 三 提升我国服务外包产业竞争力的实施对策

### （一）研究制定国家层面的服务外包发展战略

我国各级政府在促进服务外包发展方面已经做出了积极的努力，比如在基础设施建设、人才培养、资格认证、税收优惠和财政补贴等诸多方面都提出了相关政策。但是，我们可以发现这些实施政策仍然以经济手段为主，方式较为单一。要想在国际环境中提升我国服务外包的竞争力，加快我国服务外包业发展，还应从市场营销、产业政策、法制环境和政府管理等方面全方位提升我国在国际市场上的服务外包竞争力。

**1. 制定适合国情的服务外包产业发展政策**

服务外包产业的区域性特色是指经济环境、基础建设、人力资源等因素的综合因素，如何形成聚合效应，这就需要各地区根据自身的具体情况，分析自身优势，并以此做好战略定位。目前我国已有大连、西安、上海、深圳、北京、天津等 21 个城市获批成为服务外包基地城市。在这些城市的建设发展中，它们各自以自身的比较优势为出发点，立足资源禀赋，针对市场和行业差异进行专业化分工，发展区域特色，错位竞争，避免因市场相同而造成的行业内恶性竞争。

要在国际市场的高度提升我国服务外包的竞争力，首先要正确了解各自的比较优势。从总体上来说，劳动力优势是中国的最重要优势之一。主要体现在：劳动力成本低；拥有大量熟练的劳动力储备以及充足的劳动力供给。而且，我们发现，内陆城市的劳动力优势要更加明显，因此要加快这些城市的服务外包建设，并且针对我国大学生就业供过于求的现状，优质的劳动力资源足以吸引外资在中国开展服务外包业务，最终提高我国在国际上的竞争力。

**2. 提升我国服务外包企业在国际市场的竞争力**

首先，可以通过制定各种优惠政策鼓励我国企业走出国门。在税收制度上，在对服务外包企业征收进口关税、所得税、地方税、劳务税等税种时，可以采取减免或补贴等政策以减少企业的税负压力，使企业可以将更多的精力、财力集中于对服务外包产品的研发上来；在资金支持上，可以通过颁布一系列鼓励政策来向服务外包企业提供一定的资金支持，例如，对已经通过国际认证的服务外包企业给予一定的资金奖励与扶持，并鼓励企业将市场扩展至国际水平上来，包括对外包企业购买大型设备、自主创新、建设自主品牌等方面给予的资金支持或奖励等；政策性银行可以通过设立专项信贷额度来解决服务外包企业在资金运转过程中出现的紧缺问题，以及为离岸外包项目提供项目信贷保险等融资方式来帮助企业扩大规模，增强企业在国际市场中承接服务外包的能力。

其次，可以通过鼓励我国企业与跨国企业的合作来提升我国的国际竞争力。通过与跨国企业的合作，我国企业的外包水平可以得到更快的提升，尤其是海外经验与营销水平的扩展，逐步适应国际外包市场的服务特点，使中国的服务外包与世界接轨。

最后，可以通过开展海外宣传塑造中国品牌服务外包企业的整体国际形象。一方面，政府的影响力可以增强企业在国际市场上的认同度，使企业在国际竞争市场上可以先声夺人；另一方面，政府的支持向社会各界传达了我国跻身世界服务外包前列的决心，在世界各国树立了良好的形象，这也为企业的发展创造了有利环境。例如，针对越来越多的国外大型跨国企业选择在中国设立国际服务外包中心或服务外包基地的趋势，政府可以适当放宽市场准入，促进国内的服务外包市场与国际市场的接轨；在进行工商登记和审批等各项注册手续时，政府有关部门可以对从事服务外包的企业给予一定程度上的便利，使企业能够按照国际惯例承接外包业务；外商投资产业指导目录作为鼓励外商在华投资的重要参考依据，政府有关部门应该将更多的服务外包项目列入其中，以此促进服务外包业这一新兴产业在更加开放的中国市场中得以发展，并且对列入其中的项目和企业给予一定的政策优惠，吸引跨国企业把更多的服务外包业务转移到中国来。

**3. 加快培养我国多层次的服务外包专业人才**

中国劳动力丰富，每年毕业的大学生都有几百万人，2010 年就有 631 万名大学生又加入了求职的激烈竞争中。这些高素质的劳动力为我国发展服务外包行业提供了必要的先决条件。由于我国在服务外包方面刚刚起步，对有关方面人才的培养还很缺乏，为此，可以从以下方面着手，加快我国服务外包人才储备。

首先，引导高校培养相关专业人才并予以相关支持。政府可以通过资金、政策等方式的引导，帮助高校努力培养具有国际视野、英语水平高、文化交流能力和业务能力强的复合型外包人才。

其次，健全多渠道、多形式的人才培养体系。具体来说，一是政府应该鼓励服务外包企业安排专项服务外包人才培训配套资金，加强对员工进行专业化培训。一方面，针对新员工的上岗培训，可以制订相关标准来配合企业更加合理与全面地进行人员培训，培训内容可以包括人才定制、人才资质、国际认证、相关法律、行业标准和知识产权等；另一方面，对于在资金等方面有条件的企业，可以提供政策上的便利，鼓励承包企业通过定期的审核、考试等方式，选拔出优秀的服务外包专业人员，派遣其到发包企业所在国家接受培训；还有一方面是通过国际技术交流，使我国服务外包企业培养出一批精通英语、熟知客户需求的专业型人才，将西方的商务理念及国际惯例引进中国市场，使发达国家先进的外包模式与我国的具体国情相结合，创造出适用于我国服务外包产业发展的中国模式。二是支持社会培训机构的建立。面对当前中国服务外包人才缺乏的现状，政府可以通过出台相关的扶助政策鼓励民办和私营的这一类社会培训机构对急需的外包人才进行培训。与此同时，政府相关部门还可以将企业培训与社会培训结合在一起，通过提供多种交流平台动员社会各方面力量来建立起适应不同需求层次的专业培训体系，培养出大量在服务外包领域所急需的复合型应用型人才。三是政府相关部门应当积极鼓励在华投资服务外包产业的大型跨国企业与国内培训机构及企业进行合作，在培养人才、提升服务外包技术等方面相互交流，政府可以制定相关政策开展有针对性的业务培训或人才互换交流等相互促进项目，以及提供在培训后吸收人员就业等优厚政策。

最后，放宽高层次创新型人才引入政策。我国的服务外包市场人才匮乏，尤其是具有语言优势又了解国际规则的海外专业人才。因此，政府可以开辟海外引才的"绿色通道"，制定海外归国人才的就业优惠政策，通过改善我国人才流动机制等方式来吸引和聘用海外高级服务外包人才，鼓励海外留学生回国创业就业，以此来迅速提升中国服务外包人才的国际化水平。

### 4. 加快推进服务外包相关产业发展

在发展服务外包产业的同时，加强与服务外包相关的产业发展对服务外包也是有积极作用的。结合我国的服务外包发展现状，软件服务外包作为发展的主要力量，要注重信息产业的发展，以使软件服务外包依托于我国的信息产业的提升而发展。同时，服务外包作为以服务为主要特征的行业，现代服务业的发展对于服务外包的发展也具有极其重要的推动作用，甚至可以说，我国的现代服务业与服务外包的发展是相辅相成的。

首先，要加快软件信息产业在当前我国服务外包领域的发展，软件服务外包可谓是一枝独秀，成为现代服务业与软件产业的主要增长点，并且发展势头迅猛，潜力大。因此，发展软件信息服务外包已成为我国提升服务外包国际竞争力的主要对策。但是，从我国软件信息服务外包的发展状况来看，仍存在很多问题需要解决。比如，在知识产权保护方面，我国对软件开发的保护力度仍不够完善；部门间的外包资源不能得到有效的整合；软件行业协会的作用也并没有充分发挥出来。这些问题都在一定程度上制约了我国软件信息服务外包的发展。

针对上述问题，相关部门应该尽快制定相关的规定与法律，对软件行业中存在的弊病进行全面的清理。软件行业协会应该尽快制定行业规范，通过实时的监督与教育，对行业内企业间的经营行为进行有效的行业自律。政府部门可以针对软件服务外包行业的现状，制定更加完善的软件行业发展政策，使软件行业的比较优势能够得到更加有效的发挥。目前,我国软件服务外包的国际市场主要是面向日本,而对开拓其他欧美国家市场,我国在软件服务外包方面的发展潜力还是很大的。针对老客户来说,我国的软件服务外包企业要注重部门资源的合理配置,集中主要力量,巩固好我国服务外包企业在日本市场打下的基础,同时,利用在日本市场发展的经验教训,积极尝试承接欧美市场的软件服务外包业务。

其次,要加快现代服务业发展,现代服务业作为服务外包行业的相关产业,对我国服务外包的发展具有重要的推动作用,现代服务业的发展可以为服务外包的发展打下坚实的基础,而服务外包的发展又反过来对现代服务业的发展起到促进作用,总而言之,二者的发展是相辅相成的。具体来说,伴随着信息技术与知识产业的发展,传统的服务业已经不能满足当前市场的需求。通过运用现代化的科学技术,迎合现代化市场的服务需求,加快新兴服务产业与服务方式转变,满足不同层次的服务需求,向市场提供具有高附加值、高效率和资本密集的新型生产与生活服务,将是现代服务业发展的新趋势。现代服务业已经涉及社会生活,包括政府、教育、文化、生产、科技等所有相关领域。

与此同时,发展服务外包产业,一方面,有助于企业优化资源配置,将非核心的业务外包出去,提高企业的经营效率与赢利水平;另一方面,服务外包产业的扩大,对于促进我国大学生就业、发展资源消耗低、附加值高的高端产业和扩大服务业在 GDP 中所占的比重,都会产生积极的推动作用。因此,注重现代服务业的发展,将我国现代服务业的服务综合能力和服务水平提升到一个新的层次,将有利于我国发展服务外包产业,提升我国服务外包的国际竞争力。

### 5. 加强服务外包行业的风险防范和有效监管

中国服务外包的发展离不开良好的商业环境,服务外包中发包商与外包企业实质上是一种委托与代理的关系,由于委托代理中所产生的信息不对称以及利益冲突将导致一系列代理成本的产生,由此导致的服务外包风险会对服务外包的发展产生不利影响。因此,对服务外包行业的监管就显得尤为重要。

第一,要重视技术手段在服务外包风险防范中的运用。市场中由于信息不对称,服务外包企业可能会利用不确定性因素,降低服务外包水平,从而减少自身在服务外包中所承担的成本。面对由于信息不对称而引发的道德风险与信息泄露、留存及转移而造成的安全风险,政府应该重视对技术创新的开发,通过一系列先进的技术手段对服务外包中的这种潜在风险进行有效预防控制。

第二，要充分利用市场手段来防范商业风险。由于服务外包合同具有期限长、金额大的特点，风险规避从合作双方的利益上来看都是十分重要的。政府可以通过制定鼓励政策来引导企业利用金融保险等市场手段来规避商业风险，防止不必要的商业损失。

第三，针对服务外包涉及军事、国防、金融等敏感领域以及可能对国家安全带来潜在风险的外包业务，我国政府应该采取严格的法律手段和行政手段禁止企业进行此类服务外包，或者在监管允许范围内进行有限的服务外包业务。

第四，重视金融保险业的发展。通过加大宣传力度，鼓励金融保险企业加强与服务外包企业的合作，了解服务外包企业的发展需要来开发新险种及金融产品。这种在金融创新的基础上开展的金融保险企业与服务外包企业的商业合作，既可以为保险企业开发出新的利润点，又可以有效促进服务外包企业的发展。

第五，发挥中介机构的积极作用。中介机构对于促进中国服务外包业发展具有不可忽略的作用，其作为服务外包企业完成业务所不可缺少的中介组织，起到了促进服务外包业发展的重要作用。因此，政府相关部门可以协助设立一批具有专业的垂直一体化的服务机构，例如，会计师事务所、律师事务所、评估师事务所、管理咨询公司。具体而言，在整个服务外包的产业链中，服务外包企业可以通过中介机构协助企业办理各种业务所需要的咨询或服务，包括评估、经纪、法律、仲裁等各种服务业务。

## （二）加强和完善服务外包行业自律体系建设

服务外包作为一个特殊的服务行业，应设立行业职能部门和建立相关的监督机制。相比政府部门的直接监管，行业内部人员对业内企业的直接管理无疑将会给行业的发展带来更多便利。首先，行业内人员对本行业的现状更为了解，自行管理将有利于行业有关部门针对行业的薄弱环节进行支持和提升，对优势项目进行宣传与推广。其次，建立行业协会或职能部门将有利于企业保护自身的权利，加强企业的自律与服务意识，有利于服务外包企业的健康发展。

### 1. 建立健全行业职能部门的监督机制

行业职能部门要比政府部门更了解和熟悉行业企业的现状和国内外市场的动态，通过制定服务外包业务的相关规定，包括资格审查制度、人才培训认证体系、保证服务质量等行规行约，提升企业的经营管理水平及服务外包人员的综合

能力，从而促进整个行业的顺利发展。在行业协会与企业的共同实践中，完善服务外包行业的法律法规，对服务外包中的知识产权问题加大管理力度，包括针对知识产权保护与违反知识产权的整治措施，提高对信息安全与保护的技术研发和市场监督。

行业职能部门的监督职能对于整个行业而言也是不可或缺的。企业作为市场中的独立个体，在市场运作过程中缺乏有力的监管机制的情况下，某些企业为了获得利益可能对其他企业进行不公平竞争，进而影响市场的正常运转。因此，行业职能部门就需要通过一定的监管措施来加强企业的诚信建设和行业自律，规范市场秩序。行业职能部门的监督相对政府部门的监管而言，专业性更强，在更加了解市场规则与企业动态的情况下，能够及时抓住企业的漏洞，改善服务外包的市场环境。

**2. 充分发挥行业协会的纽带作用**

作为企业与政府之间的沟通桥梁，一方面，行业协会可以通过定期制订并公布行业的发展规划，向企业传达行业的整体动态，有利于企业及时调整自身的发展策略；另一方面，行业协会应该代表企业与政府和公众沟通交流，通过定期举办各类交易会和推介会等方式，加大对服务外包的宣传力度，促进外包企业与市场利益相关者之间的相互交流、沟通，扩大企业的接包机会。

行业协会应该为中国服务外包整体的发展创造有利环境。首先，行业协会可以定期向承接服务外包的企业、国外发包企业、相关政府部门和研究机构等发布与服务外包相关的政策信息，提供企业间的交流平台。其次，行业协会可以为服务外包企业提供一些市场的专业性数据与信息资讯等公共服务。再次，为服务外包企业招聘人才并提供服务。行业协会可以以其名义定期举办服务外包人才招聘会，并通过建立官方网站等多种传媒途径及时公布服务外包的最新动态等信息，让社会各类人才能更加清楚地了解服务外包这一行业，为服务外包企业提供平台来大规模地吸纳专业性人才。最后，行业协会应该负责定期收集、整理服务外包企业的经营、合作等多方面的反馈信息，及时总结并了解企业的真实需求，关注市场的整体动态，并积极参与、制定及更新与服务外包产业相关的产业发展战略，协助政府相关部门向企业及时传达各种政策并实施好各项优惠政策措施。

**3. 积极推进成立服务外包产业联盟**

在服务外包市场中，企业作为单一的个体来寻求发展的空间是有限的。为了更好地促进我国服务外包市场的健康发展，政府可以通过牵线搭桥等方式，引导企业本着互利共赢的发展宗旨建立服务外包产业联盟。企业可以根据自身的市场需求与条件，寻找有利于自我发展的企业进行合作。通过国内服务外包市场中企业间的主动联合，提升企业整体的凝聚力，提升企业的信息分享与规模经济的效益，降低成本与经营风险，联盟内部可以再次进行专业化分工，形成优势互补的产业格局。这种联盟不仅可以提升服务外包企业的整体形象与服务水平，同时也将中国服务外包企业作为一个整体，在国际市场上为提升我国服务外包的竞争力创造有利条件。

## （三）加快提升服务外包企业的核心竞争力

在各级政府部门的大力推动下，借助行业协会的完善服务和提供的良好市场环境，服务外包企业也要利用现有的比较优势，努力提升服务外包水平，引进国际先进服务外包技术，加快提升服务外包竞争力。

### 1. 加强对知识产权的保护力度

知识产权的保护仅仅依靠政府的监管措施和法律制约是远远不够的，最关键的还在于企业的自我约束。在服务外包中，发包方最关注的就是在服务外包承接过程中承接方对企业的商业机密、商标、专利、版权及相关权利的保护，因此，服务外包企业应该在知识产权保护上制订比较高的标准。在国际市场中，欧美发包商尤其关注承包方的知识产权保护问题，在选择承包商时，他们会深入了解承接国的管理能力、商务和法律的国际规范程度等情况，进而选择是否在承接方所在国发包服务外包业务。综上分析，我国服务外包企业应加强对知识产权保护的重视程度，为在国际竞争中承接服务外包业务创造良好的商务环境。

第一，企业应该了解并尊重外国发包方及国际惯例中对知识产权保护的相关规定和规则。这就要求服务外包企业在承接服务外包业务时，要提高对发包国关于知识产权法律、信息安全及中介服务等相关规则的熟悉程度，进而通过与发包方签订保密协议等途径对知识产权进行正式交付工作。针对其中发包方所特指的需要保护的具体项目，企业可以实行特别的保护措施来保障客户的知识产权。

第二，服务外包企业对内部人员的管理也要深入贯彻对知识产权保护问题的教育，包括在聘用之初就与员工签署信息保密协议、在培训中加强员工对维护客户知识产权与违反知识产权保护等相关法律的认识。通过一系列的制度建设，防止客户的知识产权被侵犯，杜绝服务外包企业违反知识产权制度等不法行为的发生。

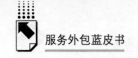 

**2. 提高自身服务外包综合能力**

要想提升我国服务外包在国际上的综合能力，光靠有利的外在条件是不够的，关键在于提升企业自身的服务水平。

第一，与客户的沟通能力。由于发包客户常常来自不同国家，与客户建立良好的沟通关系是服务外包合作的首要前提。在外包过程中，合作双方会涉及大量信息资讯的交流，为了避免误解和不必要的冲突，语言沟通能力就成为合作顺利进行的必要条件。这种语言能力是指服务外包人员的语言交流技巧和对发包国家文化背景的理解能力。在与客户沟通前，服务外包人员应该对客户所在国家的文化背景、商业环境以及主流商务管理等相关知识进行了解，以此增进相互信任与理解，拉近彼此距离，进而争取到更多的业务。因此，外包人员通过掌握良好的客户沟通能力，在外包过程中，充分理解客户的需求与目的，及时把握客户的意图，实现高质量、高效率的沟通，是服务外包必不可少的环节。

第二，企业的管理能力。服务外包企业要通过资格认证等方式来证明自身的服务水平与能力，这些国际资格认证包括开发能力成熟度模型集成（CMMI）认证、开发能力成熟度模型（CMM）认证、人力资源成熟度模型（PCMM）认证、信息安全管理（ISO2700/BS7799）认证、IT服务管理（ISO2000）认证、服务提供商环境安全性（SAS70）认证等在内的一系列国际资格认证。这些国际资格认证可以使客户，尤其是海外客户直观地了解企业的服务外包水平，作为客户选择承包企业的重要参考。在这些认证中，开发能力成熟度模型集成认证（CMMI）仍然是服务外包业界的通用标准，而ISO27001则是国际流行的用来评估公司信息安全管理体系的标准，该认证体系已经成为服务外包企业的信息安全管理水平和服务外包竞争力的综合体现。

第三，承担项目的交付能力。为了提升我国服务外包企业的国际竞争力，企业必须提升客户的现场交付能力。这就需要企业走出国门，到发包国与客户进行业务交流，只有这样，才能获得高端的客户业务。例如，北京的一些大型服务外包企业已经在日本、美国等设立了分支机构，并提高了现场的交付能力。

项目交付能力包括技术能力、业务能力、服务能力等一系列服务外包所需要的专业能力。技术能力主要是指对技术的研发与自主创新能力、例如软件开发的能力、项目管理的能力等。业务能力是指针对不同的服务对象需求而需要服务人员所提供的专业性服务，对所服务的外包业务的理解与掌握能力。例如，如果是从事离岸金融外包的企业，那么外包人员就应该对金融领域，尤其是发包国、发包方的金融业务要有全面深入的了解。服务能力则是指在服务外包过程中，向客户提供全方位的、完善的解决方案，而针对海外市场的客户，企业也可以在海外现场为其提供服务。

第四，外包企业的品牌意识。为了在国际竞争中赢得客户，品牌打造是企业重要的营销策略，是外包企业持续发展的关键因素。我国服务外包企业刚刚起步，应尽早将品牌意识纳入企业总体发展战略，通过对企业内部的人员培训、管理理念、企业文化、价值观等方面进行品牌打造，形成具有中国特色的服务外包优势，最终形成在国际市场上具有核心竞争力的特色服务品牌。只有塑造起国际品牌形象，才能在国际市场中占得一席之地。这不仅有助于增强企业在国际竞争中的自信心，而且缩短了中国服务外包业与国际先进水平之间的差距，提高服务外包企业的综合竞争力。

### 3. 积极拓宽服务外包的领域和范围

目前，我国服务外包仍集中于传统行业，如旅游、运输，而忽略了对现代服务外包业务的拓展。以金融为例，我国本土金融服务外包正处于起步阶段，国内企业对于金融服务外包领域的专业知识和经验比较缺乏，跨国企业将金融服务外包交由中国承包方的业务还比较少。这也说明，我国在金融服务外包方面还有巨大的发展空间。伴随着服务结构朝着知识密集型与技术密集型的发展，越来越多的 IT 或金融服务外包业务会在我国市场得到快速发展。

随着技术信息在各种产业中的需求与应用程度日益提高，企业对此类服务外包的要求也相应越来越高，包括对 IT 服务的安全性、经济性、实用性和扩展性等。中国拥有世界一流的电信基础设施，在高速互联网和宽带连接等方面相比印度等发展中国家都有明显的优势，根据麦肯锡统计，中国的成本同印度比要低11％，预计未来每年工资涨幅平均为 5％～8％，低于印度同等劳动力水平。因此，较低的劳动力成本和发达的信息基础设施建设为我国的 IT 服务外包企业创造了有利的条件。

金融行业自身具有复杂的内部整合与外部衔接特征，以及受国际市场的专业化分工和规模经济的影响，金融服务外包正在成为服务外包行业的一个主导领域。根据研究，目前，金融企业的很多业务都可以进行服务外包，如银行数据中心、保险核保理赔、股票交易和金融分析等。这些服务外包由于其本身不需要具

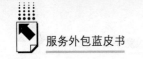

备高技术水平，因此，可以由一些具备相应条件并且成本较低的外包企业来完成。为此，加快金融服务外包企业的发展，可以为拓展服务外包领域奠定基础。

**4. 注重扩大服务外包的经济规模**

随着服务外包行业的不断壮大，一方面，激烈的竞争要求服务外包企业在同行中必须有过人之处；另一方面，发包企业在挑选承包企业时，总是要找出更加符合服务要求的服务外包企业。因此，通过掌握国际市场中的专业技能，企业可以很直接地从众多服务外包同行中凸现出来，占领市场地位，作为为客户提供更有效及专业服务的一种策略。

从对全球服务外包市场的发展来看，外包市场存在着明显的"马太效应"，"马太效应"是指强者越强，弱者越弱。美国科学史研究学者罗伯特·莫顿归纳"马太效应"为：任何个体、群体或地区，一旦在某一个方面（如金钱、名誉、地位等）获得成功和进步，就会产生一种积累优势，就会有更多的机会取得更大的成功和进步。体现在服务外包这个市场中，就是经济规模较大的服务商将凭借品牌、规模、服务水平、当地销售和支持能力等比较优势在服务外包市场中占得先机，并继续做大做强。而经济规模相对较小的企业只能在有限的市场份额中获得越来越少的发展机会。因此，只有通过并购等途径加快服务外包企业的扩张规模，企业才可以在弱肉强食的竞争中越做越强。

第一，服务外包企业之间强强联合，形成优势互补。对于行业中较大规模的企业之间所进行的兼并、整合等并购行为，是服务外包行业整体规模较快增长的重要途径。由于并购企业原本已经具有较为雄厚的经济实力与规模，在市场占有份额与知名度等方面已经具有比较优势，企业采取并购的发展战略主要是为了在行业中获得垄断地位，为拓展海外市场作好充分准备。例如，在软件服务外包行业中公认的领导者——海辉集团，是于 2005 年 12 月由大连海辉软件、北京天海宏业与科森信息三家公司合并组建而成的，重组后的海辉集团立刻跻身于国内外包行业前三名，并成为国内最大的 IT 服务公司之一，拥有约 1800 名员工，可以为客户提供包括软件测试、本地化、IT 外包、企业应用咨询、系统开发、维护及支持在内的全套服务。海辉集团主要业务包括企业应用服务（应用开发与维护、质量测试），企业套装解决方案（Siebel 解决方案及支持、Oracle ERP 解决方案及支持服务）、产品工程服务（产品开发和测试、产品全球化服务），以及技术和解决方案服务（技术资源服务）。海辉的客户分布在软件业、硬件业、金融业、通信业、医药和制造业等领域，重点集中在财富 500 强企业，并在中国、美国、日本和新加坡等地设有 16 个办公机构。通过并购，海辉集团在服务地域、市场范围和业务能力等综合能力上得到迅速提升，明显的优势使海辉集团成为国际市场上发包商首选的合作伙伴。

第二，经济规模较大的外包企业并购规模较小的企业。这种类似于"大鱼吃小鱼"的并购模式，可以使并购方中规模较大的企业越做越强，即产生"马太效应"。例如，中国中软国际在 2003~2007 年间先后并购了中软资源、正辰科技发展有限责任公司、和勤环球资源有限公司等多家服务外包公司。在中软国际上市公告的业务展望中，为自己定下了三个目标，即"国内行业霸主"、"外包领袖企业"、"顶尖流程（质量）管理公司"。中软国际认为，人才储备优势是在服务外包行业竞争中的获胜法宝。在短短几年内，中软国际通过大规模并购，从并购企业中招揽了不少服务外包专业人才，大大增强了自己的人才储备能力。通过中软国际的案例，企业应该认识到在并购过程中，如果管理恰当、资源分配合适，企业就会借助于被并购企业的资源迅速得到发展。

第三，择机实施海外并购。企业通过与发包商所在国的企业合并，可以利用地理优势争取到更多的海外外包业务。经过实践我们发现，我国服务外包企业在进行海外并购时，选择对象通常是以下几类：将来与自己业务有往来的公司、较为熟悉的公司、自身企业上下游产业的公司、濒临破产的公司、有品牌威望的公司等。海外并购既可以是中国企业并购海外服务外包企业，也可以是海外企业并购我国外包企业。通过海外并购，在发包国设立服务基地，就会大大增加中国企业争取到服务外包业务的机会。例如，浙大网新在 2006 年 11 月出资 700 万美元收购了软件外包公司 COMTECHGEMS 51.5% 的股权后，于 2007 年开始进军海外 IT 市场。在 2010 年 7 月，其子公司 Insigma U.S.，Inc. 与美国医疗机构 Security Health Plan，Inc. 签订了软件集成开发总包协议，总包金额为 2124 万美元，现已成为中国服务外包业的领军企业。2006 年 7 月，美国老虎基金投资 2000 万美元入股东南融通。通过案例可以发现，并购后的企业由单一的本国市场变为范围更大的全球市场，业务领域也由单一业务扩展到完整的服务链，覆盖了更多的客户资源。

# 参考文献

CNNIC：《中国互联网发展状况统计报告》。

联合国贸易发展会议：《世界投资报告 2003》，中国财政经济出版社，2003。

唐宜红、陈非凡：《承接离岸服务外包的国别环境分析》，《国际经济合作》2007 年第 4 期。

M. 波特：《国家竞争优势》，华夏出版社，2002。

麦肯锡公司网站。

NASSCOM 网站。

ITU Internet Report2006.

IDC 网站。

中华人民共和国国家统计局网站。

中华人民共和国教育部网站。

科尔尼网站。

世界银行网站。

UNCTAD 网站。

中国服务外包网。

《2010 年中国服务外包行业研究报告》。

http：//www. globalservicemedia. com.

毕马威企业咨询（中国）有限公司：《龙的腾飞——中国服务外包城市巡览》，2010。

姜瑞春、罗嘉熙：《发展服务外包产业：东北地区利用 FDI 的新增长点》，《区域经济》2009 年第 12 期。

苏杭：《基于 FDI 视角的东北地区服务外包产业发展研究》，《东北财经大学学报》2009 年第 3 期。

于航：《黑龙江省发展服务外包的现状、问题与对策分析》，《黑龙江对外经贸》2010 年第 3 期。

中国服务外包研究中心：《2008 中国服务外包发展报告》，上海交通大学出版社，2009。

李丹：《我国中部地区吸引境外企业服务外包优势明显》，《经济视角》2010 年第 6 期。

国家发展改革委东北振兴司：《东北地区 2009 年经济形势分析报告》，http：//www. sdpc. gov. cn/jjxsfx/t20100222_ 335121. htm，2010 – 02 – 12。

中国服务外包网，《服务外包示范城市介绍》，http：//chinasourcing. mofcom. gov. cn/include/city. shtml，2010 – 09 – 16。

陈雪：《IT 服务外包的风险及规避措施的研究》，《办公自动化（综合版）》2008 年第 10 期。

林永阳、吴更仁：《金融服务外包风险识别及其防范》，《金融经济（理论版）》2007 年第 10 期。

刘继承：《企业信息系统与服务外包风险管理研究》，《实践研究》2005 年第 2 期。

江小娟：《服务全球化与服务外包：现状、趋势及理论分析》，人民出版社，2008。

裴长洪：《服务业：城市腾飞的新引擎》，《中国服务业发展报告 No. 8》，社会科学文献出版社，2010。

祁志军：《后危机时代的服务外包产业破局》，http：//chinasourcing. mofcom. gov. cn/c/2010 – 01 – 22/63294. shtml. 2010 – 01 – 22。

孙雯：《IT 服务外包动因及风险问题研究》，东北财经大学硕士学位论文，2006。

王铁山、郭根龙、冯宗宪：《金融服务外包的风险及其监管对策》，《国际经济合作》2007 年第 10 期。

吴胜武、于志伟、杨小虎：《服务外包：从"中国制造"走向"中国服务"》，浙江大学出版社，2009。

于峰、李梓房：《金融服务外包监管制度的国际经验与对我国的启示》，《商场现代化》2006 年第 32 期。

曾康霖、余保福：《金融服务外包的风险控制及其监管研究》，《金融论坛》

2006 年第 11 期。

詹晓宁、刑厚媛：《服务外包：发展趋势与承接战略》，《国际经济合作》2005 年第 4 期。

张欣：《BPO——中国服务贸易崛起新途径》，《中国商贸》2010 年第 8 期。

中国国际投资促进会、中欧国际工商学院、中国服务外包研究中心：《中国服务外包发展报告 2007》，上海交通大学出版社，2007。

周旭：《服务外包风险的识别与控制》，西安电子科技大学硕士学位论文，2009。

朱晓明、潘龙清、黄峰：《服务外包：把握现代服务业发展新机遇》，上海交通大学出版社，2006。

赵晶、王根蓓、朱磊：《中国服务外包基地城市竞争优势的实证研究》，《经济理论与经济管理》2010 年第 6 期。

杨丽琳：《我国区域软件外包产业发展模式探讨——以我国 20 个服务外包城市雁行模式为视角》，《中外企业》2010 年第 5 期。

百度百科：http：//baike. baidu. com。

搜搜百科：http：//baike. soso. com/h68759. htm？ sp = l4213860。

和讯网：http：//news. hexun. com/2010 - 08 - 12/124568365. html。

人民网：http：//www. people. com. cn/GB/181466/181531/181576/11089887. html。

黄育华、王力：《国外金融后台与服务外包体系建设和发展的重要经验》，《中国城市经济》2009 年第 4 期。

魏秀梅：《天津如何成为服务外包基地建设的排头兵》，《陕西综合经济》2008 年第 2 期。

张博：《我国金融后台产业园区建设发展研究》，中国社会科学院研究生院硕士学位论文，2010。

苏薇：《借鉴国际金融外包经验，促进我国金融机构业务外包》，《金融研究》2009 年第 2 期。

柏宝春、孙松：《金融服务外包的国际发展比较与启示》，《金融教学与研究》2008 年第 2 期。

于峰、李梓房：《金融服务外包监管制度的国际经验及对我国的启示》，《商业现代化》2006 年第 11 期。

夏红芳、武鑫：《金融外包国际动态及对中国金融企业的启示》，《浙江金融》2006 年第 11 期。

刘双云：《印度班加罗尔科技园的发展特点与经验借鉴》，《理工高教研究》2006 年第 6 期。

阮丽熔、刘淑婷：《班加罗尔高科园的发展及其对上海张江高新区的经验借鉴》，《综合管理》2008 年第 1～2 期。

北京特华财经研究所课题小组：《首都金融后台与服务外包体系建设研究》，北京市科学技术委员会软课题报告，2010。

南博网：http：//www. caexpo. com/special/2008Magic_ City/saicheng/。

新华网：http：//www. gx. xinhuanet. com/dm/2008－01/19/content_ 12263718. htm。

菲律宾经济区域权威网：http：//www. itcilo. it/english/actrav/telearn/global/ilo/frame/epzppi. htm。

台商电子报财经论坛网：ttp：//news. cier. edu. tw/tmail/about_ 3_ 2. asp? sno＝650。

南博网：http：//info. caexpo. com/zixun/touzjh/2008－04－29/14230. html。

世纪期刊网：http：//www. verylib. com/QiKan/768180/200607/45193640. htm。

# 特华博士后科研工作站简介

特华博士后科研工作站经人事部批准，于 2000 年 11 月正式设立。设站 11 年来，工作站与中国社会科学院、清华大学、北京大学、中国人民大学联合招收了 12 批博士后，累计进站博士后达到 172 人。与此同时，根据国家博管办的要求，工作站还聘请了一批政府经济部门的权威专家、国内高等院校和科研机构的著名学者以及具有丰富实践经验的一线企业家 110 余人，担任博士后合作导师，构建起一流的博士后指导专家队伍。

工作站坚持"以智慧服务社会，用知识回报国家"的办站宗旨，充分发挥在站博士后和指导专家的群体优势，对我国经济领域的重大课题进行前瞻性、战略性和实证性研究。在课题设计方面，注重理论性与实用性相结合，研究领域涵盖宏观经济、区域经济、产业经济、金融理论、资本市场、风险投资、财政税收、经济法律等方面。目前，工作站已成为全国规模最大的企业博士后工作站。2005 年、2010 年工作站两度被全国博管办评为"全国优秀博士后科研工作站"。2010 年工作站还同时被北京市人力资源和社会保障局评为"北京市优秀博士后科研工作站"。

工作站始终坚持"招收一流的博士后研究人员，推出高质量的研究成果"的办站目标，注重研究成果的产权化和系列化。目前已编辑出版了《特华当代投资银行丛书》、《特华文库》、《特华博士后研究报告》、《特华行业研究报告》、《中国金融论丛》和《中国保险前沿问题研究》等 6 个系列的专著 130 多部；推出行业及专题研究报告 300 多篇；研究人员在国家核心期刊、各大财经类报纸公开发表论文近 1000 篇；完成省部级和机构委托课题近 200 项。其中，工作站承担的"后金融危机时期我国金融安全若干问题研究"课题，受到温家宝总理和王歧山副总理的重要批示，还有多项课题被评为优秀科研成果，受到委托单位的高度评价，在业界树立起良好的品牌形象。

**图书在版编目(CIP)数据**

中国服务外包发展报告:中国服务外包竞争力评价.2010~
2011/王力,刘春生,黄育华主编.—北京:社会科学文献出版
社,2011.8
(服务外包蓝皮书)
ISBN 978 - 7 - 5097 - 2327 - 2

Ⅰ.①中… Ⅱ.①王… ②刘… ③黄… Ⅲ.①服务业 -
对外承包 - 研究报告 - 中国 - 2010~2011 Ⅳ.①F719

中国版本图书馆 CIP 数据核字(2011)第 076418 号

**服务外包蓝皮书**

## 中国服务外包发展报告(2010~2011)
——中国服务外包竞争力评价

主　　编/王　力　刘春生　黄育华

出 版 人/谢寿光
总 编 辑/邹东涛
出 版 者/社会科学文献出版社
地　　址/北京市西城区北三环中路甲 29 号院 3 号楼华龙大厦
邮政编码/100029

责任部门/财经与管理图书事业部(010)59367226　　责任编辑/张景增
电子信箱/caijingbu@ ssap. cn　　　　　　　　　　责任校对/班建武
项目统筹/周　丽　恽　薇　　　　　　　　　　　　责任印制/岳　阳
总 经 销/社会科学文献出版社发行部(010)59367081　59367089
读者服务/读者服务中心 (010)59367028

印　　装/北京季蜂印刷有限公司
开　　本/787mm×1092mm　1/16　　印　张/17
版　　次/2011 年 8 月第 1 版　　　　字　数/292 千字
印　　次/2011 年 8 月第 1 次印刷
书　　号/ISBN 978 - 7 - 5097 - 2327 - 2
定　　价/59.00 元

# 盘点年度资讯 预测时代前程

## 从"盘阅读"到全程在线阅读
## 皮书数据库完美升级

### ·产品更多样

从纸书到电子书，再到全程在线阅读，皮书系列产品更加多样化。从2010年开始，皮书系列随书附赠产品由原先的电子光盘改为更具价值的皮书数据库阅读卡。纸书的购买者凭借附赠的阅读卡将获得皮书数据库高价值的免费阅读服务。

### ·内容更丰富

皮书数据库以皮书系列为基础，整合国内外其他相关资讯构建而成，内容包括建社以来的700余种皮书、20000多篇文章，并且每年以近140种皮书、5000篇文章的数量增加，可以为读者提供更加广泛的资讯服务。皮书数据库开创便捷的检索系统，可以实现精确查找与模糊匹配，为读者提供更加准确的资讯服务。

### ·流程更简便

登录皮书数据库网站www.pishu.com.cn，注册、登录、充值后，即可实现下载阅读。购买本书赠送您100元充值卡，请按以下方法进行充值。

---

## 充值卡使用步骤：

### 第一步
· 刮开下面密码涂层
· 登录 www.pishu.com.cn
  点击"注册"进行用户注册

### 第二步
登录后点击"会员中心"进入会员中心。

SSDB
社科文献资源库
SOCIAL SCIENCE
DATABASE

### 第三步
· 点击"在线充值"的"充值卡充值"，
· 输入正确的"卡号"和"密码"，即可使用。

社会科学文献出版社
SOCIAL SCIENCES ACADEMIC PRESS (CHINA)
皮书系列
卡号：8556732297336075
密码：

（本卡为图书内容的一部分，不购书刮卡，视为盗书）

如果您还有疑问，可以点击网站的"使用帮助"或电话垂询010-59367227。